Amalia Schoppe

Erinnerungen aus meinem Leben

in kleinen Bildern

Amalia Schoppe: Erinnerungen aus meinem Leben in kleinen Bildern

Erstdruck: Altona (Hammerich) 1838.

Neuausgabe
Herausgegeben von Karl-Maria Guth
Berlin 2017

Der Text dieser Ausgabe folgt:
Schoppe, Amalia: Erinnerungen aus meinem Leben, in kleinen Bildern.
2 Teile, 1. Band. Altona: Hammerich, 1838.
Schoppe, Amalia: Erinnerungen aus meinem Leben, in kleinen Bildern.
2 Teile, 2. Band. Altona: Hammerich, 1838.

Dieses Buch folgt in Rechtschreibung und Zeichensetzung obiger Textgrundlage.

Die Paginierung obiger Ausgaben wird hier als Marginalie zeilengenau mitgeführt.

Umschlaggestaltung von Thomas Schultz-Overhage

Gesetzt aus der Minion Pro, 11 pt

**Verlag: Henricus - Edition Deutsche Klassik GmbH
Mörchinger Str. 33, 14169 Berlin, info@henricus-verlag.de**
Druck: Libri Plureos GmbH, Friedensallee 273, 22763 Hamburg

Die Ausgaben der Sammlung Hofenberg basieren auf zuverlässigen Textgrundlagen. Die Seitenkonkordanz zu anerkannten Studienausgaben machen Hofenbergtexte auch in wissenschaftlichem Zusammenhang zitierfähig.

ISBN 978-3-7437-0546-3

Bibliografische Information der Deutschen Nationalbibliothek

Die Deutsche Nationalbibliothek verzeichnet diese Publikation in der Deutschen Nationalbibliografie; detaillierte bibliografische Daten sind im Internet über www.dnb.de abrufbar.

Inhalt

1. Theil 4
   1. Die Stifts-Dame 4
   2. Der Musiklehrer 29
   3. Lucilie 45
   4. Ein Frommer 72
   5. Ein seltsames Liebespaar 87
   6. J.G. Müller in seinen letzten Jahren 97
   7. Die Unbekannte im grünen Häuschen 105
2. Theil 118
   1. Madame Holtermann 118
   2. Die Marquise von Pütiny 128
   3. Der alte Leihbibliothekar 151
   4. Eine seltsame Situation 159
   5. Noch eine Ahnung 170
   6. Die Familie des Don Ranudo de Colibrados 175
   7. Clementine 184
   8. Die seltsamste Liebes-Geschichte 237

Ihrer
innig geliebten Freundin:
Lina Reinhardt

die Verfasserin.

Erster Theil.

I. Die Stifts-Dame.

Das Städtchen I. in einem benachbarten Herzogthume ist eins der reizend-gelegensten, die je mein Auge erblickte. Ein schöner, schnell dahin rauschender Fluß faßt es von der einen Seite ein, und die malerischen Ufer der *Stöhr* – so heißt der Fluß – mit ihren üppig grünenden Wiesen, ihren Weilern und Kirchdörfern bieten einen eben so schönen, als friedlichen Anblick dar, während das Städtchen von der andern Seite von waldigen Höhen bekränzt wird, auf deren höchster Spitze man das Stammschloß einer in gerechter Achtung stehenden gräflichen Familie erblickt. Die ganze Gegend athmet einen Frieden, der sich unwillkürlich der Seele mittheilt und die etwa darin aufgestiegenen Stürme alsbald beschwichtigt.

Ich war achtzehn Jahr alt, als die Wechselfälle eines viel- und frühbewegten Lebens mich nach I. zu lieben Verwandten führten, in deren Kreise es mir bald wieder wohl werden sollte, nachdem dem Herzen eine Wunde geschlagen worden war, wie das Schicksal sie so leicht denen schlägt, deren Seele zart besaitet ist und deren Geist und Gemüth eine ungewöhnliche Richtung genommen hat.

Die Ansprüche, die man in den sich mir eröffnenden neuen Verhältnissen machte, konnten um so leichter von mir erfüllt werden, da sie ganz mit meinen Neigungen und der Richtung meines Geistes übereinstimmten: ich sollte den Unterricht und die Erziehung einer Cousine übernehmen, die mir bald sehr theuer werden mußte, weil alle Elemente des Guten und Schönen sich in dem jugendlichen Gemüthe derselben vereinten; auch reichten wenige Monden hin, ein festes Band der Liebe und des Vertrauens um *Rosalie* und mich zu schlingen.

Auch sonst erging es mir in meinem neuen Wirkungskreise wohl: mein Vetter, Rosaliens Vater, war einer der gemüthlichsten Männer, die ich je kennen gelernt, und seine Frau durch einen großen Verstand und einen Witz ausgezeichnet, die mir imponiren mußten. Sehr bald hatte ich mich also in die neue Lage hinein gelebt und, wie ich es gewohnt war, mich in derselben festgestellt. Das Leben in einer kleinen Stadt und in beschränkten Verhältnissen, nachdem ich in einer Weltstadt und in überaus reichen, glänzenden aufgewachsen war, hatte nichts Drückendes und Beängstigendes für mich, da die Natur mir Alles ersetzte, was ich hinter mir gelassen hatte, und so fing ich an, eine Ruhe zu schmecken, auf die ich nicht mehr zu hoffen gewagt; ja, bald sogar kehrte jene Heiterkeit mir wieder, die ein Grundzug meines Charakters ist, und mit jugendlicher Unbefangenheit gab ich mich den sich mir darbietenden neuen Eindrücken und der Geselligkeit des angenehmen Städtchens hin.

Die letztere war um so belebter, da sich in dem Orte nicht nur das vornehmste Fräulein-Stift des Landes, sondern sogar ein kleiner Hof befand, indem die Schwester der Königin, die geistreiche Prinzessin *Juliane,* Abtissin des Stifts war und somit ihren Wohnsitz unter den vier und zwanzig jungen Damen aufgeschlagen hatte, die dasselbe bildeten und die, indem sie ihre bedeutenden Einkünfte hier verzehrten, der Stadt eine große Wohlhabenheit verliehen.

Ich, aus einer großen, weltberühmten Stadt kommend und bald dafür bekannt, daß ich einige gesellige Talente besäße, sah mich auf's Freundlichste und Zuvorkommendste von den Stifts-Damen aufgenommen, die kein anderes Geschäft hatten, als sich gut zu unterhalten und ihre bedeutenden Revenüen so angenehm als möglich zu verzehren. Es wurden Feste aller Art, Bälle, Gesellschaften, Musik-Partien, ländliche Ausfahrten u.s.w. veranstaltet, und ich durfte nicht dabei fehlen.

Ich kann mir jetzt, wo ich auf dem Standpunkte angelangt bin, von wo aus man das Leben mit ruhigen Blicken zu überschauen befähigt ist, nicht verhehlen, daß alle diese Zerstreuungen, daß der beständige Verkehr mit jungen Mädchen, die keinen andern Lebenszweck hatten, als sich zu zerstreuen und zu unterhalten, mir Gefahr drohte, indem nach und nach jener Ernst von mir wich, der mich, trotz meiner Jugend, einer sehr edeln und hochbegabten Frau, meiner *Rosa-Maria,* theuer gemacht und das süße Band einer nur mit unserm Leben endenden Freundschaft um uns geschlungen hatte. Schon dürstete meine Seele nach Vergnügungen und rauschenden Festen; schon wählte ich meine Lectüre nicht mehr wie sonst, und ein seichter Roman durfte manche freie Stunde tödten; schon ekelten mich die in kleinen Städten unerläßlichen Klätschereien nicht mehr wie früher an; schon begann die Toilette eine Rolle bei mir zu spielen; schon füllten ernste Studien nicht mehr allein meine Zeit aus; schon begann ich Werth auf einige körperliche Vorzüge zu setzen, die die Natur mir verliehen hatte; schon prunkte ich gern mit meinen geringen Talenten; kurz, ich war auf dem Wege, ein eben so seichtes Geschöpf zu werden, wie es der größte Theil von Damen war, mit welchen ich im täglichen Verkehr lebte, als der Himmel sich meiner Jugend und Unerfahrenheit annahm, und mir eine Freundin zuführte, die bald meinem ganzen Wesen seine frühere Richtung wieder geben sollte.

Zu den vier und zwanzig Stifts-Damen gehörten auch *Elise* und *Margarethe* von A. Ich hatte schon viel von Beiden gehört, aber, obgleich ich mich fast beständig im Kreise ihrer Schwestern umhertummelte, sie doch noch nie in einer der von mir besuchten Gesellschaften gesehen, weil Beide in einer Art von Verruf standen, Elise, weil man sie beschuldigte, die Gelehrte spielen zu wollen, und eine höchst bizarre Person zu sein, und Gretchen – so hatte man ihren Namen abgekürzt – weil man ihr, trotz ihres ehrwürdigen Standes, eine Menge galanter Affairen zuschrieb, an welchen Beschuldigungen der Neid wohl nicht einen geringen Antheil haben mochte, indem Gretchen nicht nur für das schönste Fräulein im Städtchen, sondern im ganzen Lande galt. Beide Schwestern lebten mit ihrer Mutter zusammen, die, obschon zu den ersten Familien des Landes gehörend, verarmt war und von ihren Töchtern ernährt wurde, eben so wie ein Bruder, der Officier war und mit seinem geringen Solde nicht auskommen konnte.

Ich hatte auf Kosten beider Schwestern schon tausend Geschichten, besonders auch im Hause meiner Anverwandten, gehört, und wenn man gleich der außerordentlichen Schönheit der Einen und dem Verstande der Andern volle Gerechtigkeit widerfahren ließ, so hieß es doch immer: mit Beiden kann man nicht umgehen, ohne, besonders wenn man noch jung ist, seinen Ruf auf's Spiel zu setzen. Mein Verlangen nach einer solchen Bekanntschaft war daher nicht eben groß, obgleich das, was ich besonders von Elisens Geist und Kenntnissen hörte, meine Neugierde einigermaßen reizte und wohl zuweilen den Wunsch in mir aufregte, sie wenigstens einmal sehen und mich mit ihr unterhalten zu können.

An einem Sonntag-Nachmittage sollte dieser Wunsch ganz unerwartet in Erfüllung gehen. Es war im Juni und der schönste Tag, den der Himmel nur der Erde schenken konnte. Zwei Gräfinnen B., *Elisabeth* und *Georgine,* an die ich mich besonders angeschlossen hatte, schlugen mir einen Spaziergang vor, und wir eilten den reizenden waldigen Höhen zu, in deren Schatten wir so oft schon selige Stunden verlebt hatten. Nichts kam unserer Heiterkeit gleich; wir sangen, tanzten, scherzten, lachten um die Wette, so wie wir die Waldes-Einsamkeit erreicht hatten, und noch nie hatte Elisabeth ihren glänzenden, oft aber auch sehr scharfen, Witz so brillant spielen lassen, als auf diesem Spaziergange. Sie war unerschöpflich in allerliebsten piquanten Geschichten aus ihrem frühern Hofleben an einem kleinen deutschen Hofe, und Keiner erzählte, wie sie; dazu der reine, blaue Himmel über uns, die mit den balsamischen Düften der Birken erfüllte Luft, der Gesang der Waldvögel, das Rauschen der Bäche, die Tausende von Blumen, die am Rande derselben blühten; kurz, meine Seele befand sich in jener Art von Berauschung, wie man sie nur in den glückseligen Tagen der Jugend zu empfinden vermag.

Ermüdet von der langen Wanderung, ließen wir glücklichen Drei uns endlich auf das schwellende Moos unter einer großen, allein stehenden Eiche nieder, von wo aus man, da sie die Spitze eines Hügels bekränzte, der unübertrefflichsten Aussicht auf ein zu Füßen des Hügels liegendes Wiesenthal genoß. In meiner Seele fing es, trotz der Störungen von außen durch Elisabeths anmuthiges Geschwätz, an, stille zu werden; ich stimmte bald nicht mehr ein und schwelgte, von meinen Begleiterinnen unbemerkt, in höhern Wonnen. Ein Liedchen, eins von denen, die nie von uns niedergeschrieben werden, die aber wohl die schönsten sind, die uns ein poetisches Gemüth eingiebt, ging durch meine Seele, und droben im höchsten Gipfel der Eiche saß der Componist desselben, eine Schwarzdrossel, die es auf der Stelle in Musik setzte; ich hörte so fast nicht mehr, was die muntere, unerschöpfliche Elisabeth plauderte und wurde erst aus meinen süßen Träumereien durch den Ruf aufgeschreckt:

»O weh! da kommen sie! Wir können ihnen nicht mehr entweichen.«

»Wer denn?« fragte ich verwundert.

»*Elise* und *Gretchen*,« flüsterte sie mir zu. »Man hat uns bereits gesehen und wir müssen jetzt Stand halten; das ist fatal!«

Das war dieses unerwartete Zusammentreffen mit den viel besprochenen Schwestern für mich nun keineswegs, vielmehr freute ich mich des Zufalls, der sie mir entgegen geführt, ohne daß ich sie aufgesucht hatte, und so sah ich den beiden langsam auf uns Zuschreitenden mit gespannter Neugier entgegen.

Der Ruf hatte nicht zu viel von Gretchens wahrhaft bezaubernden Schönheit gesagt, und so fiel natürlich zuerst mein Blick auf ihre hohe, schöne, schlanke und stolze Erscheinung, deren entblößtes Haupt – sie hatte den leichten Strohhut der Schwüle des Tages wegen abgenommen und trug ihn am Arme – gleichsam wie von einem Heiligenscheine umgeben war, indem die Sonne golden durch die fast überreiche Fülle hellbrauner Locken schien. Nie habe ich wieder ein Paar Augen gesehen, wie Gretchens: sie beschämten das Blau des Veilchens und ihr Glanz wurde durch einen dichten Kranz langer, dunkler Wimpern so erhöht, daß man sie auf den ersten Blick für schwarz hätte halten sollen. Stirn, Nase, Mund, Wangen, Kinn und Colorit waren vollkommen schön und die Weiße und Feinheit der Haut unübertrefflich; eine Reihe der köstlichsten Zähne schmückten den rosigen Mund.

Ich gestehe, daß ich durch diese überraschende Erscheinung in eine Art von Erstaunen, ja, ich möchte sagen, Anbetung, versetzt wurde, und den Blick nicht von Gretchen weg und auf deren kleine, unscheinbare Schwester zu wenden vermochte, die ihr am Arme hing und erst von mir bemerkt wurde, als sie uns mit einer feinen, fast schrillenden, und so höchst unangenehmen, Stimme begrüßte.

Es würde in der That für den geistreichsten und geschicktesten Maler nicht möglich sein, einen größern und schneidendern Contrast durch seinen Pinsel hervorzurufen, als der war, den diese beiden Schwestern in ihrer äußern Erscheinung darboten. Elise reichte ihrer Begleiterin kaum bis an die Schultern und war so verwachsen, wie man selten Verwachsene sieht; nicht nur der Rücken bot einen bedeutenden Höcker dar, sondern auch die Brust war schief, die Hüften waren es, wahrscheinlich auch die Beine, welche, so wie die Arme, unverhältnißmäßig lang gegen den Oberkörper waren. Man denke sich zu dieser Gestalt einen viel zu großen, von rothem, mit Grau untermischtem Haar umflossenen Kopf, eine etwas aufgeworfene Nase, einen großen, zahnlosen Mund mit schmalen, *geschminkten* Lippen und hohle, eingefallene Wangen, auf denen gleichfalls dicke Schminke saß. Nur ein Paar graue, nicht eben große, aber schön geschnittene und blitzende Augen, aus denen eine wunderbare Gluth hervorbrannte, verriethen den Geist, den diese abschreckende Hülle einschloß. Um das Auffallende dieser fast mit Widerwillen erfüllenden Erscheinung zu vermehren, so war das Fräulein noch überdies sehr phantastisch angezogen, nämlich mit einem gestickten weißen Kleide, worüber es ein scharlachrothes Jäckchen, vorn mit langen Schößen, und reich mit schwarzen Litzen verziert, trug; diese Kleidung, obgleich sie zu jener Zeit nicht ganz ungewöhnlich war, und namentlich von sehr jungen und schönen Personen getragen wurde, gab Elisen doch mehr das Ansehen eines Affen, denn eines Menschen, und ich sah mich nach dem Bären um, der ihm, wie mein Satyr mir in dem Augenblick zuflüsterte, nothwendig folgen müsse.

So unangenehm, wie schon gesagt, meinen Begleiterinnen dieses Zusammentreffen mit den beiden verrufenen Schwestern auch war, so konnten sie doch nicht umhin, diese einzuladen, neben uns Platz zu nehmen, da es, vermöge ihres gleichen Standes und der Verhältnisse, zu viele Beziehungen zwischen ihnen gab und sie sich wenigstens im Convente, in der Kirche und in den Cirkeln der Prinzessin, ihrer Abtissin, oft sehen mußten. Ungezwungen nahmen die beiden ungleichen Schwestern die Einladung an; ein weißes Taschentuch wurde auf das Moos gebreitet und sie setzten sich zu uns.

Es war ersichtlich, daß das schöne Gretchen Glück machen und besonders mich, von der sie schon gehört haben mochte, erobern wollte, denn sie gab sich alle nur erdenkliche Mühe schön zu reden und sogar empfindsam. Sie mochte wissen, daß ich zuweilen Verse machte und für eine Art von Schöngeist galt, da einige meiner Erstlings-Gedichte bereits in dem von Varnhagen, Chamisso, Neumann und einigen Andern herausgegebenen poetischen Taschenbuche abgedruckt worden waren; daher fütterte sie mich, um mir Respect vor ihrem Verstande einzuflößen, gleichsam mit auswendig gelernten Versen und schönen Sentenzen und legte in jedem Worte eine Sentimentalität an den Tag, die mir mehr als ein Lächeln abnöthigte und mir ihren Verstand sehr verdächtig machte. In der That war Gretchen so dumm als schön, und das will viel sagen.

Elise, die durch Zufall dicht neben mir Platz genommen hatte, sprach lange kein Wort. Ihr Auge, in dem sich bald ein feuchter Glanz zeigte, hing an dem unübertrefflich-schönen Schauspiele der untergehenden

Sonne, die ihre letzten flammenden Strahlen auf den Fluß warf, der in einiger Entfernung von uns am Saume des Hügels hinfloß und dessen Wellen, leicht vom Abendwinde aufgeregt, in Millionen sprühender Funken erzitterten. Ein leises Zucken, das sich um ihren Mund zeigte, der Ausdruck in ihrem Auge sagten mir, was in diesem Augenblick in ihrer Seele vorging; die meinige empfand Dasselbe, unsre Blicke fanden sich und ein Bund war zwischen uns geschlossen, der nur mit unserm Leben enden sollte.

Wir ließen die andern Drei schwatzen und blieben stumm; dann, als aufgebrochen wurde, um den Rückweg anzutreten, weil es bereits spät geworden war, ließen wir sie vorauf gehen und schlenderten langsam hinter drein; ich hatte Elisen, die nur mühsam ging, den Arm geboten und führte sie.

Wir sprachen jetzt mit einander; was? weiß ich nicht mehr zu sagen, aber meine Seele war wie bezaubert, mein Herz beglückt, wie seit lange nicht; Elisens Worte, obgleich mit einer so unangenehmen Stimme gesprochen, tönten wie Musik in mein Ohr; sie hatte für Alles den richtigsten und schönsten Ausdruck und sprach doch so natürlich; sie war witzig, aber ohne alle Bosheit; sie schien Alles zu wissen und doch nicht, daß sie irgend etwas wisse.

Nie vermöchte meine Feder zu beschreiben, was durch diese Begegnung so urplötzlich in meinem Innern geweckt, aufgeregt, zur Sprache gebracht wurde. Mein bisheriges frivoles Treiben und Leben kam mir wie ein böser Traum vor, und mit Schmerz und Beschämung dachte ich daran, daß ich demselben fast seit einem Jahre die edlern Beschäftigungen zum Opfer gebracht, die meine Jugend bisher ausgefüllt hatten, und mein Entschluß stand fest, diese ungesäumt wieder vorzunehmen.

Endlich hatten wir das Städtchen erreicht und unsre Wege trennten sich, da wir in einem andern Theile der Stadt wohnten, als die beiden Schwestern.

»Nicht wahr«, sagte Elise, mir ihre Hand reichend, mit einem Tone, der fast wie flehende Bitte klang, »nicht wahr, wir sehen uns wieder?«

»Ja!« betheuerte ich mit einem Händedruck; »ja, auch mir wird es das höchste Bedürfniß sein, Sie wieder zu sehen. Wann darf ich zu Ihnen kommen?«

»Zu jeder Stunde, in der Ihre Pflichten es Ihnen erlauben; ich weiß, daß Sie solche haben, ich aber bin frei.«

»So komme ich schon morgen, nach vollendetem Unterrichte«, versetzte ich.

Ein dankbarer Blick aus ihrem Auge belohnte mich für dieses Versprechen, und wir schieden.

Elisabeth, die sichtbar darüber piquirt war, daß ich mich Elisen ausschließlich während dieser wenigen Stunden geweiht und von ihr selbst fast keine Notiz genommen hatte, ließ, als wir wieder allein waren, das ganze Geschütz ihres Witzes gegen mich spielen und machte besonders auch Elise zum Zielpunkte desselben; allein ich ertrug es nicht und wir waren nahe daran, uns ernstlich zu entzweien. Elisabeth hielt nämlich so viel von mir, als ein Wesen ihrer Art nur von einer Freundin halten kann, und so war eine kleine Eifersucht von ihrer Seite ganz natürlich. Sie hatte stets im wegwerfenden Tone, ja sogar mit Verachtung von den beiden Schwestern gesprochen, und jetzt mußte sie erleben, daß ich mich so lebhaft von der einen derselben angezogen fühlte, daß ich ihrer fast darüber vergaß. Sie mußte sich wegen dieser Hintansetzung rächen, schon ihr Stolz, ihre Eitelkeit forderten das, und wahrscheinlich, sie schenkte mir nichts, besonders als sie bemerkte, daß ich ernstlich durch ihren Spott verletzt wurde.

Wir trennten uns kälter als sonst und ich eilte, in einer innern Aufregung, über die ich mir keine Rechenschaft abzulegen vermochte, nach meiner eigenen Behausung, wo ich, zu meiner Freude, Alles ausgeflogen fand. In dieser Stimmung entstand das nachfolgende Gedicht, das ich hier, trotz seiner großen Mangelhaftigkeit, als zur Stimmung meiner Seele und zu jener Zeit passend, mittheile:

An Elise von A.[1]

Was tief in mir das Heilige ich nenne;
Das, was die Brust in höh'rer Sehnsucht hebt,
Wie innig fühl' ich's Deinem Seyn verwebt:
O wohl mir, wohl mir, daß ich das erkenne!

---

1   Späterhin abgedruckt im »*Deutschen Dichterwald,*« herausgegeben von *Justinus Kerner, La Motte Fouqué, Ludwig Uhland* und *Andern.* Tübingen 1813.

Wir müssen durch's bewegte Leben streifen,
Und ach! uns spricht nicht Ton, nicht Farbe an;
Ja, Alles, was das Dasein schmücken kann,
Wir können's nicht, so viel wir haschen, greifen.

Wir klimmen muthig auf des Wissens Hügel,
Uns reizt der sonnenhelle, lichtbekränzte Pfad;
Und ob wohl *Einer* ihn erklommen hat?
Nein – Alle sanken mit gebrochnem Flügel!

Wir strecken unsre Hand aus in die Streifen,
Womit der Irisbogen Liebe uns umzieht,
Der ewig in die graue Ferne flieht,
Wenn wir im süßen Wahne nach ihm greifen.

Es keimt und sproßt der Glaube nur so lange,
Bis der Verstand die schöne Knospe lüftet,
Die süße Blüthe, ach wie schnell! verdüftet –
Der Weg wird hell, das Herz so öd' und bange.

Doch *Eines* kenn' ich, das die Brust umziehet,
Wie Frühlingsluft, wie Sphärenmelodie:
Es ist der Himmelsfunke *Sympathie*,
Der still im Herzen der Verwandten glühet.

In einer eben so aufgeregten Stimmung, als die war, worin ich das vorstehende Gedicht schrieb, verharrte ich noch den ganzen folgenden Tag. Der Liebende kann mit keiner größern Ungeduld die Stunde herbeisehnen, in der es ihm vergönnt sein wird, die Geliebte seiner Seele zu sehen und zu umarmen, als ich den Abend herbeisehnte, der mich Elisen wieder zuführen sollte, indem er mich meiner Pflicht gegen das mir anvertraute Kind dann wenigstens auf einige Stunden entledigte.

Meine Seele, die so lange geschlummert, oder doch ihr bis dahin fremdartige Eindrücke durch eine frivole Umgebung in sich aufgenommen hatte, war durch die Begegnung Elisens gleichsam wieder geweckt und neu besaitet worden. Ich hatte so lange kein einziges ernstes und tiefes Wort gehört; so lange war ich keinem Menschen begegnet, dem die Wissenschaft so viel, dem der Ernst Alles war, der sich von den

Frivolitäten des Lebens mit unverkennbarem Ekel abwandte, und seine Seele nur für die erhabensten Eindrücke zugänglich erhielt. Jetzt plötzlich hatte ich ein solches Wesen gefunden, und schon jetzt wußte ich, oder ahnete ich vielmehr, daß ich es bis in den Tod lieben müsse und wieder von ihm geliebt werden würde.

Der heißersehnte Abend kam endlich heran; ich übergab meinen Zögling der Mutter, nahm Hut und Umschlagetuch und verließ das Haus, um dem Klosterhofe zuzueilen, wo, wie ich wußte, Elisens Wohnung war.

Die vier und zwanzig Damen, welche das Fräulein-Stift bildeten, wohnten nicht in einem einzigen großen Gebäude zusammen, sondern in Privatwohnungen zerstreut durch die ganze Stadt. Auf dem sogenannten, dicht neben der Kirche belegenen Kloster-Hofe, wo ehemals ein katholisches Kloster gestanden haben soll, befanden sich jedoch einige schlechte, fast ganz verfallene Häuser, die man Fall-Häuser, wie die daneben befindlichen Gärten Fall-Gärten nannte, weil sie nach der Reihe den ärmern, sich darum bemühenden Stifts-Damen zufielen und gratis von ihnen bewohnt wurden. Ein solches Fall-Haus bewohnte Elise mit ihrer Schwester, trotz den bedeutenden Revenüen, die Beide als Stifts-Damen hatten. Erst späterhin erfuhr ich, aus welchen edlen Gründen Elise eine Armuth für sich erwählt hatte, die weder mit ihrer Geburt, noch mit ihren gegenwärtigen Verhältnissen übereinstimmte, denn hätten die Schwestern ihre Revenüen verzehrt, so würden sie eben so glänzend und sorgenlos haben leben und ganz so brillant haben wohnen können, wie die andern Chanoinessen. Der Vater dieser Beiden aber hatte nicht nur das ihm zugefallene Erbgut verzehrt, sondern bei seinem Tode auch noch bedeutende Schulden hinterlassen, die seine Töchter jetzt von ihren Ersparnissen abtrugen, um sein Andenken in Ehren zu erhalten, obgleich sie auf keine Weise dazu verpflichtet waren, ihre Einkünfte zu solchem Zwecke zu verwenden.

Meine Anverwandten, bei denen ich, wie schon angedeutet, in den angenehmsten Verhältnissen lebte, waren nicht gewohnt, mich zu fragen, wohin ich ginge, wenn ich nach vollbrachtem Unterrichte das Haus verließ. Dies war eine Freiheit, die man einem kaum achtzehnjährigen Mädchen billigerweise nicht hätte gestatten sollen; allein ich war im Besitze ihres unumschränkten Vertrauens, das vielleicht noch durch den Umstand erhöht wurde, daß man mich verlobt wußte, und so fragte auch jetzt Niemand, wohin ich ginge. Man war es gewohnt, daß ich am Abende einige Stunden mit den Gräfinnen von B. zubrachte, wo dann Musik gemacht, gescherzt, geplaudert oder gelesen wurde, und so konnte ich, ohne eine Unwahrheit zu sagen, zu der ich übrigens nicht fähig gewesen wäre, meinen Weg zu Elisen antreten. Ich gebrauchte jedoch die Vorsicht, nicht über den Kirchhof und Klosterhof, sondern hinten durch den Garten der Schwestern zu gehen, und sah mich so zuerst mit klopfendem Herzen in dem Heiligthume, das Die bewohnte, die ich so innig lieben sollte.

Der Garten war nicht nur schön und mit Geschmack angelegt, sondern prangte auch mit zahllosen Blumen. Fast betäubte mich der Rosen-Duft, der mir von den Beeten und aus mehren Rosen-Hecken entgegenströmte. Einige himmelhohe Pappeln bildeten eine große Rotunde, in der Bänke und ein mit einer schönen Marmor-Platte belegter Tisch standen; an andern Stellen dieses zauberischen Gartens befanden sich Lauben von Geißblatt und spanischem Flieder, die eben in voller Blüthe standen und mit den andern Blumen des Gartens zu wetteifern schienen, die Luft mit Wohlgerüchen zu erfüllen.

Blumen-Duft hat immer eine fast zauberische Wirkung auf mich hervorgebracht und mich in jene süßen Träume gewiegt, die für die Seele so wohlthuend sind. Für mich knüpfen sich tausend Erinnerungen an solche Düfte und wie oft taucht noch jetzt plötzlich ein theures, längst versunkenes Bild aus der Tiefe meiner Seele wieder auf, wenn ich den Duft dieser oder jener Blume einathme.

Ich war in Elisens Garten wie in einer Art von Verzauberung und durchschritt ihn, trotz meiner Sehnsucht nach ihr selbst, nur langsam; da wurde plötzlich das Ohr von ihm bisher ungewohnten Klängen berührt, die aus den höchsten Wipfeln der Bäume herabzukommen und Engels-Stimmen zu gleichen schienen. Ich blickte fast erschrocken empor, denn dieses Erklingen aus der Luft hatte etwas Geisterhaftes, und jetzt gewahrte ich, daß in den höchsten Wipfeln der Pappeln und Birken Aeolsharfen angebracht waren, die, vom leisen Abendwinde bewegt, diese zauberischen Töne durch die Luft erzittern ließen.

Diese Klänge, der schöne Garten, die mich umspielenden Düfte, erhöhten die poetische Stimmung, in der ich mich schon seit dem vorhergehenden Tage befunden hatte, natürlich nur noch mehr, und mit lebhaft gerötheten Wangen und laut klopfendem Herzen betrat ich das Haus, auf dessen Flur mir Schön-Gretchen entgegen kam.

»Sie kommen? Sie halten Elisen Wort? Das ist schön!« sagte sie mit gewinnender Freundlichkeit. »Folgen Sie mir, Sie werden mit Sehnsucht erwartet.«

Sie reichte mir bei diesen Worten die Hand und führte mich zur Treppe, die ich jedoch allein besteigen mußte, weil sie überaus schmal war und Zweien nicht gestattete, sie nebeneinander zu betreten, auch waren die Stufen schlecht und abgenutzt, so daß man sie nur mit Mühe hinanklimmen konnte.

»Hier ist Elisens Zimmer, und sie allein«, sagte meine freundliche Führerin, indem sie auf eine Thür zur Linken wies; »klopfen Sie nur an und treten ein: ich habe unten noch mit dem Abendbrot zu schaffen.«

Ich gehorchte ihrem Befehl und ein leises *Herein* eröffnete mir das Himmelreich, in dem ich später so selige Stunden verleben sollte.

Elise lag, als ich eintrat, auf einem kleinen, mit schwarzer Seide überzogenen Sopha ausgestreckt und entschuldigte mit ihrer Krankheit, daß sie diese Stellung nicht verlassen dürfe. Das arme Wesen war, vermöge seiner körperlichen Beschaffenheit oft auf Monate dazu verdammt, regungslos auf diesem Sopha zu liegen; der gestrige, etwas lange Spaziergang war Elisen nicht wohl bekommen, und der herbeigerufene Arzt hatte ihr das Liegen als Hauptmittel verordnet.

»O, wie schön ist es von Ihnen, daß Sie gekommen sind!« rief sie, so wie sie mich erkannt hatte, und streckte mir ihre fast wachsweiße, abgemagerte Hand entgegen. »Nehmen Sie Platz neben mir, und verzeihen, daß ich nicht aufstehen und Sie, wie üblich, begrüßen darf; mir ist wieder einmal recht übel, das will sagen körperlich, denn geistig bin ich gesund und wir wollen was Rechts mit einander plaudern, wenn auch Sie heute dazu aufgelegt sind.«

Ich rückte mir einen Stuhl ganz dicht an ihr Sopha und setzte mich zu ihr. Mein Blick schweifte im Zimmer umher, das niedrig und fast ärmlich möblirt war. Die Stühle und Tische darin waren von grobem Holze, die Ueberzüge alle verblichen, doch herrschte die größte Reinlichkeit vor, und ein fast allzu starker Duft von weißen Lilien, die in einer großen Vase unter dem Spiegel standen, erfüllte die Luft. Der einzige Reichthum in diesem Zimmer war eine bedeutende Menge schön eingebundener und sauber erhaltener Bücher, von denen viele mit Lesezeichen versehen waren, was verrieth, daß man sie fleißig benutzte.

»Hier sehen Sie meine Welt!« sagte Elise, »die der Richtung meiner Blicke mit den ihrigen gefolgt war. »Sie ist klein, armselig, beschränkt, wenn Sie wollen; allein sie genügt mir, sie füllt mich ganz aus, und ich würde über das Schicksal gar nicht zu klagen haben, wenn ich eine Freundin, ein Wesen gefunden hätte, dessen Seele wie die meinige besaitet gewesen wäre und mich hätte lieben und freundlich tragen können.«

»Wie, Sie fanden sie nicht?« fragte ich mit Erstaunen. – »Nein«, versetzte sie, und ein tiefer Zug von Schmerz zeigte sich auf ihrem leidenden, jetzt ganz blassen Gesichte, das zu meiner Freude nicht geschminkt war. »Wenn Sie mich erst näher kennen«, fuhr sie fort, »werden Sie begreifen lernen, daß es mir schwer, ja fast unmöglich fallen mußte, eine Freundin nach meinem Sinne zu finden. Ich mache die größten Ansprüche, ja vielleicht solche an die Freundschaft, die sie nicht erfüllen kann; ich fordere eine gänzliche Hingabe der Freundin an mich, eine Hingabe, wie die Liebende sie für den Geliebten hat, und wer würde mir die gewähren? Freilich«, fuhr sie nach einer Pause fort, während welcher ich mich meinen Gedanken überlassen hatte, »freilich würde ich im Stande sein, eine solche Hingabe an mich zu belohnen; freilich fühle ich mich reich genug, sie zu vergelten; allein ich bin vier und vierzig Jahr alt geworden, ohne das Wesen gefunden zu haben, dem ich einen solchen Tausch der Herzen hätte anbieten mögen, aus Furcht, abgewiesen, vielleicht gar unheilbar verletzt zu werden, und so habe ich mich endlich bescheiden lernen.«

Sie seufzte, indem sie dieses sprach, und ihr Blick verweilte einen Augenblick auf dem Portrait eines jungen, sehr schönen Mannes, das neben ihr über dem Sopha hing; es lag in diesem Blicke Etwas, das wie eine Abbitte aussah.

Das Gespräch nahm dann eine andere Wendung, die sie absichtlich herbeiführte. Ich mußte ihr von mir erzählen, von meiner seltsamen Jugend, von dem Gange, den meine Bildung genommen hatte, deren Schöpferin ich, in durchaus störender Umgebung, ganz allein gewesen war, und sie hörte mir mit dem gewinnendsten Wohlwollen, mit der innigsten Theilnahme zu. Ich fühlte mich ihr gegenüber ganz frei und unbefangen, obgleich ich ihre große geistige Ueberlegenheit willig anerkannte; ich konnte mich und mein Inneres ihr ganz hingeben, mich ganz vor ihr aufschließen, ohne Furcht von ihr nur einen Augenblick mißverstanden zu werden, und ich schloß vor ihr meine Seele auf, wie vor Gott, und das erfreute sie sichtbar.

Ein körperliches Unbehagen, das mich, ich weiß es selbst nicht wie, befiel, unterbrach dann unsre Unterhaltung; ich fühlte mich wie betäubt und empfand bald die heftigsten Kopfschmerzen.

»Mein Gott«, sagte sie fast erschrocken, »daß ich auch daran nicht gedacht habe! Sie werden durch meine Lilien krank geworden sein und den Duft derselben im verschlossenen Zimmer nicht ertragen können. Schaffen Sie sie auf den Vorsaal hinaus und öffnen ein Fenster, um frische Luft einzulassen; ich Unbesonnene hätte Sie damit tödten können!«

»Und wie ertragen *Sie* diesen narcotischen Duft?« fragte ich, indem ich ihren Befehlen gehorchte; »wird er auch Sie nicht vielleicht tödten, besonders wenn Sie in diesem Zimmer schlafen?«

»Möchten Sie mir denn einen so süßen Tod nicht gönnen, einen so ächt *poetischen* nicht, Sie Poetin?« fragte sie lächelnd. »Ich habe ihn mir oft gewünscht, allein so schwach ich auch sonst bin, so sind doch meine Nerven unbegreiflich stark, und er will nicht kommen, dieser süße, duftreiche, heißersehnte Tod.« Ich schalt sie wegen dieser Aeußerung, und sie erwiederte, ernster werdend:

»Das war auch nur mein Scherz, liebe Amalia – ich darf Sie doch so nennen? – Nein, ich suche den Tod nicht, ich werde ihn nie gewaltsam herbeiführen, so wenig lieb mir auch das Leben sein kann: ich habe Pflichten zu erfüllen, und kann sie nur erfüllen, indem ich lebe. So hege und pflege ich denn meine armselige kleine Person fast über Gebühr; mit diesem Lilien-Duft habe ich mich aber vertraut gemacht, und er schadet mir nicht mehr. Sie werden wissen, daß man seine Natur nach und nach sogar an die schärfsten Gifte gewöhnen kann; so habe ich es mit dem Dufte meiner Lieblings-Blume gemacht, und die Geister, die ihr entströmen, sind, wenn auch vielleicht gegen alle Andere feindlich, ja sogar tödtlich gesinnt, mir doch befreundet und zugethan.«

Wir sprachen noch lange mit einander, so lange, bis der seine Strahlen durch das niedre Fenster werfende Mond mich an die Heimkehr mahnte.

»Sie kommen wieder, nicht wahr?« fragte Elise, als ich ihr beim Scheiden die Hand reichte, und ich versprach es willig.

Am folgenden Tage hatte ich einen Sturm mit Elisabeth zu bestehen, die durch einen Zufall – ihre Kammerfrau hatte mich, trotz meiner

Vorsicht, in Elisens Garten gehen sehen – von meinem Besuche bei dieser unterrichtet war, und kam, mir die bittersten Vorwürfe, sowohl über mein gestriges Ausbleiben, als über die Fortsetzung der Bekanntschaft mit Elisen zu machen, die sie eine überspannte Närrin, eine kleine lächerliche Person, ein verschrobenes Wesen u.s.w. nannte, und deren kleine Schwächen sie mit den grellsten Farben ausmalte, indem sie unbarmherzig über ihren Anzug und die von ihr ausgelegte Schminke herfiel.

Dies verstimmte mich nicht nur, sondern schmerzte mich zugleich tief, besonders weil ich es nicht zu entschuldigen wußte, daß eine Person von Elisens Geist und innerm Gehalte sich so lächerlich und auffallend kleiden, ja sogar ihr Gesicht mit der mir in den Tod verhaßten Schminke bedecken konnte, was um so mehr auffallen mußte, da ihre äußere Erscheinung fast abschreckend war. In der That hat sich mir dieses Räthsel nie ganz aufgeklärt, und nie ist es mir möglich gewesen, trotz der fast unumschränkten Macht, die ich späterhin über Elisens Herz erlangte, sie von dieser Schwachheit abzubringen. Auf meine fast flehende Bitte, die mir so verhaßte Schminke fortzulassen, antwortete sie mir, diese gehöre für sie eben so wohl zur anständigen Bekleidung, besonders in Gesellschaften, als der übrige Schmuck, den sie anlege, und sie sei es der Gesellschaft schuldig, so wenig häßlich als möglich vor ihr zu erscheinen.

Dies war eine Abgeschmacktheit, wenn man will, eine Krankheit ihres sonst so gesunden Geistes; allein durch wie viele Tugenden und geistigen Vorzüge wurde sie wieder aufgewogen!

Ich sah Elisen jetzt fast täglich, und waren wir verhindert, uns zu sehen, so schrieben wir einander. Oft, wenn ich am vorhergehenden Abende abgehalten gewesen war, sie zu besuchen, fand ich am Morgen beim Aufstehen schon eins der eben so zierlich geschriebenen, als zusammengefalteten Billete von ihr vor, von denen ich bald Hunderte aufzuweisen hatte. Sie mußte mir Alles sagen, was in ihrer Seele vorging, Alles wissen, was die meinige bewegte. Las sie ein gutes Buch, das sie besonders anregte, so theilte sie mir die Stellen schriftlich daraus mit, die sie vorzüglich angezogen hatten, und fügte denselben ihre geistreichen und tiefen Bemerkungen hinzu; war ihr im Leben irgend Etwas aufgefallen, so mußte ich es auf der Stelle wissen und sie mein Urtheil darüber hören; dies ging so weit, daß ich selbst in den Gesellschaften, in die ich gezwungen zuweilen gehen mußte, von diesen Billets bekam, die ich nie ohne Rührung und Dank gegen sie empfing. Ihre Botin war ein schönes Kind, die Tochter einer armen Wittwe, die Elise nicht nur unterrichtete, sondern die sie auch sonst unterstützte; sie nannte dieses Kind ihre *Sylphide* und hatte es sehr lieb.

Es konnte bei diesem regen und fortgesetzten Verkehr zwischen uns nicht fehlen, daß man in meinem Hause und in der Stadt nicht aufmerksam darauf geworden wäre, und so war bald unsre innige Freundschaft kein Geheimniß mehr. Mißbilligung und Tadel von Seiten meiner Verwandten, die es herzlich gut mit mir meinten, blieben nicht aus, und man hatte im Grunde nicht Unrecht damit, da Gretchens Ruf in der That sehr schlecht war, und so der Besuch eines Hauses, in dem auch sie lebte, für den Ruf eines jungen Mädchens nachtheilig werden mußte. Allein ich konnte von Elisen nicht mehr lassen; mit tausend Fäden hatten wir uns mit einander verknüpft, und alles, was gut und edel an mir war, mußte ich als ihr Werk ansehen, für jede gute Stunde, die ich genoß, für jeden neuen Gedanken, der in mir aufging, war ich ihr zum Danke verpflichtet. Sie war es, die mich mit den besten Büchern bekannt machte, die unsre Literatur und die einiger andern Nationen, deren Sprache mir zugänglich war, aufzuweisen hat; sie las mit mir die besten Uebersetzungen der Römer und Griechen, deren Meisterwerke sie in der Ursprache zu lesen vermochte; sie ermunterte durch ihren Beifall meine geringen Talente; sie tadelte mich mit Liebe, wo ich zu tadeln war; sie spornte mich unaufhörlich an, meinen Geist auszubilden und mit Kenntnissen zu bereichern; sie machte mich besser, edler, ernster, als ich früher gewesen war, indem sie mir die Frivolitäten des gewöhnlichen Lebens in ihrer Hassenswürdigkeit und Nacktheit zeigte; sie vermehrte meine Kenntnisse, indem sie mir entweder selbst Unterricht gab oder ihn vereint mit mir noch selbst nahm, um mich zum unausgesetzten Fleiße anzuspornen.

O, was verdanke ich Dir nicht Alles, theurer Schatten, der Du gewiß selbst jetzt noch aus seligen Höhen liebend auf Dein Geschöpf herabblickst, und Dich der Dankbarkeit freuest, die es Dir bis zum letzten Hauche seines Lebens unwandelbar weihen wird! Und für Alles, was Du mir gabst, fordertest Du nichts, als daß ich Dich liebe, liebe, wie Du mich liebtest, mit der vollen Gluth der Seele und des Empfindens, und glücklicher sei, indem ich immer besser würde!

Und wie hätte ich Elisen nicht lieben sollen, die die Schöpferin meines bessern Selbst, die mir als ein hülfreicher Engel gerade in der Zeit des

Lebens entgegengetreten war, wo ich nahe daran stand, mich selbst zu verlieren; sie nicht, die mir dadurch, daß sie den Trieb des Wissens wieder in mir belebte, die Quelle unvergänglicher Genüsse eröffnete; sie nicht, die zugleich den größten Verstand, die seltensten Kenntnisse und ein liebendes Herz besaß?

Ja, ich liebte sie mit der ganzen Kraft meiner feurigen Seele; liebte sie in dem Maaße, daß ich selbst die kleinen Fehler und Schwachheiten an ihr nicht mehr hätte missen mögen, mit denen es mir erging, wie es uns mit kleinen Narben und Flecken in einem geliebten Gesichte ergeht: wir sehen sie entweder gar nicht mehr, oder möchten doch nicht, daß sie daraus verschwänden. Und sie fühlte das; sie blühte zu neuem Leben, zu neuer Gesundheit in dem seligen Gefühle wieder auf, nochmals ein Wesen gefunden zu haben, das ihr ganz, ungetheilt angehörte, das ihr seine schönsten, heiligsten und reinsten Empfindungen weihte.

Nur *Eins* trübte unser glückseliges Zusammenleben zuweilen: es war die Furcht, die Elise nicht los werden konnte, daß man uns trennen würde, und ach! sie war nicht ungegründet. Wenn ich ihr gleich aus billiger Schonung und Zartgefühl nicht sagte, welche Kämpfe ich zu bestehen, welche Hindernisse zu besiegen und welche Kraft aufzuwenden hatte, um mich für sie und unsre Freundschaft zu erhalten; so ahnete sie dieselben doch, da es ihr nicht verborgen war, wie schlecht Gretchens Ruf im Publicum, und wie besorgt meine Anverwandten mit Recht für den meinigen waren. Ich ließ mich indeß nicht irre machen und kämpfte mich muthig durch; es würde mir feig und meiner unwürdig geschienen haben, einem bloßen Vorurtheile zu Liebe, Elisens Freundschaft, das Glück ihres Umgangs, aufzuopfern, diese Freundschaft und dieses Glück, die mich edler, besser und ernster machten und jetzt so nothwendig zum Fortbestehen meines Lebens gehörten, als das Athmen.

Auch sah ich Gretchen fast gar nicht. Elise war entweder in ihrem Zimmer oder im Garten allein mit mir. Wir lasen, zeichneten oder schrieben mit einander, wenn wir nicht plauderten; oft auch mußte ich ihr zum Clavier oder zur Guitarre vorsingen, besonders Abends in der Dämmerung, wo sie es sehr liebte, Musik zu hören. Dann freilich setzte sich Gretchen auch wohl auf ein Stündchen zu uns; allein sie entfernte sich gleich wieder, wenn wir von unserm »*gelehrten Kram,*« wie sie unsre ernsten oder wissenschaftlichen Unterhaltungen zu nennen pflegte, zu reden anfingen. Es erging ihr damit ganz so, wie dem Gellertschen Geiste mit den Versen – wir waren immer sicher, sie zu verscheuchen, wenn wir von einem Buche zu reden anfingen, und ich muß gestehen, daß wir oft boshaft genug waren, zu diesem Kunstgriffe unsre Zuflucht zu nehmen, um uns ihres unerträglichen Geschwätzes und ihrer sentimentalen »Schönrednerei« zu entledigen. Uebrigens war Gretchen ein völlig gutes und harmloses Geschöpf, das mit inniger Liebe der Schwester zugethan war und auf die zarteste und gemüthlichste Weise für alle Bedürfnisse derselben, so weit sie diese zu befriedigen im Stande war, sorgte. Hätte das Schicksal ihr früh einen braven, sie liebenden Gatten zugeführt, so würde sie eine treffliche Hausfrau und Mutter, eine treue, liebende Gattin geworden sein. Allein ein solches Glück war ihr nicht beschieden; denn wenn gleich ihre außerordentliche Schönheit Bewunderer und Anbeter genug herbeizog, so fehlte es ihr doch bei ihrer Armuth – ihre Einkünfte als Kloster-Dame hörten natürlich mit ihrer Verheirathung auf – an einem ernstlichen Bewerber, wozu auch wohl der Umstand beitragen mochte, daß sie schon in frühester Jugend ein Verhältniß mit einem jungen Officier gehabt hatte, von dem die böse Welt das Uebelste sprach, und dieser Officier hatte sie, da er gleichfalls arm war, nicht heirathen können. Nur dieser Umstand machte es einigermaßen begreiflich, daß ein *so* schönes Mädchen, dessen Reize durch das ganze Land berühmt waren, und von denen man nur mit Bewunderung sprach, unvermählt geblieben war – und es auch für die Folge blieb. Schön-Gretchen ist jetzt verblüht, ist zur Matrone geworden, und noch immer Stifts-Dame in I.

Elisens große Kränklichkeit, die sie fast immer an ihr Zimmer und sogar an das Lager fesselte, so wie die Bornirtheit der Mutter der beiden Schwestern, hatten herbeigeführt, daß Gretchen sich ganz selbst überlassen geblieben und den unseligen Weg gegangen war, auf dem man sie jetzt erblickte. Uebrigens glaube ich, daß auch sie mit Recht sagen konnte: »Ich bin besser, als mein Ruf«, denn nie habe ich auch nur ein frivoles Wort, obwohl manches alberne, von ihren Lippen vernommen, und wenn man in ihr Auge blickte, glaubte man in das der höchsten Unschuld und Seelen-Reinheit zu sehen. Gewiß ist indessen, daß sie sich große Unvorsichtigkeiten hatte zu Schulden kommen lassen und zuweilen noch jetzt zu Schulden kommen ließ, indem sie mit Vergnügen die Huldigungen von Männern annahm, die als höchst leichtsinnig im bösesten Rufe standen.

Als mein Verhältniß zu Elisen so vertraut geworden war, daß wir jeden Gedanken unserer Seele gegen einander austauschten, wagte ich es, sie auf das unvorsichtige Betragen ihrer schönen Schwester aufmerksam zu machen, und sie zu fragen, wie sie es damit habe so weit kommen lassen können, da ihr doch gewiß Mittel und Wege genug zu Gebote gestanden, dem einreißenden Verderben zu wehren?

Sie schwieg bei dieser Frage einige Augenblicke betroffen still; dann sagte sie:

»Einestheils hat mich meine beständige Kränklichkeit daran verhindert, den Einfluß auf Gretchen auszuüben, den ich unter andern Umständen wohl auf sie hätte ausüben können; und dann, laß es mich Dir gestehen«, fügte sie lächelnd hinzu, »bin ich dahin gekommen, über Liebe und Ehe anders zu denken, als der große Haufe thut. Ich sehe die Schwester glücklich; sie ist jung, ist schön, die Natur hat ihr Genußfähigkeit verliehen; so freue ich mich, daß sie die schönen Tage ihrer Jugend genießt und ihr Leben jenen poetischen Anstrich hat, der so manchem jugendlichen Leben fehlt. Sie hätte vielleicht eine sogenannte gute Partie thun können, wenn sie vorsichtiger in der Wahl ihres männlichen Umgangs gewesen wäre; allein ich zweifle daran, daß mehr Glück für sie dabei herausgekommen wäre, als jetzt ihr durch ihre Freiheit und Ungebundenheit zu Theil wird. Ich schaudre, wenn ich an das Loos der sogenannten guten Ehefrauen denke, deren Blüthe unter Sorgen und Lasten aller Art nur allzu früh dahinwelkt, und die, der rohen Willkür ihrer Männer gänzlich unterworfen, an Leib und Seele zugleich verkümmern. Sieh Dir nur einmal recht ein solches Pärchen an, das man in der Welt ein *glückliches* nennt«, fuhr sie nach einer Pause lächelnd fort, »und gieb zu, daß es das Bild der höchsten Prosa, der schauderhaftesten Langweiligkeit darbietet; ja, würde man beide Theile zum Nachdenken über sich selbst bringen und ein offenes Geständniß von ihnen erlangen können, so halte Dich fest davon versichert, daß Beide ihr vielbeneidetes Glück zu allen Teufeln wünschen, und, wenn die lieben Kinder nicht wären, keinen lebhafteren Wunsch hegen würden, als ihr unseliges, sie zur höchsten Prosa des Lebens verdammendes Bündniß wieder gelöset zu sehen.«

»O, Elise!« rief ich, die durch die von ihr ausgesprochenen Grundsätze und Ansichten auf das Lebhafteste erschreckt wurde, »Du hast nie geliebt, kennst die wahre Liebe nicht, wenn Du so die Ehe schmähst!«

»Nicht?« fragte sie, und ihr leuchtender Blick wandte sich nach dem Portrait um, das über ihrem Sopha hing, und, wie schon angedeutet worden, das eines sehr schönen, jungen Mannes war. »Nicht?« wiederholte sie, und die eben noch so bleichen Wangen wurden von einem matten Roth gefärbt. Dann wurde sie plötzlich stumm und sehr ernst, ging an ihr Schreibpult und nahm aus einem verborgenen Fache desselben ein Paquet Briefe hervor, das kreuzweis mit einem schwarzen Bande zusammen gebunden war.

»Da nimm und lies sie zu Hause, aber mit Andacht«, sagte sie und ihre Hand und Stimme bebten, als sie mir das Paquet überreichte. »Es war nicht Mangel an Vertrauen gegen Dich«, fuhr sie nach einer Pause fort, »nicht die Furcht, daß auch *Du* mich verspotten würdest, wie die Welt es thut, daß ich, so hinfällig von Jugend auf, so jedes Reizes entbehrend, so mißgestaltet selbst, zu lieben wagte und geliebt wurde, das Dir diese Papiere bisher vorenthielt; aber ich fürchtete mich, die tiefe Wunde meines Herzens wieder zu berühren, ich habe genug daran geblutet, und ich will, ich mag diese Erweichungen nicht, sie passen jetzt nicht mehr zu mir!«

Unwillkürlich erhob ich das Auge, indem ich die Briefe von ihr empfing, zu dem bewußten Portrait, um die Gesichtszüge des Mannes zu betrachten, der so bedeutungsvoll in Elisens Leben getreten war und, aller Wahrscheinlichkeit nach, selbst so bedeutend gewesen war. Wohl sah ich noch schönere, nie aber geistreichere und edlere Gesichtszüge als diese; besonders waren Stirn und Augen von unübertrefflicher Schönheit und Hoheit.

»Nicht wahr«, sagte Elise, die der Richtung meiner Blicke mit den ihrigen gefolgt war, »er war ein schöner Mann? Auch konnte man sich kein reizenderes Paar denken, als wenn er neben Gretchen ging, die damals, als wir ihn kennen lernten, funfzehn Jahr alt und eine wahre Hebe war; auch hegte ich lange keinen lebhaftern Wunsch, als diese Beiden mit einander vereint zu sehen. Es war aller Anschein vorhanden, daß dieser Wunsch in Erfüllung gehen würde, indem *Ernst,* durch Gretchens Reize angezogen, vielleicht mit den besten Absichten in unser Haus kam. Allein es sollte anders kommen, und ich, ich war dazu bestimmt, dieser Neigung hindernd in den Weg zu treten. Doch lies die Briefe, und Du wirst Alles wissen; ich fühle, daß ich mich selbst vor Dir seltsam ausnehmen muß, wenn ich Dir von einem gehabten Liebesverhältnisse erzähle, und ich fürchte mich mit Recht davor, mir den

Anschein des Lächerlichen zu geben, indem ich Dir von zarteren Gefühlen rede, die ich einem schönen und liebenswürdigen Manne einflößte.«

Ich nahm die mir anvertrauten Briefe mit nach Haus und las sie, wie Elise gewollt hatte, »*mit Andacht*,« ja unter Thränen.

Nie hat ein Liebender so geliebt, wie Ernst; nie redete ein Mann glühender zu der Geliebten seines Herzens, als er es in diesen Briefen zu Elisen that. Er drang auf eine feste, unauflösliche Verbindung zwischen ihnen, er wollte sie durch das Band der Ehe auf immer an sich ketten, und war in Verzweiflung, als sie sich ihm mit der ihrer würdigen Festigkeit versagte.

Ich glaube, daß nie ein ähnliches Verhältniß in der Welt existirt hat; dies war eine rein-geistige Liebe, wenn es je eine gegeben!

Da das Verhältniß anfing, Aufsehen zu erregen, weil Ernst seine Liebe für Elisen keineswegs zu verbergen bemüht war, trieb ihr strenger Befehl ihn fort von ihr. Er gehorchte erst, nachdem er die feste Ueberzeugung gewonnen hatte, daß Nichts ihren einmal gefaßten Entschluß ändern würde, und begab sich, da seine Verhältnisse es ihm erlaubten, auf Reisen, nicht um sie zu vergessen, sondern um sich gehorsam gegen ihren Willen zu bezeigen. In Rom wurde er von einem bösartigen Fieber ergriffen, dem er erlag; noch wenige Tage vor seinem Tode hatte er ihr geschrieben und in unveränderter Liebe und Gesinnung gegen sie.

Ich wage nicht, zu beschreiben, welchen Eindruck diese Geschichte und die sie begleitenden Briefe auf mich machten; nie empfing ich einen lebhaftern und dauerndern, als diesen; denn selbst jetzt, nach so vielen Jahren, erinnere ich mich fast jeder Zeile, die in diesen Briefen stand, und würde den Inhalt derselben, wenn ich es wollte, aus dem Gedächtnisse getreu wiedergeben können.

Das Band zwischen Elisen und mir schlang sich, allen äußern Hindernissen zum Trotze, mit jedem Tage fester. Sie betrachtete mich als ihr Werk, als ihr geliebtes Kind, als ihren Zögling, und machte es fast zu ihrem ausschließlichen Geschäft, meinen Verstand aufzuklären, meinen Geist zu bereichern und meine Kenntnisse zu vermehren. Jede Trägheit des Geistes war ihr zuwider und so regte sie mich durch ihre zugleich geistreichen und gemüthlichen Gespräche fortwährend zum Denken an. Ich befand mich in ihrer Nähe in einer beständigen Spannung, die aber, weit davon entfernt, mich zu ermatten, meinem Geiste eine immer größere Elasticität gab. Ich begriff, daß ich etwas sein müsse, um einem Wesen, wie Elise, zu gefallen, und meine ganze Seele strebte darnach, ihr Alles zu sein.

Was ich ihr geworden war, wie sie mich liebte, wie sie zu lieben verstand, zeigte sich bald. Ich verfiel in eine tödtliche Krankheit, von der die Aerzte mich nicht glaubten herstellen zu können. Sie vernahm dies, nachdem sie mich mehre Tage vergeblich bei sich erwartet hatte, mit Schrecken, und eilte sogleich zu mir. Dies war schon ein großes Opfer von ihrer Seite, indem sie recht gut wußte, wie ungern man sie in meiner Nähe und in dem Hause wußte, in dem ich lebte; allein alle Rücksichten mußten schweigen, wo es mein Leben, das sie von ihrer Pflege abhängig glaubte, galt, und so verscheuchten sie keine verdrießlichen Gesichter von meinem Lager, neben dem sie, die Schwache, Kränkliche, selbst dem Tode Nahe, vierzehn Tage und Nächte verweilte, indem sie sich nur auf wenige Stunden Ruhe auf einem im Zimmer stehenden Sopha gönnte.

Meine Krankheit war ein Brustübel; ich konnte und durfte nicht reden, ohne mich der Gefahr eines heftigen Lungen-Blutsturzes nochmals auszusetzen; doch war ich bei voller Besinnung und empfand und begriff ihre ganze Liebe. Sie ließ mich kaum aus ihren Armen; sie bewachte jeden meiner Athemzüge, wenn ich auf Augenblicke einschlummerte; nur von ihrer Hand durfte ich die mir verordnete Arzenei nehmen; sie beschwor mich fast unter Thränen, kein Wort zu reden und mich *ihr* zu erhalten, indem ich strenge die Vorschriften des Arztes befolge, ihr, die nicht ohne mich leben könne, wie sie sagte, und ich gehorchte ihrem liebevollen Befehle mit von Dankbarkeit erfülltem Herzen.

Ihre Pflege und Wachsamkeit, verbunden mit einer ungeschwächten Natur und richtiger ärztlicher Behandlung, erhielten mir das Leben, und jetzt beschwor ich sie, an sich zu denken, sich auch mir zu erhalten. Es war die höchste Zeit damit; denn kaum zu Hause angelangt, verfiel sie in jenen Zustand der Ermattung, wie ich ihn, in einem geringern Grade aber, schon mehrmals an ihr gesehen hatte; doch schrieb sie mir trotz dem, da ich das Haus noch nicht wieder verlassen durfte, täglich von ihrem Schmerzenslager, um mich über ihren Zustand zu täuschen.

Endlich durfte ich sie wieder sehen und ihr danken; aber wie groß war mein Erschrecken über den Verfall, den ich an ihr wahrnahm! Fast hätte ihr Anblick mir einen Rückfall zugezogen, denn ich wußte ja recht gut, daß ich die alleinige Ursache ihrer Hinfälligkeit war. Indeß wurde sie mir und dem Leben erhalten, und der Frühling, welcher wieder erwacht und überaus schön und warm war, that das Seinige, um sie wieder herzustellen.

Mit welchen Empfindungen machten wir den ersten Spaziergang wieder, mit welchen betraten wir die Stätte im Walde, wo wir uns zuerst gesehen hatten! Wie damals, lagerten wir uns unter dem Schatten der großen Eiche auf das schwellende Moos hin, und saßen lange Hand in Hand, Auge in Auge, Seele an Seele hangend. Wußten wir doch jetzt, was wir an einander hatten, welches Glück der Himmel uns durch unser Begegnen und Finden geschenkt hatte!

Plötzlich, wie sich am Morgen die Nebel vor den siegenden Strahlen der Sonne verziehen und ein bisher verhülltes Bild der Landschaft uns sichtbar wird und sich vor uns aufrollt, erinnerte ich mich in diesem Augenblick eines Traumes, den ich in der vorhergehenden Nacht gehabt und am Morgen beim Erwachen wieder vergessen hatte; er erschreckte mich und schien mir so bedeutsam, daß ich ihn Elisen mittheilte, die mir stumm und immer bleicher und bleicher werdend zuhörte.

In jenem höchst merkwürdigen Traume ging ich, wie jetzt in der Wirklichkeit, an Elisens Seite zwischen den Bäumen des Waldes umher, und war ganz so selig, wie ich es immer in ihrer theuren Nähe und in der Umgebung einer schönen Natur war. Indem wir so fortwandelten, gelangten wir zu einem freien Platze, der sich immer mehr und mehr ausdehnte, so daß ihn endlich nur noch der Horizont begrenzte. Da sah ich zu meinen Füßen nieder und erblickte zwischen Elisen und mir eine schmale Ritze oder Spalte von dunkler Färbung, die sich wie ein schwarzer Strich zwischen ihren und meinen Füßen hinzog. Indem ich diese auffallende Erscheinung mit Erstaunen betrachtete, bemerkte ich zu meinem Erschrecken, daß die Spalte immer breiter und breiter wurde, und daß Elise am jenseitigen Rande derselben stand und mir die Arme, wie flehend, entgegenstreckte, indem der Abgrund zwischen uns beständig größer und tiefer wurde und sie mit einer schwindelnden Schnelligkeit immer weiter zurückflog. Noch konnte ich ihre theure Gestalt erkennen, noch sah ich ihre flehend gegen mich ausgestreckten Arme, allein aus so weiter Ferne schon, daß ihre Gesichtszüge mir nicht mehr kenntlich waren; dann verschwamm ihre Gestalt ganz und der Abgrund, an dessen diesseitigem Rande ich mit einer unnennbaren Angst stand, wurde nur noch vom Horizonte begrenzt.

»Man wird uns trennen!« rief Elise mit einem Ausdruck der Stimme, der mich durchschauderte; »glaube mir, man wird uns trennen!« rief sie nochmals; »dieser Traum weissagt es mir.«

Ich suchte sie zu beruhigen und spottete sogar, obgleich es mir selbst weh und seltsam um das Herz war, über ihren Glauben an Träume, der in der That ihr eigenthümlich war; allein sie blieb traurig und verstimmt und wollte sich ihren Glauben nicht ausreden lassen.

Nur zu bald sollte in Erfüllung gehen, was sie gefürchtet hatte. Ein Regiment Cavalerie wurde in die Gegend und in die Stadt verlegt und bald wimmelten die Gassen von Officieren. Diese verfehlten nicht, sich von Gretchens vielgepriesener Schönheit durch den Augenschein überzeugen zu wollen, und so oft ich in Elisens Haus kam, erblickte ich, wenn auch nur durch die geöffnete Thür des Wohnzimmers, rothe Röcke. Freilich kam ich, die ich gleich auf Elisens Zimmer flüchtete, mit diesen Herren nicht in Berührung und lernte keinen einzigen von ihnen kennen; allein diese neue Unvorsichtigkeit von Seiten Schön-Gretchens diente meinen Verwandten zum willkommenen Vorwande, mir mit Ernst und Strenge den Besuch von Elisens Hause zu untersagen, und, als ich, im Bewußtsein meiner Schuldlosigkeit, diesem Befehle nicht Gehorsam leisten wollte, eine Hülfe herbei zu rufen, der ich nicht widerstehen durfte.

Ich war, wie schon angedeutet worden, damals bereits mit meinem nachherigen Gatten verlobt; man unterrichtete ihn von der Gefahr, der mein Ruf ausgesetzt sein würde, wenn ich noch ferner ein Haus besuche, das so vielen Officieren zum Sammelplatze diene, und die Wirkung, welche man von diesem Schritte erwartet hatte, konnte um so weniger ausbleiben, da mein Verlobter bis zur Raserei eifersüchtig war.

Ich tadle die nicht, welche in der reinsten Absicht so handelten, und würde unter ähnlichen Umständen ganz dasselbe für ein mir anvertrautes, noch junges und unerfahrenes Mädchen thun; allein der Schlag, den ich dadurch empfing, war wahrhaft furchtbar, und um so schmerzlicher für mich, da ich mir auch nicht das Mindeste vorzuwerfen hatte.

Weit davon entfernt, an Gretchens Gesellschaft und den Besuchen, die sie annahm, Gefallen zu finden, wandte ich mich vielmehr von beiden mit Ekel und Unwillen ab und hatte mich auch nicht ein einziges Mal nur dazu bewegen lassen, in das Wohnzimmer zu kommen, wenn Besuch da war. Meine Welt, mein Paradies, war Elisens trauliches Stübchen; das Glück, das ich suchte, ihre belehrende, belebende Unterhaltung, der Unterricht, den ich von ihr empfing, die geistige Anregung, die mir von ihr zu Theil wurde. Stundenlang konnten wir Beide an den Winter-Abenden auf niedrigen Stühlen vor der Flamme des Ofens sitzen und mit einander plaudern, wenn ich eine Unterhaltung so nennen darf, in der das Höchste und Heiligste zur Sprache kam und die nie zum Flachen, Trivialen herabsank. Ich wußte, was Elise mir gegeben hatte, welchen Dank ich ihr schuldig war, und jetzt sollte ich nicht nur undankbar, sondern sogar unmenschlich gegen sie sein, indem ich sie des einzigen Glücks beraubte, auf das sie noch Werth setzte; denn sie hatte mich so stolz gemacht, zu glauben, daß mein Umgang ein solches für sie war.

Im ersten Augenblick, als ich den Brief meines Verlobten empfing, war ich wie betäubt und wußte nicht, was ich beginnen sollte, um mich aus einer so entsetzlichen Lage heraus zu ziehen; ich zerfloß in Thränen und wünschte mir tausendmal den Tod, den ich der schrecklichen Nothwendigkeit unbedingt vorgezogen haben würde, ein Herz, wie Elisens, zu betrüben; allein er kam nicht – ich mußte leben, mußte Der eine tödtliche Wunde schlagen, die sich für die Erhaltung meines Lebens aufgeopfert hatte!

Dann faßte ich mich wieder und schrieb an S. Ich stellte ihm das ganze Verhältniß getreulich dar und schilderte ihm meine Verzweiflung über seinen harten Befehl mit den lebhaftesten Farben, indem ich ihn zugleich flehentlich bat, ihn zurück zu nehmen. Ich versprach ihm, in soweit seinen Willen zu befolgen, daß ich Elisens Wohnung, die ihm, wegen Gretchens, mit Recht ein Stein des Anstoßes war, nicht wieder beträte; allein er sollte mir gestatten, sie bei mir, auf Spaziergängen und an andern, durchaus nicht anstößigen Orten zu sehen. Ich beschwor ihn, mir einen Umgang nicht zu rauben, der mich veredelte, mich besser und geistreicher mache, und ohne den ich nicht mehr leben könne, nachdem ich die Süßigkeit eines so schönen, geistigen Verkehrs habe kennen gelernt.

Alles war vergebens, und mein Brief hatte das Uebel nur noch ärger gemacht. Es giebt eine Art von Eifersucht, die sich nicht nur auf den Umgang mit dem andern Geschlechte, sondern auch auf den mit Eltern, Geschwistern und Freundinnen erstreckt: Elise zu lieben, wie ich es that, wurde mir zum Verbrechen gemacht, und ich sogar aufgefordert, meine bisherigen Verhältnisse zu verlassen.

Nichts blieb mir übrig, als zu gehorchen.

Ich sah Elise nicht wieder, ich vermochte es nicht, Abschied von ihr zu nehmen, noch ihr Herz dadurch zu verwunden, daß ich ihr die Ursache unserer Trennung mittheilte. Ich schrieb ihr erst von Hamburg aus; doch auch das Glück wurde mir verboten, mich schriftlich mit ihr unterhalten zu dürfen, indem es hieß, ihre Grundsätze und Lebens-Ansichten wären der Art, daß sie die meinigen untergraben müßten.

Nach Jahren sandte mir Gretchen eine Brieftasche von schwarzem und rothem Atlasbande geflochten; ich öffnete sie und fand alle meine an Elise geschriebenen kleinen Briefe, poetische Versuche, die ich ihr mitgetheilt hatte, und einige Aufsätze in Prosa von meiner Hand darin. Sie hatte Alles treu verwahrt und sandte es mir als Vermächtniß von ihrem Sterbebette zu. Von ihrer Hand war keine Zeile dabei; wahrscheinlich hatte sie nicht mehr schreiben können, denn sonst würde ich auch noch diesen Beweis ihrer Liebe und der Vergebung einer unfreiwilligen Schuld gegen sie empfangen haben. Als ich ihr Vermächtniß empfing, war sie bereits heimgegangen.

Wie ihr Andenken in mir fortlebt, davon mag das Vorstehende Zeugniß ablegen. Die Segnungen ihrer Liebe und ihres Umganges dauern noch jetzt für mich fort.

II. Der Musiklehrer.

Es war gleichfalls in dem Städtchen I., wo ich die erste Bekanntschaft eines der originellsten und zugleich besten Menschen machen sollte.

Schon das Aeußere desselben war auffallend und ließ die Meinung aufkommen, daß er ein Abkömmling des Volkes sei, von dem er den Namen führte: er hieß nämlich *Grönland*. Seine Gestalt war etwas unter der mittleren Größe und sehr mager; langes, ganz schlichtes und sehr dickes pechschwarzes Haar umgab ein sehr kleines Haupt; die Gesichtsfarbe war ein dunkles, fast in's Grünliche spielendes Braun; die Nase war klein und in der Mitte etwas eingedrückt, der Mund groß, die Lippen schmal, die Backenknochen hervorstehend, die Stirn klein und die tiefliegenden, aber freundlich und selbst zu Zeiten geistreich blickenden Augen waren dunkelbraun, fast schwarz; die Haltung des Körpers schlecht und vernachlässigt.

Dieser Mann, der als Musiker ausgezeichnet und als Mensch in dem Städtchen geachtet war, gab trotz dem Stoff zu vielen kleinen Geschichten, in denen er eine lächerliche Rolle spielte, und in der That besaß er eine Seelen-Unschuld und Naivität, wie man sie wohl selten oder gar nicht mehr bei einem erwachsenen und gebildeten Menschen findet, und beide mußten in einer kleinen Stadt, wo man für Alles so beschränkte Maaßstabe hat, um so mehr auffallen, da Grönland, außer Elisen, wohl das einzige Wesen war, das es sich erlaubte, sich anders zu geben und zu zeigen, als alle Andern.

Man hatte mich gleich zu Anfang neugierig auf seine Erscheinung gemacht, und noch bevor ich ihn sah, wußte ich viele jener kleinen Klatschgeschichten von ihm, die den Stoff zur Unterhaltung in Landstädten hergeben müssen. So sollte er sich z.B. bei seiner Bewerbung um die Hand eines sehr gebildeten, geachteten und liebenswürdigen Mädchens – seiner nachherigen Gattin – höchst seltsam benommen und dies noch mehr an seinem Hochzeitstage gethan haben; worin diese Seltsamkeiten jedoch bestanden, habe ich leider wieder vergessen. Vergeben konnte man es ihm aber durchaus nicht, daß er, der Höflichkeit zu Gefallen, nie auch nur um ein Haar breit von der Wahrheit abwich und Jedem unverholen sagte, was er von ihm dachte; dies mußte natürlich oft Anstoß geben, ohne jedoch der Meinung von seinem Charakter schaden zu können, der, wie bereits angedeutet, in gerechter Achtung stand.

Uebrigens konnte man seiner auch nicht entbehren und mußte sich schon etwas von ihm gefallen lassen, da er nicht nur ein ausgezeichneter Musiklehrer, sondern der einzige von Bedeutung in dem Städtchen war; beleidigte oder kränkte man ihn aber, so blieb er vom Unterrichte weg und war weder durch Bitten noch Versprechungen zu bewegen, den Unterricht weiter fortzusetzen.

Mit den seltensten theoretischen Kenntnissen verband Grönland einen ausgezeichnet guten Geschmack und eine wahrhaft vorzügliche Methode beim Unterrichte, den er mit der Gewissenhaftigkeit ertheilte, die ein Grundzug seines Charakters war; auch achteten und liebten ihn seine Schüler und Schülerinnen, da er zugleich ernst und sanft beim Unterrichte war. Auch Kenntnisse und eine allgemeine Bildung hatte er sich erworben und, irre ich nicht, so verdankte er alles Dies sich ganz allein, indem er von niedrer Geburt war und nur einen sehr mangelhaften Unterricht in seiner Jugend empfangen hatte. Er las viel, aber mit Auswahl, und wußte über das Gelesene sehr angenehm zu sprechen; *Jean Paul* war und blieb bis zu Ende seines Lebens sein Lieblings-

Schriftsteller und er hatte nicht nur Alles von ihm gelesen, sondern wußte ihn fast auswendig.

Ich sah diesen Mann zuerst in einer Gesellschaft, die einem jungen, außerordentlich reichen Husaren-Officier in dem Hause meiner Verwandten zu Ehren gegeben wurde; man hatte Grönland wahrscheinlich dazu gebeten, um die Fête durch sein Talent zu verschönern, auch ließ er sich willig finden, auf dem neuen, sehr schönen Clementischen Flügel einige Mozartsche Sachen vorzutragen und mit einer zwar schwachen, aber höchst angenehmen Stimme einige herzige Lieder zu singen. Er saß eben am Flügel, als ich in das Gesellschafts-Zimmer trat, und ich hatte daher Muße, ihn genau zu betrachten.

Wie ein ächter, von seiner zauberischen Kunst begeisterter Musiker, spielte er nicht nur mit den Händen, sondern mit dem ganzen Körper; bald neigte er, besonders bei sanften zärtlichen Passagen, den Kopf mit einer schmachtenden Miene vorwärts; bald richtete er seinen Körper stolz empor und schaute mit gleichsam triumphirender Miene um sich; bald lehnte er, wie ein verschämtes, schmachtendes Mädchen, den Kopf auf die Schulter, bald fuhr er, bei Beendigung einer kräftigen Passage mit den Händen in die Höhe; kurz, er war so mit der Composition des Meisters und seinem Spiele Eins, daß man deutlich sah, die Musik habe ihm Blut und Nerven durchdrungen.

Der junge Husaren-Officier hatte sich, anscheinend ganz in Hören versenkt, wahrscheinlich aber allein mit seiner eben so zierlichen, als eleganten Figur beschäftigt, ganz dicht an das Instrument gestellt und wandte von Zeit zu Zeit mit den beringten Fingern das Notenblatt um, eine Mühe, die er sich wohl nur deshalb gab, um zu zeigen, daß auch er Musik verstehe – ich thue ihm, dessen ganzes Wesen Eitelkeit war, gewiß mit dieser Voraussetzung kein Unrecht – und als der Künstler endlich die Schluß-Akkorde kräftig ertönen ließ, klatschte er, als wäre er im Theater, in die Hände und ließ ein lautes »Bravo! Bravo!« ertönen.

Grönland trocknete sich den ihm in Perlen von der Stirn fallenden Schweiß ab, und wandte sich dann auf seinem Stuhle nach dem jungen Manne um, den er eine Zeitlang, und zwar so lange, daß es den Beschauten verlegen machte, vom Kopf bis auf die Füße mit einer Art von Bewunderung, oder vielmehr Verwunderung, betrachtete; dann, die Hand auf die mit reicher Silber-Stickerei bedeckten karmoisinrothen Aufschläge des jungen Kriegers legend, fragte er mit verwunderungsvollem Tone:

»Ist das Alles ächtes Sülber?« Er sprach nämlich das Wort Silber so aus, wie man überhaupt in Nord-Schleswig, da, wo die deutsche Sprache sich schon mit der dänischen zu vermischen anfängt, sowohl die Vocale, als Consonanten auf eine unangenehme Weise verdirbt.

»Ja!« versetzte der Sohn des Mars nicht ohne inneres Wohlbehagen, »ja, mein Lieber, dies Alles ist ächtes Silber!«

»Das hätten Sie auch leicht besser anwenden können, als hier auf der Uniform, mein Herr Leutnant«, sagte Grönland, und wandte sich wieder seinem Instrumente zu.

Man muß wissen, daß das Husaren-Regiment, zu dem Herr von E., ein geborner Hamburger und Erbe eines außerordentlich reichen Vaters, gehörte, nicht nur das schönste in der ganzen dänischen Armee, sondern wohl eins der reichsten und schönsten Europa's war, so daß nur die Söhne reicher Eltern darunter gehen konnten. Der außerordentliche Luxus, den die Officiere desselben trieben, und womit manche sich sogar ruinirten, bewog den König späterhin, es eingehen zu lassen. Keiner von den andern Officieren konnte es aber in Hinsicht der Pracht mit dem jungen von E. aufnehmen, dessen Uniform gleichsam mit edlem Metall überladen war; man erzählte sich von wahrhaft enormen Preisen, die sie kostete.

Ueber diese unnütze und fast lächerliche Pracht mochte sich unser Musiker ärgern, daher der Ausfall auf den jungen eitlen Gecken, der einen Augenblick dadurch beschämt war und mit komischer Verwirrung auf seinen schimmernden Tand sah, dann sich aber auf dem Absatze seines Stiefels von rothem Saffian herumdrehte und mir, die neben ihm stand, zuflüsterte:

»Welch ein Grobian!«

Bei Gelegenheit dieses jungen Fants, der damit endete, sein ungeheures Vermögen durchzubringen, und dann nach Brasilien ging, wo er in Armuth und Kummer starb, fällt mir noch eine komische Geschichte ein, die diesem in Folge seiner Eitelkeit begegnete.

Herrn von E.'s Regiment lag nicht in I., sondern vier Meilen davon entfernt, in einem elenden Neste, dicht an der Elbe. Da er sich aber in I. sehr gut gefiel, weil man ihm dort sehr den Hof machte, und er, obschon verheirathet, eine Liebschaft daselbst angeknüpft hatte, kam er oft herüber und blieb Tage oder Wochen, je nach Urlaub und Laune. In I. selbst lag ein Dragoner-Regiment, bei dem einer der seltsamsten und originellsten Menschen als Leutnant stand. Er war ein Westindier von Geburt, von der Insel St. Croix, und seine braune Gesichtsfarbe, sein krauses, schwarzes, wolliges Haar, die etwas dicken Lippen, die stumpfe, eingedrückte Nase mit breiten Nasenflügeln, verriethen nur zu deutlich, daß Negerblut in seinen Adern floß. Er hatte beide Eltern verloren, die unermeßlich reich gewesen, und deren einziger Erbe er war, und der König selbst war sein Vormund geworden. Man hatte ihn nach Europa herübergebracht und, da er Lust zum Militair-Dienste bezeigte, in der Cadetten-Schule zum Officier gebildet.

Jetzt war er Leutnant im Regimente Dragoner, und wir jungen Mädchen hatten ihm den Namen des *Mordschützen* gegeben, weil nicht nur die seltsamsten Geschichten über seine Neigung zu Duellen im Umlaufe waren, sondern er deren auch mehre während seines kurzen Aufenthaltes in I. fast bei den Haaren herbeizog. Er duellirte sich unter andern mit einem jungen Officier seines Regiments, weil dieser bei einem Gelage falsch gesungen hatte, und er wollte, alles Ernstes, einen armen Brauer todtstechen, weil er von dem Genusse des von demselben gebrauten Bieres Leibschneiden bekommen hatte. Der arme Brauer, ein reicher und überaus feister Mann, hielt sich im wörtlichsten Verstande so lange versteckt, bis der »Mordschütz« wieder abgezogen war. Uebrigens war dieser seltsame Mensch gebildet, lag im Walde an schattigen und romantischen Orten mit dem Shakespeare in der Hand und weinte bei tiefergreifenden Stellen seine hellen Thränen. Dabei war er ein solcher Freund der Musik, daß er, wo er solche aus einem Hause erschallen hörte, ungeladen und ohne den Bewohnern desselben bekannt zu sein, hineinging, eine sehr hübsche Verbeugung machte, in seinem gebrochenen Deutsch weiter zu spielen *befahl,* sich niedersetzte, und mit Entzücken zuhörte, worauf er sich auf eben die Weise wieder empfahl, wie er gekommen war. Zum Schrecken für uns junge Mädchen, besaß unser »Mordschütz« auch ein sehr zärtliches Herz und ersah sich immer eine von uns aus, der er auf Wegen und Stegen nachging, der er zärtliche Blicke und Kußhände zuwarf, unter deren Fenster er Nachts lag, auf die er auf Promenaden zukam und der er die reichsten Geschenke, von zierlich geschriebenen Billets begleitet, Blumen u.s.w. zusandte. Zum Glück dauerte seine Liebe aber kaum länger, als vierzehn Tage, wo dann eine Andere an die Reihe kam, die durch die lebhaften Beweise seiner ungestümen Zärtlichkeit eben so geängstigt wurde. Auch ich habe meine Tour gehabt, und Gott weiß, wie sehr ich mich gefürchtet habe!

Dieser seltsame Mann war, trotz seines Reichthums, nun eben so einfach in seiner Kleidung, als von E. übertrieben eitel und putzsüchtig war, weshalb ihn der »*Mordschütz*« auf den Tod nicht leiden konnte. Dieser Widerwille kam endlich zum Ausbruche, als der Creole an einem Morgen von E. in seinem Wirthshause mit *Papilliotten* im Haar am Fenster stehen sah. – »Du, sieh, sieh den Narren!« rief er seinem Begleiter, einem jungen Officier, zu, mit den Fingern auf von E. zeigend; »er macht unserm Stande durch sein weibisches Wesen Schimpf und Schande. – Ich muß ihm Eins in sein glattes Gesicht geben; ich kann sein glattes Gesicht nicht mehr ansehn, ohne mich zu ärgern; ich werde ihn auf Pistolen fordern, und Du wirst mein Secundant sein!«

Es war vergebens, ihm dieses tolle Vorhaben auszureden; er ging nach Hause, um die Herausforderung zu schreiben, sein Begleiter war aber so klug, von E. anzuzeigen, welche Gefahr er liefe, wenn er länger in I. bliebe, und bevor noch die Herausforderung des »*Mordschützen*« anlangte, war er auf dem Wege zu seiner Garnison, denn der Muth gehörte nicht zu den Eigenschaften, die ihn zierten, und »*sein glattes Gesicht*« durch eine Kugel entstellt zu sehen, war ein Gedanke, der ihn in Verzweiflung hätte bringen können.

Ueber das fernere Schicksal des uns, trotz dem daß wir uns entsetzlich vor ihm fürchteten, interessanten »*Mordschützen*« habe ich nur noch hinzuzufügen, daß er endlich doch seiner Duell-Wuth erlag und auf einem Dorf-Kirchhofe in der Nähe von Hamburg begraben liegt. Es konnte nicht wohl anders kommen.

Jetzt, nach dieser kleinen Abschweifung, die den Leser hoffentlich nicht gelangweilt haben wird, zurück zu unserm Musiker.

Eine Reihe von Jahren war verflossen und mir von Grönland nichts weiter zu Gesicht gekommen, als etwa einige kleine, recht hübsch componirte Lieder, die ich mit Vergnügen sang und spielte, als an einem Morgen an meine Thür geklopft wurde und auf mein »Herein« ein Mann zu mir eintrat, den ich auf den ersten Blick wieder erkannte, und mit dem freudigen Rufe begrüßte:

»Sie, lieber Grönland? Sein Sie mir herzlich willkommen!«

Er war sichtbar erfreut über den herzlichen Empfang, und äußerte dies durch einen kräftigen Händedruck. In seinem Aeußern hatte er sich wenig verändert, nur war er etwas fetter geworden und trug das Haar so lang, daß es ihm tief auf den Nacken hinabfiel. Seine Kleidung war von einem altmodischen Schnitte und von sehr grobem, dunkelbraunem Fries; er hatte kein Halstuch um, obgleich es Winter war, und trug den Hals ganz, die Brust ziemlich offen; übrigens war er im höchsten Grade reinlich, auch sein Rock noch ziemlich neu.

Wir saßen bald ganz behaglich neben einander auf dem Sopha und plauderten von vergangenen Zeiten; ich ließ ein Frühstück und eine Flasche sehr guten Weins auftragen, und er genoß mit sichtbarem Wohlgefallen von beiden. Dann erzählte er mir, daß er von I. weggezogen sei und jetzt mit seiner guten Frau und vielen lieben Kindern in *Altona* wohne, wo es ihm gut gehe und er viele Stunden zu geben habe. Für seine Kunst war er noch ganz so begeistert, wie früher.

»Sie müssen meine kleine Wirthschaft einmal ansehen«, sagte er heiter und zutraulich. »Meine Frau kennen Sie ja schon, noch von I. her; allein meine zehn Kinder noch gar nicht.«

»Zehn Kinder?« rief ich erstaunt; »welch ein Segen, lieber Grönland! Und die alle ernähren Sie durch Ihren Musik-Unterricht?«

»Acht davon sind meine eigenen«, antwortete er, »zwei aber habe ich dazu angenommen. Sie müssen wissen, daß mein Schneider, ein sehr braver Mann, vor einigen Jahren erst seine Frau verlor, und dann selbst kurz hintennach starb. Zwei arme Waisen blieben zurück; die nahm ich zu mir, und dachte, wo deine acht Kinder satt werden, da werden diese es auch, und wo sie schlafen, da ist auch noch ein Plätzchen für die beiden Verwaisten und so ist's auch gekommen: wir sind noch keinen Abend, Gott sei gedankt! hungrig zu Bett gegangen. Uebrigens hilft meine Frau mit. Sie hat die Hebammen-Kunst erlernt und man ruft sie dann und wann, sie zu üben, wenn auch nur noch bei armen Leuten.«

»Wer aber sieht auf die zehn lieben Kinder, wenn Ihre Frau abgerufen ist und Sie Unterricht geben?« fragte ich.

»Ein sehr braves Mädchen, das ich mir eigends dazu groß gezogen habe«, war seine Antwort. »Doch Sie werden das Alles mit eigenen Augen sehen; nicht wahr, Sie kommen? und da man es nicht aufschieben muß, Jemanden, wenn man es kann, eine Freude zu machen, so kommen Sie schon nächsten Sonntag und bringen Ihre drei lieben Knaben mit; das wird einmal eine Freude abgeben, wenn ich meiner Frau und den Kindern sagen darf: Die Amalia kommt; sie verschmäht es nicht, in unsre niedre Hütte zu treten; sie will euch sehen und lieb haben. Oder wollen Sie lieber, daß ich Ihnen erst die Meinen zuführe?«

Ich zog das letztere vor, und Tag und Stunde wurden zwischen uns verabredet.

Am nächsten Sonntag-Morgen hatte ich alle Hände voll zu thun, für so viele liebe Gäste – es waren mit Vater und Mutter, so wie mit dem Dienstmädchen, das er mitbringen zu dürfen gebeten hatte, dreizehn Personen, und dazu meine eigene Familie gerechnet! – ein anständiges Frühstück zu besorgen, und ich darf sagen, daß ich es mit Freude und Liebe that. Meine Vorräthe wurden nicht geschont, Kuchen und Backwerk, Früchte und Eingemachtes wurden gehörig aufgetragen; der in Hamburg zum Frühstück unerläßliche Thee wurde bereitet und nebenbei vom besten Wein aufgesetzt. Ich war zufrieden, als ich die selbst gedeckte Tafel übersah, und freute mich schon im Geiste darauf, wie besonders auch die liebe Jugend schmausen würde.

Ueberdies hatte ich in einem Nebenzimmer noch eine kleine Ueberraschung für die Kinder meines wackern Freundes bereitet. Es war in den Weihnachts-Feiertagen und ich hatte es mir so hübsch gedacht, für jedes Kind eine kleine Bescheerung anzurichten. Auf einer langen, sauber gedeckten Tafel standen zehn Porzellan-Teller mit Naschwerk aller Art, als Lebkuchen, Pfeffernüsse, Mandeln, Rosinen, Confect, Feigen, Aepfel, Nüsse u.s.w., kurz, Alles was in unserer Gegend zu einem Weihnachts-Tische gehört, und auf jeden Teller legte ich auch noch ein kleines Geschenk. Ich darf sagen, daß ich nie eine lebhaftere Freude empfunden habe, als da ich diesen Tisch überschaute, an dem ich bald zehn vergnügte Kinder-Gesichter zu sehen hoffte.

Indeß es sollte anders kommen, wie die Folge zeigen wird.

Als die bestimmte Stunde herankam, öffnete ich ein Fenster, um nach meinen lieben Gästen auszusehen, und erblickte jetzt einen Zug, den ich nie vergessen werde und der, zu meiner Beschämung sei es gesagt, mich der Nachbarn wegen in eine nicht kleine Verlegenheit versetzte; auch lockte er, trotz der großen Stadt, Alles an das Fenster, so daß ich verwirrt das meinige schnell wieder zumachte.

Vater Grönland eröffnete in seiner gewöhnlichen Kleidung diesen Zug; ihm zur rechten Seite ging seine Frau, die, für die Jahreszeit und rauhe Witterung, fast allzuleicht bekleidet war; auf der andern Seite des Hausvaters das Dienstmädchen, das den jüngsten Sprößling, der noch nicht gehen konnte, auf dem Arme trug. Ihnen folgten die andern neun Kinder, Knaben und Mädchen, sämmtlich sehr leicht gekleidet und gleichsam in einer Art von Uniform. Die Knaben hatten Hosen und

Jacken von einem dunkelgrauen, sehr groben Tuche an, die Brust stand ihnen offen und der Kopf war weder mit einer Mütze, noch mit einem Hute bedeckt; die Kleidung der Mädchen erinnere ich nicht recht mehr, doch war sie gleichfalls sehr auffallend, und ein lang herabwallendes, schlicht gekämmtes Haar bildete auch ihre einzige Kopfbedeckung. Daß weder an Handschuhe, noch an Mäntel, Oberröcke oder Umschlagetücher zu denken war, versteht sich wohl von selbst.

Dieser seltsame, die allgemeine Neugierde erregende Zug nahte sich jetzt meiner Hausthür, diese öffnete sich, ich vernahm Grönlands Stimme:

»Nur herein, Kinder! Nur herein! Hier wohnt unsre gute Freundin!«

Und meine Diele füllte sich mit Gästen an, bald auch mein Zimmer, dessen behagliche Wärme den armen Durchgefrorenen angenehm anzukommen schien.

Ich lud Alle ein, Platz am Frühstücks-Tische zu nehmen, was man ungezwungen that; aus Bescheidenheit war das Dienstmädchen im Hintergrunde stehen geblieben, nachdem ihre Frau ihr das Kind abgenommen hatte, und ich gestehe, daß ich nicht auf den Einfall gekommen wäre, es einzuladen, neben der Gesellschaft Platz zu nehmen, vielmehr hatte ich meinem eignen Mädchen den Auftrag gegeben, für die gehörige Bewirthung ihrer Standes-Genossin Sorge zu tragen. Indeß wollte das Schicksal, oder vielmehr Vater Grönland, es anders, denn kaum hatte er sich gesetzt, so rief er dem Mädchen zu:

»Komm, *Margarethe,* setze Dich dreist zu uns; Du gehörst ja mit zur Gesellschaft, weil Du ein so gutes, braves Mädchen bist, und unsre Freundin wird es schon nicht übel nehmen. Nicht wahr«, wandte er sich dann an mich, »nicht wahr, Sie haben Nichts dagegen, daß Margarethe sich zu uns setze? Es ist ja, wie ich sehe, Essen und Trinken genug da, und Sie, liebe Amalia, sind gewiß längst über solche alberne Vorurtheile hinweg, und beurtheilen die Leute nicht nach ihrem Stande, sondern allein nach ihrer Gesinnung. Ich darf Ihnen sagen, daß unsere Margarethe ein braves Mädchen ist, und so wohl verdient, in Ihre Gesellschaft aufgenommen zu werden.«

Margarethe setzte sich jetzt, freilich mit einer etwas verlegenen Miene, aber doch ganz dicht neben ihren gütigen Gebieter, und ich hatte natürlich unter meinem eigenen Dache nichts dagegen einzuwenden.

Die Mutter aller dieser Kinder, die ich früher als ein rasches, blühendes und kräftiges Mädchen gekannt hatte, war nicht nur über ihre

Jahre hinaus gealtert, sondern es zeigte sich auch in ihrem Gesichte ein Ausdruck von Leiden und Gram, der mich schließen ließ, daß sie, obschon an den besten und redlichsten der Männer, und gewiß auch an den treuesten und zärtlichsten der Gatten, verheirathet, nicht ganz glücklich sei; auch war sie wortkarger, als in früherer Zeit.

Gewiß ist es mir, obgleich sie nie mit mir darüber sprach, daß die Bizarrerien ihres Gatten, die ihn gegen Alles verstoßen ließen, was in der gebildeten Welt und der gesitteten Gesellschaft Sitte und Gebrauch ist, sie tief verletzten und zu Boden drückten. Jetzt hatte sie sichtbar den Kampf aufgegeben und sich, des ehelichen Friedens wegen, in die traurige Nothwendigkeit geschickt, vor der Welt eben so bizarr zu erscheinen, als ihr Gatte, den sie übrigens, seiner sonstigen vortrefflichen Eigenschaften wegen, achten und lieben mußte. Allein wie schwer mochte der Armen eine solche Resignation geworden sein, und welche Kämpfe mochte sie in ihrem Innern bestanden haben, bis sie zu einer solchen Ergebung gelangt war, sie, die früher auf das Aeußerliche den Werth zu setzen gewohnt gewesen war, den man darauf setzen muß, um nicht gegen das Uebliche und Schickliche zu verstoßen und den Tadel der Welt auf sich zu laden.

Die Genialität, und vor allen Dingen die Bizarrerie, steht uns Frauen überall sehr schlecht; wir bewegen uns, wie in einem uns durchaus feindlichen und fremden Elemente, nur mit Unbeholfenheit darin; und nun gar, wenn sie uns angezwungen wird!

Dies Alles dachte ich, als ich die Hebe dieses Olymps machte und geschäftig am Theekruge waltete, um meine Gäste mit diesem erquicklichen Zaubertranke zu versorgen. Meinem Gaste trug ich *ad interim* auf, die noch einen sehr lachenden Anblick gewährenden Reste eines gebratenen indischen Hahnes zu zerlegen und jedem sein Theilchen davon zukommen zu lassen, was er mit sichtbarem Vergnügen that. Allein nur seiner Frau, dem Dienstmädchen und sich selbst legte er davon vor, und eben so präsentirte er auch nur den beiden Erstern von den andern guten Sachen, die auf der Tafel standen, wobei er mit lautem Munde das gute Frühstück pries und mit dem besten Appetite davon aß.

»Aber, lieber Grönland«, sagte ich, mit einer Ladung gefüllter Thee-Tassen vom Nebentische zurückkehrend, »Sie haben ja den armen Kindern gar nichts gegeben; sollen die denn leer ausgehen?«

»Bewahre!« versetzte er, sich den Mund mit der Serviette abwischend; »bewahre, liebe Freundin! Sie werden doch ein Schwarzbrot im Hause haben?«

»Ein Schwarzbrot? – ei freilich!« versetzte ich nicht ohne einige Verwunderung. »Allein hier ist Weißbrot, hier sind Kuchen und sonstige Sachen, die den Kindern schon munden werden.«

»Ja, hier ist genug vorhanden«, versetzte er, die Keule des indischen Hahns, welche er eben auf seinem Teller für sich zerlegte, niederlegend; »allein das ist nicht für die Kinder, die bekommen nur Schwarzbrot, trockenes Schwarzbrot, und Milch, um die ich Sie auch noch bitten muß, denn sie darf bei ihren Mahlzeiten nicht fehlen.«

»Sie werden heute, mir zu Liebe, bester Grönland, einmal eine Ausnahme machen«, bat ich, voll Mitleid auf die armen Kinder sehend, aus denen ich zehn Tantalusse wider meinen Willen gemacht hatte, und die mit niedergeschlagenen Augen und betrübter Miene vor ihren leeren Tellern saßen.

»Um keinen Preis der Welt«, versetzte er eifrig, »würde ich eine Ausnahme machen und von meinen Grundsätzen abgehen. Seht, Kinder«, wandte er sich an diese, die, wie auf ein Commando-Wort, bei seiner Anrede plötzlich zu ihm aufblickten, hoch auf der Gabel die Keule des Hahns emporhaltend, »seht, das schmeckt gut, das schmeckt vortrefflich! Und dies hier«, fuhr er fort, sich aus einer Schüssel eine gute Portion Eingemachtes nehmend, »ist *sehr* süß, *sehr* wohlschmeckend, und die frischen Kuchen, o wie gut und appetitlich riechen sie! aber dieses Alles ist nicht für Euch, es ist nur für uns Erwachsene da, für uns, die wir allenfalls schon dergleichen erwerben und uns verschaffen können. Ihr aber müßt euch zur Zeit noch in der Entbehrung üben; ihr müßt Alles sehen können, ohne auch nur das mindeste Verlangen darnach zu tragen, und Gott früh und spät dafür danken, daß eure Eltern euch das Nothwendige geben können, und es aus der Güte ihres Herzens euch verabreichen.«

So redete er noch eine Weile fort. Er hatte, wie ich sah, die flache, erbärmliche Erziehungs- und Entsagungs-Theorie des wohlseligen Campe aus dem Grunde studirt und wandte sie mit Uebertreibung bei seinen Kindern an. Diese saßen schweigend und mit niedergeschlagenen Augen da, und ich sah es ihren traurigen Mienen deutlich an, daß die Theorie des Vaters keineswegs mit ihren Neigungen im Einklange stand.

»Jetzt, liebe Amalia«, wandte sich dieser, nachdem er seine Rede geendet hatte, wieder an mich, »jetzt ein Schwarzbrot, wenn Sie so gütig sein wollen, und eine gute Schüssel mit Milch; die Kinder sollen heute einmal, Ihnen zu Ehren, hoch leben, denn sonst bekommen sie keine Milch zum Frühstück.«

Ich befahl seufzend, und, ich gestehe es aufrichtig, mit dem guten Manne wenig zufrieden, das Geforderte herbeizuschaffen, worauf Grönland sich erhob, die Hände faltete und ein kurzes Gebet sprach; dann schnitt er neun Stücke Brot ab – das Jüngste bekam etwas Milch und Zwieback – und reichte jedem Kinde eins davon dar; mit sichtbarem Appetit biß Jedes hinein und trank seine kalte Milch dazu.

»Sehen Sie, wie es ihnen schmeckt?« wandte er sich triumphirend an mich. »Und nun unser Aller Gesundheit und sowohl geistiges, als leibliches Gedeihen!« rief er dann, für die Erwachsenen die Gläser mit Wein füllend, und sein Glas hoch emporhaltend.

Ich war verstimmt; ich konnte nur immer in das bleiche, abgehärmte und kummervolle Gesicht der armen Mutter sehen, die bei dieser Scene sichtbar litt, obgleich sie gewiß an ähnliche gewöhnt war.

Man kann sich vorstellen, daß ich unter diesen Umständen nicht daran dachte, meine im Nebenzimmer aufgestellte Christ-Bescheerung in Anregung zu bringen, denn dadurch würde ich ja nur die Qual der armen Mutter und auch die der Kinder vermehrt haben; mit meiner erträumten Freude war es also nichts.

Nach dem Frühstück öffnete Grönland das Fortepiano und setzte sich daran; die neun ältesten Kinder mußten artige Lieder zu seinem Accompagnement singen, und thaten es mit Geschmack und Präcision; die ältesten trugen sodann selbst etwas auf dem Instrumente vor, und zwar recht gut für ihr Alter. Dann kam die Stunde der Trennung heran und der seltsame Zug setzte sich wieder in Bewegung, nachdem mir Grönland zuvor das Versprechen abgedrungen hatte, ihn mit meinen Kindern an einem bestimmten Tage auch in seiner Wohnung besuchen zu wollen. Er drang darauf, daß ich, »*ganz genau*« die Stunde angeben solle, wann ich kommen wolle, und dies fiel mir zum Glück um so mehr auf, da er, als ich sie genannt hatte, seine Frau mit einem lächelnden, bedeutungsvollen Blicke ansah. Ich hatte mich in meiner Voraussetzung nicht geirrt, wie die Folge zeigen wird.

Am bestimmten Tage setzte ich mich, wie ich es versprochen hatte, mit meinen Kindern wirklich in Bewegung; statt aber zu Fuße zu gehen, ließ ich einen Wagen kommen. Dies war ein Glück für mich und eine nicht überflüssige Vorsicht; denn als ich durch das Thor fuhr und den Kopf aus dem Wagen steckte, um zu sehen, ob ich mich in meiner Vermuthung nicht getäuscht habe, erblickte ich meinen Grönland mit seiner Frau, dem Dienstmädchen und den zehn Kindern, die mir erwartungsvoll entgegensahen und gekommen waren, mich in Procession und gleichsam im Triumphe am Altonaer Thore in Empfang zu nehmen und durch die ganze Vorstadt, so wie durch einen Theil von Altona zu führen, eine Ehre, die ich nicht zu würdigen wußte. Ich nickte meinem seltsamen Freunde also aus dem Kutschenschlage einen Gruß zu und der Wagen fuhr rasch von dannen; jene folgten ihm eiligen Schrittes.

Ich gestehe aufrichtig, daß ich mit mir unzufrieden war, und mich vor mir selbst schämte, aus Furcht vor der Welt, oder vielmehr aus Scheu, mich vor den Augen Anderer lächerlich zu machen, zur dieser Auskunft meine Zuflucht genommen zu haben. Die Absicht Grönlands war so gut, sein Herz so voll Freundschaft gegen mich; ich hätte an meinem innern Werthe nichts dadurch verloren, wenn ich den Zug durch die Stadt mitgemacht hätte; allein dieses Raisonnement half nichts, meine Abneigung dagegen, mich lächerlich aus Liebe zu einem Freunde und guten Menschen zu machen, war so unüberwindlich, daß ich den Wagen nicht halten ließ, um auszusteigen; ja, ich bestellte ihn sogar um die Stunde der Rückkehr wieder, um nicht beim Nachhausegehen demselben Schicksale ausgesetzt zu sein. Tadle mich, wer besser zu handeln vermag, als ich es in dem Augenblick that!

Begreiflicherweise langte ich in meiner Kutsche weit früher an, als die Fußgänger, und hier hätte ich, die ich gegen die Kälte so außerordentlich empfindlich bin, und überdies, da ich fuhr, nur leicht bekleidet war, meine Strafe gefunden, wenn Grönlands unübertreffliche Güte dem nicht zuvorgekommen wäre. Ich fand nämlich die Thür seiner Wohnung verschlossen, weil alle Bewohner derselben, auch eine Miteinwohnerin, sie verlassen hatten, und hätte lange in der Kälte stehen können, wenn Grönland nicht fast athemlos mit dem Schlüssel herbeigeeilt wäre. Diese Güte rührte mich so, daß ich auf dem Punkte stand, ihm meine Schwäche einzugestehen und ihn um Verzeihung zu bitten. Er aber schmollte!

»Bei solchem herrlichen Winter-Wetter zu fahren! Mein Gott, wie verweichlichen Sie sich und die Kinder, liebe Amalia! und welche Freude haben Sie uns verdorben! Aber es ist wahr«, fügte er, sich gleich wieder besänftigend, hinzu, »Sie haben an Blutspeien gelitten; Sie sind die Stärkste nicht; da haben Sie doch gut gethan, zu fahren, und ich hätte mir denken können, daß Sie es thun würden. Jetzt geschwind in's warme Zimmer; Sie sollen sehen, daß es auch bei mir behaglich und nett ist, wenn gleich nicht so elegant, wie bei Ihnen. Sie haben nur drei Kinder, ich deren zehn, und dann liebe ich die Eleganz auch nicht, wie Sie wissen werden, und was ich übrig habe vom Nothdürftigsten, das gehört den Armen.« Darin lag ein Vorwurf für mich, er wurde aber mit solcher Gutmüthigkeit ausgesprochen, daß ich ihn nicht übel nehmen konnte.

So in einem fort plaudernd, führte er mich in das zwar für eine so zahlreiche Familie äußerst beschränkte, aber höchst reinliche und ordentliche Zimmer, dessen Mobilien von grobem Holze, aber wohl erhalten waren.

Endlich langten auch die Uebrigen an; es wurde Thee gemacht und Butterbrot präsentirt; dann ging Grönland mit einer sehr vergnügten Miene an sein Schreibpult, schloß es auf, nahm eine große Tüte daraus hervor, öffnete sie, ließ jedes der zehn Kinder mit geheimnißvoller Miene hineinschauen und breitete dann mit einer wahrhaft herzlichen Freude den Inhalt derselben vor mir auf dem Tische aus; es war Confect und Backwerk darin enthalten, und nicht nur ich, sondern auch seine Frau sollte dadurch überrascht werden: er hatte es heimlich früh am Morgen selbst eingekauft.

Die Kinder erhielten aber natürlich nichts davon, auch die meinigen nicht, und zu meiner Freude zeigten die letztern, daß, obgleich sie nicht nach der Campeschen Entsagungs-Theorie aufgezogen worden waren, sie doch von ihnen gern genossene Dinge sehen konnten, ohne ihrer zu begehren oder unwillig zu werden, daß man sie ihnen nicht anbot. Wahrscheinlich war es von dem guten Grönland darauf abgesehen, mich ein wenig zu beschämen, denn er hatte bereits bemerkt, daß mir seine Erziehungs-Theorie nicht in *allen* Punkten zusagte, und hoffte so wohl, mich zu derselben zu bekehren, wenn meine Knaben sich bei dieser Gelegenheit blamirten. Das thaten sie aber zu meiner Freude nicht, sondern sie aßen Milch und Brot mit den andern Kindern und warfen nicht einmal einen Blick auf den mit Confect bestreuten Tisch.

Dann ging es an ein Besehen der Häuslichkeit meines Freundes, und nicht genug kann ich die strenge Ordnung und Reinlichkeit loben, die in allen Theilen des Hauses vorherrschte; dies war offenbar ein Verdienst der trefflichen Hausfrau und ihres gewiß braven Mädchens.

Zwei Schlafzimmer, wovon eins für die Mädchen, das andere für die Knaben bestimmt war, boten Merkwürdiges dar. In einer langen Reihe lagen nämlich die Betten derselben, und zwar auf dem bloßen Fußboden. Jedes hatte einen Stroh- oder Tang- (Seegras-)Sack, darüber war ein Betttuch gebreitet, und ein rundes Kissen; zur Decke diente eine sehr leichte Matratze – und es war mitten im Winter und wir hatten vielleicht 18 bis 20° Kälte! Das Waschwasser in den Handbecken war wenigstens zu Eis gefroren, und die Kinder mußten es erst aufschlagen, um sich darin waschen zu können.

Eine Boden-Kammer enthielt eine Menge Geräthschaften, womit die Knaben allerlei artige Sachen in ihren Freistunden zu verfertigen verstanden; eigentliches Spielzeug sah ich nirgends. Dann mußte ich auch die Schreibbücher, die Zeichnungen, die kleine, aus lauter Lehrbüchern bestehende Bibliothek derselben besehen; es wurden mir Aufsätze vorgelegt, die nicht nur schön geschrieben, sondern auch durchdacht waren; einige der Kinder verriethen ein hervorragendes Talent zum Zeichnen, und ich zweifle nicht daran, daß Eins oder das Andere Maler geworden ist. Als einen Zug ihrer großen Gutmüthigkeit muß ich noch anführen, daß sie nicht ruhten, bis sie mir ein kleines Geschenk, einen Briefhalter von weißem Marmor, den ich noch jetzt bewahre, aufgedrungen. Sie hatten ihn, nebst andern Kleinigkeiten, von einem in Archangel lebenden Oheim erhalten und schienen großen Werth darauf zu setzen. Wie freute sich ihr Vater darüber!

Die Kinder selbst waren in ihrer Wohnung weit heiterer und unbefangener, als bei mir, und ich durfte nicht länger daran zweifeln, daß sie sich glücklich fühlten; auch waren sie artig und bescheiden in ihrem Benehmen und antworteten auf an sie gerichtete Fragen mit Verstand und Offenheit. Ihr Vater war ihr einziger Lehrer und ging auf die liebevollste Weise mit ihnen um, indem er doch zugleich sehr ernst gegen sie war.

Nur die Mutter der Kinder schien nicht glücklich zu sein; man hatte in ihrer Nähe beständig das Gefühl, als laste ein Druck auf ihr, und dem war wirklich so. Grönland gab so gern, und trotz seiner beschränkten Lage mit so vollen Händen, daß oft das Nothwendigste in seiner eigenen Wirthschaft fehlte. So stellte er auch von seiner Brutto-Einnahme der Behörde jedes Jahr den zehnten Theil für die Armen zu, obgleich man sich sträubte, dieses Geld anzunehmen, da man schon im Voraus wußte, daß, bei den steigenden Bedürfnissen der Familie und der Abnahme des von Grönland ertheilten Unterrichts – er verlor manches gute Haus durch seine Bizarrerien – die Armuth endlich bei ihm selbst einkehren würde. Er aber ließ sich nicht abweisen, sondern brachte treu seinen Zehnten alle Jahr auf das Rathhaus, und außerdem unterstützte er noch Nachbarn und Freunde nach Kräften; ja, er war unaufhörlich darauf bedacht, Andere an seinen kleinen Freuden und Genüssen Theil nehmen zu lassen. So rief er am Sylvester-Abend, um Mitternacht, die Nachtwächter in sein Haus, um mit ihnen seinen Punsch zu trinken und dem scheidenden Jahre Valet zu sagen; so theilte er, wenn er für den Winter Feuerung einnahm, den angekauften Vorrath mit armen Nachbarn. Schulden hat er nie gemacht.

Die arme Frau mochte mit ahnungsvollem Geiste schon lange den Sturm vorhergesehen haben, der das Glück ihrer Häuslichkeit vernichten sollte. Grönland verlor nach und nach den größten Theil seiner Schüler; theils, weil er Manchen vor den Kopf stieß, indem er seine Seltsamkeiten geltend machte; theils, weil man weniger Werth als früher auf einen gediegenen, theoretischen Unterricht setzte; theils, weil er die neuern Meister nicht anerkennen wollte und fest an den alten, namentlich an Gluck und Mozart, hing; theils endlich auch, weil neuere Lehrer ihn verdrängten, und so kamen denn die Zeiten schwerer Sorgen heran, in denen oft selbst das Allernothwendigste der Familie fehlte.

Die umsichtige und menschenfreundliche Behörde hatte dies vorausgesehen und demgemäß ihre Maaßregeln genommen. Mit kluger Vorsicht hatte man die von Grönland alljährlich für die Armen gegebenen Summen zurück-, vielleicht gar auf Zinsen gelegt, und als es endlich so weit kam, daß er selbst der Hülfe bedurfte, zahlte man ihm Alles wieder aus, was er früher für die Armen beigesteuert hatte.

Bald darauf starb er. Die Familie scheint sich wacker durchgeschlagen zu haben und die Kinder sind nicht nur wohlgerathen, sondern es sollen sogar einige sehr talentvolle junge Männer unter den Söhnen sein.

Ich selbst kam, ohne mein Verschulden, einige Zeit vor Grönlands Tode außer Berührung mit ihm. Er mußte mir etwas übel genommen haben – was? weiß ich zu dieser Stunde noch nicht, doch war er sehr empfindlich und konnte es nicht wohl leiden, wenn man in seine Ideen nicht einging – denn er hörte plötzlich auf, mich zu besuchen. Vielleicht wollte er sich mir, gegen die er immer geprahlt hatte, daß es ihm und den Kindern bei ihrer Genügsamkeit nie fehlen könne, in seiner Armuth nicht zeigen, eben weil ich es mir zuweilen erlaubt hatte, ihn auf die Pflicht aufmerksam zu machen, für die Zukunft der Seinen durch kleine Ersparnisse zu sorgen. Eine solche Mahnung verstimmte ihn jedesmal sichtbar, und er behauptete, für die Zukunft müsse man Gott den Vater sorgen lassen.

Wie dem auch sei, ich habe sein Bild liebend im Herzen bewahrt und rufe ihm aus voller Ueberzeugung in sein Grab nach, daß es gewiß nie einen durch und durch bravern, edlern und wahrhaft gebildetern Mann gegeben hat, als ihn, unbeschadet der kleinen Seltsamkeiten, die ihm anklebten und ihn so oft zum Gegenstande bittern Tadels oder lieblosen Spottes machten.

Es schien mir der Mühe werth, einen so auffallenden Charakter in einem kleinen Bilde festzuhalten und ihn, wenn auch nicht der Nachwelt, doch der Mitwelt, in dieser Skizze vorzuführen.

Bedauert habe ich es immer, daß ich mir von Grönland nicht erzählen ließ, wodurch sein Geist und Charakter eine so eigenthümliche Färbung gewonnen und eine so ungewohnte Richtung genommen hatten; es müßte besonders interessant gewesen sein, dies aus seinen eigenen Erzählungen in Erfahrung zu bringen. Ich verschob es aber leider von einer Zeit zur andern, ihn über seine Jugend und Erziehung zu befragen, und endlich ist er darüber weggestorben.

III. Lucilie.

Es war in dem für Deutschland so verhängnisvollen Jahre 1813, in diesem Jahre, wo wir Frauen unsre Gatten doppelt liebten, weil sie für uns und die Befreiung des Vaterlandes in den Kampf hinauszogen, aber zugleich auch unaufhörlich für sie zittern mußten, wo auch ich, wie so viele Andere, gezwungen war, mich nach einem ruhigen Aufenthalte, nach einem Asyle umzusehen, wo ich gegen die Verfolgungen sicher wäre, von denen ich mich, als die Gattin eines in den Freiheitskampf Hinausgezogenen, bedroht sah.

Ich fand ein solches, und zugleich ein stilles Glück, einen segensreichen Wirkungskreis und liebevolle Verwandte und Freunde.

Es war das nahe Dänemark mit seinen vielen Inseln, das uns armen Umhergetriebenen großmüthigen Schutz verlieh, obgleich es, durch die Gewalt der Umstände vielleicht mehr, als durch die Neigung seines Beherrschers, seine Fahnen mit denen Napoleons vereint hatte. Als Eingeborene des Landes und noch zu jung, als daß ich durch den Aufenthalt in der Fremde mein Indigenats-Recht hätte verloren haben können, begab ich mich mit Vertrauen in die Heimath zurück, die meiner Erinnerung fast schon entschwunden, und so wieder frisch und neu für mich war.

An der nördlichsten Spitze Holsteins und von diesem Herzogthume nur durch eine schmale Meerenge getrennt, liegt eine kleine Insel, die sowohl durch die Biederkeit und Gastfreundlichkeit ihrer Bewohner, als durch ihre außerordentliche Fruchtbarkeit berühmt ist. Sie hat einen Umfang von sieben Meilen und zählt zwei und vierzig Dörfer, nebst einer kleinen Stadt, die ziemlich weit nach Süden und nur eine Viertelstunde vom Meere entfernt liegt. Eine weite, fruchtbare Ebene breitet sich vor den Blicken aus, so wie man ihren Strand betritt; unabsehbare Getraidefelder umgeben reizende Dörfchen und Weiler; schmale Flüßchen und Bäche durchströmen die Ebene; von Waldung findet man kaum eine Spur und selbst Bäume sind nicht allzuhäufig, ausgenommen vor den Häusern und in den Gärten, anzutreffen, weil sorgsam jedes Fleckchen zum Ackerbau benutzt ist und der Schatten der Bäume diesem hinderlich sein würde.

Die meisten Bewohner dieser Insel, namentlich der weibliche Theil derselben, wissen vom Festlande wenig oder gar nichts, und obschon nur durch eine schmale Meerenge von diesem getrennt, giebt es doch noch viele, die es nie betreten haben. Dies hat den braven Leuten eine Einfachheit der Sitten erhalten, die man kaum noch antreffen zu können glaubt. Gastfreundlichkeit ist ein hervorragender Zug derselben, und der Fremde darf mit vollem Vertrauen in jedes Haus, in jede Hütte treten; man wird ihn mit dem Besten bewirthen, was man hat, man wird ihm Kuchen vorsetzen, die jede ordentliche Hausfrau stets im Vorrathe hat, Kaffee, Thee oder den schönen norwegischen Meth, der so lebhaft an die Götter der Vorzeit, die ihn in Walhalla tranken, und an so viele andere, ächt nordische Traditionen erinnert, und der hier so gut angetroffen wird, daß er den Wein völlig ersetzt.

Auf diesem so kleinen Flecke findet man noch eine unendliche Menge von Sagen; fast an jedes Dorf, an jeden Erdhügel knüpfen sich

95 solche, und werden an den langen Winterabenden in den Spinnstuben mit Lust erzählt und angehört. Auch eine Burg-Ruine hat die Insel aufzuzeigen; sie liegt auf einer langen, schmalen Erdzunge, am äußersten Rande derselben. Der Fuß der Burg, die einst hier stand, wird von den Meeres-Wellen gepeitscht; auch besteht das Fundament gänzlich aus ungeheuren Felsenblöcken und trotzt noch jetzt dem Wogendrange. Hier haben die berühmten, unter dem Namen der Victualien-Brüder bekannten Seeräuber, oder vielmehr See-Könige, wie sie sich gern nennen ließen, gehaus't, die so lange der Schrecken der Ost- und Nordsee, namentlich auch der Hanse- und Küstenstädte waren. Von dieser Burg aus erspähten die furchtbaren, zuletzt in Hamburg gefangen genommenen und hingerichteten Seeräuber, *Störtebecker* und *Göthemicheels,* die von fern her kommenden Handels-Schiffe, und machten Jagd auf sie, bis König *Erich* von Dänemark ihre Burg brach und sie in einen Schutthaufen verwandelte. Zahllose Grausamkeiten mögen hier verübt worden sein, denn noch jetzt findet man Kellergewölbe unter den Trümmern, in denen sich armdicke Ketten mit breiten Halsringen befinden, woran man wahrscheinlich die unglücklichen Gefangenen befestigte.

96 In der Nähe des Meeres findet man noch einige Dörfer, von deren Bewohnern man behauptet, daß sie in directer Linie von jenen gefürchteten Seeräubern abstammen, auch zeichnen sie sich nicht nur durch eine fast unglaubliche Kühnheit auf dem Meere, das sie im heftigsten Sturme zum Behufe des sehr ergiebigen Fischfangs befahren, sondern auch durch ganz eigenthümliche Sitten und Gebräuche vor den übrigen Bewohnern der Insel aus, und vermischen sich durch Heirathen nie mit denselben. Die Männer gehen fast ohne Ausnahme mit dem vierzehnten oder funfzehnten Jahre zur See, besuchen, auf nicht eben großen Schiffen, die ihnen eigenthümlich angehören, die deutschen, englischen, französischen und spanischen Küsten, ja, zuweilen sogar die afrikanischen, und kehren dann, wenn sie sich durch Handel und Schifffahrt ein kleines Vermögen erworben, in ihr Dorf zurück, wohin sie ihre alten Sitten und Gewohnheiten, trotz der gemachten Reisen, zurückbringen, und ganz so leben, wie ihre Väter.

Die Zurückgebliebenen beschäftigen sich theils mit dem Ackerbau, theils mit dem überaus ergiebigen Fischfange; eine große Menge von Fischen werden von ihnen eingesalzen und an der Sonne getrocknet, wo sie dann einen guten Handels-Artikel bilden. Von der Kühnheit, womit sie in ihren schmalen, schwankenden Fischer-Böten bei jedem Wetter das Meer befahren, hat man auf dem Festlande keinen Begriff; ich will von dieser Unerschrockenheit nur *ein* Beispiel erzählen und man wird daraus auf das Uebrige schließen können.

Adam, ein alter Seefahrer, der sich jetzt zur Ruhe begeben, weil er fünf wackere und bereits erwachsene Söhne hatte, die alle noch bei ihm lebten – dieser kräftige Menschenschlag verheirathet sich in der Regel spät – besaß eine schöne Jacht, auf der er früher seine Fahrten gemacht und sein Vermögen erworben hatte. Sie war seine Freude, sein Stolz, und er sah sie mit gleichsam verliebten Blicken an; auch war sie in allen ihren Theilen noch wohl erhalten und schön vermalt, und schimmerte und glänzte in ihrer grünen Ueberkleidung und mit den rothen Wimpeln, wie eine schöne Blume auf dem Meere.

Jetzt sollte sie wieder bemannt und von dem ältesten Sohne in Begleitung einiger seiner jüngern Brüder an entfernte Küsten geführt werden, damit die Söhne eben da anfingen, wo der greise Vater geendet hatte. Ein Theil der Ladung, bestehend aus Getraide und getrockneten Fischen, war schon an Bord gebracht; da gab es einen Fest- und Freudentag im Hause, und da die Luft rein, das Meer spiegelglatt und still war, auch die Jacht gut vor Anker lag, begaben sich die bisher auf dem Schiffe beschäftigt gewesenen fünf Söhne auf dem Ruder-Boote an's Land, um daselbst das Fest mit zu feiern; nur ein einziger Matrose und der Cajütwächter blieben am Bord zurück.

Es ging lustig her im Hause des alten Adams; die Bursche und Mägde der Nachbarschaft hatten sich auf der großen Tenne versammelt; Meth und Bier, Brot und Kuchen wurden nicht geschont, und ein Fiedler spielte den fröhlichen jungen Leuten zum Tanze auf. Vater Adam aber stand, mit der Pfeife im Munde, und sah mit dem innigsten Behagen dem fröhlichen Treiben zu.

Es war bereits Abend geworden, und so hatte man nicht die drohenden Gewitter-Wolken bemerkt, die aus dem fernen Osten aufstiegen, und, von einem frischen Nachtwinde getrieben, pfeilschnell heraufzogen. Da ging's auf einmal: Krach! Krach! und der ganze Himmel schien plötzlich in Flammen zu stehen, zugleich aber erhob sich aus Osten ein Orkan, wie man ihn nur auf dem Meere, nur in jenen Gegenden kennt.

Vater Adam sank fast die Pfeife vor Schreck aus dem Munde; dann rief er: »Jungens, die Jacht!«

»Die Jacht! ja die Jacht!« riefen diese fast verzweiflungsvoll; »was soll nun aus der werden?!«

Und Alles eilte dem Strande zu, trotz Regen, heulendem Orkan und Gewitter; Vater Adam führte den Zug an, und lief fast schneller, als die jungen Leute. Er ging der Stelle zu, wo die Söhne bei ihrer Landung das Ruderboot angebunden hatten, fand dieses zu seiner Freude noch und ergriff das Tau, womit es angebunden war.

»In's Boot hinein und zur Jacht, ihr Jungens!« rief er dann mit einer Stentor-Stimme, die selbst das furchtbare Brausen des Orkans übertönte.

»Ihr werdet die Söhne doch in diesem Sturme nicht in der Nußschaale da auf's Meer schicken?« riefen einige Umstehende von Entsetzen ergriffen.

»Keiner von ihnen wird lebend an die Jacht kommen, Adam«, sagten Andere. »Wir wissen auch, was möglich ist, dies aber ist unmöglich: Eure Söhne werden von den Wellen verschlungen sein, bevor sie noch einen Knoten zurückgelegt.«

»Laßt Euch sagen, Adam, und gebt die Jacht auf!« riefen wieder Andere.

Allein Adam antwortete ihnen auf alle diese Vorstellungen nichts, sondern wiederholte nur die Worte: »Jungens, in's Boot und an die Jacht, und ich sage euch, rettet mir die!«

»Ja, Vater!« erscholl es im Chor, und die fünf rüstigen Männer sprangen in das Boot, lös'ten das Tau, womit es am Ufer befestigt war, ergriffen die Ruder und stießen vom Strande ab.

»Gott sei mit euch, ihr wackern Jungens!« rief der Alte ihnen nach; sie aber hörten ihn wohl nicht mehr vor Sturmgebraus und Wogendrang. Schwarz war der Himmel, schwarz das Meer; nur einzelne Blitze aus zerrissenen Wolken-Massen erleuchteten die grause Scene; die Wellen, zu Bergen aufgethürmt, wälzten sich, eine die andere überstürzend, an den Strand; immer furchtbarer heulte der Sturm und in Strömen schoß der Regen herab.

Alles floh in die Häuser; nur Vater Adam blieb am Strande zurück, die starren Blicke auf die Gegend geheftet, wo, seiner Meinung nach, die Jacht liegen mußte; ihm mochte seltsam zu Sinne sein!

Eine halbe Stunde, und drüber, floß so hin; da, als eine augenblickliche Windstille eintrat, ertönte ein Kanonenschuß von der Jacht her; dann, nach einer Pause, noch einer; der dritte, vierte ließen nicht auf sich warten, der fünfte zögerte aber – Adam wußte, was dieses Signal zu bedeuten habe, und das Herz schlug ihm fast hörbar in der Brust; endlich fiel auch der fünfte Schuß, und der Alte, der jetzt alle seine fünf Söhne gerettet und auf der Jacht wußte, sank betend am Ufer auf seine Knie nieder.

Am andern Morgen, als der Sturm sich gelegt hatte, fuhr er zur Jacht hinüber und traf alle fünf Söhne ruhig plaudernd beim Morgen-Imbiß an.

»Nun, Jungens«, sagte der Alte, sie mit Stolz und Freude zugleich betrachtend, »wie schmeckt's nach der gestrigen Fahrt? Gelt! das war ein Wetter! Werdet Zeitlebens daran denken, und euern Enkeln noch davon erzählen. Die Jacht ist mir aber nun doppelt lieb, ich hab' sie sauer, Brett für Brett, Nagel für Nagel und Balken für Balken mir erwerben müssen, und ihr habt sie mir jetzt erhalten. Ich sage euch, schlagt sie nicht los, und wenn man euch auch noch so viel dafür bieten sollte, wenn ich nicht mehr bin! Sie kann noch lange das Meer befahren, wenn sie nur immer gut erhalten wird.«

Die Söhne versprachen ihm das mit Hand und Munde; er setzte sich zu ihnen und theilte ihr Frühstück, das er durch Erzählungen aus seinem eigenen Seefahrer-Leben und der von ihm bestandenen Gefahren würzte.

Der alte Adam lebt noch und seine fünf Söhne haben die geliebte Jacht von mancher gefahrvollen Fahrt immer glücklich wieder nach dem vaterländischen Strande zurückgeführt; nachgerade ist sie aber wohl alt und invalide, wie ihr Erbauer, geworden.

Solcher Erzählungen kann man viele auf der Insel hören, und der Adame giebt's dort noch mehre, und weil ich einmal dabei bin, von der Kühnheit der Seeleute jener Gegenden zu erzählen, will ich noch eine andere hübsche Geschichte mittheilen, die gewiß Manchen ansprechen wird; die Wahrheit derselben kann ich verbürgen.

In dem hohen Königsschlosse zu Copenhagen saß der unglückliche, des Lichts des Verstandes beraubte König *Christian der Siebente,* als plötzlich die breiten Flügelthüren des Saales geöffnet wurden und einer der dienstthuenden Kammerherren fast athemlos mit den Worten hereinstürzte:

»Se. Majestät, der König Gustav von Schweden, sind eben gelandet und wollen Ew. Majestät mit einem Besuche überraschen!«

Dem war wirklich so, und schon nach einer kurzen Weile trat die schwedische Majestät, in Begleitung eines kleinen Gefolges, zu dem wahnsinnigen Dänen-König in den Saal. Letzterer hatte gerade einen von den lichten Augenblicken, durch die er seine Umgebung nicht selten erschreckte, und in einzelnen Blitzen den früher so glänzenden, etwas stark zur Satyre sich hinneigenden Geist zeigte; so empfing er den abentheuerlichen Besuch mit den Worten:

»Ei, sieh da! König *Don Quixote!*«

Nie wohl wurde etwas Witzigeres und zugleich Passenderes gesagt; bis zu Ende seines Lebens ist dieser unglückliche Schweden-König bemüht gewesen, die Rolle eines Don Quixote zu spielen.

Ob sich der Gastfreund durch diese Worte getroffen fühlte, oder ob er wirklich nur einen Besuch auf wenige Stunden beabsichtigte, kurz, er verlangte bald wieder nach Hause zurück; allein man meldete ihm, daß das Wetter überaus stürmisch und ungünstig geworden sei, und er unmöglich auf dem kleinen Schiffe, auf dem er herüber gekommen, die Meerenge passiren könne. Indeß bot ihm der damalige Kronprinz und Regent, der jetzige König *Friedrich der Sechste,* ein größeres Schiff zur Ueberfahrt an, da er diese mit Gewalt erzwingen wollte.

Man langte beim Holm an und eins der dort liegenden Schiffe wurde zur Ueberfahrt ausersehen, auf der der Kronprinz der Begleiter seines hohen Gastes sein wollte. Allein es fand sich ein unerwartetes Hinderniß, indem die sonst so unverzagten dänischen Seeleute erklärten, daß das Wetter so beschaffen und ein so heftiger Sturm im Anzuge sei, daß man nicht See halten und die Ueberfahrt wagen könne.

»Hm!« rief der Schweden-König, verdrießlich über dieses Hinderniß, und, wie in seinem übrigen Leben, so auch jetzt eine Bravour zur Schau tragend, die nur eine gemachte war; »hm! hätte ich nur mehr von meinen schwedischen Jungens hier, so wollt' ich schon hinüber kommen!«

Dieses Wort wirkte wie ein elektrischer Funke auf die dänischen Seeleute; ein alter Matrose trat vor, dicht zu dem Könige hinan, und antwortete ihm mit Wuth in Blick und Miene:

»Deine schwedischen Jungens brauchst Du nicht, um da hinüber zu kommen, und wenn Du mit Gewalt Dein Leben in die Schanze schlagen willst, so sind wir dänischen Theerjacken da, um Dir zu zeigen, daß wir eben so muthig sind, als Die. Holla-ho! Brüder!« wandte er sich an die übrigen Matrosen; »an die Arbeit! Die Seegel aufgehißt! Wir wollen *Den* da – er wies auf den König – über den Sund bringen, und Gott sei uns Allen gnädig! Der Kronprinz (dieser genoß, wie bekannt, schon als Regent eine fast abgöttische Liebe, namentlich auch beim geringen Volke) aber, der muß zu Hause bleiben, denn wenn wir gleich zur Rettung unsrer Ehre unser Leben in die Schanze schlagen wollen, so soll Er die Gefahr doch nicht mit uns theilen.«

Mit diesen Worten sprang er in's Boot, ihm folgten die Andern; man lud den König, der weiß wie ein Marmor geworden war und einen solchen Erfolg seiner Großsprecherei nicht erwartet hatte, ein, gleichfalls in's Boot zu steigen, was dieser gut oder übel jetzt thun mußte, und fort ging's an das Schiff, das bald in die offene See hinauslief. Der gefürchtete Orkan blieb nicht aus; allein die Seeleute waren so ruhig und besonnen, als ob sie Land unter den Füßen hätten, und so groß auch die Gefahr, so nahe man auch oft dem Untergange war, so wurde doch kein Gesicht bleich, als das des Königs, und die alten Theerjacken flüsterten einander nur zu:

»Wir werden Alle kaput (zu Grunde) gehen; aber ein Glück ist's, daß wir *Ihn* (den Kronprinzen) zurückgelassen haben!«

Die Befürchtungen der wackern Männer gingen nicht in Erfüllung, und nach einer Fahrt, an die der König gewiß Zeit seines Lebens gedacht haben wird, landete man an der schwedischen Küste. Die Schiffs-Mannschaft schlug standhaft die ihr vom Könige dargebotene ansehnliche Belohnung aus, und der alte Matrose, der zuerst das Wort geführt hatte, nahm es auch jetzt, indem er zu dem Könige sagte:

»Wir sind schon zufrieden, da wir Dir gezeigt haben, was die dänischen Jungens zur See vermögen.«

Als sie wieder auf der Rhede von Copenhagen anlangten, gab's Jubel auf allen Schiffen; alle diese Männer würden es aber ganz so gemacht haben, wie ihre von ihnen belobten und gefeierten Brüder; denn da es die Aufrechthaltung ihrer National-, besonders aber ihrer Seemanns-Ehre galt, und obendrein gegen die verhaßten Schweden, würde Keiner an sein Leben gedacht haben.

Ich bin einmal beim Erzählen von hübschen Seemanns-Geschichten, und da ich hoffe, daß sie den Lesern nicht unwillkommen sein werden, füge ich noch einige hinzu.

Einer meiner nächsten Anverwandten, W. mit Namen, war von seiner frühesten Jugend an auf der See gewesen, und jetzt, in seinem acht und zwanzigsten Jahre, ein Capitain, wie es wenige giebt. Alle Meere hatte er befahren, eine Reise um die Welt mitgemacht, drei Schiffbrüche erlitten und Gott weiß wie viele Stürme bestanden. Zu Lande war er sanft, bescheiden, aber zur See, wie er selbst sagte, »ein Teufel«, das heißt, er hielt seine Leute strenge; allein trotz dem liebten sie ihn, weil er gerecht gegen sie war und es ihnen an nichts fehlen ließ. Einst im Spätherbste bekam sein mit einer reichen Ladung von Fellen befrachtetes Schiff in der Mündung der Elbe ein Leck; man segelte trotz dem bis Blankenese hinunter, hier aber drohte das Schiff zu sinken und der Capitain konnte die Mannschaft, die ihren Tod vor Augen sah, nicht länger abhalten, sich in die Boote zu werfen, um ihr Leben zu retten. Er aber blieb; denn hätte auch er das Schiff verlassen, so würden die noch in ihren Kirchen um einen »*reichen Strandsegen*« bittenden Blankeneser Schiff und Ladung für verlassen und als gute Beute erklärt haben. So lange aber noch ein Mensch darauf war, durften sie das nicht, und daher blieb der Capitain, obgleich mit Gefahr seines Lebens. Dieses war nicht nur durch das im Schiffe immer höher steigende Wasser bedroht, sondern auch durch die im übelsten Rufe stehenden Küsten-Bewohner; daher schritt der Capitain vom Kopfe bis auf die Füße bewaffnet auf dem Verdeck einher und spähete während der 48 Stunden, die er so zubrachte, sorgfältig nach allen Seiten um, ob man sich ihm auch in feindlicher Absicht nahe.

Es war spät im November und fror bereits tüchtig, besonders des Nachts: »'s war 'ne schlimme Tour«, sagte der Erzähler; allein er hielt Alles aus, um seine reiche Ladung, so Gott wollte, zu retten. Endlich kam Hülfe von Hamburg her; das lecke Schiff, das jeden Augenblick zu sinken drohte, wurde glücklich in den Hafen buxirt und die Ladung war geborgen. Diesen Heldenmuth belohnten die Hamburger Assecurateure, denen große Summen dadurch erspart wurden, durch das Geschenk eines silbernen Ehren-Bechers, der bis zum Rande mit neugeprägten holländischen Dukaten angefüllt war.

Ein Andermal führte Capitain W. 72 Auswanderer nach Amerika hinüber, als sich, schon nahe an der Küste von Nord-Amerika, ein wüthender Sturm erhob, der das Schiff weit verschlug. Keiner glaubte mit dem Leben davon zu kommen und die armen Auswanderer erhoben ein Weinen und Wehklagen, daß dem Capitain angst und bange wurde und seine Besonnenheit ihn zu verlassen drohte. Da griff er zu einem energischen Mittel, trieb, mit der Pistole in der Hand, die 72 Auswanderer, die nicht vom Verdeck weichen wollten, in den Raum hinab, verschloß die Luke und stellte sich mit seiner tödtlichen Waffe davor, indem er hinabrief, daß der Erste, der den Versuch wagen würde, auf's Deck zu kommen und seine Manoeuvre zu stören, des Todes sein solle.

Jetzt ertheilte er seine Befehle mit der größten Kaltblütigkeit und Ruhe, und ihm wurde eben so gehorcht. Der Sturm legte sich; man hatte zwar einen Mast kappen müssen, aber das Schiff, das schon ganz auf der Seite gelegen, weil es auf ein Felsenriff gestoßen war, wurde wieder flott, man war so glücklich, den Leck zu stopfen und die braven Seeleute sahen ihre nahe Rettung vor Augen.

Jetzt stieg mein Capitain furchtlos und unbewaffnet in den Raum hinab.

»So, Kinder, nun sind wir mit Gott geborgen, und hoffentlich wieder gute Freunde«, sagte er, den Nahestehenden zutraulich die Hand reichend, die ihm herzlich geschüttelt wurde. »Aber was ist denn das?« rief er, sich nach einer andern Seite umdrehend, von woher die Stimme eines Neugeborenen sich hören ließ.

»Ein Kind«, sagten Einige; »die arme junge Frau hat es während der Sturmes-Noth, vermuthlich vor Angst zu früh, geboren.«

»Nun, dazu werd' ich Gevatter stehen müssen«, sagte der Capitain lachend, »und ich will's, wenn's Euch recht ist«, wandte er sich an die junge Mutter, die sein Anerbieten mit Dank annahm. Dann ging er, um selbst eine gute, kräftige Weinsuppe für die Wöchnerin zu kochen, und er pflegte sie so, daß er mit Kind und Mutter glücklich in den Hafen von New-York einlief. Er überlieferte, trotz dem was vorgegangen war, statt 72 Auswanderer, deren 73, und alle amerikanischen Blätter waren voll seines Lobes, das ihm auch von Seiten der Staats-Behörde schriftlich auf die schmeichelhafteste Weise ertheilt wurde.

Jetzt kehrte er, von New-York nach Bordeaux gehend, nach Europa wieder zurück. Zu ihm an Bord hatte sich ein alter Franzose begeben, der große Reichthümer in Amerika gesammelt hatte und sie nun im Vaterlande genießen wollte. Er hatte das Schiff des Capitains W. zur Ueberfahrt erwählt, weil der Führer desselben in dem besten Rufe, sowohl als Mensch, denn als Seemann stand.

Sein Unglück aber wollte, daß er einst, als er ruhig neben dem Capitain auf dem Deck saß, und mit diesem plauderte, sagen mußte:

»Es ist wahr, Herr Capitain, Sie sind ein Seemann, wie es wenige giebt; allein im Schnellsegeln nimmt es doch keine andere Nation mit den Amerikanern auf.«

Dies ärgerte unsern Dänen; er ließ alle Segel beisetzen, und jetzt begann eine Fahrt, wie die des »*fliegenden Holländers*,« wovon die Seeleute so viele grausenhafte Geschichten zu erzählen wissen. Vergebens bat und beschwor der arme Franzose, der sein unbedachtes Wort gern wieder durch Tausende zurückerkauft hätte, unsern Capitain, es doch sachter angehen zu lassen, es ging nur um so schneller; vergebens fiel ihm sogar der unglückliche, um sein Leben besorgte Mann zu Füßen, nichts rührte den piquirten Capitain!

»Ich wußte aber doch, was ich that«, fügte er lächelnd hinzu, als er mir diese Geschichte erzählte; »und wirkliche Gefahr war keinen Augenblick vorhanden. Ich wollte dem Franzmann nur zeigen, daß ich eben so schnell zu segeln verstände, als die Amerikaner, die in ihrer tollen Segelwuth oft Schiff, Ladung und Mannschaft auf's Spiel setzen.«

Endlich lief das Schiff wohlbehalten und nach einer unglaublich schnellen Fahrt in die Garonne und dann in den Hafen von Bordeaux ein. Der arme Franzose, welcher vor Angst hatte weder essen noch trinken können, war zum Skelett abgemagert, als er den Fuß wieder auf das Festland und den heimischen Boden setzte, und er war so aufgebracht auf unsern Capitain, daß er, die ihm angeborene Höflichkeit beiseit setzend, ohne Lebewohl zu sagen vom Bord ging; lächelnd sah ihm W. nach.

Nach einigen Tagen traf er seinen armen Franzosen an der Börse; so wie dieser seiner aber ansichtig wurde, wendete er sich ab und vermied den Anblick seines Peinigers. Drei Tage ging das so fort; am vierten aber kam der Franzmann lächelnd auf ihn zu, reichte ihm die Hand und sagte:

»*Soyons amis, Cinna!*

Sie sind doch ein tüchtiger Mann, Capitain, und wer das bestreiten wollte, würde es mit mir zu thun bekommen. Sie frühstücken morgen mit mir, nicht wahr?«

Die Einladung wurde angenommen und Beide wurden wieder die besten Freunde. Capitain W. erzählte diese Geschichte gern, und man hörte ihm gern zu, wenn er sie in seiner naiven Manier erzählte.

Jetzt sei es genug mit allen diesen Abschweifungen, die bei der Erinnerung an meine geliebte Heimath in mir auftauchten, und die ich nicht unterdrücken zu müssen glaubte, da ich dem Leser nicht nur

55

»kleine *Bilder*,« sondern auch »*Erinnerungen*« in diesem Buche versprochen habe.

Obgleich durch meine Vorfahren fast mit der ganzen heimathlichen Insel verwandt, so waren meine nächsten Verwandten doch die Familie des Propsten H– daselbst, und ich fühlte mich um so mehr zu ihr hingezogen, da ich bei den Mitgliedern derselben neben wahrer Herzensgüte, Gastfreundschaft und vielen schönen Tugenden, auch eine Bildung antraf, die mir zusagte. Diese Familie bestand aus meinem Onkel, meiner Tante, zweien hübschen, liebenswürdigen Töchtern, einer Schwester meiner Tante, die lange in Frankreich gewesen war, und – *Lucilien*. Letztere war kein Mitglied, sondern nur eine Freundin, oder wenn man will, Kostgängerin des Hauses.

Dieses zarte, kleine, fast ätherische Wesen mußte gleich auf den ersten Blick auffallen. Ein blendend weißer Teint, hellblaue aber doch sehr lebhafte, obschon nicht eben große Augen, eine feingebogene, sehr schöne, man möchte sagen, *vornehme Nase,* ein hübscher Mund, gute Zähne und eine schöne, edle Form des Gesichtes zeichneten Lucilie aus. Ihre Haut war so zart und weiß, daß man sie hätte durchsichtig nennen können, auch färbten sich die sonst bleichen Wangen bei jeder geistigen oder körperlichen Bewegung gleich mit jenem zarten Rothe, das dem der schönen Rose gleicht, die man das *erröthende Mädchen* nennt. Die Gestalt war, wie schon angedeutet worden, sehr klein, aber zugleich zierlich und wohlgebildet, und der Anzug zwar einfach, aber äußerst geschmackvoll.

Bald bemerkte ich auch, daß Lucilie nicht nur sehr viele Bildung, sondern den Ton der großen, ja den der wirklich vornehmen Welt besitze; auch hatte sie viel und mit Nutzen, selbst in fremden Sprachen, gelesen. Ihr Humor war einer jener leichten, anmuthigen, die machen, daß man sich so wohl und behaglich in seiner Nähe fühlt; Lucilie war voll Witz und Verstand, sie hatte gleich für Alles eine passende, oft schlagende Antwort, liebte es aber auch, dasselbe Witzwort – ich nannte diese ihre stereotypen Witze – bei vorkommenden Gelegenheiten zu wiederholen, so daß man oft schon vorher wußte, was sie sagen würde. Allein sie sagte Dasselbe immer zwar mit denselben Worten, doch mit einer andern Manier, mit einer andern Betonung der Stimme, so daß es doch wieder neu war; fremde Witze eignete sie sich nie an, sondern bestritt Alles aus eigenen Mitteln.

Auffallend war es mir, daß man sie in der Familie, deren Mitglied sie seit Kurzem geworden war, zwar innig und aufrichtig liebte und ihren Wünschen in allen Stücken entgegen kam, zugleich aber eine Art von Aufsicht und Herrschaft über sie ausübte, die nicht wohl mit ihrem Stande, ihrer Geburt und ihrem Vermögen in Einklang zu bringen waren, und daß sie sich dies ohne Widerrede gefallen ließ. Zwar war sie, als ich sie kennen lernte, noch jung; allein sie war bereits Frau und Mutter; doch behandelte man sie in vielen Dingen, wie man etwa ein junges, leichtsinniges Mädchen behandeln würde, dessen Bewachung man übernommen.

Wenn ich, von einer leicht begreiflichen und verzeihlichen Neugier getrieben, nach Luciliens früherem Leben und ihren jetzigen Verhältnissen fragte, erhielt ich ausweichende Antworten, und endlich sagte man mir gerade heraus: »Wenn sie selbst Ihnen nicht ihre Erlebnisse und Schicksale erzählt, dürfen wir es nicht thun, weil wir die Geheimhaltung derselben angelobt haben.«

Ihr Vertrauen wurde mir indeß nicht lange vorenthalten und bald fühlte sie selbst den innigsten Trieb, sich mir mitzutheilen. Das erste Band zwischen uns wurde durch die Musik gebildet, die ich gern übte und die sie fast mit Leidenschaft liebte. Abends, in der Dämmerung, mußte ich ihr nicht nur eine Menge Lieder vorspielen und vorsingen, sondern, was sie noch lieber hatte, auf dem Fortepiano phantasiren, worin ich zu jener Zeit einige Fertigkeit besaß; sie vergoß oft die süßesten Thränen dabei und konnte nicht genug davon bekommen. Dann wollte sie, weil das Clavier ihr zu schwer war, Guitarre von mir lernen; allein bei ihrer großen Flüchtigkeit wurde nicht viel daraus, und unsre Lectionen endeten gewöhnlich damit, daß ich spielen und singen mußte, und sie, in einen Winkel des Sopha's gedrückt, mir zuhörte.

An einem Abende, wo wir bis zum Dunkelwerden musicirt hatten, und ich endlich aufstand, um mich nach meinem Hause zu begeben, das nur wenige Schritte von dem meines Onkels entfernt lag, und nachzusehen, ob mein Söhnchen von der treuen Magd zu Bette gebracht und Alles in gehöriger Ordnung sei, erbot sie sich, mich zu begleiten. Der Knabe lag, als wir in meiner Wohnung anlangten, bereits im tiefsten Schlafe; Kinder sind immer schön, wenn sie schlafen, und auch mein *Carl* war es in diesem Augenblick. Sein blühendes Antlitz, seine feine, weiße Haut, das von der weißen Stirn zurückgebogene Haar, die volle, fette kleine Brust und die allerliebsten, auf der Decke ruhenden Händchen machten ihn zu einem so hübschen Bilde, daß ich nicht umhin konnte, einen leisen Kuß auf seine rothen Lippen zu drücken.

Ihn betrachtend, stand Lucilie neben mir; sie hielt das Licht, und als ich mich nach ihr umsah, rollten große Thränen-Tropfen über ihre Wangen.

»Sie weinen?« fragte ich, durch diesen Anblick überrascht.

»Wie sollte ich nicht!« versetzte sie, und Thränen erstickten fast ihre Stimme. »Ich bin, wie Sie, Mutter; ich habe drei eben so holde Kinder, als Sie eins haben; und auch nicht *Eines* haben die Grausamen mir gelassen – nicht *Eines!*«

»Ich würde sie alle Drei fordern, würde mich um keinen Preis von ihnen haben trennen lassen«, sagte ich, ihre Hand nehmend, die heftig in der meinigen zitterte, und sie zu dem kleinen Sopha führend, das im Schlafzimmer stand.

»Ich habe kein Recht, von den Meinigen etwas zu fordern; ich muß mich in Allem ihrem Willen fügen – ich kann sie nur durch strengen Gehorsam gegen diesen einigermaßen wieder mit mir versöhnen«, sagte sie, immer lauter und heftiger weinend, »und so habe ich ihnen denn auch dieses grausame Opfer bringen müssen. O, Sie wissen nur nicht«, fügte sie nach einer Pause hinzu, »wie schuldig, welche Sünderin ich bin, und was ich gut zu machen habe!«

Theils ihren eigenen Geständnissen, theils aus den Erzählungen meiner Anverwandten, die keinen Grund mehr hatten, über Luciliens Verhältnisse zu schweigen, nachdem diese mir ihr Vertrauen geschenkt hatte; theils endlich aus den Mittheilungen Fremder – denn die nachstehenden Begebenheiten erlangten nur zu bald eine traurige Oeffentlichkeit – entnahm ich die Geschichte der zwar schuldigen, aber zugleich beklagenswerthen Frau.

Lucilie war die einzige Tochter eines bereits im Alter vorgerückten Officiers, der sich durch seine körperliche Wohlgestalt, vielleicht auch durch seine guten Eigenschaften, die Hand einer sehr reichen Erbin erwarb. Die beiden Ehegatten wurden bald durch die Geburt einer Tochter beglückt; allein theuer mußten sie dieses heißersehnte Glück erkaufen, indem Lucilie ihrer Mutter das Leben kostete. Ihr Vater, untröstlich über diesen Verlust, blieb unvermählt und so wuchs das arme Kind ohne Mutter-Liebe und Mutter-Pflege auf. Eine Fremde bewachte ihren Lebens-Morgen, und obgleich diese ihre Pflicht gegen Lucilie treu erfüllte, so entbehrte sie doch schmerzlich die Mutter, und konnte sich noch in spätern Jahren nicht darüber trösten, diese nie gekannt und sie so früh schon verloren zu haben.

So wie sich ihre Geisteskräfte zu entwickeln begannen, gab ihr Vater sie in eine Erziehungs-Anstalt, die, wie man sich denken kann, die beste in der Nähe war, und hier lernte das überaus heitre, lebenslustige und geistvolle Kind Alles, was in damaliger Zeit ein Mädchen von Stande lernen mußte.

Kaum dieser Pension entwachsen, machte der Bruder ihres Vaters, ein Mann, der sich durch seine seltenen Kenntnisse zu einer der höchsten Stellen im Staate emporgeschwungen hatte, ihrem Vater den Antrag, seiner Sorgfalt die Tochter anzuvertrauen und zu gestatten, daß sie die Honneurs in seinem Hause mache, das der Sammelplatz der großen und vornehmen Welt in der Residenz war. Auch Herr von H. – so hieß Luciliens Oheim – hatte seine Gattin verloren und nur ein einziger Sohn war ihm aus seiner Ehe übrig geblieben. Vielleicht hegte er die Absicht, seine Nichte mit diesem Sohne, der ziemlich viel älter, als Lucilie war, zu verbinden, um so das große Familien-Vermögen zusammen zu halten; allein wenn dies wirklich sein Wunsch war, so scheiterte doch sein Plan theils an Luciliens deutlich ausgesprochener Abneigung gegen diese Verbindung, theils an den Grillen und Seltsamkeiten seines Sohnes, der, obschon ein Mann von den außerordentlichsten Kenntnissen, doch so voll Grillen und Eigenheiten steckte, daß er selbst sich nicht für die Ehe gemacht fühlte und mit Bestimmtheit schon früh erklärte, daß er unvermählt bleiben wolle.

Indeß hatte Luciliens Vater dem Wunsche seines Bruders nachgegeben, und statt nach Vollendung ihrer Erziehung in der Pension in das Vater-Haus zurückzukehren, wurde sie nach der Residenz gesandt, um dort dem glänzenden Hauswesen ihres Oheims vorzustehen.

Jung, heiter, lebenslustig und vergnügungssüchtig, wie sie war, konnte ihr dieses nur recht sein, und sie fühlte sich in den neuen, glänzenden Verhältnissen überaus glücklich. Auch sie gefiel allgemein und mußte gefallen, weil sie nicht nur sehr hübsch, sondern auch von jenem liebenswürdigen Humor war, der alle Herzen bezaubert und sich zu eigen macht. Bald jedoch sollte ihre Heiterkeit und jugendliche Unbefangenheit sich in das Gegentheil verwandeln, indem Lucilie einen jungen Mann kennen lernte, der mit dem gewinnendsten Aeußern einen liebenswürdigen und gediegenen Charakter und die feinsten Sitten verband.

T. – so hieß er, gab Lucilien bald Beweise seiner innigen Zuneigung und wagte es endlich, ihr von Liebe zu reden, obgleich seine äußern Verhältnisse nicht der Art waren, daß er um eine so reiche Erbin und um die Nichte und den Liebling eines so hochgestellten Mannes, wie von H. war, mit der Hoffnung auf einen glücklichen Erfolg sich hätte bewerben können. Er hatte von Haus aus kein Vermögen und bekleidete zur Zeit noch eine ziemlich untergeordnete Stelle im Büreau des Herrn von H.

Die wahre Liebe läßt sich indeß weder durch solche Hindernisse unterdrücken, noch läßt sie sich dadurch abschrecken, und so fuhr T. in seiner Bewerbung um Luciliens Gunst um so eifriger fort, da er nur zu bald Gegenliebe in ihren Blicken zu lesen glaubte. Auch liebte sie ihn wirklich, und das Geständniß blieb nicht aus, da Beide oft Gelegenheit hatten, sich zu sehen und ohne Zeugen zu sprechen.

Indeß hatten die Liebenden ihr Spiel nicht so geheim treiben können, daß es dem scharfsichtigen und seinen Liebling sorgfältig bewachenden Oheim hätte verborgen bleiben können; allein die Klugheit wollte, daß er den Liebenden selbst nichts von seinen Entdeckungen sagte, und so war er nur darauf bedacht, den jungen T. von Lucilien zu trennen, wozu es ihm, in seiner hohen und ausgezeichneten Stellung, nicht an Mitteln fehlen konnte. Bald hatte sich die gewünschte Gelegenheit gefunden: eine kleine Beamten-Stelle in der Provinz war erledigt und von H. ertheilte die Bestallung dazu seinem Privat-Secretair.

Man kann sich die Bestürzung des jungen Mannes denken, als sein Gönner ihm diese Gunst ertheilte, auch war seine Verwirrung so groß, daß er vergaß, den schuldigen Dank dafür abzustatten. Von H. stellte sich, als ein kluger Mann, als bemerke er nichts, und trieb seinen Secretair nur dazu an, schnell seine Angelegenheiten in der Residenz zu ordnen und sich ungesäumt auf seinen neuen Posten zu begeben; T. mußte gehorchen, allein er trug den Tod im Herzen und sein Schmerz über die so nahe bevorstehende Trennung von Lucilien versetzte ihn fast in Verzweiflung.

Es war ihm, trotz seiner Liebe für diese, nicht entgangen, daß eine gute Portion Leichtsinn in ihrem Charakter vorherrschend sei, und so erwartete er nicht die Treue und Ausdauer von ihr, die er vielleicht von einer andern Geliebten erwartet haben würde. Diese Trennung mußte also sein ganzes Liebesglück, und zugleich alle seine Hoffnungen untergraben, wenn es ihm nicht zuvor gelänge, sich Luciliens Besitz dadurch zu sichern, daß er die Einwilligung ihres Oheims zu der so heiß von ihm ersehnten Verbindung erlangte, und beschloß, sich diesem zu entdecken.

Herr von H. hörte ihm mit der größten Ruhe zu, als er ihm seine Wünsche vortrug; dann aber sagte er kalt und mit dem festesten, entschiedensten Tone von der Welt:

»Schlagen Sie sich das aus dem Sinne, lieber T., denn so lange ich lebe, wird meine Nichte nie die Ihrige. Ich habe zwar gegen Ihren Charakter, gegen Ihre Talente und Kenntnisse nichts einzuwenden, sondern schätze Sie vielmehr Ihrem vollen Werthe nach; allein Sie haben noch einen zu langen Weg zu machen, bevor Sie zu dem Punkte gelangen können, der Ihnen erlauben würde, an eine so glänzende Partie Anspruch zu machen, wie meine Nichte ist. Sie wissen, welches Leben diese zu führen gewohnt, und zu welchen Ansprüchen sie durch Geburt, Vermögen und Stellung berechtigt ist; Sie aber, lieber Freund, werden kaum in zehn Jahren im Stande sein, Lucilien ein ihr und mir genügendes Loos anzubieten; auch habe ich, aufrichtig gestanden, ganz andere Pläne und Absichten mit ihr, und wollen Sie meine Gunst nicht ganz verscherzen, so entsagen Sie meiner Nichte und Ihren chimärischen Hoffnungen gänzlich.«

Dies war deutlich genug gesprochen, und T. blieb jetzt keine andere Hoffnung, als die freilich sehr schwache, auf die Treue seiner Geliebten, mehr übrig. Er mußte abreisen, ohne sie noch einmal gesprochen zu haben, und als er es wagte, ihr von seinem neuen Bestimmungsorte aus zu schreiben, erhielt er seinen Brief in einem Couvert zurück, worin von des Oheims Hand einige sehr harte Zeilen geschrieben waren, die ihm sein Beginnen auf das Ernsteste und Nachdrücklichste verwiesen und ihn zugleich mit der völligen Ungnade seines bisherigen Gönners im Falle der Wiederholung eines solchen Versuchs bedroheten.

Der Roman war also fertig: zwei hübsche, liebenswürdige Leutchen von ungleichem Stande und Vermögen, die sich leidenschaftlich liebten; ein mächtiger, harter und unerbittlicher Oheim und eine erzwungene Trennung; Meister Lafontaine hätte sich keinen bessern Stoff wünschen können, um zwei starke Bände hindurch seine gefühlvollen Leserinnen in Thränen zu erhalten. Indeß kann ich, die ich keinen Roman, sondern eine wirkliche Geschichte schreibe, meine Leser weder durch so vielen nassen Jammer, noch durch ein fröhliches Ende dieser Begebenheit entzücken, die vielmehr auf eine ganz ungewohnte, durchaus unerwartete Weise endete.

Zu Anfang schien Lucilie untröstlich zu sein, und wurde, ihrem heftigen Naturell gemäß, sogar ernstlich krank, so daß sie ihrem sie zärtlich liebenden Oheime die lebhaftesten Besorgnisse einflößte. Allein es war nur ein Strohfeuer, das durch die Leidenschaft für T. in ihr angefacht worden war; sie genas bald wieder und gab sich, wie früher, allen den Zerstreuungen hin, die ihr von ihrer glänzenden Lage dargeboten wurden. Auch zürnte sie T., daß er sich ohne Abschied von ihr zu nehmen und jetzt sogar, ohne ihr zu schreiben – von seinem Briefe wußte sie begreiflicherweise nichts – von ihr hatte trennen können; ja, sie ging in ihrer Ungerechtigkeit gegen diesen so weit, daß sie wähnte, er habe sie nie wahrhaft geliebt, sondern sich nur durch ihren Besitz poussiren wollen, und sei so jetzt mit der ihm von ihrem Oheime ertheilten Anstellung vollkommen abgefunden und für ihren Verlust entschädigt. Aus diesem Wahne sollte sie aber bald gerissen werden.

T. besaß einen Freund – W. – oder glaubte doch ihn zu besitzen, und da dieser, der vermöge seiner außerordentlichen Kenntnisse sich schnell poussirt hatte, nach der Residenz berufen ward, ertheilte er ihm den Auftrag, Lucilien einen Brief von ihm zu überbringen, und sie auf das Dringendste zu ermahnen, ihrer Liebe und den ihm geleisteten Schwüren getreu zu bleiben.

W. richtete seinen Auftrag aus, wozu sich ihm, da er in demselben Departement arbeitete, dessen Vorstand Herr v.H. war, leicht Gelegenheit darbot; allein er bewies sich keineswegs als treuer Freund gegen T., sondern war vielmehr von vorn herein darauf bedacht, die Neigung Luciliens von ihrem frühern Geliebten ab und auf sich selbst zu lenken.

Er konnte diese um so ungehinderter sehen, da der Oheim nichts gegen seine häufigen Besuche einzuwenden hatte, sondern sie vielmehr gern sah; denn schon damals sah dieser kluge Diplomat ein, daß W. dazu berufen sein würde, eine glänzende und zugleich ehrenvolle Rolle in seinem Vaterlande zu spielen – und er hat sie gespielt! Bei Lucilien aber machte sich W. dadurch interessant und beliebt, daß er mit dem Feuer der Beredtsamkeit von den trefflichen Eigenschaften seines sogenannten Freundes T. zu ihr redete und das unglückliche Geschick ihrer Jugendliebe beklagte; indeß vergaß er doch nicht, sie von Zeit zu Zeit darauf aufmerksam zu machen, daß die sich dieser Neigung in den Weg stellenden Hindernisse unüberwindlich sein würden, und daß T.

sich vielleicht in's Unglück stürzen dürfte, wenn er seinen Hoffnungen auf ihren Besitz nicht freiwillig entsagte, da weder Luciliens Vater, noch ihr Oheim je die Verbindung zwischen ihnen zugeben, und Beide es sehr übel vermerken würden, wenn er seine Bewerbungen noch ferner fortsetzte.

Zu Anfang wollte Lucilie diesen Einflüsterungen kein Gehör geben und gelobte es sich und dem Geliebten mit erneuten Schwüren, ihm treu bleiben zu wollen; allein nach und nach übten Zeit und Trennung ihr Recht auf sie aus und es gelang W. – der übrigens nichts weniger als hübsch und angenehm von Person war – ihr Interesse, wenn auch nicht ihre Neigung, für sich in Anspruch zu nehmen. Er hatte angenehme gesellige Talente, besaß die allgemeine Achtung und wurde von ihrem Oheime sichtbar begünstigt, der ihm und seinen großen Kenntnissen und Talenten das ausgezeichnetste Lob bei jeder sich darbietenden Gelegenheit ertheilte.

Einmal so weit gekommen und der Einwilligung des Herrn von H. gewiß, wagte W. es, mit seiner Bewerbung offen hervor zu treten. Es gelang ihm gleichsam im Sturme, das Ziel seiner Wünsche zu erreichen – Lucilie war so verwirrt, so überrascht durch seinen Antrag, und zugleich so schwach gegen seine flehenden Bitten, daß er ihr Jawort errang, und sie wurde seine Verlobte, ohne daß sie ihn liebte.

Durch die glänzenden Feste, die man dieser Verlobung zu Ehren gab, fast betäubt, in einen wirbelnden Strudel von Vergnügungen aller Art durch ihren Verlobten hinabgezogen, kam die Arme erst an ihrem Hochzeits-Tage, ja erst in dem Augenblick, wo sie das verhängnißvolle *Ja* aussprechen sollte, über den von ihr begangenen Leichtsinn zur Besinnung. Allein Alles war jetzt zu spät und der Segen des Priesters machte sie zur Gattin eines Mannes, den sie nicht liebte und nie lieben sollte.

Um das Unglück, das dadurch über ihr Leben gekommen war, zu vermehren, erhielt W. bald eine Anstellung in der Provinz, und zwar in einer an Natur-Schönheiten durchaus dürftigen Gegend, wo zugleich der Umgang sich fast auf Null reducirte.

Da lebte nun die junge, an geistreichen Umgang, glänzende Verhältnisse, Feste und Zerstreuungen gewöhnte Frau in einer völligen Einöde an der Seite eines ungeliebten und, was dies Unglück noch weit größer machen mußte, nicht einmal von ihr geachteten Mannes; denn jetzt erst fiel es ihr schwer auf das Herz, was W. gegen T. gethan hatte, dessen Freund er sich nannte.

Ein bisher noch ungekanntes Glück sollte ihr indeß diese traurige Lage in Etwas versüßen: sie wurde Mutter eines Knaben, der bald ausschließlich ihre ganze Sorgfalt und Zärtlichkeit in Anspruch nahm; auch schien die Geburt dieses Sohnes wenigstens auf einige Zeit die Gatten einander mehr zu nähern. Beide hatten seither, obgleich nicht im offenbaren Unfrieden, doch ziemlich getrennt von einander gelebt; W. hatte den ganzen Tag über Geschäfte, und Abends, wenn er von diesen ermüdet war, ging es, wie dies in kleinen Städten leider Sitte ist, regelmäßig in einen Spiel-Clubb, dessen Sitzungen oft bis Mitternacht dauerten; so sah Lucilie den Gatten kaum auf flüchtige Augenblicke und hatte kaum Gelegenheit, auch seine guten Eigenschaften kennen zu lernen.

W. mochte fühlen, daß er die Neigung seiner Gattin nicht besaß, und wenn ihre Lippen es ihm nicht sagten, daß sie sich unglücklich fühlte, so sagten es ihre von heimlich vergossenen Thränen gerötheten Augen. Sein Stolz mochte sich dadurch beleidigt fühlen, denn kein Mann vergiebt so Etwas, selbst dann nicht, wenn er es sich bewußt ist, weder Liebe zu verdienen, noch sich um dieselbe ernstlich bemühen zu wollen, und so war fast von den ersten Tagen ihrer Ehe an eine Kälte zwischen den Gatten eingetreten, die Alles für die Zukunft und eine eben so unglückliche, als unwürdige Ehe fürchten ließ.

Die Geburt des lieblichen Knaben schmolz indeß das Eis, das sich um W–s Herz gelegt hatte; er war zärtlicher, zuvorkommender und aufmerksamer gegen die junge Mutter, als er je gegen Lucilie seit ihrer Vermählung gewesen war; ja, er opferte ihr sogar, als ihre Gesundheit einige Besorgnisse einflößte, mehre Clubb-Abende auf und blieb neben ihrem Bette.

Bald jedoch kehrte Alles in das gewohnte Gleis zurück und Lucilie blieb wieder allein mit ihrem Kinde, das jetzt ihr einziger Trost war. Dieses Verhältniß wurde nicht durch die Geburt einer Tochter und auch nicht dadurch gebessert, daß W. zu einer höhern Stelle berufen und in eine kleine Residenz-Stadt versetzt wurde. Er war bereits seiner Häuslichkeit entfremdet; er fühlte sich nicht behaglich in der Nähe Luciliens, da er sich nicht von ihr geliebt wußte; er hatte überhäufte Geschäfte und sehnte sich, wenn er sein Tagewerk vollbracht hatte, nach Erholung, die er am Spieltische und außer dem Hause suchte und fand. Thun wir indeß diesem Manne, obgleich er schwere Verschuldung auf sich geladen hat, kein Unrecht: W. war kein Spieler von Profession, er wagte nie Summen an das Spiel, die seinen Wohlstand hätten untergraben können, sondern begnügte sich mit einer einfachen Partie Whist oder L'hombre, in welchen beiden Spielen er Meister war. Nie auch ließ er es sich zu Schulden kommen, seine Gattin rauh oder ungeziemend zu behandeln; nie fiel ein Streit oder auch nur ein Wortwechsel zwischen ihnen vor; aber mit kaltem, eiskaltem Herzen standen Beide einander gegenüber und wußten sich nie etwas zu sagen. Das aber ist eben der traurigste Zustand von allen, es ist der, welcher wie ein langsames Gift am Leben zehrt; der, welcher eine tödtliche Erschlaffung, für uns arme Frauen namentlich, herbeiführt; der, in dem wir alle Energie unserer Seele einbüßen. Er war es endlich auch, dem Luciliens Tugend erlag, nachdem sie, die von Natur schwach war, vergebens gegen sich und eine neue, in ihr erwachende Neigung angekämpft hatte. Sie fühlte, daß sie ihrem Gatten nie Etwas würde sein können, noch dieser ihr, und willigte so endlich ein, den Schatz von Liebe und Zärtlichkeit, den die Natur ihr in das Herz gelegt hatte, zur Beglückung eines Andern zu verwenden, der, wie sie wähnte, sie zu würdigen verstände: so wurde die Bedauernswerthe ihrer Pflicht und der Moral untreu, an denen sie früher mit Begeisterung gehangen hatte.

Das Walten der Nemesis zeigte sich bei dieser Gelegenheit: ein verrätherischer Freund vergalt an W., was dieser gegen seinen Freund T. verübt hatte.

W. bewohnte ein sehr großes Haus und stand so nicht an, der Bitte eines Universitäts-Freundes nachzugeben, ihm einige Zimmer davon einzuräumen und ihn, gegen eine sehr brillante Vergütung, in den Kreis seiner Häuslichkeit aufzunehmen. Vielleicht waren es ökonomische Rücksichten, die W. zu einer solchen Unvorsichtigkeit bewogen, vielleicht war es aber auch die Freundschaft für A. – so hieß der neue Hausfreund – die ihn dazu bewog, diesen unüberlegten Schritt zu thun.

A. war ein junger Mann ohne Tiefe und Gemüth ohne Grundsätze sogar, wie die Folge zeigen wird; aber er brillirte in der Gesellschaft und wußte seine Kenntnisse und Talente auf die vortheilhafteste Weise geltend zu machen. Seine vornehme Geburt, seine glänzenden Vermögens-Umstände, seine Aussichten für die Zukunft, verbunden mit den angenehmsten Manieren und dem feinen Welttone, den man nur in großen Städten und namentlich in Residenzen erwirbt, sicherten ihm eine beneidenswerthe Stellung in seinem neuen Wohnorte, und da er mit allen diesen Vorzügen auch noch die einer hübschen Gestalt verband, konnte es nicht fehlen, daß er Glück beim weiblichen Geschlechte machen mußte, und manches Herz ihm entgegen schlug, manches Netz ausgespannt wurde, um den seltenen Vogel zu fangen.

A. indeß, dem es durchaus nicht um eine ernstliche Verbindung zu thun war, flatterte von Blume zu Blume, und bemerkte endlich, daß die reizendste von allen in dem von ihm bewohnten Hause blühe, und Lucilie war nicht nur reizend, sondern durch den geheimen Kummer, den sie nährte, so wie durch ihre Verlassenheit, auch im höchsten Grade interessant. Es dauerte nicht gar lange, so war er von einer heftigen Leidenschaft für seine Hausgenossin entbrannt, und, da es ihm an Grundsätzen fehlte, oder er sich solche zu eigen gemacht hatte, die dem Sitten-Gesetze entgegen sind, stand er nicht an, Lucilie auf alle nur erdenkliche Weise auszuzeichnen, um in ihrem Herzen dieselbe verbrecherische Flamme anzuzünden, die in dem seinigen loderte.

Sie, die es seit Jahren schon nicht mehr gewohnt war, ausgezeichnet, mit Huldigungen umringt zu werden, und für die dies doch ein, wenn auch sich nicht selbst gestandenes, doch unabweisbares Bedürfniß war; sie, die nach Liebe schmachtete und sich mit dieser gerechten Forderung kalt von dem Manne abgewiesen sah, der sie zu befriedigen schuldig und verpflichtet war, sah sich plötzlich von den zartesten und liebevollsten Aufmerksamkeiten umringt, und las in den Blicken eines schönen jungen Mannes eben das Feuer, das heimlich ihr Herz verzehrte.

Lange sträubte sich ihre Moral dagegen, sich selbst zu gestehen, welchen Eindruck A. auf ihr Herz, vielleicht sogar auch auf ihre Sinne gemacht habe; allein als er zu ihren Füßen lag und ihr seine Gluth bekannte; als er sie unter Thränen beschwor, Mitleid mit ihm und seiner unbesiegbaren Leidenschaft zu haben und ihm eine Zuneigung zu weihen, deren Werth von dem Manne nicht anerkannt würde, der die nächsten Ansprüche daran hatte; da gestand sie nicht nur sich selbst, daß sie den Verführer liebe, sondern ihre bebenden Lippen gestanden es auch diesem unter einem Strom von Thränen.

Von diesem Augenblicke an war Lucilie schuldig; der reißende Strudel des Verderbens, der zugleich ihren Seelen-Frieden und ihr äußeres Glück in seine Tiefen hinabziehen sollte, hatte sich zu ihren Füßen eröffnet; das Uebrige thaten Leidenschaft, Zeit und Gelegenheit: Lucilie fiel so tief, als ein Weib nur fallen kann, und A. trug den vollkommensten Sieg über sie davon.

Seltsam genug, kam W., der doch aus eigener Erfahrung wußte, wie treulos ein Freund an dem andern zu handeln vermöge, auch nicht entfernt auf die Vermuthung dessen, was ihm von seiner Gattin und seinem vermeinten Freunde geschah. Er sah Lucilie wieder heiterer werden, als sie seit lange gewesen war; sah die Rosen wieder auf ihren Wangen aufblühen, ihr strahlendes blaues Auge wieder glänzen, wie früher; er sah auch, daß A. fast gar nicht mehr in Gesellschaft ging, sondern fast immer zu Hause blieb, und nicht die geringste Unruhe wandelte ihn darüber an. Er allein wußte nicht, was die halbe Stadt ahnete und jeder Domestik in seinem Hause *wußte,* denn die Leidenschaft der beiden Schuldigen war zu mächtig, als daß es ihnen möglich gewesen wäre, die so nöthige Vorsicht zu üben, auch sieht die geringe Classe schärfer in solchen Dingen, als wir glauben.

So verfloß ein Jahr für ihn in der unglaublichsten Verblendung; ja, er nahm mit Entzücken die Nachricht entgegen, daß Lucilie sich wieder Mutter fühle, und überhäufte sie, wie früher, mit kleinen Aufmerksamkeiten, mit Liebkosungen, an die sie seit lange nicht mehr von ihm gewöhnt war.

Vielleicht fielen ihm, wenn Lucilie sich in diesen Umständen befand, seine Verschuldungen gegen sie schwer auf das Herz, denn er war weder ein böser, noch gefühlloser Mann, und er suchte sie durch seine Zärtlichkeit und Aufmerksamkeit wieder gut zu machen; vielleicht auch war sie ihm heiliger als sonst, wenn sie auf dem Punkte stand, Mutter zu werden, denn er war ein großer Kinderfreund und freute sich jedesmal herzlich über die Vermehrung seiner Familie.

Indeß war Alles zu spät – die Würfel waren bereits gefallen und diese Ehe, die bisher nur eine unglückliche gewesen, war zu einer durchaus unwürdigen geworden. Es war Lucilien schon nicht mehr möglich, ihrem Gatten irgend Etwas zu sein, noch mehr irgend einen Beweis seiner wiederkehrenden Liebe nur zu dulden; nicht einmal die resignirte Freundlichkeit, die sie seither gegen ihn zu bewahren gewußt hatte, konnte sie mehr gegen ihn üben: sie wurde kalt, oft sogar herrisch und zurückstoßend in ihrem Betragen gegen ihn, was ihn allerdings einigermaßen betroffen machte, da er an ein so gelassenes, sanftes und duldungsvolles gegen ihn gewöhnt war, auch ein solches mit Luciliens

Naturell übereinstimmte, das sanft und hingebend, duldend und entsagend sich bisher gezeigt hatte.

Vielleicht war es ein geheimer Instinct, der ihr sagte, daß ihr Gatte nicht nur ihr Mitschuldiger, sondern die erste Veranlassung zu dem gewesen war, was ihre zart besaitete Seele jetzt so sehr verstimmte, ja, was sie namenlos elend machte; denn sie gehörte nicht zu den Wesen, die sich behaglich im Schlamme des Lasters wälzen, sondern ihr Herz war für die Tugend gemacht, konnte nur wahrhaft glücklich im Einklange mit derselben sein – und jetzt mußte sie sich selbst verachten, jetzt erduldete sie alle Qualen eines schuldbelasteten Gewissens!

Freilich gab es auch Stunden, in denen sie Alles vergaß, was sie in andern nicht nur zu Boden drückte, sondern wahrhaft *schmetterte;* freilich berauschte sie sich, um sich selbst zu entfliehen, aus dem schäumenden Becher der Lust; freilich fiel ein Sonnenstrahl des Glücks in ihre verdüsterte Seele, wenn sie sich der Macht bewußt ward, den über Alles Geliebten so beglücken zu können; aber um ihr wirkliches Glück war es geschehen, und zwar für immer, und es gab jetzt Stunden, in denen ihre Seele fast der Verzweiflung erlag.

Bald sollte ihr Unglück noch vermehrt werden, indem sie bemerken mußte, daß A. kälter gegen sie wurde, als er zu Anfang ihrer Liebe gewesen war. Er ließ sie oft die Abende allein, wozu es ihm freilich nie an einem Vorwande fehlte, und sie verbrachte solche Abende unter Thränen, die um so schmerzlicher flossen, da sie sie vor den Augen Aller verbergen mußte und sich ihrer selbst vor Gott schämte.

So nahte die Zeit ihrer Entbindung heran, und sie sah ihr mit Zittern entgegen. Wenn das Kind, das sie gebären würde, die Züge des Geliebten, die sehr markirt waren, an sich trüge und so ihr schmerzliches Geheimniß nicht nur dem beleidigten Gatten, sondern auch der Welt offenbart würde? Sie zitterte, dies nur zu denken, und doch, welche Wonne lag auch wieder für sie in dem Gedanken, ein Kind unter ihrem Herzen zu tragen, das dem heißgeliebten Manne – darüber hatte ihr kein Zweifel bleiben können – sein Dasein verdanke! Nur eine Frau, und zwar eine liebende, wird der unglücklichen Lucilie dies Alles nach empfinden können.

Endlich war die entscheidende Stunde da, und sie genas eines schönen, kräftigen Knaben, den sie, nachdem sie ihn geboren hatte, mit einer schmerzlichen Unruhe und Aufmerksamkeit betrachtete.

Ja, es war *sein* Kind! In diesem kleinen Gesichte entdeckte sie im verjüngten Maaßstabe alle die Züge, die sie so oft mit Entzücken betrachtet hatte! Dies waren *seine* dunklen Augen und Haare; diese Nase hatte ganz den Schnitt der seinigen; wie hätte das auch anders sein können? Sie übergab das Kind der Wärterin und sank mit Gefühlen auf ihr Lager zurück, die nicht zu beschreiben sein dürften.

Nach einer Stunde erschien ihr Gatte, den man von ihrer glücklichen Entbindung benachrichtigt hatte, und der erfreut herbeigeeilt war, den neuen Ankömmling zu begrüßen. Der Zufall wollte, daß Lucilie gerade in dem Augenblick von der Wärterin verlassen war, als ihr Gatte zu ihr eintrat. Dieser begrüßte erst sie und ging dann zur Wiege, in der das Neugeborene schlummerte; er ließ sich nicht dadurch abhalten, den Knaben auf seinen Arm zu nehmen, ihn empor zu halten und in der Freude seines Herzens auszurufen:

»Lucilie, welchen holden Knaben hast Du mir wieder geboren!«

»*Dir?!*« rief sie, sich aus ihren Kissen aufrichtend, und ihn in halbem Wahnsinne anstarrend, »*Dir?* Freue Dich nicht über dieses Kind, W., denn es gehört nicht Dir!«

Ihr war, als sei eine Last von ihrer Seele genommen, nachdem sie dieses Geständniß gethan hatte, und sie lehnte sich beruhigter wieder in ihre Kissen zurück. Mochte nun kommen, was da wollte, ihr Gewissen war erleichtert, und sie brauchte nun nicht mehr zur geheimen Schuld die erniedrigende Lüge hinzuzufügen.

W. starrte sie, so wie sie diese verhängnißvollen Worte gesprochen hatte, zum Marmor erbleicht einige Augenblicke an; dann, das Kind in die Wiege zurücklegend, trat er an ihr Lager, schob die Vorhänge desselben zurück und sprach mit bebender Stimme:

»Du bist krank, *sehr* krank, arme Lucilie!«

Er wähnte wirklich, daß der bei Kindbetterinnen nicht ganz seltene Wahnsinn, eine durch die erlittenen Schmerzen und Anstrengungen hervorgerufene Geistes-Störung aus ihr gesprochen habe; denn wie konnte das wahr sein, was sie sagte, und wenn es wahr war, wie hätte sie es sagen können?

Sie verstand, was er sagen wollte, und fest entschlossen, jetzt Alles auf einmal zu enden, antwortete sie ihm mit ruhigem Tone:

»Ich bin nicht kränker, als bei meinen frühern Entbindungen, und es bleibt bei dem, was ich Dir eben gesagt habe. Jetzt verfahre mit der Ehebrecherin, wie es Dir gefällt. Es mußte endlich zwischen uns tagen,

Du mußtest die Wahrheit erfahren; ich vermochte die Last nicht mehr zu tragen, die mich schon so lange zu Boden drückte. Nun ist Alles gut, und ich erwarte mein Schicksal in Ruhe.«

W. schwieg einige Augenblicke; dann sagte er:

»Wenn das Fieber nicht aus Dir redet, Lucilie, so sind wir ja Beide unglücklich und auf immer getrennt; wer aber ist der Vater dieses Kindes? – Ha! ich errathe! Treuloser, verrätherischer Freund!«

Lucilie antwortete ihm nicht mehr, und er verließ das Zimmer, um in der Einsamkeit des seinigen zu überlegen, was jetzt von ihm geschehen müsse, um, so viel als möglich, Aufsehen zu vermeiden; dies war er sowohl sich selbst, als Luciliens Onkel schuldig, dem er sein schnelles Steigen im Staats-Dienste verdankte.

An diesen schrieb er, so wie er einigermaßen ruhig geworden war, zuerst, und bat ihn um seinen Rath, wie sein Verhältniß zu Lucilien gelös't werden könne, ohne vor der Welt ein allzugroßes Aergerniß zu geben. Bis die Antwort auf diese Frage eingegangen sein würde, versprach er, sich ganz ruhig zu verhalten und sich Allem, nur nicht seiner Entehrung, zu unterwerfen.

Statt der ersehnten Antwort, kam der Oheim selbst; vielleicht hoffte dieser durch seine Gegenwart das so locker gewordene Band dieser unglückseligen Ehe wieder fester zu knüpfen; allein nur die leiseste Andeutung von seiner Seite brachte den sonst so ruhigen und besonnenen W. außer sich, und er erklärte mit Festigkeit, daß an ein, wenn auch nur scheinbares, Fortbestehen des bisherigen Verhältnisses zu Lucilien nicht zu denken sei; doch wolle er gern die Hand dazu bieten, von ihr getrennt zu werden, ohne daß es ein allzugroßes Aufsehen in der Welt errege, wenn A. einwilligen sollte, Lucilie nach der Scheidung zu seiner Gattin zu machen.

Dies war ein Abkommen, das von H. ganz erwünscht war, und er verfügte sich auf der Stelle zu A., welchem er, nachdem er ihm die gerechtesten Vorwürfe über das von ihm angerichtete Unheil gemacht hatte, vorschlug, Luciliens Gatte zu werden, nachdem sie von W. getrennt sein würde, welche Scheidung auf eine schonende Weise zu bewirken, es ihm, bei seinen Verhältnissen, nicht an Mitteln fehlen würde. Im Falle der Einwilligung A–s, sollte Lucilie auf eine Zeitlang zu ihm in die Residenz kommen, und dort die nöthige Scheidung eingeleitet und bewirkt werden.

Allein dieser Vorschlag war keineswegs nach A–s Sinne: er liebte Lucilie schon nicht mehr und erklärte dem Oheime derselben mit einer an Frechheit grenzenden Freimüthigkeit, daß, wenn er sich je vermählen würde, worüber er noch nicht völlig einig mit sich sei, die von ihm gewählte Gattin ein durchaus makelloses Mädchen sein müsse, und dabei blieb er trotz der Gegenvorstellungen und sogar der Drohungen des mächtigen Mannes, dem er gegenüber stand. Schon am folgenden Tage verließ er W–s Haus und kurz darauf die Stadt; er hatte Urlaub erbeten und ihn erhalten.

Von dieser Seite war also nichts mehr zu hoffen, und man mußte auf ein anderes Abkommen denken. W. bezeigte sich bei dieser Angelegenheit nicht nur ehrenvest und besonnen, sondern auch sogar edel und großmüthig. Er sah Lucilie nicht wieder und machte ihr weder schriftlich noch mündlich Vorwürfe, obgleich sie, die heftig erkrankt war, noch längere Zeit in seinem Hause lebte; auch überließ er es dem Oheime, die Sache ganz nach seinem Sinne zu arrangiren, doch bedung er es sich aus, daß ihm die beiden ersten ihm von ihr geborenen Kinder bleiben, und das zuletzt geborene nicht auf seinen Namen getauft werden sollte.

Dieser letztere Punkt, der Alles an den Tag bringen mußte, wenn W. darauf bestand, beunruhigte v.H. am meisten; endlich gab W. auch in dieser Hinsicht nach, und der arme Knabe erhielt seinen Namen, auch versprach er für ihn zu sorgen, wie für seine eigenen Kinder.

Lucilien blieb nichts übrig, als sich Allem zu unterwerfen, was man über sie verhängen würde; auch war sie jetzt so schwach an Geist und Körper, daß sie in Alles einwilligte, was man von ihr verlangte.

Ihr Oheim mittelte ihr jetzt einen anständigen und sichern Zufluchtsort im Hause meiner Anverwandten aus, wo sie, getrennt von der Welt und den Kreisen, in denen sie bisher gelebt hatte, das Leben der Reue und der Entsagung leben sollte. Meine Anverwandten waren durch v.H. von Allem unterrichtet und Lucilie ihrer Aufsicht und Bewachung übergeben worden. Daher schrieb sich der kleine Zwang, den man in dem sonst so freundlichen Verhältnisse dieser Personen wahrnahm.

Indeß hatte Fama, trotz aller angewandten Vorsicht, nicht geschwiegen, und die Welt ließ sich nicht täuschen; man kannte so ziemlich das ganze Verhältniß, wenn man auch nicht die innern Beweggründe kannte, die das Unglück herbeigeführt hatten, und Lucilie wurde, wie es sich von selbst versteht, bitter getadelt und lieblos selbst von Solchen beurtheilt, die noch weit schwerer gesündigt haben mochten, als sie.

Ihre spätere Aufführung war untadelhaft, und endlich verwischte die Zeit auch wieder die Falten des Grames von ihrer noch so jugendlichen Stirn. Ihr angeborener Leichtsinn kam ihr zu Hülfe: sie verachtete erst A., wie er es verdiente, und dann vergaß sie ihn vielleicht gänzlich.

In ihren neuen Verhältnissen, die zugleich angemessen und anmuthig waren, weil man sie gleichsam in der Familie, in der sie lebte, auf Händen trug, gefiel sie sich sehr, und nur dann bewölkte sich ihre Stirn, wenn sie hübsche Kinder sah, die in dem Alter waren, worin sie die ihrigen, zur Büßung ihrer Schuld, hatte verlassen müssen.

W. aber zeigte sich späterhin großmüthig und selbst gefühlvoll gegen sie, und es wurde ihr verstattet, an einem dritten Orte, im Hause ihrer Tante, wohin sie alljährlich eine Reise machte, ihre Kinder zu sehen; dies wurde selbst dann noch fortgesetzt, als W. zu einer zweiten Ehe schritt.

Jetzt sind Luciliens Kinder erwachsen und ein trefflich gerathener Sohn hat sie zur glücklichen Großmutter gemacht. Die Reize aber, welche früher so gefährlich für sie geworden waren, sind erblichen und der frühe Gram, der an ihrer Jugend-Blüthe nagte, hat tiefe Furchen in ihr einst so anmuthiges Gesicht gegraben.

Wer Lucilie kennt und von ihren Verirrungen etwas weiß, urtheile nach dieser getreuen Darstellung ihrer innern und äußern Ergebnisse *milder* über sie, als er vielleicht zuvor gethan hat, wo er nur die äußern Umrisse ihres Lebens kannte.

IV. Ein Frommer.

Es war im Mai des Jahres 1829 und ich hatte, mit Freuden dem Geräusch und Gewühl der großen Stadt entfliehend, mit meinen Kindern in dem eine Stunde von Hamburg belegenen, über alle Beschreibung reizenden Dorfe *Winterhude* mein Landhaus bezogen. Wir schmachteten Alle nach reineren Lüften, einer grün bekleideten Erde, Vogel-Gesang und einem unbeschränkten Horizonte, Dinge, die der Stadt-Bewohner entbehren muß.

Das Alles fanden wir in unserm geliebten Dörfchen, dem Eldorado unserer Wünsche in den langen und traurigen Wintertagen. Die ersten

Spaziergänge, die man macht, nachdem man dem Winter und dem Getreibe einer großen Stadt entflohen, wie köstlich sind sie nicht, und wie reinigen und erheben sie nicht zugleich unsere Seele! Ist es doch gleichsam, als ob man mit der reineren, leichteren und balsamischeren Luft auch wieder reinere Gesinnungen einathmete; kehrt man doch von der Verbildung, die durch das Leben in großen Städten so leicht über uns kömmt und uns zu einem Kunstwerke, zu einer regelmäßig aufgezogenen Uhr macht, die nur immer einen Schlag zu picken versteht, wenn nicht etwa eine Leidenschaft das Getriebe in Unordnung bringt, kehrt man doch von der Verbildung so gern wieder zur Natur zurück, von der wir ein Theil sind, und fängt es in uns an zu blühen und zu treiben, wie auf den Wiesen und Feldern, bunt durch einander, und unbekümmert um Form und Regel!

Solche Betrachtungen waren es vielleicht, die mich erfüllten, als ich früh an jenem schönen Mai- und Sonntag-Morgen mit meinen drei Söhnen das Haus und das anmuthige Dörfchen verließ, um zu den das letztere reizend begrenzenden Hügeln einen Spaziergang zu machen und von den Höhen aus einer unübertrefflichen Aussicht zu genießen. Die Kinder schweiften bald hie- bald dorthin; der sinnige, mir zu früh entrissene *Karl* folgte bereits seiner Lieblings-Neigung und suchte emsig Blumen und Kräuter auf, deren Namen und Classe ich ihm, so weit meine geringen botanischen Kenntnisse gingen, nennen mußte, und die er dann getreulich in seinem köstlichen Gedächtnisse bewahrte; der schelmische *Julius* sammelte bunte Steinchen und warf den ältern Bruder, ihn neckend wegen seines großen Ernstes, auch wohl gelegentlich damit, und der kleine *Alphons* hatte seine Herzensfreude an dem zahmen Ziegenböckchen, das uns auf unsern Spaziergängen, wie ein getreuer Hund, zu folgen gewohnt und der Liebling der drei Kinder war.

In meiner Seele herrschte jene Stille, jener Friede, die zugleich dem Herzen einen Vorgeschmack der Seligkeit und dem Geiste Fruchtbarkeit verleihen; ich genoß, empfand und dachte so viel, und Alles, was ich genoß, fühlte und dachte, stimmte so harmonisch mit einander überein!

Das Horn des Hirten, der die Heerde des Dorfes zusammentrieb, lenkte die Aufmerksamkeit der Kinder auf diese, und jubelnd hüpften sie auf einen bereits ältlichen Mann zu, der ihr Führer war; sie reichten ihrem barfüßigen Freunde zutraulich die Hand und ich bemerkte, daß sie schon lange mit einander bekannt sein mußten.

»Ihr kennt den Mann?« fragte ich Karln, der am ersten zu mir zurückgekehrt war.

»O, er ist unser guter Freund und *Jochens* Vater!« war die Antwort.

»Und wer ist Jochen?«

»Der eigentliche Hirte des Dorfes, der, welcher uns vor einigen Tagen das allerliebste März-Häschen geschenkt, dem wir aber wieder die Freiheit gaben, weil es so unruhig in seinem Käfig war und immer gegen die Holz-Stäbe anlief, als wolle es sie zerbrechen. Der Vater führt heute nur die Heerde in's Feld, weil Jochen zur Kirche mußte; sie lassen das einen Sonntag um den andern umgehen, und heute ist an Jochen die Reihe.«

Der alte Hirte war indeß mit seiner Heerde ganz nahe heran gekommen, und da seine Art zu grüßen – er that es mit einem biblischen Spruche – so wie seine Physiognomie mir auffielen, betrachtete ich mir den Mann näher.

Man redet viel davon, daß jedes Menschen-Gesicht mit einem thierischen Aehnlichkeit haben solle, und nie noch fand ich diesen thierischen Ausdruck stärker ausgeprägt, als in der Physiognomie dieses Mannes: er sah einem Ziegenbock so ähnlich und hatte für diese Aehnlichkeit durch das Wachsenlassen eines langen, grau und schwarz melirten Bartes, der das ganze Kinn umschloß, so viel gethan, daß ich meine Augen kaum von dieser höchst seltsamen, auffallenden Erscheinung abwenden konnte. Besonders nahm der sehr große, in den Winkeln etwas aufwärts gehende Mund mit zwei Reihen Zähnen, die einem Pferde Ehre gemacht haben würden, meine Aufmerksamkeit in Anspruch.

Wenn die Damen in der Stadt, wie wohl zu geschehen pflegt, sich von einem Hirten eine Idee à la *Geßner* gemacht, so würden sie sich beim Anblick dieses meines idyllischen neuen Bekannten grausam getäuscht gefunden haben; da gab es kein farbiges flatterndes Band am Hute, ja, nicht einmal einen Hut selbst; keine mit bunten Litzen und blitzenden Knöpfen besetzte Jacke; keinen Blumenstrauß im Knopfloch; keine Schuhe mit silbernen Schnallen oder bunten Schleifen verziert, sondern einen Anzug, aus dem Schmuz und Armuth deutlich und fast ekelhaft hervorsahen. Ein sehr grobes, lange nicht gewaschenes und etwas zerrissenes Hemd und eine gleiche Hose von noch gröberem Leinen, bildeten, nebst dem Reste einer Weste, die ganze Bekleidung dieser neuen Bekanntschaft; Haupt und Füße waren ohne jegliche Bedeckung.

»Frau Doctorin«, hub *Zimmermann* – dies war sein Name – die Unterhaltung mit mir in dem in dieser Gegend unter den niedern Ständen ungewohnten Hochdeutsch an, »Sie haben ganz allerliebste Kinderchen, charmante Kinderchen, sag' ich Ihnen und hübsch sind sie auch: Gott wolle sie Ihnen erhalten, wenn's zu Ihrem und der Kinder Heile ist!«

Ich dankte ihm für das meinen Kindern gemachte Compliment, so wie für seinen freundlichen Wunsch und wollte, die Unterhaltung hier abbrechend, an ihm vorübergehen; allein ich kam so leichten Kaufes nicht los, indem er gleichen Schritt mit mir hielt und die Conversation mit einer mich in Erstaunen setzenden Suade fortsetzte.

»Sie sind nicht aus dieser Gegend?« fragte ich ihn im Laufe dieses Gesprächs, das mich, der gewählten Ausdrücke wegen, die ich von diesem Hirten vernahm, zu interessiren begann.

»Ihnen zu dienen, Frau Doctorin, ich bin aus der Ober-Lausitz und meiner Confession nach ein Herrnhuther.«

»Wie sind Sie denn hieher verschlagen worden?«

»Die Schicksale der Menschen sind oft wunderbar, und Gott lenkt unsre Wege und Schritte. Die meinigen führte er hieher, um der Trost einer armen Wittwe und der Beschützer zweier Waisen zu werden, die ohne mich weder aus noch ein gewußt hätten. Ich habe die Wittwe geheirathet und bin ihren Kindern ein getreuer Vater; um diese gottselige Pflicht erfüllen zu können, erblicken Sie mich jetzt im Stande der Erniedrigung, für den ich nicht geboren, noch erzogen bin. An meiner Wiege ist es mir nicht vorgesungen worden, daß ich hier hinter den unvernünftigen Thieren hergehen würde; allein wie Gott will! Sein Wille sei gepriesen in Ewigkeit!«

»Welches Geschäft betrieben Sie denn früher?« fragte ich, die ich mich für den Mann lebhaft zu interessiren anfing.

»Ich verstehe die Weberei und kann Ihnen die schönsten Muster in Drell und Damast weben, Blumen-, Frucht- und Thierstücke, je nachdem man es begehrt. Das ist eine hübsche Arbeit, sage ich Ihnen, meine liebe Frau Doctorin, und man kann so nach Herzenslust dabei denken, ein frommes, gottesfürchtiges Lied singen, auch wohl gelegentlich einmal einen Vers dabei machen, sei's in deutscher, lateinischer, französischer oder englischer Sprache, denn die verstehe ich alle, und es thut mir nur leid, daß ich nicht auch noch Griechisch gelernt habe, was eine sehr schöne Sprache sein soll.«

Man kann sich mein Erstaunen denken, als ich diesen Menschen, dessen Aeußeres so beschaffen war, daß man ihn einen der niedrigsten Plätze in der menschlichen Gesellschaft einzunehmen bestimmt glauben mußte, so reden und ihn nicht nur von fremden Sprachen, sondern auch von der edeln Verskunst sprechen hörte, und das im Tone der festesten Zuversicht und ohne den Anschein zu haben, als fürchte er sich, auf die Probe gestellt und von mir beschämt zu werden.

»Ja«, fuhr er fort, »meine lieben Eltern, oder wenn Sie wollen, Pflegeeltern, haben mir eine gute Erziehung gegeben, und für die Weberei war ich zu Anfang auch nicht bestimmt, sondern sollte Gottes Wort studiren, wozu ich große Neigung hatte. Dann führte mich mein Schicksal in die Brüdergemeinde zu Herrnhuth, und es wurde Alles anders, als zuvor beschlossen worden war, und am Ende kam ich gar hieher. Indeß glauben Sie nur nicht«, fügte er mit einer etwas geheimnißvollen Miene hinzu, »daß ich dazu bestimmt bin, immer so in Knechts-Gestalt zu wandeln, wie ich jetzt thue; die Zeit der Prüfung wird vorübergehen und ich herrlich dafür belohnt werden, daß ich sie ohne Murren bestand.« – »Wer sich selbst erniedrigt, der wird erhöht werden«, »heißt es in der heiligen Schrift, und wenn Manche wüßten, wen sie vor sich haben –« er warf auf mich einen bedeutungsvollen Blick – »so würden sie mit ganz andern Augen auf mich sehen. Allein die mir von Gott zu meiner Läuterung bestimmte Zeit wird bald, vielleicht in den nächsten Monaten schon, ihr Ende erreichen, und man wird seltsame Dinge erleben und vernehmen. Jetzt mit Gott, liebe Dame«, fügte er hinzu, mich mit der Hand begrüßend, da er es mit der Mütze oder dem Hute nicht thun konnte, weil beide ihm fehlten; »ich muß die Kühe da in das Moor hinuntertreiben, und dahin werden Sie mir wohl nicht folgen, weil es sehr naß und schmuzig dort ist.«

Er rief jetzt seinem Hunde, der, gehorsam seinem Befehle, die etwas zerstreute Heerde zusammen trieb, und lenkte dann seitwärts mit ihr ab.

Ich gestehe aufrichtig, daß es diesem Manne gelungen war, meine Aufmerksamkeit zu erregen und mein Interesse in Anspruch zu nehmen, und wenn ich gleich seinen Worten keinen unbedingten Glauben schenkte, zumal da so viel Abentheuerliches in ihnen lag, so mußte ich doch seine Bildung und vor allen Dingen seine Art zu reden und seine

Gedanken klar auszudrücken, bewundern; denn Landleute und Hirten wie diesen trifft man im nördlichen Deutschlande, wenn ich die zu Holstein gehörende *Marsch* ausnehme, wo es nicht nur viele offene und fähige Köpfe, sondern auch unterrichtete Leute unter den Landleuten giebt, nicht an. Das, was dieser Mann sagte, trug überdies eine ganz eigene Färbung an sich; kurz, er erregte meine Neugier in einem hohen Grade, und ich beschloß, ihn näher kennen zu lernen, wozu ich die beste Gelegenheit hatte, da seine Hütte meinem Landhause gerade gegenüber lag.

Es dauerte nicht lange, so stellte er sich bei mir ein, um mir, die ich zum Anbau des benöthigten Gemüses ein Stück Land suchte, gegen einen mäßigen Pachtzins seinen Garten anzubieten, indem er sich zugleich erbot, sowohl in meinem eigenen Garten, als in dem von ihm gemietheten, den Gärtner zu spielen.

»Aber, lieber Freund, verstehen Sie denn das auch?« war die natürliche Frage, die ich an den Vielwissenden richtete. – »Was sollte ich nicht! Ich bin ausgelernter Gärtner und habe als solcher mehre Jahre auf dem Gute des Grafen von – der Name ist mir entfallen – gedient. O, da haben wir herrliche Sachen gezogen, und unsere Treibereien hätten Sie sehen sollen, unsern Wein, die Melonen, die Ananasse selbst! Es geht kein Geschäft über die Gärtnerei, und wenn es nach meinem Sinne ginge, so hinge ich alles Andere an den Nagel, und würde wieder Gärtner. Da aber sind Frau und Kinder, die wollen leben, die wollen ein festes, sicheres Brot haben, und das kann ich ihnen im Sommer als Hirte, im Winter als Weber geben. Sehen Sie, so muß man seiner Pflicht sein Vergnügen aufopfern; allein Ihren Garten gehörig zu bestellen, dazu würde ich neben den andern Geschäften, die mir obliegen, noch Zeit haben, und über den Preis meiner Bemühungen wollen wir nicht feilschen: Sie geben mir, was Sie wollen, denn ich weiß schon, Sie sind nicht unbillig, und ich bin es auch nicht.«

Mir kam sein Antrag eben recht, denn wirklich bedurfte ich eines Mannes, wie er zu sein vorgab, und wir wurden über den Preis bald einig. Noch denselben Tag fing er in dem von ihm gemietheten Garten zu graben und zu hacken an, und ich konnte nicht über seinen Fleiß klagen. Nur beim Säen und Pflanzen des Gemüses hatte er seine eigenen, ganz vom Gewöhnlichen abweichenden Ideen, und wenn ich einige Bedenklichkeiten darüber äußerte, so beschwichtigte er sie dadurch, daß er behauptete, auf dem Gute des Grafen es so gemacht zu haben, und dort sei Alles trefflich gediehen. Auch in meinem Blumen-Garten erlaubte er sich einige Willkür; so traf ich ihn eines Morgens früh, als ich aufkam, bei meinen schönen Rosen an, die er, obgleich es Mitte Juni war, zum Theil aus der Erde genommen und stark beschnitten hatte.

»Mein Gott, Zimmermann, was soll denn das?« fragte ich erschrocken, als ich die dem Blühen nahen Stöcke in diesem traurigen Zustande sah; »Sie werden mir alle meine schönen Rosen verderben!«

»Hat nichts zu sagen, beste Frau Doctorin, hat nichts zu sagen! Sie hätten doch gern spät im Herbste, wenn es keine Rosen mehr giebt, noch welche, nicht wahr? Nun, ich verspreche Ihnen im October von diesen ausgenommenen Rosenstöcken eine wahre Rosen-Pracht; lassen Sie mich nur machen, Sie sollen schon zufrieden mit mir sein.«

Er sagte das mit einer so großen Zuversicht und fuhr dabei so emsig in seinem Geschäfte fort, daß sich die Furcht in mir verlor, ich habe vielleicht Eulenspiegel den Zweiten in meinen Dienst genommen. Indeß fiel die Sache noch schlimmer aus, als ich zu Anfang gefürchtet hatte, denn meine schönen Rosen, worunter manche seltene waren, gingen nach der Reihe heim, und als ich Zimmermann darüber zur Rede stellte, hatte er keine andere Entschuldigung, als:

»Ei, das ist seltsam! Gott aber hat's so haben wollen, zweifeln Sie nicht daran, er hat's so haben wollen, denn sonst müßten die Rosen jetzt trefflich stehen.«

Im Gemüse-Garten ging es nicht besser; er versuchte so viele seltsame und abentheuerliche Dinge, daß ich fast gar keine Frucht bekam, und was das Schlimmste war, so hatte er Alles schon vor Sonnen-Aufgang und ohne mich vorher zu befragen gethan, so daß mein Verbot nichts half. Unter andern erinnere ich noch, daß er die Gurken, gleich den grünen Erbsen, hoch an Stöcken in die Höhe leitete, und die Folge davon war, daß bei einem Sturme alle die schweren Ranken abbrachen und ich keine Frucht davon bekam.

»Sehen Sie«, sagte er resignirt – ich war es nicht – »daß es Gottes Wille nicht war, daß Sie in diesem Jahre Gurken ziehen sollten? Welche herrliche, ganz andere, als Sie sonst gespeis't, würden Sie sonst erhalten haben! Auf dem Gute meines Herrn Grafen gelang dieses Kunststück, das nur von ganz ausgelernten Gärtnern geübt wird, immer ganz vortrefflich, und ohne den Sturm in voriger Nacht, den uns Gott sandte, würde es auch uns gelungen sein; wer aber kann gegen Gott an?«

Ich hatte jetzt von meinem Gärtner genug, ohne diesem jedoch ernstlich zürnen zu können, da er sich, seine Sonderbarkeiten abgerechnet, als den redlichsten Mann bewies und mir gewissenhaft Alles brachte, was er im Garten erzielte. Freilich nahm ich mir im Stillen vor, ihn für das nächste Jahr seiner Functionen zu entheben; allein ich fuhr trotz dem fort, ihm wohl zu wollen und nach Kräften Gutes zu thun. Sein Dank für die kleinen, ihm und seiner darbenden Familie erzeigten Wohlthaten war immer:

»Das hat Ihnen Gott in's Herz gegeben Er wußte, was ich bedurfte, und sandte es mir durch Sie.«

Oft bat er mich auch um Bücher, allein es mußten geistliche sein, wovon ich nicht eben großen Vorrath in meiner Bibliothek hatte, und ein ander Mal brachte er mir sehr zerlesene und schmuzige Bücher, Heftchen und Blätter, die mich, wie er behauptete, schon zu seinem beseligenden Glauben bekehren würden, wenn ich sie nur läse. Dies war mir aber, wegen der darin enthaltenen Abgeschmacktheiten, unmöglich, und ich bat ihn, mich damit zu verschonen, was ihn sehr betrübte, denn er ging eifrig darauf aus, eine Proselytin aus mir zu machen und mich seiner geliebten Brüder-Gemeinde zuzuführen.

Bei seiner anscheinend großen Frömmigkeit fiel es mir jedoch auf, daß er so oft das furchtbarste Gesindel in seiner Hütte beherbergte. Eine Stunde von unserm Dörfchen lag nämlich ein anderes Dorf, wovon ein Theil – man nannte ihn den *Grund* – von Zigeunern, Bettlern, Taschenspielern, Seiltänzern etc. bewohnt wurde, lauter Leute, die im schlechtesten Rufe standen und denen man Abends allein zu begegnen fürchtete. Diese Alle fanden, wenn sie die Jahrmärkte der umliegenden Dörfer besuchten, um entweder zu betteln, oder ihre Kunststücke zu machen, bei Zimmermann willige Aufnahme, und so gab es oft die buntesten und groteskesten Scenen in seinem Hause und Garten, die mich und meine Gäste nicht selten sehr belustigten.

Einen noch gefährlichern Besuch erhielt er von Zeit zu Zeit von den Bettlern, die in einem andern nahe gelegenen Dorfe ihre Bettler-Herberge hatten, und gleichfalls zu den in der Umgegend stattfindenden Märkten strömten, wo sie als Krüppel oder als mit Aussatz und Geschwüren Bedeckte, gute Geschäfte machten, allemal aber erst bei ihrem »*guten Freunde,*« dem Herrnhuther, einkehrten, wenn sie durch unser Dorf kamen.

Bei dieser Gelegenheit habe ich auch in Erfahrung gebracht, wie es Leute machen, von Zeit zu Zeit reine Wäsche zu bekommen, auch wenn sie nur *ein* Hemde haben. Die guten Freunde und Bekannten Zimmermanns zogen sich an schönen, warmen Sommertagen aus, als wollten sie in's Bad steigen; allein nur ihre Kleidung unterwarfen sie der Reinigung; diese wurden im Zustande der Natur von ihnen am Brunnen gewaschen, auf die Büsche gelegt und getrocknet und während dies geschah, ergingen sich ihre Besitzer im Stande der Natur im warmen Sonnenschein im Garten, wobei sie nicht selten behaglich ihr Pfeifchen rauchten und ganz so ungenirt wie in ihrer Kleidung waren.

Als ich, mit Recht über einen solchen Unfug und einen solchen Skandal entrüstet, Zimmermann darüber zur Rede stellte, wie er so Etwas bei sich dulden könne? gab er mir mit der größten Gelassenheit zur Antwort: es sei nun einmal Gottes Wille, daß er mit diesem Auswurfe der Menschheit verkehren müsse, und dann lebe er auch der frohen Hoffnung, daß es ihm schon bei Vielen gelungen sei, sie zu Gott und zu der wahren Lehre zu bekehren.

»Sehen Sie«, sagte er dann mit Pathos, »wenn man die Hoffnung haben darf, ein räudiges Schaaf in den Stall zurück zu führen, so muß man sich nicht davor scheuen, die Hände dabei zu beschmuzen.«

»Wohl aber, von ihm angesteckt zu werden«, erwiederte ich, und er schwieg.

Diese Beobachtungen flößten mir ein gerechtes Mißtrauen gegen den scheinbar so frommen Mann ein; allein andere machten mich bald wieder irre in meinen ihm nachtheiligen Vermuthungen. So war er nicht nur ein Muster von Fleiß, und vom frühesten Morgen bis spät in die Nacht unermüdet thätig, sondern auch der treueste, liebevollste Gatte und Vater, obgleich die Kinder seiner Frau nicht seine eigenen, sondern nur seine Stiefkinder waren. Oft, wenn ich ihm, den ich zwar nicht mehr als Gärtner – denn damit hatte er es bei mir verdorben – aber doch zu andern kleinen häuslichen Verrichtungen benutzte, Dieses oder Jenes gab, was ihm wohl hätte schmecken können, sah ich, daß er es nicht selbst genoß, sondern es für Frau und Kinder mit nach Hause nahm. Er that dies nicht offenbar, denn dann hätte ich Mißtrauen darin gesetzt, sondern heimlich, auch liebten seine Stiefkinder ihn aufrichtig und waren wohl gezogen, so weit sie es in ihrem Stande sein konnten. Auch war er ein freundlicher und hülfreicher Nachbar und oft sah ich ihn sein kärgliches Brot mit noch Aermern willig theilen.

Kurz, ich konnte über diesen Mann, so scharf ich ihn auch beobachtete und so oft ich auch Mißtrauen gegen ihn faßte, nicht mit mir in's Reine kommen, und schob so mein Urtheil über ihn noch auf.

Von seinen Kenntnissen erhielt ich wirklich manchen Beweis; so sprach er nicht nur die Muttersprache durchaus richtig, sondern corrigirte auch seine Kinder, wenn sie falsch sprachen, und Englisch und Französisch verstand er gleichfalls, wie ich oft zu bemerken Gelegenheit hatte. Das Letztere war mir freilich daraus erklärlich, daß er als Leinweber-Geselle gewandert hatte und, wie er selbst eingestand, auf seiner Wanderschaft sowohl nach England, als nach Frankreich gekommen war. Ein sehr gutes Gedächtniß mußte er übrigens haben, denn nie habe ich einen Menschen gekannt, der so voll biblischer Sprüche, Lieder-Verse, Sprichwörter und Poesien aller Art steckte, wie er. Auf Alles wußte er durch einen Vers oder einen Spruch eine Nutzanwendung zu machen, und oft waren seine Bemerkungen nicht nur treffend, sondern sogar überraschend witzig. Von seinen eigenen Poesien, so oft er auch davon sprach, und so sehr ich auch in ihn drang, sie mir zu zeigen, habe ich nie etwas zu Gesichte bekommen, es wird also nichts damit gewesen sein, denn es fehlte ihm nicht an einer gewissen Eitelkeit und er ließ sein Licht gar zu gern vor den Leuten leuchten, folglich würde er mir auch seine Gedichte gezeigt haben, wenn er wirklich welche gemacht hätte. Er versprach von Zeit zu Zeit, sie mir zu bringen; allein er hielt nie Wort, und an einer Entschuldigung fehlte es ihm nie für dieses Nichtworthalten.

Die Schriften von *Jung-Stilling* kannte er sämmtlich und sie schienen seine Lieblings-Lectüre zu sein, was mich, bei der Richtung seines Geistes, nicht Wunder nahm, als ich selbst sie späterhin las; *Jacob Böhme* war aber der Schriftsteller, von dem er mit Begeisterung sprach und dem er Alles zu verdanken habe, wie er sagte.

So kam der Herbst heran und mit ihm für mich die Nothwendigkeit, mein geliebtes ländliches Asyl bis zum nächsten Frühlinge zu verlassen und zur Stadt zurück zu kehren. Zimmermann war mir beim Umzuge behülflich, ich beschenkte ihn, da ich voraus sah, daß der Winter manche Noth für ihn herbeiführen würde, mit einer kleinen Summe Geldes, und wir trennten uns als die besten Freunde.

Kaum war ich einige Wochen wieder in der Stadt, so wurde mir an einem Morgen sein Besuch angemeldet; ich ließ ihn kommen und erstaunte nicht wenig über seinen ganz veränderten Anzug, der zwar seinem jetzigen Stande angemessen, aber reinlich und sogar neu war; an einer brauntuchenen Jacke prangten sogar zwei Reihen großer silberner Knöpfe. Ich freute mich, ihn so wohlbehalten zu sehen, und er sagte mir mit anscheinend fröhlicher Miene, daß die Zeit seiner Prüfung sich jetzt ihrem Ende nahe und daß es von nun an immer besser und besser mit ihm werden würde; über das Wie? ließ er sich jedoch nicht aus, und lächelte nur mit geheimnißvoller Miene, als ich ihn darüber befragte. Späterhin erfuhr ich jedoch, daß er die gute und schickliche Kleidung, welche ich bei diesem Besuche an ihm sah, verpfändet gehabt und von dem Gelde wieder eingelöst, das ich ihm beim Scheiden geschenkt hatte, auch sah ich ihn in der Folge nie wieder in derselben; vermuthlich hatte er sie, von Noth gedrängt, nochmals versetzen müssen und nicht wieder einlösen können.

Nachdem wir die ersten Worte gewechselt und ich ihn mit einem Glase Wein erquickt hatte – den hier unter den Landleuten so beliebten Branntwein trank er nie – trat er mit seinem Anliegen hervor. Er wünschte einen Louisd'or von mir geliehen zu haben, da er sich, wie er sagte, durch dieses Darlehn einen ganz guten Winter machen könne, indem er Gelegenheit hätte, eine bedeutende Quantität gesponnener Baumwolle einzukaufen, die, von ihm während des Winters verwebt, ihm und den Seinen das nöthige Brot geben würde. Er versprach fest und feierlich, von dem Tage an gerechnet, über drei Wochen mir das Geld wieder zu bringen, weil er dann ein von ihm gewebtes Stück Leinwand würde abliefern und die Bezahlung dafür bekommen können.

Ich stand um so weniger an, seinen Wunsch zu erfüllen, da dies das erste Mal war, daß er Geld von mir lieh, und mir das Wohl oder Weh einer Familie nicht gleichgültig sein konnte, die sich rechtlich zu ernähren suchte; auch schien mir dies eine Gelegenheit, den seltsamen Mann näher kennen zu lernen.

Ich gestehe, daß ich nicht darauf rechnete, mein Geld wieder, oder doch es in der von Zimmann bestimmten kurzen Frist wieder zu erhalten; groß war daher mein Erstaunen, als er nach drei Wochen, gerade an dem von ihm anberaumten Tage, wieder zu mir kam und mir einen blanken Louisd'or, sauber in Papier gewickelt, mit seinem besten Danke überreichte. Für meine Kinder hatte er überdies noch ein Geschenk, bestehend in zwei allerliebsten, zahmen Lerchen, denen sein Sohn von Weidenstäben einen hübschen Käfig geflochten hatte, zur Bezeigung seiner Dankbarkeit mitgebracht. Es fiel mir indeß auf, daß er, statt der guten Kleidung, die er das vorige Mal angehabt hatte, wieder in einer sehr schlechten erschien, die ihn nicht einmal gegen die rauhe Jahreszeit gehörig beschützte; ich wagte es aber nicht, ihn nach dieser Veränderung zu befragen, aus Furcht, ihm wehe zu thun, und so schieden wir von einander.

Kaum waren acht Tage seit der Zurückerstattung meines Darlehns verflossen, so war mein Zimmermann abermals da, und ließ sich von meinem Dienstmädchen nicht abweisen, obgleich dieses ihm sagte, daß er mich nicht wohl sprechen könne, weil ich Besuch habe; so ging dieses denn endlich, um ihn bei mir anzumelden, und ich ließ ihn in ein anderes Zimmer kommen, um ihn dort anzuhören, weil ich nicht wollte, daß der alte Mann einen so weiten Weg vergebens gemacht haben sollte.

Seine Miene, als er zu mir eintrat, drückte eine große Bewegtheit, ja, eine an ihm durchaus ungewöhnliche Aufgeregtheit, aus, und er trat mit hastigen Schritten zu mir ein.

»Liebe Frau Doctorin«, begann er, »Sie sind so gütig, so menschenfreundlich, und so wage ich eine neue Bitte an Sie. Ich habe einen Freund, einen Landsmann und Glaubens-Bruder in dieser Stadt, der sich mit einem Häuflein Kinder und einer kranken Frau in der größten Verlegenheit befindet. Zehn Thaler könnten ihn retten; ich habe sie leider nicht, allein ich weiß, daß mein Freund durch von Auswärts kommende Hülfe bald in den Stand gesetzt sein wird, das Darlehn zurückzuzahlen, und überdies verbürge ich mich für die Rückzahlung, die spätestens in sechs Wochen – ich setze mit Fleiß eine so lange Frist, um nicht zum Schelmen an meinem Worte werden zu können – erfolgen soll.«

Ich vermochte einer so dringenden Bitte nicht zu widerstehen und gab ihm das Verlangte, worauf er sich freudig und mit tausend Segenswünschen von mir entfernte. Ich war wirklich sehr neugierig, zu erfahren, ob er sein Wort wieder halten würde, auch kam er wirklich nach Ablauf der sechs Wochen zu mir, allein mit trauriger Miene und leeren Händen. Die Frau seines Freundes, sagte er, wäre indeß gestorben und das von Auswärts für denselben eingegangene Geld habe theils zu den Verpflegungs-, theils zu den Begräbnißkosten derselben verwendet werden müssen; ich solle daher Geduld haben und mich versichert halten, daß ich mein Geld auf keinen Fall einbüßen werde.

Was sollte ich machen, als eine solche Geduld üben? Allein sie verließ mich, als Zimmermann eine neue Anleihe bei mir machen wollte, und zwar unter dem Vorwande, daß er wieder Gelegenheit habe, eine gute Portion Garn billig einzukaufen. Ich schlug ihm dieses ab, indem ich ihm erklärte, daß ich zwar gern hülfe, so weit es meine Mittel erlaubten, allein es mir zur festen Regel gemacht habe, nie Denen einen zweiten Vorschuß zu bewilligen, die den ersten nicht auf die Stunde wieder erstattet hätten. Ueberdies habe er mir ja das erste Mal gesagt, daß das eingekaufte Garn hinreichen würde, ihm für den Winter Arbeit und Unterhalt zu gewähren, folglich der nun zu machende Ankauf unnütz sein würde, da er im Sommer andere Beschäftigungen und keine Zeit zum Weben habe.

Gegen diese Argumente ließ sich von seiner Seite nichts einwenden, und er verließ mich, ohne weiter zu bitten, noch Unwillen über meine abschlägige Antwort zu bezeigen. Ich sah ihn den Rest des Winters über nicht wieder und auch mein Geld blieb aus.

Groß war jedoch mein Erstaunen, als ich im Frühlinge wieder aufs Land hinauszog, und von den Landleuten hörte, die mir, wegen mancher kleinen Dienste, die ich ihnen im Laufe des vorhergehenden Sommers geleistet hatte, überaus gewogen waren, daß Zimmermann mich im Dorfe »*schlecht gemacht,*« das heißt, auf mich gescholten und behauptet habe: »ich könne nimmermehr in's Himmelreich kommen.« Klüglich hatte er aber dabei verschwiegen, woher sein Zorn stamme und daß ich ihm eine zweite Anleihe abgeschlagen, nachdem er die erste nicht wieder entrichtet hatte; allein die Landleute kannten ihn, er war aller Welt schuldig wie mir, und so hatte man schon das Rechte vermuthet.

Ich war weder beleidigt, noch sehr überrascht durch das, was ich jetzt erfuhr, denn wer hätte wohl mit einem etwas weichen Herzen lange in einer großen Stadt gelebt, ohne Erfahrungen der Art in Menge gemacht zu haben? allein ich war sehr neugierig, wie mein Mann sich benehmen würde, wenn ich ihm sein Betragen vorwürfe.

Die Gelegenheit, dies thun zu können, ließ nicht lange auf sich warten; ich hatte mich kaum in meiner ländlichen Wohnung wieder eingerichtet, so erschien mein Zimmermann an einem Morgen, um mir seine Dienste anzubieten; er war ganz unbefangen und freundlich wie immer und erwähnte des Darlehns durchaus nicht.

»Aber, Zimmermann«, sagte ich, nachdem er seine Anrede geendet hatte, »wie können Sie es über Ihr Herz bringen, einer Person Ihre

Dienste anzubieten, von der Sie im ganzen Dorfe behauptet haben, sie könne nimmermehr in's Himmelreich kommen, und werde gerades Wegs in die Hölle fahren? Fürchten Sie denn nicht, denselben Weg zu gehen, wenn Sie ihr dienen? Und dann, was konnte Sie, der Sie mir manchen Dank schuldig sind; Sie, der Sie ein frommer Mann sein wollen und die Ihnen obliegende Christen-Pflicht kennen, was konnte Sie dazu bewegen, so schlecht von mir zu reden, von der Sie nur Gutes erfahren haben? Wie ist das mit den Grundsätzen in Einklang zu bringen, die Sie auf den Lippen, mit der Frömmigkeit, die Sie zur Schau tragen? Wissen wir Beide denn nicht, wie wir mit einander daran sind, und daß ich, nachdem ich Ihnen willig ein billiges Verlangen bewilligt, Ihnen nur ein unbilliges, aus sehr guten Gründen, abgeschlagen? und deshalb soll ich des Teufels sein und geradezu zur Hölle fahren?«

Er war während dieser etwas langen Rede bleich wie Marmor geworden und hielt meinen Blick nicht aus, der fest auf ihn gerichtet war. Er schwieg, doch zeigten seine Gesichts-Muskeln ein lebhaftes Spiel; er schien in sich zu überlegen, ob er mit frechem Läugnen durchkommen würde; allein seine große Klugheit sagte ihm bald, daß er damit sich noch verächtlicher machen würde, indem ich ihm viele Zeugen gegenüberstellen könnte, und er faßte einen andern Entschluß.

»Ja«, sagte er nach einer kleinen Pause, die zwischen uns entstanden war, mit kecker Unverschämtheit; »ja, es ist leider nur zu gewiß, daß Sie nicht in's Himmelreich kommen können! *Mir* eine so kleine Bitte abzuschlagen, *mir,* dem zu dienen Könige froh sein sollten, wenn sie mich recht kennten! Nun, Sie werden mich kennen lernen, wenn Sie mich am Throne des Ewigen zu seiner Rechten sitzen sehen, und dann den armen Zimmermann beneiden, der auf Erden, gleich unserm Erlöser, in Knechtsgestalt einhergehen und leiden mußte, um dort droben einer höhern Seligkeit würdig zu werden. O, und wir sind selbst hier nicht am Ende unserer Tage, Sie nicht, und ich nicht, und das Blatt kann sich für uns Beide noch wenden; ja, bedürfte es doch nur *eines* Wortes von mir, um in drei Tagen ein gemachter Mann, reich, geehrt und angesehen wie ein Prinz zu sein; allein ich *will* irdische Größe und Hoheit nicht; ich *will* meine Armuth und Schmach; aber wehe Denen, die mich hier gedrückt, getreten, verkannt haben, denn ihrer wartet ein schweres Gericht!«

Er redete in diesem Tone noch eine Weile fort und schien sich nach und nach an seiner eigenen Rede zu begeistern; ja, ich glaube noch jetzt, daß er selbst fast an alles das glaubte, was er mir sagte, wenigstens in dem Augenblick. Ich hörte ihm mit Erstaunen, ja, mit Bewunderung zu, denn nie noch ist mir ein so begeisterter Redner vorgekommen, als er war; welche Rolle hätte dieser Mann, der noch dazu durch ein sehr kräftiges Organ unterstützt wurde, als Prediger, als Volksredner spielen können!

Ich schied, ohne ihm zu antworten oder weitere Vorwürfe zu machen, von ihm und habe seitdem nicht weiter mit ihm verkehrt, auch fiel er als eins der ersten Opfer der bald in dieser Gegend ausbrechenden Cholera.

Ueber sein eigentliches Wesen bin ich eben so wenig ins Klare gekommen, als es mir gelang, über seine früheren Schicksale etwas in Erfahrung zu bringen, obgleich er mir interessant genug geworden war, mich eifrig darum zu bemühen. Einem Bekannten von mir, den ich späterhin erst kennen lernte, und dem dieser seltsame Mann gleichfalls bekannt und höchst interessant gewesen war, hat es gleichfalls nicht gelingen wollen, etwas Näheres über ihn zu erfahren. Daß er in seiner Jugend eine ausgezeichnete Erziehung erhalten und wahrscheinlich große Schicksale erlebt hat, die ihn endlich zum Hirten in Winterhude machten, glaube ich annehmen zu dürfen; ob er aber ein Heuchler oder wirklich frommer Mann war, wage ich zur Stunde noch nicht zu entscheiden, da ich ihn nicht nach dem Unrecht beurtheilen mag, das er sich gegen mich zu Schulden kommen ließ.

Er soll übrigens sehr ruhig und ergeben gestorben sein, die scheußliche Krankheit, von der er hingerafft wurde, mit seltener Geduld ertragen und sich aufrichtig auf sein nahes Ende, oder seine »Erlösung«, wie er es nannte, gefreut haben. Seine Familie hat ihn lange und mit dem aufrichtigen Schmerze beweint, der von wahrer Liebe zeugte, auch sprach sie nur mit Achtung und Begeisterung noch lange nachher von ihm.

V. Ein seltsames Liebespaar.

Gleiche Bildung, gleiche Neigungen und Lebens-Ansichten hatten Beide zusammengeführt, und ihrer Verbindung stand nichts im Wege, als das Hinderniß, welches so manche Liebende quält: das Fehlen eines sichern Einkommens, denn Beide waren arm und hatten einander nichts zuzubringen, als ein Herz voll Liebe.

Indeß waren die Aussichten des jungen Mannes, den wir *Wilhelm* nennen wollen, sehr gut; er hatte dem Könige in einer Reihe von Jahren als Cavalerie-Officier treu gedient und ihm war, bei Auflösung seines Regimentes, eine gute Anstellung im Civil-Dienste von dem eben so gütigen, als gerechten Monarchen versprochen worden, auf welches Versprechen um so mehr zu rechnen war, da der Vater des Rittmeisters einen sehr hohen Posten in der Armee bekleidet hatte und seine Familie zu den vornehmern des Landes gehörte. Allein man mußte Geduld haben, denn wie viele Versprechungen der Art muß ein König nicht geben, und wenn er gerecht ist, wird er sie der Reihe nach halten, d.h. er wird Denen, die sich zuerst gemeldet, die ersten vacant werdenden Stellen verleihen und die Nachgekommenen müssen warten.

Jedoch war für Wilhelm schon Etwas gethan worden, da man ihn einem bereits alten Beamten adjungirt und ihm die Anwartschaft auf die sehr einträgliche und anpassende Stelle desselben zugesichert hatte. Die Liebenden durften daher mit heitern Blicken in die Zukunft sehen, und Nichts stand einem beglückenden Brautstande hindernd im Wege, da die beiderseitigen Eltern mit ihrer Verbindung einverstanden waren.

So oft es ihm seine Geschäfte nur irgend erlaubten, kam Wilhelm nach Hamburg herüber, von dem ihn nur vier kleine Meilen trennten, um seiner geliebten *Mathilde* einen längern oder kürzern Besuch, je nachdem es seine Zeit erlaubte, abzustatten, und wie ein geliebter Sohn wurde er allemal von Mathildens ihn sehr schätzenden Eltern aufgenommen.

Doch bemerkte man seit einiger Zeit, daß Mathilde ihre frühere Heiterkeit verlor, ungewöhnlich bewegt und oft träumerisch war, ja sogar in der Einsamkeit ihres Zimmers geweint hatte, wie ihre gerötheten Augen nur allzudeutlich verriethen, und diese Traurigkeit nahm nach Wilhelms eben so häufig als früher eintreffenden Briefen, ja sogar nach seinen Besuchen, merklich zu.

Obgleich die Familie Mathildens sich durch diese auffallende Erscheinung auf das Lebhafteste beunruhigt fühlte, so stieg doch weder ein die Liebenden entehrender Verdacht in ihnen auf, da Wilhelm ein ernster Mann und von den rechtlichsten und strengsten Grundsätzen, und Mathilde das Muster eines streng sittlichen Mädchens war, noch wagte man es, die Tochter um die Ursache ihrer immer sichtbarer werdenden Betrübniß zu fragen, da diese, durch eine frühzeitige Trennung vom Eltern-Hause und eine eigenthümliche Richtung des Charakters, sich früh emancipirt hatte, man folglich nicht erwarten durfte, durch Fragen eine Aufklärung zu gewinnen, die zu geben Mathilde sich offenbar nicht aufgelegt fühlte. Nun herrschte zwar in dieser Familie, die aus Vater, Mutter und zwei Töchtern bestand, wovon die eine unsre Mathilde, die andere seit einer Reihe von Jahren bereits verheirathet war, die innigste Zuneigung und in allen andern Dingen das vollste Vertrauen; allein in Liebes- und Herzens-Angelegenheiten pflegen die nächsten Verwandten gerade die Letzten zu sein, denen man sich entdeckt. Es ist ein unbegreifliches und unerklärliches Etwas in dem Herzen von uns Frauen, das sich solchen Mittheilungen an die Eltern, und überhaupt an ältere Personen, über unsere zartesten Angelegenheiten widersetzt; vielleicht ist es ein geheimer Instinct, der uns sagt, daß sie nicht mehr dazu geeignet sind, uns in Dingen zu verstehen, die sie zwar einst auch verstanden, jetzt aber schon längst wieder vergessen oder doch schon gänzlich beseitigt haben. Wir wenden uns in solchen Fällen lieber an junge, noch ganz neue und frische Herzen, bei denen wir sicher sind, daß sie die Pulsschläge des unsrigen verstehen werden, weil ihr eigenes Herz ein getreues Echo unserer eigenen Empfindungen ist.

Indeß theilte Mathilde ihren stillen Gram nicht einmal zwei jugendlichen, innig von ihr geliebten und im Uebrigen ihr volles Vertrauen besitzenden Freundinnen mit, die, wie die Familie selbst, dadurch auf das Lebhafteste beunruhigt waren und vergebens der Quelle desselben nachforschten.

In diesem gespannten, unheimlichen und alle Theilnehmenden bedrückenden Zustande verblieb man Monden lang, und die sichtbar dahin schwindende Gesundheit Mathildens, der fieberhafte und nervöse Zustand, in dem man sie erblickte, flößte die ernstlichsten Besorgnisse ein. Die verheirathete Schwester beschloß endlich, eine Frage an die arme leidende Mathilde zu wagen und sie um ihr Vertrauen zu bitten, indem sie ihr zugleich die strengste Verschwiegenheit gelobte und ihr ihren schwesterlichen Rath und ihre Hülfe, wenn diese erforderlich wäre, anbot.

Mathilde brach in einen Strom von Thränen aus, reichte der Schwester die Hand und sagte:

»Mir kann Keiner helfen, als Gott, indem er mich dem Leben entreißt, das fortan nur eine Quelle von unnennbaren Leiden und Qualen für mich sein wird; sagen aber kann ich nicht, was mich so bedrückt. Ihr werdet es schon erfahren, aber noch jetzt nicht.«

»Du bist doch nicht mit Wilhelm entzweit?« fragte die Schwester, die durch diese Antwort im höchsten Grade betroffen war.

»O nein! nein!« versetzte Mathilde mit Heftigkeit; »ich liebe ihn mehr denn je, und auch er« – Ein neuer Strom von Thränen unterbrach ihre Worte; dann ging sie auf ihr Zimmer, um dort ungestört weinen zu können.

Wenige Tage nach dieser Unterredung traf Wilhelm wieder im Hause ein; sein Gesicht war ungewöhnlich ernst und bleich, und ein sichtbarer Verfall seiner sonst kräftigen Gestalt fiel schmerzlich in die Augen. Die Liebenden begrüßten sich mit der gewohnten Zärtlichkeit und begaben sich dann, um allein zu sein, in den Garten hinab, in dessen Schatten-Gängen man sie lange neben einander wandeln und sich lebhaft unterhalten sah. Beide hatten geweint, als sie am Abende sich wieder bei der Familie einfanden.

Am nächsten Morgen, wo sie etwas ruhiger zu sein schienen, begaben sie sich zur Stadt, um, wie sie sagten, einige Mobilien, Silberzeug u.s.w. einzukaufen; es war schon früher aufgefallen, daß Mathilde den Ankauf solcher Dinge, die zu einem wohl eingerichteten Hausstande gehören, beschafft hatte, wozu ihr das Geld von Wilhelm geschickt worden war, und daß sie jedesmal, nachdem sie diese Geschäfte besorgt hatte, in einen Zustand völliger Hinfälligkeit verfallen war.

Zu Anfang glaubten die Angehörigen, der junge Mann baue sein Nestchen in der sichern Aussicht auf eine nahe genügende Versorgung; auch wußte man, daß der alte Beamte, dem er zur Zeit noch adjungirt war, es nicht lange mehr würde machen können, da er an einer unheilbaren Krankheit litt; als man aber Mathilde mit diesen Ankäufen neckte und auf eine baldige Erfüllung aller ihrer Wünsche hinzudeuten wagte, wurde sie so blaß, daß man über ihr Aussehen erschrak und es nicht wieder wagte, diesen Gegenstand zu berühren.

An dem bezeichneten Tage wurden wieder, und zwar in Gemeinschaft von beiden Liebenden, solche Ankäufe gemacht, und Mathilde kam von diesen Wegen in einem Zustande zurück, der sie zwang, sofort das Bett aufzusuchen.

Die Sache hatte jetzt einen Punkt erreicht, wo es dem Vater Mathildens nicht mehr möglich war, den stummen Zuschauer zu spielen; das Glück, vielleicht sogar das Leben seines Kindes stand auf dem Spiele; und er forderte daher, gleich nachdem Mathilde sich auf ihr Zimmer begeben hatte, mit Ernst und Nachdruck eine Erklärung von Wilhelm über das, was zwischen ihm und Mathilden vorgehe.

Der junge Mann schien einen Augenblick sehr betroffen zu sein, dann faßte er sich schnell wieder, ergriff die Hand des Alten und sagte:

»Beruhigen Sie sich, lieber Vater; es steht Alles zum Besten zwischen Mathilden und mir, und nie haben Liebende sich wohl mehr geliebt, höher geachtet, als wir Beide es thun. Alles, was geschieht, hat die vollste Billigung Ihrer Tochter; sie weiß, daß ich nicht anders handeln kann, als ich thue, und möchte um keinen Preis, daß ich anders handelte. Alles Andere werden Sie von ihr selbst erfahren; gedulden Sie sich nur bis morgen, wo ich wieder abgereis't sein werde, und lassen Sie uns heute unsere Freiheit.«

So wenig Mathildens Vater sich auch mit dieser Antwort beruhigen konnte, so mußte er sich doch vor der Hand damit zufrieden geben. Am Nachmittage stand die Kranke, bleich wie der Tod und in ihren zerstörten Zügen bereits den Ausdruck der Krankheit tragend, der sie gleich nach Wilhelms Abreise erliegen sollte, wieder von ihrem Lager auf, und die beiden Liebenden wandelten, bis tief in die Nacht hinein, wieder Hand in Hand im Garten, wo sie so lange blieben, bis Wilhelm Abschied nahm, um nach G. zurückzukehren, was er während der Nacht zu Schiffe thun wollte. Der Abschied, den er diesmal von der Familie nahm – Mathilde war, nachdem sie sich getrennt hatten, noch im Garten zurückgeblieben – hatte etwas Feierliches und Beklemmendes; er drückte Jedem zu verschiedenen Malen die Hand und seine Stimme bebte hörbar, als er die Abschieds-Worte sprach.

So war er denn nun fort, und die Schwester, welche zufällig draußen war – die Familie wohnte außerhalb der Stadt – begab sich zu Mathilden in den Garten, die in einer Laube saß und ihre Gegenwart durch ein lautes Schluchzen verrieth. Auf die von der Schwester geredeten Trostworte antwortete sie:

»Alles ist aus! Ich habe Wilhelm heute zuletzt gesehen! Laß mich, ich beschwöre Dich, laß mich allein! Wenn es noch Trost für mich giebt, so muß ich ihn aus der Religion und aus meinem eigenen Innern schöpfen; kein Anderer kann ihn mir geben.«

Die Schwester zögerte dennoch; das, was sie so eben vernommen hatte, und Mathildens Verzweiflung ließen sie das Aeußerste fürchten; diese bemerkte ihr Zögern und errieth die Ursache.

»Fürchte nichts Unwürdiges, fürchte keine Feigheit von mir«, sagte sie mit fester Stimme; »ich werde das Leben zu ertragen wissen, wenn es Gottes Wille ist, daß ich leben soll; und ich habe Religion, wie Du weißt.«

Die Schwester entfernte sich jetzt; Mathilde blieb noch einen Theil der Nacht im Garten, dann ging sie auf ihr Zimmer und warf sich angekleidet auf's Bett; die übrigen Mitglieder des Hauses waren so beunruhigt durch das, was sich zugetragen hatte, daß Keiner daran dachte, sich der Ruhe hinzugeben.

So früh als möglich begab man sich auf Mathildens Zimmer, die man in einem so beunruhigenden, fieberhaften Zustande antraf, daß man sogleich zum Arzte sandte. Sechs Wochen schwebte die Unglückliche zwischen Leben und Tod; allein das erstere siegte und sie genas, wenn zwar gleich nur langsam und auf immer in ihrer Blüthe geknickt.

Inzwischen waren mehre Briefe von Wilhelm eingelaufen, worunter auch ein von ihm an Mathildens Eltern gerichteter war; er enthielt Folgendes:

»Geliebte Eltern!«

»Lassen Sie mich Sie noch einmal bei diesem mir so theuer gewordenen Namen nennen, und schenken Sie einem Manne Ihr Mitleid, der, indem er dem Namen Ihres Sohnes für die Folgezeit entsagen muß, gewiß der beklagenswertheste Sterbliche ist, den es nur auf dem Erdenrunde geben kann.«

»Wie Mathilde mich liebt, wie ich sie liebe, wissen Sie: unsre Vereinigung wäre vielleicht ein zu großes Glück für uns gewesen und hätte uns durch sein Uebermaß vom Höhern abgezogen; so wollte es Gott, vor dem wir uns in Demuth beugen, daß unsre Seelen durch Leiden geläutert und für eine höhere Glückseligkeit, als irdische Freuden uns je bieten können, erhalten blieben. Wir sind auf ewig getrennt, und ich reiche einer Andern, einer Ungeliebten, meine Hand am Altare; Gott wird mir Kraft verleihen, dieses Opfer, das Religion und Pflicht zugleich von mir fordern, bringen zu können.«

»Mathilde, dieser Engel, den ich auf meinem Lebenswege fand, um mich auf der rechten Bahn zu erhalten, ist mit diesem Schritte vollkommen einverstanden, und hat schon seit Monden ihre Einwilligung dazu gegeben; ja, sie selbst hat in der unübertrefflichen Güte ihres Herzens die Einkäufe zu meiner künftigen Einrichtung besorgt, und bei meinem letzten Dortsein sind die letzten gemeinschaftlich von uns gemacht worden. Sie mögen daraus ersehen, daß ich mich vollkommen ihrer Zustimmung zu erfreuen habe. Alles Andere werden Sie von ihr selbst erfahren.«

»Schließlich, theure Eltern und geliebte Schwester, beschwöre ich Sie, über Mathildens Leben und, wie bisher, mit treuer Liebe über ihr ferneres Glück zu wachen. Ich weiß, welchem Schmerze ihre schöne Seele in diesem Augenblick erliegt, denn ich kenne ihre Liebe zu mir; so foltern mich die grausamsten Beförchtungen um ihr Leben und ihre Gesundheit, welche letztere, wie Sie bemerkt haben müssen, in der letzten Zeit sehr schwankend war. O beruhigen Sie mich durch einige Zeilen nur über diesen Gegenstand, besonders wenn Mathilde vielleicht außer Stande sein sollte, mir selbst zu schreiben, und dies fürchte ich fast, nach dem schmerzlichen und aufgeregten Zustande, in dem ich sie verließ.«

»Richten, verdammen Sie mich nicht, bevor Sie nicht Alles wissen; nur von Ihnen würde mich das schmerzen; über das Urtheil der bösen, lieblosen Welt bin ich hinweg, und habe mich überhaupt seit lange schon daran gewöhnt, nur mein Gewissen bei meinen Handlungen zu befragen. Spott und Tadel werden mich zugleich treffen, daß ich in dem Augenblick, wo Gott mir Brot gegeben hat, wo ich das so lange heiß ersehnte Ziel endlich erreicht habe, das mit mir verlobt gewesene liebenswürdige und so heiß von mir geliebte Mädchen verlasse, um einem andern, das arm, krank, geistlos und häßlich, überdies auch älter ist, als ich, meine Hand zu reichen, denn so stehen die Sachen; allein Gott befahl mir dieses durch mein Gewissen, und ich gehorche ihm ohne Murren.«

»Mathilden kann, selbst ohne meinen Besitz, noch ein schönes Glück erblühen; sie ist geliebt, geehrt, geachtet von Allen und durch Tugenden und Reize gleich sehr geschmückt; sie hat überdies noch zärtliche Eltern und eine treue, liebevolle Schwester, und sie hat mehr als alles Dieses:

sie hat ein mit Gottergebung und Religion erfülltes Herz; wie könnte es ihr da wohl an Trost und Beruhigung, wie selbst wohl an Glück und Freude im Leben fehlen, nachdem sich der erste Schmerz über unsre Trennung gelegt haben wird?«

»Anders steht es jedoch um Die, der ich meine Hand jetzt am Altare reiche: sie ist arm, und ist dies durch mein Verschulden; sie schleppt seit ihrer frühesten Jugend einen siechen Körper mit sich umher und ihr Verstand, ihre Kenntnisse bieten keinen Ersatz für den Mangel an Reizen dar, dem die so lieblos gegen sie gesinnte Natur sie unterworfen hat. Sie besitzt nur *mich* auf Erden, und nur ich, den sie liebt, kann ihr Ersatz für Alles gewähren, was das Schicksal ihr versagt hat: so fordern Pflicht und Religion von mir, daß ich mich ihr aufopfere, daß ich *Die* zu beglücken strebe, die noch nie das Glück gekannt hat; daß ich einen Sonnenstrahl der Freude in ein Herz fallen lasse, das noch nie davon berührt wurde.«

»Wenn ich ein reicheres und schöneres Mädchen heirathete, als Mathilde, würde die verderbte Welt mich gewiß begreifen und mein Thun nicht so hart richten, als sie jetzt thun wird; allein von Ihnen, Theure, hoffe ich nach dem Vorangegangenen völlig gerechtfertigt dazustehen und auch ferner noch auf Ihre Achtung Anspruch machen zu dürfen. Sollte dem aber nicht so sein; sollten meine Erwartungen und Hoffnungen hierin getäuscht werden; so wird die Achtung, die ich mir im Gefühle treu erfüllter Pflicht selbst weihen darf, mich auch hierüber trösten, und Gott mir die Kraft verleihen, auch Ihren Unwillen in Geduld ertragen zu können.«

»Ich grüße Sie mit dem Gruße der herzinnigsten Achtung und Liebe, und beschwöre Sie nochmals bei Allem, was Ihnen heilig ist, meiner geliebten Mathilde alle Sorgfalt zu weihen, die ihr Zustand vielleicht erheischt. Der Allmächtige wird Sie dafür belohnen und ich Ihnen bis zum letzten Hauche meines Lebens dafür dankbar sein.«

»Ihr
ganz ergebener
Wilhelm von **.«

Erst nachdem Mathilde völlig genesen und im Stande war, eine Gemüths-Aufregung wieder zu ertragen, theilte man ihr die für sie indeß eingegangenen Briefe, und auch den vorstehenden mit. Man erhielt erst jetzt vollständigen Aufschluß über diese seltsame Gedichte und das Wesen und den Charakter Wilhelms.

Dieser, der von Natur eine starke Anlage zur Melancholie oder der ein so genanntes melancholisches Temperament hatte, neigte sich trotz seines Standes, der ihn davon hätte abhalten dürfen, zu jener Religions-Schwärmerei hin, die bereits zu jener Zeit Wurzel in Deutschland zu fassen begann, und wozu ein großer Ernst des Charakters, *ohne Thiefe*, so leicht disponirt. Wilhelm las gern religiöse Schriften, fing mit den an sich unschädlichen, wenn gleich seichten »*Stunden der Andacht*« an, und ging nun weiter. Er hatte eine gleiche Richtung des Geistes und der Gefühle an Mathilden entdeckt, und dieses war das Band gewesen, das die Liebenden so fest vereinigt hatte.

Wenn er seiner Verlobten Geschenke machte, so bestanden sie größtentheils in solchen Andachts-Büchern, worin Beide dann während der Zeit seines Besuchs mit Eifer lasen, und wodurch sie sich sichtbar exaltirten; auch wollte Mathilde in jener Zeit kaum von einer andern Lectüre mehr etwas wissen und gab in allen ihren Reden die ihr von dem Geliebten mitgetheilte religiöse Exaltation kund.

Der Ruf dieser Frömmigkeit war es vielleicht, welcher ein ältliches, von der Natur gänzlich vernachlässigtes und überdies stets kränkliches Mädchen in G. bewog, Wilhelm zu ihrem Curator zu erwählen und ihm ihr kleines Vermögen, von dessen Zinsen sie spärlich lebte, anzuvertrauen. Er nahm die Curatel an und es war natürlich, daß er seine Curandin jetzt öfter sah, als früher, und bald entdeckte er zu seinem Erschrecken, daß diese eine Leidenschaft für ihr nähre, die zu erwiedern nicht in seiner Macht stand.

Um dieser immer heftiger und ihm zugleich lästiger werdenden Neigung zu begegnen, theilte er ihr offen seine Liebe für Mathilden mit; allein die verderbliche Gluth war einmal in dem Herzen dieses unglückseligen Geschöpfs angefacht und brannte trotz dieser Erklärung in demselben fort. Dies würde Wilhelm indeß nicht irre und seinen Pflichten gegen Mathilde untreu gemacht haben, wenn das ganze kleine Vermögen *Elisabeths* – wir wollen seine Curandin bei diesem Namen fortan nennen – nicht unerwartet verloren gegangen, und sie dadurch für den Rest ihres unglücklichen Lebens nicht dem grausamsten Mangel ausgesetzt worden wäre. Ob dieser Verlust direct durch Wilhelm herbeigeführt worden war; ob er sich bei der Placirung ihrer Capitalien Unvorsichtigkeiten hatte zu Schulden kommen lassen, ist nicht auszumitteln gewesen; kurz diese waren verloren und die Unglückliche sah der traurigsten Zukunft entgegen.

Dies machte den tiefsten Eindruck auf Wilhelm, welcher noch dadurch vermehrt wurde, daß er zu bemerken glaubte, daß die Leidenschaft für ihn in Elisabeth immer tiefere Wurzeln schlage, und sie, in Folge derselben, selbst das grausamste Geschick mit Ergebung aufnahm, da es aus seinen Händen kam. Ein schrecklicher Kampf entspann sich jetzt in seinem Herzen, das zu sehr gequält und bedrückt war, als daß er seine Schmerzen vor der Geliebten hätte verbergen können; dann endlich erklärte er Mathilden, daß er weder Ruhe auf Erden finden, noch auf die ewige Seligkeit mehr hoffen könne, wenn er ein Wesen so elend, so unglücklich machte, wie Elisabeth es sein würde, wenn er Mathilden seine Hand reiche und die Unglückliche ihrem trostlosen Zustande über ließe.

Beide Liebenden hatten sich durch die Schriften, die sie seit lange schon ausschließlich lasen, zu sehr exaltirt, als daß sie noch einen vernünftigen Entschluß hätten fassen können; überdies schroben sie sich gegenseitig immer höher hinauf, so daß es auch Mathilden endlich ein verdienstliches Werk schien, ihrer Liebe, und damit dem Glücke ihres Lebens zu entsagen, um Wilhelmen seine volle Freiheit wieder zu geben.

Dies geschah nach langen und schmerzlichen Kämpfen, und Wilhelm beeilte sich jetzt, Elisabeth nicht nur von Mathildens großmüthigem Entschlusse, ihm entsagen zu wollen, zu benachrichtigen, sondern ihr zugleich auch seine Hand anzubieten, die sie, gewiß eine gemeine Seele, mit Freuden und ohne alles Bedenken annahm.

Trotz dem hörte der Verkehr zwischen den Liebenden noch immer nicht auf und sie schrieben einander nicht nur die exaltirtesten Briefe, sondern Mathilde übernahm es sogar, wie schon angedeutet, die Einkäufe für die künftige Einrichtung ihrer Nebenbuhlerin zu besorgen; denn die Heirath zwischen Wilhelm und Elisabeth konnte und sollte bald vor sich gehen, da der erstere nicht nur das so lange heißersehnte Amt endlich erhalten hatte, sondern auch vor Begierde brannte, Gott zu Liebe, sein großes Opfer zu vollbringen.

Ein letztes Wiedersehen, wenige Tage vor der Vermählung Wilhelms, wurde beschlossen und ausgeführt. Wie es auf Mathilde wirkte, wie sie, von der erkünstelten Exaltation endlich ganz verlassen, nur noch ihren unersetzlichen Verlust vor sich sehend, fast dem Tode erlag, ist vorstehend bereits erzählt worden.

»Aber«, unterbrach die Schwester, der sie unter vielen Thränen diese ganze traurige Geschichte mittheilte, ihre Erzählung, »wie konnte Euch ein anderer Ausweg, als dieser, der Euch Beide unglücklich gemacht hat, nicht nahe liegen?«

»Gab es denn einen andern, als den von uns gewählten?« fragte Mathilde überrascht.

»Nach meiner Ansicht ja«, versetzte die Schwester. »Wenn Wilhelm wirklich Schuld an dem Verluste des kleinen Vermögens seiner Curandin war, so hätte er ihr, als ein redlicher Mann, allerdings diesen Verlust ersetzen müssen, und das war leicht zu thun, indem die Einkünfte der jetzt von ihm bekleideten Stelle groß genug sind, um ihr die Zinsen auszubezahlen, die sie früher von ihrem Capitale gehabt hatte, und selbst dieses Capital hätte durch kleine Ersparnisse nach und nach wieder herbeigeschafft werden können. Dies war eine Pflicht gegen sie, die Euch oblag, alles Andere aber war Ueberspannung, und würde man Eure wahrhafte Geschichte in irgend einem Romane lesen, so würden die Leser über eine schlecht erfundene und ungeschickt ausgeführte Fabel schreien, und zwar mit Recht.«

Mathilde verstummte bei diesen Worten, deren Wahrheit sie getroffen zu haben schien. Es ist unglaublich, aber dennoch wahr, daß die Liebenden so befangen, so exaltirt gewesen waren, an diesen billigen und vernünftigen Ausweg gar nicht zu denken!

»Aber sie liebte ihn!« wandte Mathilde, die ihr Phantom noch immer nicht fahren lassen wollte, nach einer kleinen, zwischen den beiden Schwestern entstandenen Pause ein; »sie wäre, auch wenn Wilhelm ihr Vermögen auf die von Dir angegebene Weise ersetzt hätte, noch namenlos unglücklich ohne seinen Besitz gewesen; ja, es hätte ihr vielleicht das Leben gekostet, Wilhelm mit mir vereint zu sehen.«

»Und bist *Du* denn jetzt glücklich, Mathilde? und hätte es Dir nicht auch fast das Leben gekostet, den Mann Deiner Liebe an eine Andere verlieren zu müssen? Was Elisabeth anbetrifft, so halte ich sie für eine ganz gemeine Seele und als solche einer wahren, tiefen Neigung durchaus nicht fähig; sie hat es aber verstanden, von Eurer Exaltation Nutzen zu ziehen; die Natur, welche ihr Verstand versagte, gewährte ihr dafür das schlechte Surrogat derselben: die List; Ihr seid von ihr überlistet worden, und sie hat sich geschickt die Stimmung zu Nutze zu machen gewußt, in die Ihr Euch durch das Lesen exaltirter Schriften versetzt hattet.«

Die Schwester schwieg hier, und fürchtete fast schon zu viel gesagt zu haben, denn für jetzt that die Exaltation für Mathilden noch Noth: ohne sie mußte sie gänzlich zusammensinken.

Eine Reise, die in günstiger Jahreszeit und unter dem Schutze einer geistreichen Frau von ihr gemacht wurde, befestigte ihre noch immer leidende Gesundheit einigermaßen wieder; zur Freudigkeit des Lebens ist jedoch Mathilde nicht wieder aufgeblüht; auch ist sie noch jetzt unvermählt.

Ueber Wilhelm hat man wenig mehr in Erfahrung gebracht, als daß er eine anscheinend friedliche Ehe führt und sich der Religions-Schwärmerei gänzlich in die Arme geworfen hat. Er zeigt sich, außer in seinen Amts-Geschäften, die er mit Treue und Umsicht verwaltet, gar nicht im Publicum, und füllt seine Zeit mit dem Lesen religiöser Schriften, vielleicht gar der unseligen Tractätchen, womit die Mystiker auch Nord-Deutschland überschwemmt haben, aus.

Seine Beziehungen zu Mathilden haben jetzt gänzlich aufgehört, und so mußte es, zu Beider Heil, auch sein.

Ich könnte es mir als ganz hübsch und erfreulich denken, wenn diese beiden Liebenden, nachdem sie so lange irre gegangen, sich am Abende des Lebens noch wieder begegneten, und ein schönes Abendroth der Liebe und des Glücks in ihr jetzt verdüstertes Dasein hineinleuchtete.

VI. J.G. Müller in seinen letzten Jahren.

Wessen Lippe würde nicht von einem heitern Lächeln umspielt, wenn er des Genusses gedenkt, den ihm in frühern Tagen die Schriften dieses Mannes, namentlich sein »*Siegfried von Lindenberg*«, gewährten? Mir wenigstens ergeht es so, und so habe ich dem Verfasser so vieler erheiternden Bücher ein dankbares Andenken bewahrt.

Ich war noch recht jung, aber trotz dem schon sehr angeregt zum Denken und Beobachten, als ich die Bekanntschaft des Mannes machte, der mir durch seine Bücher so interessant und bedeutend geworden war und dem mein Herz sich, für viele von ihm mir durch seine Schriften bereitete heitre und genußreiche Stunden, zur innigsten Dankbarkeit verpflichtet fühlte.

Oft frage ich mich jetzt, welchen Effect wohl in unserer Zeit ein Buch, wie der »Siegfried von Lindenberg«, machen würde? und ich gestehe, daß ich mir keine Antwort darauf zu geben weiß. Sollte es möglich sein, daß es jetzt spurlos vorüberginge, dieses Buch, das uns Aeltere so entzückt, so lebhaft angeregt hat, und noch jetzt in unserer Erinnerung als ein Stern erster Größe dasteht, obgleich wir mit der Zeit fortgegangen sind und fast Alles gelesen haben, was sie Bedeutendes mit sich brachte? Die Quelle des Humors, aus dem der »Siegfried von Lindenberg« floß, scheint jetzt versiegt zu sein; mit ihr aber auch zugleich der Geschmack daran?

Ich betrat den klassischen Boden, auf dem dieser Roman aufgewachsen ist, als ich vor etwa 26 Jahren nach dem reizenden Städtchen *Itzehoe* in Holstein kam, und *Müller* lebte zu jener Zeit noch. Kaum hatte ich mich daher einigermaßen eingewohnt, so verlangte ich dringend von meinem Vetter, in dessen Familie ich lebte, daß er mich dem Verfasser des »Siegfried von Lindenberg« vorstelle, den kennen zu lernen ich vor Begierde brannte.

»Sie wollen das Handwerk begrüßen, Amalia?« entgegnete mein Vetter lächelnd, indem er auf einige poetische Versuche anspielte, die durch *Justinus Kerner, Varnhagen* und dessen Schwester, *Rosa Maria,* theils zum Druck in's »Morgenblatt«, theils in den von *Kerner* herausgegebenen poetischen Almanach, befördert worden waren. »Ich werde Sie zu ihm führen«, fuhr mein Vetter fort, »und Sie sollen einen seltsamen Mann kennen lernen. Hier, so klein der Ort ist, ignorirt man ihn gänzlich und er wird fast allein noch von dem edlen und gebildeten *Grafen Conrad von Rantzau,* Erbherrn der Grafschaft Breitenburg, beachtet und geehrt. Dieser, der Geschmack an ihm findet, ladet ihn oft zu sich ein, wenn er Gesellschaft bei sich sieht, und läßt ihn in seiner Equipage nach Breitenburg hinausholen, wo auch er sich sehr zu gefallen scheint.«

Schon nach wenigen Tagen wurde mein Wunsch erfüllt, J.G. Müller kennen zu lernen, der in einem dunklen häßlichen Nebengäßchen der Stadt und in einem überaus verfallenen Häuschen wohnte.

Wir wurden von einem hübschen, noch jungen Mädchen, der jüngsten Tochter Müllers, in ein links am Eingange des Flurs belegenes, sehr düsteres Zimmer geführt, das sichtbar zugleich das Bibliothek- und Entree-Zimmer vorstellte. Die Wände waren mit Repositorien besetzt, worin eine große Menge schlecht erhaltener Bücher in zum Theil sehr alten Einbänden, und unter ihnen viele Folianten, standen. Dicker Staub, der auf diesen Büchern lagerte, bewies zur Genüge, daß ihr Besitzer sie jetzt selten oder gar nicht mehr benutzte. Ich musterte da mir das Nichterscheinen Müllers Zeit dazu ließ, die Titel dieser Werke, und sah, daß sie größtentheils aus ältern Romanen und Dichtern bestanden; von den Neuern befand sich auch nicht ein einziges Buch darunter.

Bald ließen sich scharrende Tritte auf dem Vorplatze vernehmen, die Thür öffnete sich, und herein trat der Besitzer des Hauses, ein Mann von steifer, fast militairischer Haltung, mit wohlfrisirtem und gepudertem Haar, das hinten in einem dünnen, langen und sehr steifen Zopfe endete. Er war in einen, bis zum Halse fest zugeknöpften hellgrauen Oberrock gekleidet und hatte sehr blankgeputzte, bis zum Knie hinaufgehende Stiefel an den Füßen. Die Figur war überaus hager, ja, man hätte sagen dürfen, mumienartig eingetrocknet, und eben so das Gesicht, das eine frappante Aehnlichkeit mit den Portraits hatte, die man von Voltaire hat. Der Mund war eingesunken, da ihm alle Zähne fehlten, die Lippen schmal und gekniffen, die Mundwinkel etwas in die Höhe gezogen, die Nase gewöhnlich, die Stirn aber hoch und lichtvoll; buschige, schneeweiße Augenbrauen beschatteten ein Paar graue, tiefliegende und blitzende Augen, aus denen zugleich Geist und Schalkhaftigkeit hervorsahen.

Müller schien älter, als er wirklich war, denn 1744 geboren, konnte er damals – es war im Jahr 1810 – nicht älter, als 66 Jahr sein; allein er hatte das Ansehen eines Mannes, der in den Siebzigen steht, wenn man seine grade Haltung ausnimmt, die ihn jünger erscheinen ließ.

Sein Gruß war der eines Mannes von Welt und Bildung, und das Gespräch, von meinem Vetter eingeleitet, bald zwischen uns im Gange. Er erkundigte sich mit scheinbarem Interesse nach den neuesten literarischen Erscheinungen, lächelte aber sarkastisch, wenn ich, damals ganz von den *Schlegeln, von La Motte-Fouqué, Novalis* u.s.w. erfüllt, die Schriften derselben mit der Begeisterung lobte, die der Jugend so eigenthümlich ist, und sein Gesicht verklärte sich erst wieder, als ich ihm zugleich sagte, daß ich seine eigenen Schriften nicht nur sämmtlich gelesen, sondern mich daran erquickt und erfreut habe.

»So?« sagte er mit einem selbstgefälligen Lächeln; »so? ich bin also noch nicht gänzlich vergessen, und die jüngere Generation gedenkt meiner doch noch? Das freut mich! das freut mich aufrichtig! Es ist ein so trauriges Gefühl, sich selbst zu überleben, sich gänzlich vergessen zu sehen in dem, was man mit Lust und Liebe schaffte. So? der alte Johann Gottwerth Müller wird also doch noch gelesen? (er rieb sich vergnügt die vertrockneten Hände.) Es gelingt den Herren Schlegel und Consorten also doch nicht, ihn gänzlich aus der Literatur zu verdrängen? Diese Herren, die sich die neue Schule, die romantische, wenn ich nicht irre, nennen, haben ein gewaltiges Strohfeuer angezündet und hüllen damit alle Köpfe in stinkenden Qualm ein; allein es wird bald verlöschen und man wird wieder frei aufathmen, wieder zur Besinnung kommen, und dann auf sie sehen, wie sie jetzt auf die ältern Schriftsteller zu sehen wagen, mit Hohn und Nichtachtung! Sie sind noch so jung«, wandte er sich an mich, »Sie werden das noch erleben, und dann denken Sie an die Prophezeihung des alten Müllers, der dann vielleicht nicht mehr ist!«

Seine Augen blitzten, indem er Dieses und Aehnliches sprach und seine Züge verzogen sich fast krampfhaft, so daß sie einen höchst unangenehmen Ausdruck, ich möchte fast sagen, einen erschreckenden, bekamen, denn Leidenschaft, welcher Art sie auch sein möge, nimmt sich in einem alten Gesichte sehr unangenehm aus.

Ich war also schön nach Hause gebracht worden mit meiner Vorliebe und Begeisterung für die »neue Schule« und hatte, jung und schüchtern wie ich noch war, nicht den Muth, meine Lieblinge gegen diesen alten zornigen Mann zu vertheidigen, so große Neigung ich auch dazu in mir verspürte, und so weh es mir auch that, das verlästern zu hören, was ich so hoch hielt.

»Aber die Schlegelsche Uebersetzung des Shakespeare werden Sie doch gelten lassen?« fragte ich schüchtern, um doch Etwas zu sagen, als er endlich schwieg.

»Der wäre besser gänzlich unübersetzt geblieben«, versetzte er; »und dann haben wir ja die gute Uebersetzung von *Eschenburg*, wenn wir einmal nicht ohne diesen englischen ›Hanswurst-Komödienschreiber‹ leben konnten. Ich, für meinen Theil, kann an diesen Absurditäten keinen Geschmak finden, und wenn ich mich einmal dazu verleiten lasse, eine Shakespearesche Komödie oder Tragödie zu lesen, so ist es mir immer, als ob ich alle darin auftretenden Personen auf Stelzen gehen sähe. Da ist mir der *Kotzebue* tausendmal lieber; der hat die Menschen studirt, bei dem kann man noch warm und kalt werden; allein Der soll ja nun auch nichts mehr gelten, der bewirft die neue Clique s.v. mit Koth; aber er wird noch leben, wenn sie schon längst alle vergessen sind, verlassen Sie sich darauf, und wenn Sie mir glauben und von einem alten erfahrenen Manne einen guten Rath annehmen wollen, so stopfen Sie sich den Kopf nicht mit diesem modernen Plunder voll, der Ihr Urtheil nur verwirren und Ihren Geschmack nur verderben kann.«

Dieses Gespräch fing an, mich zu ärgern, und ich suchte ihm durch die Frage eine andere Wendung zu geben, ob er selbst noch schriebe? und was?

»Wohl!« versetzte er, sichtbar erfreut darüber, daß ich wieder auf ihn selbst zurückkam, »wohl schreibe ich noch, und zwar ›*die Familie Bentheim*‹ (ich glaube, daß dies der Titel des Buchs war, kann mich aber nicht dafür verbürgen, daß der Name richtig ist), und dieses Werk wird, so Gott will, mein bestes werden. Ich hatte noch einige Charaktere im Hintergrunde, so noch einige Bekannte, denen ich ein Denkmal setzen wollte, wie in meinen frühern Werken; so noch einige kleine Schulden abzutragen (er lächelte boshaft), und die sollen darin berichtigt werden, wenn Gott mir Kraft und Zeit verleiht, die letzte Feile an mein Werk zu legen, das nur noch dieser bedarf.«

»Nur mich bringen Sie nicht mit hinein, Sie böser Mann«, unterbrach ihn mein Vetter lächelnd; »Sie wissen, was ich Ihnen versprochen habe, wenn Sie mich mit der Ehre verschonen, in Ihren Büchern eine Stelle zu spielen, eine Ehre, nach der ich nicht das geringste Verlangen trage, nachdem Sie dem armen Doctor C., Ihrem Nebenbuhler bei der schönen Generalin von ***, so arg mitgespielt, und ihn endlich gar auf einen Schinder-Karren gesetzt haben, um seinen Geiz zu bezeichnen, der ihm, dem Todtmüden, nicht erlaubte, sich einer andern Equipage auf seinem Berufswege zu bedienen.«

»Sie werden aber doch zugestehen müssen, lieber Herr H., daß der Doctor C., den Sie zu meinem Nebenbuhler zu machen belieben, die groteskeste Figur von der Welt, und so wohl würdig war, von mir portraitirt und damit der Nachwelt überliefert zu werden?« versetzte Müller; »Sie aber sind ein lieber, ein ganz charmanter Mann« –

»Und Ihr künftiger Biograph, wie ich Ihnen versprochen habe«, unterbrach ihn mein Vetter nochmals.

»Ganz recht, und darum Friede zwischen uns, mein werther Herr H.«, versetzte Müller, ihm die Hand reichend. »Aber wo blieben wir doch stehen?« wandte er sich an mich. »Ganz recht, bei meiner ›Familie Bentheim‹! Ich denke, das Buch soll selbst jetzt noch Aufsehn erregen, und so arbeite und feile ich unaufhörlich daran, zumal da es wohl meine letzte Gabe an das Publicum sein wird.«

»Man sagt«, nahm ich wieder das Wort, »daß Sie in dem ›Siegfried von Lindenberg‹ einen Edelmann in der hiesigen Gegend geschildert haben sollen? Ist dem wirklich so?«

»Ganz recht, die böse Welt behauptet – ich aber thue das nicht – daß der Baron von M** auf H. mir zum Portrait meines Siegfrieds gedient haben soll«, versetzte er schalkhaft lächelnd. »Wollen Sie aber das Original zu einer andern Schilderung von mir in den ›*Papieren des braunen Mannes*‹ kennen lernen, so haben Sie nicht weit zu gehen, denn er wohnt hier und ist für Jedermann zugänglich, da er Besitzer einer Leihbibliothek ist. Ich kann Sie leider nicht bei ihm einführen, denn mich haßt er tödtlich, und Sie werden keinen einzigen Band meiner Schriften in seiner Bibliothek finden; ja, er geräth in Wuth, wenn man ihn nach denselben befragt, und nennt sie Schofel-Waare.«

Ich erkundigte mich nach dem Namen dieses Mannes, der *Brüning* hieß, und werde auch diesem Originale späterhin einen kleinen Artikel weihen.

Wir endeten jetzt unsere Visite, nachdem mein Vetter Müller auf den nächsten Sonntag eingeladen und dieser die Einladung freundlich angenommen hatte.

»Nun, wie gefällt Ihnen der Mann mit seinem Hasse gegen Alles, was Sie verehren und bewundern?« fragte mich mein Vetter auf dem Rückwege; »Sie haben sich wohl recht an ihm geärgert?«

»Durchaus nicht, ich ärgere mich nie über die Meinungen und Ansichten Anderer, wenn man sie mir nicht mit Gewalt aufdringen will, und ich begreife sogar die Vorliebe dieses alten Mannes für alles Alte«, versetzte ich; »theilt er dies doch mit allen Greisen. Auch wir werden alt werden und es dann vielleicht nicht besser machen.«

»Sonntag sollen Sie ihn erst in seinem vollen Glanze sehen«, nahm mein Vetter wieder das Wort. »Wir werden Gesellschaft haben, und er wird sein Steckenpferd reiten, indem er hundert Anekdoten vorbringt, von denen er der Held gewesen sein will, und wovon auch nicht eine einzige wahr ist. Ich glaube, daß Müller der größte und frechste Lügner ist, den die Welt je gesehen hat, und will Ihnen nur *einen* Zug, zum Beweise meiner Behauptung, aus der neuesten Zeit erzählen. Müller, obschon arm, und seit Jahren schon ganz allein mit seiner Familie von der kleinen, ihm vom Könige ausgesetzten Pension lebend, prahlt doch gern groß, selbst vor Solchen, von denen er weiß, daß sie seine Lage genau kennen und von seiner Dürftigkeit hinreichend unterrichtet sind.«

So traf es sich auch vor einiger Zeit, daß er sich an der Tafel des Grafen von Rantzau berühmte, im Besitze von zwanzig Paaren von Stiefeln zu sein, die ein renommirter Schuster in Hamburg ihm aus Dankbarkeit für den Genuß, den seine Schriften ihm gewährt, gemacht haben sollte.

Kurze Zeit darauf traf es sich, daß der Graf unerwartet Besuch aus der Fremde bekam, und von diesem der Wunsch geäußert wurde, die Bekanntschaft des alten Müllers zu machen.

»Nichts ist leichter als das«, versetzte der Graf; »er besucht mich oft und gern; ich sende ihm meine Equipage, wie ich in ähnlichen Fällen schon oft gethan, und er kommt sicher.«

Gesagt, gethan! Die Equipage fuhr, zum nicht geringen Entzücken des alten Müllers, vor das unscheinbare Haus desselben und der sie begleitende Jäger des Grafen trat mit seiner Einladung in das Zimmer des Dichters.

»Geschwind, Christine, meinen besten grauen Rock!« rief Müller der eintretenden Tochter zu; »und die Puderschachtel, die schwarze Weste, hörst Du? Der Herr Graf wünschen meine Gegenwart im Schlosse, und die Equipage hält, wie Du gesehen haben wirst, vor der Thür.«

»Aber, lieber Vater«, stammelte die Tochter verlegen, und hielt dann plötzlich inne.

»Nun?« fragte er aufgebracht; »werde ich etwa meinen Rock, meine Weste, meine Puderschachtel nicht bekommen können?«

»Freilich, lieber Vater – aber« …

»Was soll dieses Aber? Willst du mich ganz unwirrsch damit machen? Heraus mit der Sprache, wenn ich nicht im Ernste böse werden soll!«

»Nun denn, Sie haben keine Stiefel«, platzte die auf's Aeußerste gebrachte Tochter, die durch die Anwesenheit des Jägers bisher zurückgehalten worden war, endlich heraus; »Sie wissen, daß ich sie zum Schuster habe schicken müssen, und sie werden noch nicht fertig sein. In Pantoffeln können Sie aber doch unmöglich zum Grafen fahren?«

»Ei der Blitz! daran habe ich nicht gedacht!« rief Müller erbleichend. »Schick aber doch hin zum Schuster, vielleicht sind sie fertig, und ich kann doch mit fahren.«

Die Tochter lief selbst hin, kehrte aber mit dem traurigen Bescheide zurück, daß die Stiefel eben in Arbeit genommen und vor dem Abend nicht zu liefern wären.

»Melden Sie, lieber Freund«, wandte sich unser Dichter an den sich herzlich an dieser Scene belustigenden Jäger, »Sr. Excellenz, daß ich wegen *Unpäßlichkeit* leider heute nicht die Ehre haben kann. Von den Stiefeln aber sagen Sie nichts«, flüsterte er ihm zu, indem er ihm zutraulich die Hand drückte und eine etwas verlegene Miene machte. Der Jäger plauderte aber doch, und die Geschichte belustigte den Grafen nicht wenig.

Ich lasse die Wahrheit oder Unwahrheit dieser Geschichte dahin gestellt sein; so viel aber ist gewiß, daß nie ein Mensch das Talent der Aufschneiderei in einem höhern Grade besaß, als der alte Müller. Er war unerschöpflich an Anekdoten und Geschichten und war von allen, selbst von den bekanntesten, der Held, und wenn man es wagte, ihn auf diese oder jene Unwahrscheinlichkeit aufmerksam zu machen, so wurde er nicht nur aufgebracht, sondern sogar grob und ausfallend. Ueberdies verlangte er, daß man ihm zuhören sollte, wie man dem Prediger auf der Kanzel zuhört, ohne Unterbrechung, ohne Widerspruch; kurz, er war *kein* angenehmer Gesellschafter und wurde deshalb auch nicht gesucht, außer bei dem Grafen, bei dem er sich freilich bescheidener geben mochte, oder der Gefallen an seiner Aufschneiderei fand und sich dadurch zu belustigen suchte.

Was das Werk anbetrifft, das er noch unter Händen haben wollte, so versicherte mein Vetter, daß er seit zehn Jahren immer Dasselbe darüber sage, und noch keine Zeile davon geschrieben habe, obgleich er vorgab, es bis auf die Feile vollendet zu haben.

Sein Charakter wurde in Itzehoe nicht geschätzt und man schrieb ihm eine große Malice zu. Gewiß ist es, daß er weder Freund noch Feind schonte, wenn es ihm in den Sinn kam, sein Buch durch Aufstellung piquanter Situationen und auffallender Persönlichkeiten interessant zu machen, und er verstand so zu schildern, daß man gleich mit Fingern auf den von ihm Getroffenen wies. Namentlich hat er den Doctor C., einen sonst geachteten Mann, der aber sein bevorzugter Nebenbuhler bei einer schönen Frau war, mit einer unverzeihlichen Bosheit behandelt.

Bekanntlich ist J.G. Müller seit einigen Jahren im hohen Alter in Itzehoe gestorben.

VII. Die Unbekannte im grünen Häuschen.

Das Nachstehende enthält eine Erinnerung aus meiner frühesten Jugend, die, wie ich glaube, belebend und meine Phantasie auf eine angenehme Art befruchtend, durch mein ganzes Leben gegangen und dadurch bedeutend für mich geworden ist.

Nie hat wohl zwischen einem Vater und seinem Kinde, so groß auch Eltern- und Kindes-Liebe sein mag, eine größere, innigere Liebe, ja, ich möchte sagen, Sympathie, existirt, als zwischen dem meinigen und mir, auch war unsere innere und äußere Aehnlichkeit sehr groß. Dieselben Neigungen, dieselbe Gemüthsstimmung, derselbe rege Trieb, uns zu unterrichten; dieselbe, fast schwärmerische Liebe für die Natur, zeichneten uns aus, und so kannte ich keine größere Glückseligkeit, als stets in der Nähe dieses geliebten Vaters zu sein, von dem ich nie, obgleich er sehr ernst war, ein hartes Wort erhalten zu haben erinnere, und der allen meinen kleinen Wünschen auf die liebevollste Weise entgegenkam.

Ich saß still neben ihm, wenn er las oder schrieb; sah ihm zu, wenn er malte, lauschte mit unbeschreiblichem Entzücken seinem Gesange am Clavier oder an der Harfe zu, die er beide meisterhaft spielte, und begleitete ihn sogar, wenn er seine Kranken besuchte, denn selbst dann, besonders wenn er zu Wagen weite Touren zu machen hatte, mochte er sich nicht von mir trennen.

Mein Schmerz grenzte daher an Verzweiflung, und flößte meiner Mutter so fast Furcht für mein Leben ein, als mir dieser geliebte Vater durch den Tod, ach, allzufrüh! entrissen wurde. Mit meinem Namen auf den erbleichenden Lippen, mit den Worten: »Werde gut!« war er gestorben; meine Hand hielt er fest in der seinigen gepreßt, als diese, vom unerbittlichen Tode berührt, erstarrte; sein brechendes Auge war auf mich gerichtet und seine noch freie Hand suchte mein Haupt, um sie zum letzten Male segnend darauf zu legen.

Ich weiß es in der That nicht, wie dieser Tod des über Alles Geliebten meine schwache Organisation nicht auch zerstörte, wie ich in einer Welt fortbestehen konnte, in der Er nicht mehr war, in der Seine sanfte Stimme nicht mehr meinen Namen rief, in der Sein Auge nicht mehr auf mich blicken sollte. Auch erinnere ich noch deutlich, daß ich, die bereits zu beten verstand, Gott inbrünstig auf meinen Knieen bat, mir auch den Tod zu geben, damit ich auf immer wieder mit dem Vater vereint würde.

Dieses Gebet wurde nicht erhört; die *schwarzen Männer*, auf die man in der Jugend mit solchem Entsetzen blickt, vielleicht weil wir in der frühesten Kindheit von unsern Ammen und Wärterinnen mit ihrem Kommen bei unsern kleinen Unarten bedroht werden, kamen und trugen den schon vorher vom Tischler zugemachten Sarg aus dem Hause, und ich folgte ihnen in einiger Entfernung zum stillen, reizend auf einem Hügel belegenen Friedhofe nach. Der Entschluß lag dunkel in meiner Seele, mit in das offene Grab hinabzuspringen und mich mit dem Vater zugleich begraben zu lassen; weshalb ich ihn nicht ausführte, weiß ich nicht, denn auf dem Wege zum Kirchhofe war ich fest davon überzeugt worden, daß ich ohne meinen Vater nicht fortleben könne und auch sterben müsse.

Es war ein heller, goldener Sommertag, an dem die mir so verhaßten »schwarzen Männer« den Sarg aus dem Hause und an der schattigen Allee von Roß-Kastanien hin, zum Kirchhofe trugen. In jedem Baume sang ein Vogel zwischen Blüthen, um jede Blume summten Käfer und Bienen, gaukelten Schmetterlinge und zierliche Libellen; o, es war einer jener schönen Tage, wie ich sie sonst an der Seite des geliebten Vaters so selig genossen hatte, wenn er, in Flur und Wald mit mir umherstreifend, nicht müde wurde, meine kindischen Fragen zu beantworten und weit davon entfernt, unwillig darüber zu werden, daß ich Alles wissen wollte, sich vielmehr über meine Wißbegierde freute. Es war eben ein solcher Tag, an dem man ihn zu Grabe trug, als die gewesen waren, an denen wir in den Garten hinausgingen, und mein Vater, vorsichtig und mit leisem Finger die stachlichten Zweige der Dornen-Hecke auseinander biegend, mir ein Nest mit jungen Vögeln zeigte, das er kurz zuvor entdeckt hatte, und vor dem ich vor Freude zitternd und vor Furcht, die armen kleinen Vögel zu erschrecken, kaum athmend stand!

Der Zug war endlich unter feierlichem Schweigen oben auf dem Hügel angekommen, auf dem der Friedhof lag; das Grab, das mein Theuerstes verschlingen sollte, stand weit offen; ein Gebet wurde gesprochen, dann befestigte man die Seile an dem Sarge, ließ diesen in die Tiefe hinab, und warf die erste Schaufel Erde auf den Sarg, der dumpf und hohl erklang und aus dem mir die Stimme des Vaters zuletzt entgegen zu tönen schien. Ich hörte, ich sah das Alles, und das mit trockenem Auge, denn ich war völlig erstarrt, und meine Thränen begannen erst zu fließen, als einige Umstehende von den Tugenden und der Geschicklichkeit meines Vaters zu reden begannen, denn er stand nicht nur als Arzt in dem besten Rufe, sondern besaß auch als Mensch die Achtung und Liebe Aller.

Mein lautes Schluchzen machte die den jetzt vollendeten Grabhügel Umstehenden erst auf meine Gegenwart aufmerksam, und die Worte: »Das arme Kind! wie früh hat es doch seinen guten Vater verlieren müssen!« drangen wie Dolchstiche in mein Herz, das jeden Augenblick zu brechen drohte. Man führte mich fast mit Gewalt von dem unglückseligen Orte fort und meiner trostlosen Mutter zu, die, selbst in Schmerz versunken, meine Abwesenheit nicht bemerkt hatte und sehr erschrocken über den Zustand war, in dem man mich ihr wieder brachte.

Indeß vermochte ich nicht im Hause zu bleiben; es zog mich wieder fort zu dem Grabe, wo es mir wohler war, als sonst wo, und diese Besuche setzte ich auch in den folgenden Tagen und Wochen fort.

Um zu dem Friedhofe zu gelangen, auf dem mein Vater den ewigen Schlaf schlief, mußte man durch einen engen, auf beiden Seiten von breiten Dornen-Hecken eingefaßten Hohlweg gehen, an dessen äußerstem Ende, dicht am Fuße des Hügels, ein kleines grünes Häuschen lag, dessen Fenster durch gleichfalls grüne Jalousien dicht verkleidet waren, so daß man nicht in's Innere des Hauses blicken konnte, nicht einmal auf den Flur, dessen Fenster gleichfalls so verkleidet waren.

So oft ich nun auch an diesem Häuschen vorbeigegangen war, so hatte ich doch nie die Thür desselben sich öffnen gesehen, nie den Ton einer menschlichen Stimme, nie ein Geräusch darin vernommen, das auf irgend eine menschliche Beschäftigung hätte hindeuten können; nur einmal vernahm ich die seine gellende Stimme eines kleinen Hundes darin, der mich, als ich vorüberging, hinter der verschlossenen Thür ankläffte.

Ich hatte eine geheime Scheu vor dem Hause, so freundlich auch sein Aeußeres, und so sehr mir auch die lebhafte grüne Farbe gefiel, womit es angestrichen war, und so eilte ich immer mit schnellern Schritten daran vorüber, wenn ich durch den Hohlweg ging, um zu dem Friedhofe zu gelangen, worauf mein Vater ruhte. Nicht nur die Todtenstille in dem Hause, sondern auch die Erzählungen, die ich von

Andern über die Bewohner desselben gehört hatte, ängstigten mich; man sagte nämlich, es werde von einer »*tollen* (wahnsinnigen) *Person*« und einer alten Aufwärterin bewohnt, die häßlich wie eine Hexe wäre, und der man es nicht vergeben konnte, daß sie alle neugierigen Fragen über ihre Gebieterin unbeantwortet ließ, ja, wenn man mit Unverschämtheit in sie drang, sogar grob wurde und die Zudringlichen tüchtig abwies. Gegen Abend nämlich kam diese alte Dienerin jedesmal in das Städtchen, um alle für den folgenden Tag nöthigen Einkäufe zu besorgen, die sie dann in einem großen Korbe nach Hause schleppte. Ihre Gebieterin hatte aber nie Jemand in dem Städtchen gesehen, und so erklärten Einige sie für menschenscheu, Andere gar für toll oder verrückt, und es waren eine Menge Fabeln über sie im Umlaufe, wie es unter den obwaltenden Umständen nicht anders sein konnte: das Geheimnißvolle ist ja die Mutter der Fabel.

Briefe und Zuschriften bekam die Fremde in dem grünen Häuschen gar nicht, und so wußte man ihren Namen nicht einmal; nur von Zeit zu Zeit begab sich die Alte, wie man erzählte, auf mehre Tage auf die Reise, wo sie dann vermuthlich Briefschaften und Gelder an einem andern Orte für ihre Gebieterin in Empfang nahm; auch hatte die Alte das Häuschen am Fuße des Hügels gemiethet, es einrichten und vermalen lassen und den Miethzins auf ein Jahr vorausbezahlt, worauf sie wieder fortging und wahrscheinlich bei Nacht, oder doch spät am Abende, mit ihrer Gebieterin zurückkehrte, die von ihr, wenn sie ja von derselben sprach: »*das Fräulein*« genannt wurde.

Als ich, früh an einem Morgen, bald nach dem Tode meines Vaters, wieder an dem geheimnißvollen grünen Häuschen vorüberging, öffnete sich, zu meinem nicht geringen Erschrecken, plötzlich die Thür desselben und eine hohe weibliche Gestalt, ganz in Weiß gekleidet, zeigte sich mir. Das Gesicht dieser Person war farblos, wie ihr Kleid, das Haar sehr dunkel und glatt gescheitelt, die Augen aber von einem sehr lebhaften Blau und dabei mild und freundlich.

»Armes Kind«, sagte die Fremde mit sanftem, mitleidigem Tone, »bist du noch immer so traurig? Wen haben sie Dir denn begraben?«

»Meinen Vater, meinen lieben Vater!« schluchzte ich, in einen Strom von Thränen ausbrechend. »O, er war so gut gegen mich, und nun kann ich ihn nicht mehr sehen, nicht mehr sprechen!« Thränen verhinderten mich daran, fortzufahren, und ich setzte mich auf der Schwelle des Hauses nieder, um ihnen freien Lauf zu lassen; denn meine Scheu vor der Fremden und dem geheimnißvollen Häuschen war verschwunden, seit ich die erstere gesehen und den Ton ihrer milden, zum Herzen sprechenden Stimme vernommen hatte.

»Ich dachte mir es wohl«, sagte sie, mich voll Mitleid anblickend, »daß man Dir eine sehr theure Person begraben habe, als ich Dich so alle Tage in Deiner schwarzen Trauerkleidung zum Kirchhofe gehen und dort auf einem Grabe sitzen sah. Komm herein, armes Kind, ich will Dir Blumen für das Grab Deines guten Vaters geben; in meinem Garten blühen viele Blumen.«

Es war nicht Neugierde, die mich trieb, dieser Einladung Folge zu leisten, sondern bereits herzliches Wohlwollen, das ich für eine Person fühlte, die mir so viele Theilnahme zeigte und überdies ein so liebes Gesicht hatte, in das man eben so gern blickte, wie in den milden Mondenschein. Ich erhob mich also auf diese freundliche Aufforderung, trat in das Häuschen, aus dem mir ein starker Rosen- und Reseda-Duft entgegen kam, und folgte meiner neuen Bekannten in den Garten, der von allen Seiten von dicken und hohen Dornen-Hecken eingeschlossen war und sich den Hügel hinanzog, auf dem der Kirchhof lag.

Er enthielt nur Blumen und Sträucher, und eine solche Menge von rothen und weißen Rosen, die eben in der schönsten Blüthe standen, daß ich wie bezaubert davon war. Meine Führerin aber bückte sich bald bei diesem, bald bei jenem Strauche und pflückte mir ein Rosen-Bouquet, wie ich es nie schöner gesehen habe.

»Da, armes Kind«, sagte sie, mir mit ihrer sanften, schneeweißen Hand das Haupt streichelnd, »da hast Du Rosen; streue die auf das Grab Deines guten Vaters, und wenn Du morgen wieder kommen und mehr haben willst, so klopfe nur an die Hausthür, und sie soll Dir geöffnet werden. Aber sprich nicht davon, daß Du mich besucht hast, denn es möchten dann auch Andere kommen und Einlaß bei mir begehren, ich aber will mit ihnen nichts zu thun haben. Dich habe ich lieb gewonnen, weil ich Dich, so jung noch, schon so traurig sah, und so treu am Grabe Deines Vaters.«

Sie nahm mich bei diesen Worten bei der Hand, führte mich in das Haus und öffnete mir dort die Hausthür, die sich gleich wieder hinter mir verschloß, nachdem sie mir beim Scheiden noch einen liebevollen Blick zugeworfen hatte.

Ich war, trotz meiner großen Jugend, doch schon wie bezaubert von dieser Begegnung und meine Thränen flossen an diesem Tage minder schmerzlich am Grabe meines Vaters, auf das ich alle die mir geschenkten Rosen streute. Meine neue Bekannte kam mir ganz wie eine von den wohlthätigen Feen vor, von denen die an Mährchen und Sagen so reiche alte Wärterin mir in meiner Kindheit so viel erzählt hatte, wenn wir in meiner Heimath am gelben Meeresstrande saßen und das Geräusch der Wogen, das hohle Brausen des Meeres diese Erzählungen so grauenhaft schön accompagnirte. Diese Eindrücke, welche ich in der frühesten Kindheit, beim ersten Erwachen meines Geistes und Herzens empfing, sie sind es wohl gewesen, die das geringe Talent in mir erweckten, dessen Ausübung jetzt die Quelle meiner höchsten Freuden und Genüsse ist; sie waren es auch wohl, die *Anna's* Erscheinen – ich will sie schon jetzt bei dem Namen nennen, den ich ihr späterhin geben durfte – so wohlthätig auf mich einwirken ließen, und mir diese gleich so bedeutungsvoll machten.

Es wird dem Leser kaum glaublich vorkommen, und doch ist dem so, daß ich, wieder zu Hause angelangt, weder meiner Mutter, noch den Geschwistern, noch überhaupt irgend Jemanden, etwas von dem Erlebten sagte, sondern es still für mich behielt, obgleich es mich unausgesetzt beschäftigte, sogar Nachts im Traume. Ich redete überhaupt als Kind, und selbst in spätern Jahren, aus Blödigkeit wenig und war sehr ernst und schweigsam für mein Alter. So fiel es Keinem auf, daß ich auch im Laufe dieses Tages still und träumerisch war, meinen »*Kinderfreund*« von *Weiße,* in dem ich so gern las, ergriff, und damit in den Garten hinabging, aber nicht um zu lesen, sondern um an die neue Bekanntschaft zu denken, die zu erneuern ich vor Begierde brannte.

Kaum war ich am folgenden Tage aufgestanden, so ging es schon wieder fort, zum Friedhofe hin; als ich aber mit fast hörbar klopfendem Herzen vor dem grünen Häuschen stand, und schon anpochen wollte, da fiel es mir schwer auf die Seele, daß ein so schnell wiederholter Besuch mir doch wohl als Unverschämtheit und Zudringlichkeit gedeutet werden könne, und mit gesenktem Haupte schritt ich langsam vorüber.

So erging es mir mehre Tage, an denen ich eine große, mir selbst bereitete Qual auszustehen hatte; denn die uns vom Schicksal versagten Wünsche quälen uns lange nicht so stark, als die, welche wir uns aus Rücksichten gegen die Schicklichkeit oder aus ähnlichen Gründen selbst versagen. Wir brauchten nur *einen* Schritt zu thun, um sie zu erreichen, haben aber nicht den Muth dazu, und eben das ist es, was diese Versagungen wohl für uns zu so tantalischen macht.

Endlich faßte ich den nöthigen Muth und pochte an die Thür des grünen Häuschens, erst leise, dann lauter, und zu meiner namenlosen Freude öffnete sie sich mir; es war aber nicht die Gebieterin des Hauses, sondern die alte Dienerin, welche mich einließ.

»So, Kindchen, Du bist es?« sagte die Alle mit möglichst freundlichem Tone, indem sie zugleich das schneeweiße Spitzhündchen zu beschwichtigen suchte, das mich anbellte. »Das Fräulein hat schon früher Deinen Besuch erwartet, warum bist Du denn nicht gekommen?« fuhr sie fort, den ungestümen Blässer, zur bessern Beschwichtigung, auf den Arm nehmend; »wir fürchteten schon, daß Du krank geworden wärest.«

Sie schloß jetzt sorgfältig wieder das Haus hinter mir zu und führte mich dann in ein kleines, in den Garten hinausgehendes Zimmer, das nicht mit grünen Jalousien behangen war, sondern in das die Sonne ihre hellen Strahlen warf, und in dem Anna auf einem von Rohr geflochtenen, mit hellblauen Polstern belegten Ruhebette mit einem Buche in der Hand lag.

Nie hat ein Zimmer, nie haben die Prunk-Gemächer der Paläste einen Eindruck auf mich gemacht, wie dieses Gemach. Kein Winkelchen desselben war dunkel – es empfing sein Licht von zwei Seiten – und vor den Fenstern blühten eine Unzahl von Blumen in sehr schönen Töpfen, die vom feinsten Porcellan mit einer köstlichen Malerei waren. Von der Decke, in der Mitte des Zimmers, hing ein Vogel-Käfig herab, aus dem ein goldgelbes Kanarien-Männchen seine schmetternde Stimme erschallen ließ. In einem mit Glasthüren versehenen Wandschranke standen viele Bücher in kostbaren Einbänden, die alle gleich gebunden waren, und ein zweiter Glasschrank enthielt eine Menge von zierlich geordneten Muscheln Seesternen, Korallen u.s.w., die besonders meine Aufmerksamkeit auf sich zogen. Am Fußboden stand ein Käfig von Messing-Draht geflochten, worin sich ein grün und rother Papagei in seinem Ringe wiegte.

Ich war wie bezaubert und geblendet, und stand lange stumm an der Schwelle, um alle diese Herrlichkeiten zu betrachten und den Duft der Blumen einzuathmen, der mich fast betäubte. Das Mobiliar dieses Zimmers war reicher, glänzender und schöner, als ich es bisher gesehen; besonders gefielen mir die blankgebohnten Stühle mit ihren Polstern von himmelblauem Plüsche, denn solche Pracht war mir noch nicht vorgekommen.

Anna erhob sich von den Polstern ihres Ruhebetts, als sie mich eintreten sah, und mein Verweilen an der Schwelle für Schüchternheit haltend, lud sie mich freundlich ein, näher zu kommen.

»So bist Du endlich wieder da, um Dir Blumen zu holen?« fragte sie, zu mir tretend und meine Hand ergreifend, die in der ihrigen zitterte.

»O, nein«, versetzte ich, ermuthigt durch ihr liebevolles Benehmen, »o, nein, nicht um die Blumen bin ich gekommen« – Ich stockte hier, und sie verstand mich.

»Du scheinst ein gutes Kind zu sein«, sagte sie mit jenem sanften Lächeln, das selbst das häßlichste Gesicht zu verschönen vermag, auf dem ihrigen aber wahrhaft bezaubernd war; »und ich hoffe, daß wir bald gute Freunde sein werden. Komm, setze Dich zu mir, hier auf dieses Bänkchen« – sie schob ein gepolstertes Fußbänkchen an das Ruhebett – »und erzähle mir was, erzähle mir von Deinem guten Vater, den Du so sehr beweinst. Ich werde mich niederlegen, denn ich habe etwas Kopfschmerz, und Dir zuhören; hernach sollst Du auch wieder Blumen haben für das Grab Deines Vaters, den Du nicht vergessen mußt, denn man muß nie Die vergessen, die man geliebt hat.«

Ich folgte ihrer Einladung und faß auf dem Bänkchen neben ihr, und zwar so, daß ich ihr in das liebe, milde Gesicht sehen konnte, das mich auf eine wahrhaft zauberhafte Weise anzog.

Sie schien nicht mehr jung zu sein, wenigstens kam es mir so vor; allein Kinder täuschen sich leicht über das Alter erwachsener Personen und halten sie oft für älter, als sie wirklich sind, und so weiß ich ihr Alter auch nicht einmal ohngefähr anzugeben, vermuthe aber, daß sie hoch in den Dreißigen gewesen sein wird; allein dies that ihrer Schönheit, wenigstens in meinen Augen, keinen Abbruch. Sie hatte eine schneeweiße, fast durchsichtige Haut, durch die nicht die mindeste Röthe, außer an den Lippen, hindurchschimmerte, und so sanfte blaue Augen, wie ich sie nie wieder gesehen; es blickten zugleich bezaubernde Milde und eine rührende Schwermuth aus denselben hervor. Besonders schön – und vornehm, möchte ich sagen – waren auch ihre Hände, die für ihre große Figur überaus klein und von einer blendenden Weiße waren; ich hätte Alles darum gegeben, sie nur Einmal küssen zu dürfen.

Durch ihre Fragen an mich kam bald ein Gespräch zwischen uns zu Stande; ich mußte ihr von meinem Vater, von der Mutter und den

Geschwistern erzählen, von allen meinen kleinen Leiden und Freuden, von meiner heimathlichen Insel, an die ich mich so gern erinnerte, kurz, von allen den Dingen, die mir interessant waren, und sie hörte mir mit Aufmerksamkeit zu. Dann brachte die Alte, welche von Zeit zu Zeit in das Zimmer kam, auf ihren Wink ein Körbchen mit Erdbeeren, und ich mußte mich daran erquicken, worauf Anna selbst mir Blumen in ihrem Garten schnitt und mich wieder aus der Hausthür ließ, die sich auch jetzt sogleich hinter mir schloß. Mir war, als ich so draußen und durch das Schloß von Anna jetzt getrennt vor der Thür stand, ganz so zu Sinne, wie es dem ersten Menschen-Paare sein mochte, als der Engel mit dem feurigen Schwerte es aus dem Paradiese vertrieb; doch war ich nicht ganz so trostlos, indem ich Anna hatte versprechen müssen, bald, wenn ich wollte und könnte, schon den folgenden Tag, wieder zu kommen.

Ich blieb nicht aus; es verging bald kein Tag mehr, an dem ich meine neue Freundin nicht besuchte, und die Stunden, die ich bei ihr verbrachte, waren so selige, daß ich noch jetzt mit Entzücken, ja, mit Rührung, daran zurück denke. Ich durfte mit dem Papagei spielen; der kleine Spitz war mein guter Freund geworden; ich durfte den Schrank mit den schönen bunten Muscheln, diesen Blumen des Meeres, aufschließen und mich am Betrachten derselben vergnügen; sie in die Hand zu nehmen und die Ordnung zu zerstören, in der sie aufgestellt, oder vielmehr gelegt waren, hatte Anna mir verboten, und ich übertrat dieses Verbot niemals, da ich um keinen Preis etwas gethan haben würde, was ihr unangenehm gewesen wäre. Sie hatte diese Sammlung, wie sie mir einst erzählte, von ihrem »guten Vater« geerbt, und hielt sie so sehr werth; dies war mir genug, sie auch werth zu halten. Dann durfte ich auch im Garten spielen und nach Schmetterlingen und Libellen haschen, wobei sie mir, in einer Laube sitzend, die im höchsten Theile des Gartens und hart am Kirchhofe lag, mit sichtbarer Freude zusah. Von dieser Laube aus hatte sie mich wahrscheinlich zuerst am Grabe meines Vaters erblickt, denn wenn man die Zweige derselben auseinander bog, konnte man auf das Grab sehen, obgleich der Garten außer durch die Hecke auch noch durch eine hölzerne Umzäunung eingefaßt war.

Anna erinnerte mich oft, und sichtlich vorsätzlich, an meinen Vater, und schien nicht zu wollen, daß ich, nach Weise anderer Kinder, seiner bald vergessen solle; mein Schmerz um seinen Verlust, meine so regelmäßig fortgesetzten Wallfahrten zu seinem Grabe, hatten mich ihr wohl eben interessant gemacht und den Wunsch in ihr erweckt, mich näher kennen zu lernen. So erinnere ich, daß sie einst, als ich die Blumen auf einer Bank hatte liegen lassen, welche sie mir für das Grab des Vaters gepflückt, und im Begriffe stand, ohne sie fortzugehen, im strengen und verweisendem Tone zu mir sagte:

»Wie, Amalia, Du vergissest die Blumen für das Grab Deines Vaters? Solltest Du ihn selbst auch schon vergessen haben?«

Dieser Vorwurf traf mich wie ein Donnerschlag und stürzte mich in eine solche Betrübniß, daß sie alle, Mühe von der Welt hatte, mich wieder zu trösten und aufzurichten.

Doch nicht immer spielte und ergötzte ich mich blos bei Anna; diese fand bald auch ein Vergnügen darin, mich zu unterrichten. Lesen konnte ich bereits seit meiner allerfrühesten Jugend, wo ich es, ich weiß selbst nicht wie, gelernt; auch mit dem Schreiben hatte ich, trotz meiner sechs Jahre, bei dem Vater schon den Anfang gemacht, und auf diesem Grunde konnte meine Freundin also leicht fortbauen. Es wurden Landcharten von ihr zur Hand genommen und sie zeigte mir erst die Welttheile, die Hauptmeere etc., dann die einzelnen Länder darauf, und mein glückliches Gedächtniß ließ mich das leicht behalten. Dann erzählte sie mir aus der Weltgeschichte, ohne aber systematisch dabei zu verfahren; nie aber hörte ich Mährchen und Fabeln von ihr, wie ich sie früher so gern gehört hatte, wie sie denn überhaupt sehr ernst und fast feierlich in ihrem Wesen war. Nie habe ich sie lächeln gesehen, nie aber auch eine Klage von ihren Lippen vernommen, selbst dann nicht, wenn sie krank war, was sich häufig zutrug; sie stellte in der That das Bild der leidenden Geduld dar und blieb sich immer gleich.

Es konnte nicht fehlen, daß, trotz meiner strengen Verschwiegenheit, meine Besuche bei Anna doch endlich an den Tag kommen mußten. Meine Mutter, die mich »nachgerade für ein großes Mädchen« erklärte – ich war sieben Jahr alt – wollte mein »Herumschwärmen« nicht mehr dulden, ich wurde zur Schule geschickt und bekam überdies einen Strickstrumpf in den Zwischenzeiten in die Hand, auf dem ich eine gewisse Anzahl Runden stricken mußte; wo sollte ich da Zeit zu meinen beiden theuren Besuchen hernehmen, wenn ich mich der guten Mutter nicht entdeckte? Bevor ich dies jedoch that, fragte ich Anna um Erlaubniß und erhielt sie, da auch ihr jetzt meine Gegenwart ein eben so großes Bedürfniß geworden war, wie mir die ihrige.

Man kann sich das Erstaunen, ja, ich möchte fast sagen, den Schrecken meiner Mutter denken, als sie von mir vernahm, daß ich seit längerer Zeit ein täglicher Gast in dem grünen Häuschen und bei dem verrufenen, für verrückt erklärten Fräulein gewesen sei; allein sie beruhigte sich bald wieder, als ich ihr Alles erzählt und ihr Anna's Liebenswürdigkeit und sanftes Wesen mit den lebhaftesten, begeistertsten Farben geschildert hatte, und so erhielt ich Erlaubniß, die unerläßlichen »Runden« bei Anna stricken zu dürfen; ich habe meiner Mutter nie für irgend Etwas so lebhaft gedankt, als für diese mir bewilligte Gunst.

Doch sollte dieses schöne, erfreuliche Verhältniß, das einen hellen Sonnenschein auf mein durch den Tod eines angebeteten Vaters verdüstertes Leben geworfen hatte, nicht länger, als bis zum nächsten Frühjahre dauern. Auf den Rath und die Einladung einer Jugendfreundin, entschloß sich meine Mutter, unsern bisherigen Wohnort mit einem andern zu vertauschen, und ich erfuhr dies erst wenige Tage vor unserer Abreise zu unserm neuen Bestimmungs-Orte. Wie vermöchte ich es wohl, meinen Schmerz über die Trennung zugleich von dem Grabe meines Vaters, und, um wahr zu sein, den noch brennendern über die von Anna zu beschreiben? Ich war wie vernichtet, ich war ganz wieder einem ungestümen Schmerze hingegeben, wie beim Tode meines Vaters, und auch auf Anna wirkte die ihr mitgetheilte Nachricht von unserer bevorstehenden Trennung sichtbar niederschmetternd. Erst wurde sie ganz still und noch bleicher als zuvor; dann brach sie in einen Strom von Thränen aus – ich sah sie zuerst im Leben weinen und dieser Anblick wirkte wahrhaft vernichtend auf mich – und sagte die Worte wie vor sich hin:

»Der Himmel ist unerbittlich! – Er raubt mir Alles! Alles! – Ich hätte es voraussehen sollen, daß es so kommen würde! Weshalb mußte ich denn noch mein Herz an dieses Kind hängen? – Ich hätte einsam bleiben, allein, ohne Liebe meinen traurigen Weg fortsetzen sollen; der Himmel will es einmal so!« …

Sie sank bei diesen Worten zusammen; dann erhob sie sich, nahm mich, noch immer weinend, an die Hand, führte mich zur Hausthür, küßte mich – sie hatte dies nie zuvor gethan – öffnete die Thür selbst und ließ mich mit den Worten hinaus:

»Komm nicht wieder, Amalia!«

Ich kam wieder, aber erst nach zwölf Jahren, und klopfte an das kleine grüne Haus; aber Keiner öffnete mir; ich rief unter Thränen den

Namen Anna, Keiner antwortete mir! Wie sonst, waren die grünen Jalousien auch jetzt herabgelassen; aber Anna stand nicht mehr im Zimmer dahinter, und sah mir, von mir nicht gesehen, entgegen. Ich befragte ein altes Mütterchen, das am Stabe den Hügel hinauf wankte, nach der frühern Bewohnerin dieses Hauses, und sie erzählte mir, daß das »*verrückte Fräulein*« schon vor Jahren gestorben und auf dem Kirchhofe begraben worden sei; die bis dahin treu bei ihr ausharrende Alte sei aber gleich nach ihrem Begräbnisse fortgegangen und man habe nichts weiter von ihr gehört. Das Haus könne von dem Besitzer desselben aus dem Grunde nicht wieder vermiethet werden, weil das »*tolle Fräulein*« entsetzlich darin spüken solle.

Welche Wonne würde es für mich gewesen sein, dieses Haus, an das sich eine so theure Jugend-Erinnerung für mich knüpfte, nur wieder betreten, ja, nur *eine* Nacht darin zubringen zu dürfen, um, wenn auch nicht Anna selbst, doch ihren theuren Schatten wenigstens wieder zu sehen, denn ich glaubte zu jener Zeit fest an Geister-Erscheinungen, und hätte mich vor dieser nicht im mindesten gefürchtet. Ich bemühte mich wirklich um den Schlüssel zu dem grünen Häuschen; allein der Besitzer desselben war verreis't und man wußte ihn nicht zu finden.

Dann forschte ich nach Anna's Grabe, als ich dem meines theuren Vaters den ihm gebührenden Tribut der Thränen dargebracht hatte; allein man wußte es mir nicht zu zeigen: kein Kreuz, kein Denkstein schmückte es, und welchen Namen hätte man auf letztern auch setzen sollen, da die Alte, nachdem ihre theure Gebieterin gestorben, weder durch Bitten noch Drohungen zu bewegen gewesen war, den Namen derselben zu nennen. So stand sie in den Begräbnißlisten als *Unbekannte* verzeichnet.

Keiner gedachte ihrer mehr an dem Orte, wo sie gelebt und, wie ich annehmen darf, gelitten hatte; Keiner redete mit Achtung und Liebe von einem Herzen, das beider gewiß so würdig, und, wie ihr Verhältniß zu mir bewies, der letztern selbst da noch so bedürftig war, als sie schon mit der Welt und dem Leben sich auf ewig entzweit zu haben gewähnt hatte.

Es wähne aber Keiner, mit der Liebe auf immer fertig zu sein: sie ist eine Auferstehungs-Blume, die, nachdem sie schon alle ihre Blüthen und Blätter an die rauhen Herbst-Stürme des Lebens verloren, stets neu wieder aus dem Boden aufkeimt. So war es auch meiner Anna ergangen. Sie hatte noch einmal geliebt, hatte es mit der ganzen Kraft ihres Herzens gethan, nachdem bereits alle ihre Blüthen und Blätter von den Herbst-Stürmen des Lebens in die Lüfte gestreut worden waren.

Doch schenkte sie diese ihre letzte Liebe keiner Undankbaren. Treu habe ich ihr Bild und Andenken in meiner Seele, treu die Liebe für sie in meinem Herzen bewahrt, und setze in dieser kleinen Darstellung eine prunklose Blume auf ihr einsames Grab.

Schon früher, schon damals, als ich zuerst meine Schwingen prüfte, war es mir Bedürfniß, mich über diese so bedeutende Erscheinung, die in mein Jugend-Leben trat, auszusprechen, und ich versuchte, das Bild der Theuren in einem Romane, meinem ersten, zu entwerfen. Er fand, als Jugend-Arbeit und in der Ausführung gänzlich mißlungen, keinen Verleger; doch selbst jetzt noch blicke ich die vergilbte Rolle, worin dieser Roman enthalten ist, nicht ohne eine große innere Bewegung an, da er mir eine längst versunkene Zeit und eine so theure Erscheinung allemal so lebhaft wieder vor die Seele führt.

Ende des ersten Theils.

Zweiter Theil.

I. Madame Holtermann.

Ich kann nicht bestimmen, ob dies ihr wirklicher Name oder nur ein angenommener war; denn diese Person hatte sich zum Theil in ein so mystisches Dunkel gehüllt und war überhaupt so seltsam, daß man auch von ihr erwarten konnte, sie habe sich mit einem fremden Namen genannt.

Ich war zwölf Jahr alt, als mein guter Stiefvater sie mir als meine künftige Musiklehrerin vorstellte, und der Eindruck, den sie durch ihre äußere Erscheinung auf mich machte, hätte mir fast die schöne Kunst verleidet, zu deren Priesterin sie sich geweiht hatte.

Man denke sich eine kleine, ziemlich dicke Frau mit einem Gesichte, auf das alle Leidenschaften ihr Siegel gedrückt zu haben schienen, und deren Züge dadurch so verwirrt geworden waren, daß man kaum eine Physiognomie herauszulesen vermochte. Zahllose Runzeln, die sich bereits überall eingenistet hatten, ließen auf ein vorgerücktes Alter schließen; dem widersprachen aber die äußerst lebhaften, funkelnden und schönen Augen, die aber dadurch einen ganz eigenen Ausdruck erhielten, daß sie fast blind waren und irre und unstät im Kopfe umherrollten, ohne einen Gegenstand gehörig fixiren zu können. Der Mund war völlig zahnlos und der häßlichste, breiteste und unangenehmste, den ich je gesehen habe. Ganz wunderbar machten sich auch die lebhaften, aber eckigen Bewegungen dieser schon alten und, wie gesagt, etwas corpulenten Person und das, durch ihre außerordentliche Kurzsichtigkeit herbeigeführte, Zutappen und Zufahren auf Dinge, die sie ergreifen wollte. Fast noch unangenehmer, als alles Dieses, wirkte aber ihre Stimme auf mich, die ich für äußere Eindrücke sehr empfänglich und gegen unangenehme über die Maßen empfindlich war, eine Unart, die ich leider beibehalten habe. Diese Stimme, wie soll ich sie beschreiben? Ich habe viele laute, gellende, spitzige gehört, aber nie wider eine wie diese: sie war zugleich schrillend, pfeifend, keuchend und hatte doch dabei eine Kraft und Helligkeit, daß sie einen ganzen großen Saal ausfüllte.

Um das phantastische Bild vollständig zu machen, war diese Frau zugleich nachlässig und überaus schmuzig gekleidet, aber doch auch wieder seltsam aufgeputzt – man hat in Nord-Deutschland das sehr passende Wort: *aufgeflirrt* dafür –. Ihr sehr verblichener und zerdrückter Hut war mit chiffonnirten Bändern, Blumen und Federn beladen, denen man es ansah, daß sie auf dem Trödel gekauft und für ihre jetzige Besitzerin nie neu gewesen waren. Das Kleid sollte weiß sein, hatte aber, um mich eines Ausdrucks von *Quevedo* zu bedienen, jetzt eine »*heilige Farbe*,« d.h. gar keine mehr oder vielmehr, es war eine Musterkarte aller Farben; ganz seltsam nahm sich dabei eine halbe Schleppe – man trug damals in Gesellschaften noch Schleppkleider – aus, mit der ihre arme Besitzerin durchaus nicht zu bleiben wußte, indem sie zu kurz war, um sie aufnehmen zu können, und so ihr unaufhörlich zwischen die Füße kam, was sie in tausend Verlegenheiten versetzte und ihrem Gange etwas Stolperndes und Unsicheres gab. Eine große Schlitze an der Seite, die weit von einander klaffte, zeigte bei jeder Bewegung eine ungeheure, stark gefüllte Tasche von sehr buntem Kattun; dieses portative Magazin war unerläßlich für die gute Dame, die nicht nur stark schnupfte, sondern auch unaufhörlich Confect aus dieser Tasche naschte. Ueber die Fußbekleidung mag ich nicht reden; sie war der Art, daß sie wahrhaft Ekel einflößte, und dies konnte kaum anders bei einer Person sein, die sich im höchsten Grade vernachlässigte und dabei Stunde für Stunde durch den unermeßlichen Schmuz Hamburgs waren mußte, um ihrem Berufe nachzugehen.

»Deine künftige Lehrerin, meine Tochter«, sagte mein Vater, sie mir vorstellend, und sich zu ihr wendend: »Ich hoffe, Madame, daß sie bei Ihnen profitiren wird, denn sie hat Lust zur Musik und scheint Anlage dazu zu haben.« Dann ging er und ließ uns Beide allein, um den Unterricht zu beginnen, bei dem ich eine traurige Figur gespielt haben mag, denn ich war so verwirrt über diese seltsame Erscheinung, so abgestoßen von ihr, so sehr mit ihrer auffallenden Persönlichkeit beschäftigt, daß ich nicht Acht auf das geben konnte, was sie mir sagte, und gern die Musik auf immer aufgegeben haben würde, um nur nicht vier Stunden in der Woche in dieser unangenehmen Nähe sein zu müssen.

Bald wußte sie jedoch meinen Ehrgeiz anzuregen, wie sie denn überhaupt eine äußerst kluge, scharfsichtige Person war, und ich machte einige Fortschritte, machte diese dann bald so schnell, daß sie die größten Hoffnungen hegte, eine bedeutende Musikerin aus mir zu machen; daß diese nie in Erfüllung gegangen sind, daran ist vielleicht allein ihre mir stets so widrig bleibende Persönlichkeit Schuld, vor der ich mich, bei aller Achtung, die ich ihr übrigens weihen mußte, dermaßen fürchtete – dies ist das rechte Wort – daß ich bei ihr that, was ich nie bei einem andern Lehrer gethan habe: ich verbarg mich vor ihr, ich suchte, so viel als irgend möglich, die Unterrichts-Stunden zu schwänzen; ich war in's Feld hinausgelaufen oder in eine hohe, dichtbelaubte Linde hinaufgeklettert, wo mich Keiner suchte, wenn die Unterrichts-Stunde heran kam, und ließ mich, mit vor Angst bebendem Herzen, überall suchen und rufen, ohne meine Gegenwart kund zu geben; ja, ich erinnere sogar, daß ich einmal hinter einen Koffer kroch, als mir, da es Winter war und wir uns in der Stadt aufhielten, kein anderer Versteck übrig blieb. Meine arme Stiefschwester Marianne, ein Muster von Geduld und Güte, mußte dann die beiden Stunden nehmen und that es willig aus Liebe zu mir.

Nicht beschreiben kann ich, was ich empfand, wenn ich nur ihre Stimme hörte, namentlich wenn sie sang, denn auch Sing-Unterricht empfingen wir von ihr; ihre Töne gingen mir gleichsam durch Mark und Bein und erschütterten mir dermaßen die Nerven, daß ich mich krank davon fühlte.

Trotz dem war diese Frau nicht nur eine sehr brave, sondern auch äußerst geniale Person. Sie liebte nicht nur ihre Kunst mit Leidenschaft, sondern verstand sie auch aus dem Grunde und spielte fast alle Instrumente mit großer Fertigkeit, selbst Flöte und Violine, womit sie ihre Schüler accompagnirte und die sie, ohne sich zu geniren, unter dem Arme über die Gassen trug, was sich denn bei ihrer phantastischen Kleidung seltsam genug machte.

Da sie an mir Talent zur Musik entdeckt zu haben glaubte, hatte sie es sich einmal in den Sinn gesetzt, eine große Virtuosin aus mir, allen von mir selbst ausgehenden Hindernissen zum Trotze, zu machen, und so bat und beschwor sie mich nicht nur oft unter Thränen, doch mehr Fleiß und Liebe auf die von ihr vergötterte Kunst zu verwenden, sondern sie war auch uneigennützig genug, mir die durch meine Schuld verloren gegangenen Stunden zu ersetzen, wofür sie nie eine Vergütung annehmen wollte. Oft trat sie ganz unerwartet zu uns ein, fuhr, so wie sie mich erblickte, auf mich los, ergriff mich beim Arm oder bei der Hand und rief gleichsam mit triumphirendem Tone:

»Da hab' ich Dich, Wichtchen! Nun komm an's Fortepiano – wir wollen nachholen, was neulich versäumt worden.«

Man kann sich mein Erschrecken denken; allein all mein Sträuben half zu nichts, ich mußte spielen, mußte eine ganze Stunde, und drüber, diese mir so verhaßte Nähe dulden, mußte meine Lieblingslieder von dieser mir so furchtbaren Stimme singen hören und sie mir dadurch auf immer verleiden lassen.

So wie ich reifer und vernünftiger wurde, änderte sich jedoch dieses Verhältniß gänzlich, und ich bekam eine solche Achtung vor meiner Lehrerin, daß es mir nicht mehr möglich war, sie zu betrüben, denn das that ich, wenn ich nicht fleißig und aufmerksam beim Unterrichte war. Ich entdeckte nämlich nach und nach die außerordentlichsten Kenntnisse, ja, außer ihrem großen musicalischen Talente, auch noch andere an ihr, und dies flößte mir Achtung gegen sie ein. Sie sprach und schrieb nicht nur fast alle lebenden Sprachen, sondern verstand sogar Latein und Griechisch; sie las viel und kannte die Literatur mehrer Sprachen durch und durch, und schämte sich in ihrem Alter nicht, noch Unterricht zu nehmen. Sie hatte einen scharfen Verstand und verband mit demselben einen brillanten Witz, der, da ihr Gemüth oft verbittert war, oft verwundete, so daß man sie zugleich achten, bewundern und fürchten mußte. Ihre Sprache war gebildet, ihr Urtheil meist sehr richtig; sie streckte die geistigen Fühlhörner gleichsam nach allen Seiten aus und Nichts entging ihr, selbst dann nicht, wenn man sie mit ganz andern Dingen beschäftigt glaubte.

Es fand sich bald eine Gelegenheit, wo ich sie unter vier Augen in ihrem eigenen Hause sah, und hier war es, wo ich sie näher kennen lernte. Sie schlug mir nämlich vor, die englischen Dichter mit mir zu lesen und mich überhaupt in dieser Sprache weiter zu bringen, als dies bei einem sehr mittelmäßigen Lehrer geschehen konnte, den mein Stiefvater aus Mitleid nicht verabschieden wollte, weil er ein armer Teufel war und einst bessere Tage gesehen hatte, und ich nahm mit Dank diesen Vorschlag der trefflichen Frau an.

Ich hatte sie noch nie zuvor in ihrer Wohnung besucht und war so einigermaßen neugierig darauf, da ich sie mir toll und bunt genug vorstellte. Allein alle meine Erwartungen sollten weit übertroffen werden, denn in so viele unordentliche Wirthschaften ich auch in meinem Leben habe blicken müssen; so ist mir doch nie wieder eine ähnliche vorgekommen. Ich glaube, daß ich dem Widerwillen – ich möchte ihn fast

Abscheu nennen – den das Zimmer meiner Lehrerin mir durch seine chaotische Verwirrung einflößte, die Pedanterie in Hinsicht der Ordnung zu verdanken habe, die man mir Schuld giebt. Man denke sich ein nicht eben großes, nur schwach erhelltes Zimmer, dessen Wände mit Kleidungsstücken, wie die einer Trödelbude, behangen waren; unter diesen befanden sich recht hübsch gearbeitete Pastell-Gemälde, wovon aber die meisten schief hingen und einige sogar sich aus dem Rahmen gelös't hatten und so halb aus demselben hervorschossen; man denke sich ein halbes Dutzend schlecht erhaltener Stühle mit schmuzigen Ueberzügen, wovon kein einziger frei war, weil auf diesem ein chiffonnirter Hut, auf jenem ein Paar schmuziger Strümpfe auf einem dritten ein Unterrock u.s.w. lagen; man denke sich ein ganz neues, sehr elegantes Fortepiano, auf dem nicht nur Noten in Menge, sondern auch alle zum täglichen Gebrauche nöthigen Dinge aufgehäuft waren, und endlich einen großen Tisch, auf dem Reste von Brot, schmuzige Kaffee-Tassen, Frisirkämme, Seife zum Waschen, Papier, Tinte, Federn, Rostrale zum Notenschreiben, Speise-Reste u.s.w.u.s.w. bunt durch einander lagen, so daß erst ein Plätzchen darauf frei gemacht werden mußte, wenn man sich seiner bedienen wollte. In einer Ecke lehnte eine schöne Harfe, die aber einem abscheulichen Hute zum Halter dienen mußte; nicht besser sah es in einem Bücher-Repositorium aus, das eine Menge zerlesener, schlecht erhaltener Bücher enthielt, wovon ein Theil aufgeschlagen war, ein anderer Theil mit umgekehrten oder gar nach hinten gekehrten Titeln stand. Der Staub und Schmuz eines Jahrhunderts schien in diesem wahrhaft abscheulichen Zimmer aufgehäuft zu sein, und die Luft darin war feucht, dick und übelriechend, was von einer Menge Vögeln herrühren mochte, die in finstern Käfigen am Boden oder vor den Fenster standen.

Man beschuldige mich bei der Schilderung dieses Zimmers nicht der Uebertreibung, denn nie könnte ich die Farben stark genug auftragen, um es nur so darzustellen, wie es wirklich war; das geniale Bild, welches *Hogarth* »Finis mundi« genannt hat, und worauf Alles durch einander stürzt, Alles fällt, zerreißt, verbrennt, zerbricht, giebt eine ungefähre Idee von demselben, auch habe ich es in der Folge nie ansehen können, ohne an das Gemach meiner armen alten Freundin lebhaft erinnert zu werden.

Um dem Ganzen die Krone aufzusetzen, hatte sie auch noch eine große Menge von Lebensmitteln aller Art, von Confitüren, Früchten,

Backwerk, Speise-Resten, Auster-Schaalen, Krebsen u.s.w. um sich aufgehäuft, denn sie war, wie schon angedeutet worden, überaus genäschig und aß fast beständig. Erblickte sie nun auf ihren häufigen Wanderungen irgend eine Leckerei, die ihr zusagte, so kaufte sie sie ein und trug sie in ihre Höhle, wo sie nicht selten verdarb, weil sie nicht im Stande war, Alles zu genießen, was sie angeschafft hatte.

Ich kann den Eindruck nicht beschreiben, den der Anblick dieses Zimmers auf mich machte; er war so stark, daß ich im Begriff stand, wieder umzukehren, um es nie wieder zu betreten; allein meine Lehrerin hatte mich schon erblickt und ich hätte nicht mehr zurücktreten können, ohne sie zu beleidigen.

»Nun, Wichtchen«, – dies war ihr Zärtlichkeits-Wort – »da sind Sie?« sagte sie freundlich und war zugleich bemüht, einen Stuhl zu räumen, um ihn mir anbieten zu können. »Jetzt frisch an's Werk! Ich habe uns schon etwas ausgesucht und wir wollen tüchtig studiren. Zuvor aber will ich Sie tractiren; Sie müssen freilich fürlieb nehmen und sind ein besseres Frühstück gewohnt, als ich Ihnen bieten kann; allein der gute Wille gilt auch etwas bei Ihnen, ich weiß das!« und damit war sie beschäftigt, eine Ecke des Tisches aufzuräumen und aus dem Ofen-Kasten eine Flasche süßen Wein und eine Menge Naschwerk hervorzuholen, das theils auf sehr unsaubern Tellern lag, theils sich noch in Papier-Tüten befand.

Man kann sich meine Verlegenheit, ja, meine Angst denken, in dieser Umgebung etwas genießen, Speisen zu mir nehmen zu sollen, die sie, wie ich wußte, in ihrer großen Tasche herbeigeschleppt hatte; ich wäre vor Ekel gestorben, wenn ich auch nur *einen* Bissen davon hätte nehmen müssen, und wie schwer war es, sie abzuweisen, ohne sie bitter zu kränken! Dennoch blieb mir keine Wahl; ich hätte den Tod diesem mir zugedachten Frühstück unbedingt vorgezogen, und so mußte sie, zu ihrem großen Verdrusse, sich allein damit abfinden. Ich glaube, daß sie die Ursache errathen hat, die mich so standhaft sein ließ, denn sie schien etwas piquirt zu sein und setzte mich in der Folge nie wieder in eine solche Verlegenheit.

Besser mundete mir die geistige Speise, die sie mir vorsetzte: ihr Unterricht war wirklich vorzüglich und ich lernte in dieser *einen* Stunde mehr, als in einem Monat bei meinem Lehrer. Dann machten wir etwas Musik, durchmusterten ihren Bücher-Schatz und besahen ihre Malereien, die sie in einer großen Mappe verwahrt hatte und die zum Theil ganz ausgezeichnet waren.

Das Portrait eines sehr alten Mannes mit bedeutenden, überaus ernsten Gesichtszügen fiel mir auf.

»Ihr Vater vielleicht?« fragte ich, es in die Hand nehmend und mit Aufmerksamkeit betrachtend.

»Nein, mein verstorbener Gatte«, versetzte sie; »das Bild des Mannes, dem ich zugleich das Glück und das Unglück meines Lebens zu verdanken habe. Ohne ihn wäre ich nicht, was ich bin, ich wäre vielleicht gar nichts; ich verdanke ihm meine ganze Bildung.«

Sie sagte mir damals nichts weiter über diesen Gegenstand, erzählte mir aber späterhin, als wir einander näher traten, einen Theil ihrer Lebensgeschichte, freilich mit Verschweigung aller Namen und ohne den Ort zu nennen, in dem sie geboren war.

Sie war die Tochter reicher und vornehmer Eltern gewesen und ihr Vater hatte einen hohen Posten im Staate bekleidet. Früh schon zeigte sich eine außerordentliche Neigung für die Kunst an ihr, die sie in spätern Jahren mit so großer Leidenschaft betrieb, und sie war es gewesen, die sie ihrem nachherigen Gatten zugeführt hatte, der, damals schon fast ein alter Mann, ihr Musiklehrer gewesen und eben so begeistert für seine schöne Kunst, wie seine jugendliche Schülerin war.

Am Clavier, unter den Harmonien, die sie durch seine Töne hervorriefen, hatte sich die ihrer Seelen kund gethan, und trotz der großen Verschiedenheit ihres Alters, hatten sie die lebhafteste Leidenschaft für einander gefaßt.

Holtermann – so nannte sie ihren nachherigen Gatten, ich vermuthe, daß dies nicht sein rechter Name war, weil sie alle andern Namen so sorgfältig verschwieg – war aber nicht nur ein ausgezeichneter Musiker, sondern ein durch und durch gebildeter und sogar gelehrter Mann, und so mußte er ihr, die schon früh eine eigenthümliche Richtung des Geistes kund gegeben hatte und vor ungestillter Wißbegierde brannte, doppelt bedeutend werden.

Sie hegte, von dem Augenblick an, wo ihre Seelen sich erkennen lernten, keinen lebhaftern Wunsch, als sich auf immer mit ihm zu verbinden; allein demselben standen fast unüberwindliche Hindernisse im Wege, da ihre Eltern ganz andere Pläne mit ihr hatten, als sie einem armen Musiklehrer zur Gattin zu geben, der noch überdies als eine Art von Genie im schlechtesten Rufe in der nur auf Stand und Vermögen sehenden großen Welt stand. Zu Anfang dachte zwar Keiner an die Möglichkeit, daß sich ein junges, reiches und vornehmes Mädchen in einen Mann hätte verlieben können, der alt, arm und ohne Ansehen, dabei nicht einmal einnehmend von Gestalt und Wesen war, und so hatte das Liebes-Pärchen gutes Spiel; allein bald wurde man durch die leidenschaftliche Heftigkeit der Geliebten, mit der sie die Ankunft ihres Lehrers erwartete, und durch die sich über die Gebühr ausdehnenden Unterrichtsstunden doch aufmerksam, man belauschte sie, und der Lehrer erhielt auf der Stelle seinen Abschied.

Indeß gehörte *Magdalene* – diesen Vornamen führte meine alte Freundin – nicht zu Denen, die sich durch Hindernisse abschrecken lassen, und weit davon entfernt, ihrer Liebe zu entsagen, war sie nur darauf bedacht, sich unauflöslich mit dem Geliebten ihres Herzens zu verbinden, ohne den sie nicht mehr leben konnte, und als daher ihre Eltern sie zu einer andern, ihnen besser anstehenden Verbindung zwingen wollten, schlug sie Holtermann vor, sie zu entführen, was er nach einigem Zögern that.

Ob die Liebenden gleich nach ihrer Flucht nach Hamburg kamen oder sich erst noch an andern Orten aufhielten, habe ich nicht in Erfahrung gebracht; auch nicht, ob es ihnen gelang, den Bund ihrer Herzen wirklich durch die Ehe heiligen zu lassen; kurz, sie lebten mit einander und waren glücklich, bis sich Noth und bittrer Mangel bei ihnen einstellten und zwar in Folge einer Krankheit, die Holtermann mehre Jahre an das Lager fesselte und ihn unfähig machte, seine Kunst auszuüben.

Jetzt war es an ihr, Frucht von dem von ihrem Gatten erlernten zu ziehen; sie bemühte sich um Unterricht und war so glücklich, in Hamburg einen vielvermögenden Gönner zu finden, der sie in guten Häusern als Lehrerin empfahl, und so war ihre äußere Existenz bald wieder genügend festgestellt.

Sie erzählte mir, daß sie schöne, glückselige Tage an der Seite eines noch immer angebeteten Gatten verlebt habe, der sie nicht nur auf Händen getragen, sondern es sich auch unaufhörlich zum Geschäft gemacht habe, ihren Geist auszubilden und ihre Kenntnisse zu vermehren. Ihm allein verdankte sie – und noch jetzt mit großer Rührung – Alles, was sie war, und sein Tod, der nach einer Reihe von Jahren in Folge seiner Krankheit erfolgte, versetzte sie in eine wahrhafte Verzweiflung.

Sie stand von da an allein in der Welt da; ihre Eltern, die ihr nie hatten vergeben wollen und sie in ihrem Zorne enterbt hatten, waren indeß gestorben; ihren Geschwistern, die reich und angesehen in der Welt dastanden, war sie entfremdet worden, und ihr Stolz erlaubte ihr nicht, um die Gunst derselben zu betteln; so verblieb sie in den Verhältnissen, worin sie beim Tode ihres Gatten gewesen war, und war jetzt alt und grau in denselben geworden. Von ihrem verstorbenen Gatten sprach sie nur mit Ehrfurcht und Bewunderung, auch sagte sie mir, daß sie nie den Schritt bereut habe, durch den sie sich ihm ganz zu Eigen gegeben hatte; nur daß ihre Eltern gestorben waren, ohne sich mit ihr versöhnt zu haben, schien sie tief zu schmerzen und dies ist wahrscheinlich eine Wunde geblieben, die bis zu Ende ihres eigenen Lebens offen stand und blutete; sonst hat sie nie etwas bereut.

Ob sie von jeher so unordentlich war, wie jetzt, weiß ich nicht, da ich sie natürlich nicht darnach befragen konnte; doch steht es zu vermuthen, da sie sonst in dieser Hinsicht nicht so weit gesunken sein würde. Ihre, neben dem Schmuze, der sie umgab, höchst lächerliche Putzsucht erklärte sich mir aber aus ihrem Geständnisse, daß sie früher ein sehr eitles, putzsüchtiges Mädchen gewesen sei, und ohne die Bekanntschaft mit ihrem nachherigen Gatten gewiß die flachste, erbärmlichste Närrin von der Welt geworden sein würde. Davon war ihr, trotz der andern Richtung, die ihr Geist durch den bedeutenden Mann gewonnen hatte, der ihr im entscheidenden Augenblick entgegen trat, noch etwas ankleben geblieben, und so stellten sich die seltsamsten Contraste in ihrer Person dar: Verachtung alles Schicklichen und zugleich lächerliche Putzsucht.

In ihren äußeren Verhältnissen erging es ihr jetzt sehr wohl; sie gab in einigen angesehenen Häusern Unterricht und dieser wurde ihr sehr gut honorirt; sie gebrauchte aber auch nach Verhältniß viel, da sie so überaus genäschig und lecker war.

Meine Verheirathung, und späterhin meine Entfernung von Hamburg während der Kriegszeiten, trennten mich auf viele Jahre von ihr; als ich endlich zurückkehrte, erkundigte ich mich sogleich, aber lange vergeblich nach ihr, denn sie war wie verschollen. Endlich fiel mir ein alter Instrumentenmacher ein, mit dem sie früher viel verkehrt hatte, weil sie die von ihm gemachten Instrumente besonders schätzte, und hier war ich glücklicher in meinen Nachforschungen nach meiner alten Freundin.

Sie hatte sich mit dem kleinen Reste ihrer Ersparnisse in das Marien-Magdalenen-Kloster eingekauft, gab aber keinen Unterricht mehr, weil sie völlig blind geworden und überdies auch noch gelähmt war. Ich eilte sogleich zu ihr und wurde von einer der andern Schwestern in ihre kleine Zelle geführt, wo sie, ganz gegen ihre Gewohnheit, aber auch ohne ihr Zuthun, auf einem sehr reinlichen Lager lag und sich von der warmen Morgen-Sonne bescheinen ließ, als ich zu ihr eintrat.

»Guten Morgen, Madame Holtermann!« rief ich, ganz wie sonst, wenn sie kam, um mir Unterricht zu geben, und faßte zugleich nach ihrer Hand, die auf der Decke lag.

»Mein Gott, welche Stimme, und welche Erinnerungen!« antwortete die arme Blinde, indem sie sich mit der einen freien Hand über die Stirn fuhr. »Wem gehört diese Stimme, die mir so bekannt, so befreundet klingt?« fuhr sie fort, indem sie die erloschenen Blicke nach der Gegend wandte, von woher sie gekommen war.

»Erkennen Sie denn Ihres Malchens, Ihres *Wichtchens* Stimme nicht mehr?« fragte ich, nur mit Mühe meine Rührung bekämpfend, denn welche Erinnerungen tauchten nicht auch in meiner Seele beim Anblick dieser Frau auf, die ich in den schönsten Tagen meiner Jugend gekannt hatte!

»Malchen! Wichtchen! Liebchen!« rief sie jetzt, und versuchte es in ihrer freudigen Ueberraschung, sich aufzurichten, sank aber, durch ihre Lähmung daran verhindert, wieder zurück. – »Nun was sagen Sie, daß Sie mich hier sehen, und in einem solchen Zustande?« fuhr sie fort. »Eine Andere würde vielleicht darin verzweifeln, ich aber bin die Alte geblieben, obgleich ich nicht mehr gehen und sehen kann; kann ich doch denken, und o, welch ein Glück ist das nicht! Die Langeweile kenne ich nicht, und nur daß ich, wegen der häßlichen Lähmung, nicht mehr an's Fortepiano kommen kann, schmerzt mich zuweilen. Sie wollten mir das Instrument auch verkaufen, wie sie es bei vielen andern Sachen gethan haben, von denen sie sagten, daß sie mir jetzt unnütz wären; allein das habe ich mir verbeten. Es kommt zuweilen doch der Eine oder der Andere, der mir die Seele durch Spielen erquickt, und Sie, Sie werden mir auch etwas vorspielen, Wichtchen! damit ich höre, ob meine Hoffnungen in Hinsicht Ihrer in Erfüllung gingen; nicht wahr, Sie werden spielen?«

Sie drückte mir bei diesen Worten zärtlich die Hand; sie war ganz glücklich und so resignirt, wie ich nie einen Menschen gesehen habe;

ja, ihre sarkastische Laune hatte sich nicht einmal auf diesem Schmerzenslager verloren; sie spottete über sich selbst, über ihre Hinfälligkeit und, mit leiserer Stimme, über ihre Mitschwestern, deren zum Theil bedeutend große Borniртheit sie ergötzte. Kurz, sie war geistig noch ganz die Alte, ihr Geist ergoß sich noch wie früher in tausend Strahlen und ihr Muth war ungebeugt.

Ich mußte ihr beim Abschiede versprechen, noch öfter wieder zu kommen und that es gern; ich hatte mich, bevor ich sie gesehen und gesprochen, vor diesem Wiedersehen gefürchtet; allein jetzt fühlte ich mich wieder ganz behaglich bei ihr, da ich sie ganz anders fand, als ich erwartet hatte.

So blieb sie bis zu ihrem Ende; keine Klage kam über ihre Lippen, kein Zeichen der Ungeduld wurde an ihr bemerkt; sie fand in ihrem reichen Geiste Ersatz für Alles, was das Schicksal ihr geraubt hatte, auch wiederholte sie mir oft, daß sie die häßliche Plage der Langeweile gar nicht kenne. Rührend war auch ihre Dankbarkeit für jede kleine Güte, die man ihr erzeigte, rührender noch ihre Freude über den warmen Sonnenschein, der sie von Zeit zu Zeit beschien; sie hatte ihr Bett dicht an das Fenster bringen lassen, um seiner genießen zu können, und erquickte sich so an jedem Strahl, den die milde Sonne ihr sandte.

Einst kam ich wieder in das Marien-Magdalenen-Kloster, um meine alte Freundin zu besuchen, allein ich fand ihre Zelle leer: sie hatten sie in eine andere, noch engere getragen, und man war eben damit beschäftigt, ihre frühere für eine neue Bewohnerin in Stand zu setzen.

Man erzählte mir, sie habe ihren Tod voraus gewußt, aber trotz dem bis zum letzten Augenblick ihre frühere Heiterkeit nicht verloren. »Nun sollt Ihr bald Euren Willen haben und das schöne Fortepiano verkaufen dürfen«, waren fast ihre letzten Worte gewesen; »ich aber werde mich ja jetzt bald am Sphären-Klange und dem Gesange der Engel erlaben!«

Möge ihr diese Hoffnung erfüllt worden sein!

II. Die Marquise von Pütiny.

Es war ein alter hagerer und steifer Herr, mit wohlfrisirtem Haar und spitzigem Zöpfchen, der im Jahr 1804 mit einer jungen, verschleierten Dame in das Paß-Büreau seiner Vaterstadt Hamburg trat und, seinen

Bürgerbrief vorzeigend, für seine Begleiterin einen Paß nach Frankreich verlangte.

Da das Signalement aufgenommen werden mußte, bat ein junger, bei der Kanzlei angestellter Mann die Dame, ihren Schleier gütigst zurückschlagen zu wollen, was sie mit unübertrefflicher Grazie that. Dem jungen Manne wäre es vielleicht besser gewesen, wenn sie es nie gethan hätte, denn er stand, seines Amtes vergessend, wie bezaubert und festgebannt vor diesem himmlisch-schönen Gesichte, das sich ihm jetzt zeigte, und er schien mit einem solchen Pflicht-Eifer sein Geschäft betreiben zu wollen, daß man weit eher einen Maler in ihm hätte vermuthen können, der der Leinewand die reizenden Züge anvertrauen wollte, denn einen das Signalement aufnehmenden Beamten des Paß-Büreaus.

»Nun, mein Herr?« fragte endlich der alte Begleiter der Dame den entzückten Beamten, und in diesem »Nun?« lag deutlich die Frage: »Wollen Sie denn nicht endlich beginnen?« Die Dame aber war sichtbar verlegen, schlug die Augen nieder und erröthete.

Der junge Mann erwachte bei der Frage meines Stiefvaters – denn dieser war der Begleiter der Dame – wie aus einem entzückenden Traume, schob für Beide einen Stuhl hin, setzte sich der Dame gegenüber an seinen Schreibtisch und begann mit sichtbar zitternder Hand den verlangten Paß auszuschreiben, der, wie nachfolgt, ausfiel:

Name und Stand: – Frau Marquise von *Pütiny.*
Alter: – Zwanzig Jahre.
Kommt von: – F. in Holstein.
Reis't nach: – M. im südlichen Frankreich.
Gestalt: – Groß und schlank.
Haar: – Kastanienbraun und gelockt.
Stirn: – Hoch und frei.
Nase: – Klein und fein geschnitten.
Augen: – Dunkelblau und groß.
Mund: – Klein.
Kinn: – Rund mit einem Grübchen.
Wangen: – Sanft gerundet.
Gesichtsfarbe: – Blühend, der Teint sehr weiß.
Gesichtsform: – Ein schönes Oval.
Besondere Kennzeichen: – Außerordentliche Schönheit. – u.s.w.

Der junge Mann überlas noch einmal, was er geschrieben hatte, verglich damit das Original und reichte dann der Dame den Paß mit zitternder Hand und einem tiefen Seufzer dar, damit auch sie ihn mit ihrer Namensschrift versehe, worauf er ihn besiegelte und ihrem alten Begleiter einhändigte.

»Was habe ich zu bezahlen?« fragte der alte Kaufmann, in seine Tasche greifend und einige Geldstücke aus derselben hervornehmend.

»O nichts, gar nichts!« stammelte der junge Mann.

»Nichts? Sie scherzen, mein Herr!«

»Ich bin für meine Mühe belohnt genug«, erwiederte der junge Kanzellist mit einem ausdrucksvollen Blick auf die Marquise. »Kommen Sie oft so wieder, Herr B., und ich fertige Ihnen einen solchen Paß jedesmal gratis aus.«

»Ja so!« versetzte der alte Kaufmann lachend, jetzt erst in seiner großen Zerstreutheit die Pointe fassend; »ja so, Herr ***, Sie wollen den Galanten spielen? Hier aber ist Geld, machen Sie sich für Ihre Mühe bezahlt, wir haben Eile.«

Der junge Mann nahm aber nichts und mein Stiefvater mußte sein Geld wirklich wieder einstecken. Zu Hause mit seiner schönen Begleiterin angekommen, erzählte er meiner Mutter, deren Freundin die Marquise war, das gehabte Abenteuer mit Lachen, und ergötzte sich noch lange an der Galanterie des jungen Beamten.

So sah die Marquise von Pütiny aus, die seit einigen Tagen unsere Hausgenossin war und sich darauf vorbereitete, nach Frankreich, zu ihrem sie dort erwartenden Gemahl zu gehen.

Wir Kinder betrachteten diese Frau, ihrer wirklich außerordentlichen Schönheit wegen, mit einer Art von Ehrfurcht, und nie sind wir stiller gewesen, nie gespannter, nie aufmerksamer auf jedes Wort, das bei Tische gesprochen wurde, als an den Tagen, wo die Marquise unsere Hausgenossin war; ja, ich glaube, meine Stiefgeschwister beneideten mich einigermaßen darum, daß sie gegen mich, die ich die rechte Tochter ihrer Freundin und ihr überdies von früher her schon bekannt war, sich zutraulicher und zärtlicher bezeigte, als gegen die andern, ihr im Grunde durchaus fremden Kinder.

Das ganze Haus war gleichsam in einer Art von Bezauberung, die sich sogar auf die Dienerschaft erstreckte: so groß ist die Gewalt der Schönheit.

Endlich war der Tag der Abreise da, und wir Kinder empfanden einen wirklichen Schmerz, als sie uns mit ihrer süßen, melodischen Stimme ein Lebewohl zurief und beim Abschiede zu meiner in Thränen zerfließenden Mutter sagte: – »Werde ich glücklich in Frankreich und in meinen neuen Verhältnissen sein, so sollst Du bald von mir hören; sonst nicht.«

Wir hörten nie wieder etwas von ihr! –

Wohl hatte sie Ursache, sich vor der Zukunft zu fürchten, obgleich sie jetzt das Ziel ihrer Wünsche erreicht zu haben schien, indem sie endlich sich mit dem Manne unauflöslich verbunden sah, dem ihr Herz in glühender Liebe ergeben war. Sie, die Bürgerliche von Geburt, die geschiedene Frau, sollte jetzt das Mitglied einer der vornehmsten, adel- und rangstolzesten Familien des südlichen Frankreichs werden, das Mitglied einer jener Familien, die ihr Vaterland, ihren Stand, ihre Reichthümer, ihr zahllosen Besitzungen der Anhänglichkeit für die unglückliche Familie ihres Königs aufgeopfert hatten, und eine der ersten gewesen war, die beim Ausbruch der Revolution auswanderten. Wie würde man sie in dieser Familie aufnehmen? Wie würde sie, die durch und durch eine Deutsche war, sich in Frankreich gefallen? Dies waren die Fragen, die sie sich vorzulegen hatte, und die sie mit Recht beunruhigten. Vielleicht lagen im Hintergrunde ihrer Seele noch andere, die sie mit noch bängern Besorgnissen erfüllten, und die sie sich selbst vorzulegen nicht einmal wagte: Würde der Mann, dem sie sich rücksichtslos hingegeben, dem sie Alles, ihre Pflicht, die Ruhe ihres Gewissens, Ehre, Ruf und guten Namen aufgeopfert, würde er diese Opfer zu würdigen wissen und sie jetzt dafür durch seine Liebe und Treue belohnen? Sie hatte ihm nichts mehr zu geben, da ihre Liebe ihm bereits Alles gewährt hatte: er war der Vater ihrer zwei im Ehebruch erzeugten Kinder!

Die frühern Schicksale dieser außerordentlichen Frau erfuhr ich in späterer Zeit aus dem Munde meiner Mutter und theile sie nachstehend mit, ohne fürchten zu müssen, eine Indiscretion dadurch zu begehen, da sie zu ihrer Zeit landeskundig waren und allgemein besprochen wurden.

– *Amalia*, so hieß diese schöne Frau, war die Tochter eines Beamten in Holstein, der von einer wenig einträglichen Stelle eine zahlreiche Familie zu ernähren hatte. Er war ein überaus strenger und herrischer Mann, vor dem Alles im Hause zitterte, einer von den Männern, an deren Seite man bleiche, verlebte, abgehärmte und vor der Zeit verblühte Gattinnen erblickt, während sie stolz und gebieterisch einhergehen; er war einer von den Vätern, denen sich die Kinder am Morgen mit niedergesenkten Blicken und hoch klopfendem Herzen nahen, um den Handkuß zu wagen und den Morgengruß zu sprechen; einer von den Vätern, die es für Sünde und Unrecht halten, auch nur die kleinste Regung von Zärtlichkeit gegen die von ihnen Erzeugten blicken zu lassen, und deren *Ja* man nie ein *Nein* entgegen zu setzen wagt.

Auch war Alles bedrückt und verstimmt in dem Hause, in dem Amalia, die schönste und frischeste Blume desselben, aufwuchs. Die Dienerschaft schritt so leise darin umher, als ob es einen Todten im Hause gäbe; die arme, immer bleicher und magerer werdende Mutter der Kinder athmete erst frei auf, wenn ihr Gatte Abends in den Clubb ging, um seine gewohnte Partie zu machen, von der sie ihn aber jedesmal mit Zittern zurückkommen hörte; denn war er nicht glücklich im Spiel gewesen, so konnte es ihm Keiner recht machen. Die armen, verschüchterten Kinder wählten sicher immer die entlegensten Plätze im Garten zu ihren Spielen, damit der, zum Unglück für sie im Hause arbeitende Vater es ja nicht höre, wenn sie einmal lachten oder mit einander schäkerten.

Endlich erlag die arme Gattin ihrem Grame; der Kummer, ihr Schicksal an das eines solchen Mannes gekettet zu sehen, hatte wie ein Wurm an ihrem Herzen genagt und es endlich unter namenlosen Qualen gebrochen. Das Loos der armen verwaiseten Kinder war von nun an noch trauriger, indem sie durch den Tod ihrer guten, sanften, so herzlich von ihnen geliebten Mutter nicht nur ihre letzte Stütze verloren, sondern der Vater jetzt auch noch finsterer und herrischer, noch verstimmter als zuvor schon war. Vielleicht hatte er seine Gattin, trotz seines unfreundlichen Betragens gegen sie, doch geliebt; vielleicht aber auch machte er sich geheime Vorwürfe in Hinsicht ihrer; genug, es war jetzt mit diesem Manne gar kein Auskommen mehr, und die armen Kinder hatten keine andern glücklichen Stunden, als die, welche sie in der Schule zubrachten, wohin sie daher auch gern gingen.

Amalia war das älteste dieser Kinder und verrieth schon früh, daß sie schön, vielleicht noch schöner wie ihre Mutter gewesen war, werden würde, und nicht nur durch diese äußern Vorzüge, sondern auch durch ihr sanftes, gutes Herz, durch ihre jugendliche Heiterkeit, die sie sich trotz der unglückseligen Verhältnisse, in denen sie aufgewachsen war, zu erhalten gewußt hatte, und durch ihren Verstand nahm sie Alles für sich ein, was sich ihr nahete.

Der beschränkten Vermögens-Umstände ihres Vaters wegen wurde wenig Gesellschaft im Hause gesehen; nur einmal im Jahre gab es eine große Schmauserei, wozu sich eine Commission einfand, die die Cassen der Hebungs-Beamten zu untersuchen hatte; dieser zu Ehren wurde allemal ein Fest veranstaltet, bei dem Alles erschien, was Anspruch auf Auszeichnung im Städtchen machen durfte.

Es war nicht lange nach dem Tode der Mutter, als Amalia, die damals eben ihr sechszehntes Jahr angetreten hatte und in der vollen Blüthe ihrer Schönheit stand, die Honneurs bei einem solchen Feste machen mußte.

Es konnte nicht fehlen, daß eine solche Schönheit, ein solcher Jugendreiz auffallen mußte; auch machte man ihrem Vater von allen Seiten Complimente über den Besitz einer solchen Tochter; Keiner aber that dies mit mehr Feuer und Begeisterung, als der siebenzig Jahr alte, unermeßlich reiche Herr von S., ein Mann, der außer seinem großen Vermögen auch noch eine sehr einträgliche und ehrenvolle Stelle besaß. Er schien seine Blicke nicht von Amalien abwenden zu können; er drängte sich, so oft es nur anging, an sie, um ihr Artigkeiten zuzuflüstern; er sah mit der lebhaftesten Unruhe auf seine beiden, gleichfalls anwesenden Söhne, *Adam* und *Christian,* deren Blicke und Benehmen nur zu deutlich verriethen, daß das bezaubernde Mädchen auch auf sie einen lebhaften Eindruck gemacht habe, und nach Tische, wo sich Alles in den Garten hinabbegab, nahm er Amaliens Vater allein und unterhielt sich eine ganze Weile mit demselben in einem abgelegenen Bosquet.

Als er wieder zur Gesellschaft zurückkehrte, strahlte sein Blick vor Freude, und er wagte es, der ihm den Kaffee präsentirenden Amalia verstohlen die Hand zu drücken. Diese sah ihn mit großen Augen und fast erschrocken über eine solche Zudringlichkeit an, wobei sie lebhaft erröthete; er aber lächelte geheimnißvoll und nannte sie »sein süßes Kind.«

Dieses geckenhafte Betragen des Greises machte den unangenehmsten, ja, den widrigsten Eindruck auf das junge Mädchen, das von diesem Augenblick an geflissentlich vermied, in die Nähe des Herrn von S. zu kommen; dieser aber ließ sich keineswegs dadurch abschrecken, sondern setzte seine Bewerbungen um ihre Gunst mit der größten Beharrlichkeit fort, so daß sie von Herzen froh war, als die Gesellschaft sich endlich trennte.

Am andern Morgen, als sie dem Vater den Kaffee bereitete, welches Geschäft ihr seit dem Tode ihrer Mutter zugefallen war, sagte ihr Vater, von der Zeitung aufsehend, in der er bisher eifrig gelesen hatte, plötzlich zu ihr:

»Du wirst Dich verheirathen, Amalia.«

»Ich?« stammelte die Erschrockene.

»Ja, Du«, versetzte der Vater mit Nachdruck, und nachdem er einige große Dampfwolken aus seiner Pfeife gezogen hatte, fügte er mit dem ruhigsten Tone von der Welt hinzu: »Du wirst Herrn von S. heirathen.«

»Herrn von S.?« fragte Amalia wieder, und erröthete lebhaft, denn sie glaubte, daß es vielleicht Adam von S. wäre, der sich um ihre Hand durch seinen Vater hätte bewerben lassen, und dieser junge, nicht eben häßliche Mann hatte ihr durchaus nicht mißfallen. »Welchen von den beiden Brüdern meinen Sie, lieber Vater?« fügte sie nach einer kleinen Pause schüchtern hinzu.

»Keinen von Beiden«, versetzte der Vater, indem er das hingelegte Zeitungs-Blatt wieder aufnahm und die Augen darauf heftete; »Du wirst den Vater dieser beiden jungen Leute heiraten. Er hat sich gestern bei mir um Deine Hand beworben und ich sie ihm zugesagt; ich hoffe, daß Du das Glück zu schätzen wissen wirst, das Dir durch diese Verbindung zu Theil wird.«

Man kann sich denken, was Amalia empfand, als sie diese Worte aus einem Munde vernahm, der nie Widerspruch duldete; sie war einer Ohnmacht nahe und zerfloß in Thränen.

»Nun, was ist Dir?« fragte ihr Vater, durch ihr Schluchzen von seiner Lectüre abgezogen, mit strengem Tone. »Die Partie ist Dir wohl am Ende nicht recht, und Du hättest vielleicht lieber einen von den jungen Fäntchen gehabt, die Dich seit einiger Zeit umschwärmen, wie ich mit großem Mißvergnügen bemerkt habe; aber daraus kann nichts werden, und Herr von S., mein alter Freund, ein Mann, der in der allgemeinsten Achtung steht und der überdies reich wie Krösus ist, wird Dein Gemahl. Ich habe ihm das zugesagt, und es bleibt dabei.«

Die unglückliche Amalia antworte ihm nicht weiter; sie trug den Tod im Herzen und wankte auf ihr einsames Kämmerchen hinauf, um ihren Thränen freien Lauf zu lassen und Gott um Rettung anzuflehen; denn von Menschen konnte sie diese ja nicht erwarten. Hier war es, wo sich endlich der Entschluß aus ihrer Seele losrang, dem Vater mit Festigkeit erklären zu wollen, daß sie nie den Herrn von S. heirathen und lieber den Tod, als diesen wählen würde.

Sie erschien bei Tische nicht, sondern blieb, obgleich ihr Vater sie mehre Male durch die andern Kinder rufen ließ, auf ihrem Zimmer; sie hoffte, daß er durch ihre Widersetzlichkeit in Zorn gerathen und selbst kommen würde, und das eben wollte sie, um sich gegen ihn zu erklären.

Sie hatte sich in dieser Voraussetzung nicht getäuscht; er kam wirklich gleich nach Tische mit zornglühendem Antlitze zu ihr und stellte sie wegen ihrer Widersetzlichkeit zu Rede.

»Mein Vater«, sagte sie, ihm flehend ihre Hände entgegenstreckend, »haben Sie Erbarmen mit meinem Zustande! Wie hätte ich, deren Herz von der furchtbarsten Angst, von dem namenlosesten Schmerze bedrückt ist, wohl im Kreise meiner Geschwister erscheinen können?«

»Du bist ein albernes Ding und scheinst mir schon Romane gelesen zu haben«, versetzte der Vater höhnisch; »aber kurz und gut, ich will Dein Gewinsel nicht länger anhören und Du wirst den Herrn von S. in vierzehn Tagen heirathen.«

»Ich werde ihn nicht heirathen«, sagte Amalia, durch diese Härte auf's Aeußerste gebracht, mit festem Tone; »ich will tausendmal lieber sterben, als die Gattin dieses alten Gecken werden, der mir in tiefster Seele zuwider ist.«

»Du willst ihn nicht heirathen und wagst mir zu trotzen, mir, Deinem Vater?!« rief dieser aus, und die allen seinen Hausgenossen so furchtbare Röthe des Zorns flammte auf seinem Antlitze empor. Dann hielt er plötzlich inne und schien sich mit Gewalt zu bekämpfen; er machte mehre Gänge durch das kleine Gemach und blieb endlich vor der vergehenden Tochter stehen, zu der er mit leiser, bebender und gänzlich veränderter Stimme sagte:

»Du wirst den Herrn von S. doch heirathen, Amalia; Du wirst eine gute Tochter und Schwester sein und die Deinen nicht durch Deine Hartnäckigkeit in's Unglück stürzen wollen! Wisse denn, daß ich ein ruinirter, ein auf ewig beschimpfter Mann bin, daß wir Alle an den Bettelstab gerathen, wenn Herr von S. nicht Dein Gatte wird. Du weißt, daß die Untersuchungs-Commission bereits hier ist; morgen wird Cassen-Visitation sein, und die meinige ist nicht in Ordnung. Herr von S. ist reich, sehr reich; er ist in Dich verliebt und würde Dich um einen weit theurern Preis erkaufen, als die tausend Thaler sind, die an meiner Casse fehlen. Sobald er Dein Jawort haben wird, entdecke ich mich ihm, und wir sind gerettet, wie ich mit Gewißheit weiß. Jetzt, meine Tochter, wirst Du nicht mehr sagen, daß Herr von S. nicht Dein Gatte werden soll; ich kenne Dein Herz und vertraue ihm.«

Mit diesen Worten verließ er sie.

In welchem Zustande die Unglückliche zurückblieb, läßt sich leicht ermessen. Bis zum Abende blieb sie allein, dann rief man sie hinunter; Herr von S. war da, er wiederholte seine Bewerbung um ihre Hand und das unglückliche getäuschte Schlachtopfer sprach ihr Ja aus.

Das Vorgeben ihres Vaters war, wie die Folge auswies, ein *unwahres* gewesen: seine Casse befand sich in der besten Ordnung und er hatte, um Amalien zur Einwilligung zu der sehnlichst von ihm gewünschten Heirath zu bewegen, diese niedrige Lüge ersonnen, weil er sonst fürchten mußte, bei seinem Kinde einen unüberwindlichen Widerstand zu finden.

Herr von S., der sich am Ziele seiner Wünsche sah, bot Alles auf, sich seiner Verlobten gefällig zu erweisen; er ließ die reichsten Geschenke aus dem unfernen Hamburg für sie kommen; er richtete sein Haus zum Empfange seiner neuen Gattin auf's Prächtigste ein; er bot alle Künste der Toilette auf, um sich selbst so viel als möglich zu verjüngen, und betrieb die Anstalten zur Hochzeit mit um so größerer Eilfertigkeit, da er fürchten mußte, daß seine Verlobte noch ihr Wort zurücknehmen und er so um den so heißersehnten Besitz des schönen Mädchens kommen könne; denn daß Amalia ihm nur erzwungen ihr Jawort gegeben hatte, darüber konnte ihm kein Zweifel mehr bleiben, wenn er sie ansah: verwelkte sie doch seit dem Verlobungstage, wie eine von einem giftigen Wurme angenagte Rose!

Endlich kam der furchtbare Tag heran, an dem das unglückliche Mädchen sein furchtbares Opfer vollbringen sollte. Man putzte Amalien auf's Schönste, man steckte ihr Diamanten in das reichgelockte Haar und vor den Busen; man schmückte sie mit Kränzen, Bändern und Schleifen und sie, die halb todt war, ließ Alles mit sich geschehen.

Bald stand der Priester vor dem ungleichen Paare, und erst als er das auf ewig bindende Ja von ihren Lippen forderte, erwachte Amalia aus der Betäubung, von der sie bis dahin befangen gewesen war: sie *konnte* es nicht aussprechen, dieses verhängnißvolle Ja; ihre Lippen versagten ihr den Dienst dazu, und sie sprach es *nicht*!

Sei es nun, daß der sie trauende Geistliche es trotz dem von ihren Lippen vernommen zu haben glaubte; sei es, daß er, durch Herrn von S. gewonnen, sich stellte, als habe er es sie aussprechen hören; kurz, er segnete den neuen Bund ein, als wäre Alles in der gehörigen Ordnung gewesen, und die unglückliche Amalia wagte keinen lauten Widerspruch, vermuthlich, weil ihr Vater ihr gegenüber stand und seinen strengen Blick fest auf sie gerichtet hatte.

Glückwünschende umringten jetzt die Neuvermählten; allein Amaliens Kraft reichte nicht weiter: sie wurde ohnmächtig und man mußte sie aus dem Saale in die für sie bereiteten Gemächer tragen, wohin ein Arzt aus der Gesellschaft ihr folgte.

Keinem in der Gesellschaft war es ein Geheimniß mehr, was in dem Herzen der armen Amalia vorging, und Jeder weihte ihr sein innigstes Mitleid; auch war die Verstimmung allgemein und sichtbar, und die Gesellschaft ging früh auseinander, da die Neuvermählte nicht wieder erschien. Herr von S. hatte, von Besorgniß getrieben, zu seiner kranken Gattin in's Zimmer gehen wollen, der Arzt es ihm aber, aus Rücksicht auf ihre Schwäche, verboten.

So herrschten Trauer und Unruhe in einem Hause, wo die größte Freude hätte herrschen sollen. Doch Amalia war an dem verhängnißvollen Tage nicht die einzige Unglückliche in demselben: die beiden Söhne des Herrn von S. hatten die heftigste Zuneigung für ihre Stiefmutter gefaßt, schon an dem Tage, wo sie die reizende Amalia im Hause ihres Vaters bei dem Festmahle sahen, und wurden seitdem von geheimer Gluth verzehrt.

Auch die reizlose, bereits dreißig Jahr alte Tochter des Herrn von S. war nichts weniger als erfreut über die neue Vermählung ihres Vaters, die ihr den häuslichen Scepter entriß und ihn in die Hände einer Andern gab, und sie, die gewohnt war, über ihren Vater eine fast unumschränkte Herrschaft auszuüben, hatte es sich nicht nur erlaubt, demselben Vorstellungen über diese unpassende Partie zu machen, sondern ihn sogar mit Vorwürfen überhäuft, als er, der von seiner Leidenschaft wie verblendet war, den erstern kein Gehör geben wollte.

Für *Charlotte* war also das, was sich gleich nach der Trauung zugetragen hatte, gleichsam ein Triumph, und sie verschonte ihren alten, durch Amaliens Krankheit zu Boden geschmetterten Vater nicht mit ihren bittern oder beißenden Bemerkungen, die er, gebeugt wie er war, mit Ergebung hinnahm.

Am folgenden Tage war Amalia so weit wieder hergestellt, daß sie zu Mittag bei Tische im Kreise ihrer neuen Familie erscheinen konnte. Sie war bleich wie der Tod, aber selbst jetzt noch hinreißend schön; der Vater und die beiden Söhne betrachteten sie mit glühenden Blicken, während Charlotte die Mürrische spielte und sich nicht entschließen konnte, die Gattin ihres Vaters mit dem Namen Mutter zu begrüßen. Dies mußte ihr auch schwer fallen, da sie füglich selbst die Mutter der unglücklichen Amalia, vermöge ihres Alters, hätte sein können.

Diese sprach wenig über Tische und antwortete nur auf die an sie gerichteten Fragen. Ein hoher Ernst ruhte auf ihrem vor Kurzem noch so blühenden, jugendlichen und heitern Gesichte, und sie schien plötzlich um viele Jahre älter geworden zu sein.

Am Nachmittage kam ihr Vater mit ihren Geschwistern, um den Neuvermählten die üblichen Glückswünsche darzubringen; Amalia, an die er sich auch wandte, nachdem er seinen Schwiegersohn begrüßt hatte, sah ihn mit einem Blicke an, der bewirkte, daß er den seinigen zu Boden schlug; Vorwürfe aber machte sie ihm nicht, selbst da nicht, als er durch Zufall einige Augenblicke allein mit ihr blieb. Er entfernte sich bald wieder.

Es ist mir nie klar geworden, ob es der Arzt war, der Amalia in seine Behandlung nahm, als sie gleich nach der Trauung ohnmächtig wurde, welcher, aus Mitleid mit dem armen jungen Schlachtopfer, ihr angab, wie sie sich zu verhalten habe, um das unglückselige Band noch wieder lösbar zu machen, das sie jetzt umschlang, oder ob die Idee aus ihr selbst und aus ihrer unüberwindlichen Abneigung gegen von S. hervorging; genug, dieser wurde nie ihr Gatte im wahren Sinn des Wortes, welche Mittel er auch aufbot, ihre Standhaftigkeit zu besiegen, und eben dieser Umstand war es, auf dem ihr Anwalt fußte, als es späterhin zu einer Scheidungs-Klage zwischen den beiden Ehegatten kam.

Charlotte, welche sich vor der Herrschaft der neuen Mutter so sehr gefürchtet hatte, sah diese Furcht bald beseitigt, denn Amalia bat sie gleich vom ersten Tage an, die Zügel des häuslichen Regimentes nach wie vor führen zu wollen, indem sie sich noch zu jung und unerfahren fühle, einem so großen, glänzenden Hauswesen vorstehen zu können, und dies begründete gleich ein besseres Verhältniß zwischen Beiden. Charlotte, so sehr sie auch zu Anfang gegen ihre junge Stiefmutter eingenommen gewesen war, konnte doch der Liebenswürdigkeit derselben nicht widerstehen, und es bildete sich bald eine Art von schwesterlichem Verhältniß zwischen Beiden, das, wenn auch von keiner Seite innig, doch ganz erträglich war.

Der alte von S. bemühte sich indeß mit seinen beiden Söhnen um die Wette, die Gunst der gegen alle Drei gleich spröden Amalia zu gewinnen; die Eifersucht, welche Jeder gegen den Andern an den Tag legte, führte oft die seltsamsten Scenen herbei, und verwirrte bald dermaßen die Wirthschaft, daß man hätte glauben können, sich in einem Tollhause zu befinden.

Die Eifersucht des Vaters drang auf die Entfernung der beiden Söhne, von diesen aber wollte Keiner weichen, nicht, weil man den Vater als Nebenbuhler fürchtete, sondern ein Bruder den andern, dem er gutes Spiel zu machen glaubte, wenn er sich entfernte. Jeder hoffte, diese unglückselige Ehe früher oder später gelöst und dann sich zu Ansprüchen auf den Besitz der Heißgeliebten berechtigt zu sehen; Jeder drang in die Stiefmutter, sich der Gewalt eines Mannes zu entziehen, den sie nicht lieben könne, dessen Gattin sie nur dem Namen nach sei und dem sie nur gezwungen ihre Hand gereicht habe, und bot ihr für diesen Fall seine thätige Hülfe, seinen Schutz an.

Der Blick in eine Familie, in der alle Bande der Natur zerrissen, alle Verhältnisse durch Leidenschaft verkehrt worden waren, kann nicht gut thun; daher enthalte ich mich der Schilderung der einzelnen empörenden Scenen, die aus dieser Verwirrung hervorgingen.

Nur Amalia erhielt sich inmitten dieses Gräuels rein; nur sie wußte bestimmt, was sie wollte; nur auf sie blickte Alles mit Liebe und Achtung, was sich sonst anfeindete. Weit über ihre Jahre hinaus, zeigte sie sich verständig, bedacht und tactvoll und wußte Alles um sich her, wenigstens ihr gegenüber, in den Schranken des Anstands zu erhalten.

Doch sollte auch sie in den verderblichen Strudel der sinnverwirrenden Leidenschaft hinabgezogen werden und ihre Allmacht über ein junges Herz kennen lernen.

Ihre Jugend fiel in die Zeit, wo Europa, und namentlich Deutschland, von den aus ihrem Vaterlande durch die Revolution theils vertriebenen, theils freiwillig auswandernden Franzosen überschwemmt wurde, und auch die Stadt, in der Amalia lebte, blieb von diesen Flüchtlingen nicht verschont. Unter ihnen nahm ein noch junger, ritterlicher und schöner Mann, der *Marquis von Pütiny,* die allgemeine Aufmerksamkeit und Theilnahme um so mehr in Anspruch, da er mit einer schönen Gestalt anmuthiges Wesen und die feinste Gesittigung verband. Man beeiferte sich von allen Seiten, dem liebenswürdigen Fremdlinge zuvorzukommen und ihn über sein unglückliches Schicksal, über die erlittenen großen Verluste zu trösten; man suchte aus allen Winkeln seines Gedächtnisses sein weniges Französisch zusammen, um ihn zu unterhalten, der kein Wort Deutsch verstand, und bald wurde keine Gesellschaft mehr gegeben, zu der er nicht eingeladen worden wäre.

Lange hatte sich Amalia gesträubt, sich den geselligen Vergnügungen hinzugeben; zu sehr mit sich selbst und ihrem Grame beschäftigt; es sich zu sehr bewußt, daß sie der Gegenstand einer allgemeinen Neugierde und ihre häuslichen Verhältnisse der des lieblosen Spottes und Geklätsches wären, hatte sie sich in die Einsamkeit zurückgezogen, in der es ihr noch am wohlsten war, und wo sie wenigstens ungestört über die geknickte Blüthe ihrer Jugend weinen konnte.

Allein bald machten die sich immer mehr verwirrenden Verhältnisse in ihrem Hause ihr den Aufenthalt in demselben zur Hölle; bald war sie in der Stille ihres Gemachs nicht mehr gegen die Zudringlichkeit der sie mit ihrer verbrecherischen oder unstatthaften Liebe Verfolgenden gesichert, und sie floh wieder hinaus in die Welt, wo man die Schranken des äußern Anstandes doch gegen sie zu beobachten gezwungen war, und wo sie wenigstens auf Augenblicke frei aufathmen konnte.

Man nahm sie, die Allen interessant und von Vielen bedauert war, mit offenen Armen wieder auf und es wurden ihr von allen Seiten die Huldigungen dargebracht, auf die sie sowohl wegen ihrer geistigen, als körperlichen Vorzüge Anspruch zu machen berechtigt war. In den neuen Lebenskreisen, die sich ihr hier eröffneten, war es, wo ihr der Marquis zuerst begegnete und ihr durch sein ächt ritterliches Wesen, durch die sanfte Schwermuth, die ihn trotz seiner Jugend umfloß, interessant wurde. Zu ihrem Erstaunen fand sie ihre Stieftochter Charlotte auf eine gewisse Weise vertraut mit diesem jungen Manne; dies kam daher, daß Charlotte die Einzige in der Stadt war, die ganz geläufig Französisch sprach, so daß sie sich in dieser Sprache eben so gut, wie in ihrer Muttersprache unterhalten konnte. Ihr Vater hatte sie gleich nach dem Tode seiner ersten Gattin in eine von zwei alten Französinnen errichtete Pensions-Anstalt gethan, und sie in dieser die fremde Sprache sich ganz zu eigen gemacht.

Charlotte, die an Huldigungen, ihr von Männern dargebracht, wenig gewöhnt war, fand sich überaus durch die Aufmerksamkeiten geschmeichelt, die ihr von einem allgemein gefeierten und noch dazu von einem so jungen und schönen Manne, dargebracht wurden. Der Marquis kam in den Gesellschaften, die sie gemeinschaftlich besuchten, sogleich auf sie zu, so wie er sie nur erblickt hatte; er nahm gern seinen Platz neben ihr und führte sie fast immer zu Tische, und sie hielt die ihrem Sprachtalente von ihm dargebrachten Huldigungen nach Art eiteler, sich selbst überschätzender Personen, für ihr persönlich dargebrachte, obgleich ein Blick in ihren Spiegel sie davon hätte überzeugen können, daß sie nicht dazu geschaffen war, einem jungen, schönen und gefeierten Manne zu gefallen.

In der Stadt beurtheilte man die Sache anders und glaubte, daß der junge Fremdling, der im Vaterlande durch die Gewalt der Umstände sein ganzes Vermögen eingebüßt hatte, darauf bedacht sei, sich ein solches in der Fremde durch eine reiche Heirath wieder zu verschaffen; denn Charlotte, deren Mutter sehr reich gewesen war, befand sich seit der von ihrem Vater eingegangenen zweiten ehelichen Verbindung im Besitze eines bedeutenden Vermögens, da Herr von S. mit seinen Kindern erster Ehe hatte abtheilen müssen, wie die Gesetze des Landes es wollten.

Mochte Charlotte nun selbst den Glauben hegen, daß der Marquis ernstliche Absichten auf sie habe oder sie sich nur durch die ihr augenblicklich dargebrachten Huldigungen geschmeichelt und gehoben fühlen, ohne an die Zukunft zu denken; genug, sie fand an dem jungen Fremdlinge so viel Geschmack, daß sie nicht abließ, bis ihr Vater ihn auch zu sich einlud, und der Marquis blieb nicht aus.

Schon hatte er Amalia gesehen; schon hatten ihre fast wunderbaren Reize einen tiefen Eindruck auf sein leicht erregliches Gemüth gemacht; schon war sie der Gegenstand seiner Träume, seiner Wünsche und – Hoffnungen; denn nicht entgangen war es seinem Scharfblick, daß auch sie ihn nicht mit der Gleichgültigkeit ansah, womit sie andere Männer betrachtete; schon hatte er sie lebhaft erröthen sehen, als sein Blick zufällig dem ihrigen begegnete.

Ueberdies schienen ihre Verhältnisse, von denen er durch die Geschwätzigkeit der Bewohner des Städtchens hinlänglich unterrichtet war, seine aufkeimende Neigung nur allzusehr zu begünstigen. Eine junge, schöne Gattin an der Seite eines alten, abgelebten Gatten wird von jungen Männern stets als eine leichte Eroberung betrachtet, und so zweifelte von Pütiny auch nicht daran, daß er über Amalien den Sieg davon tragen würde, wenn es ihm nur gelänge, sie öfter als bisher zu sehen, und dazu eröffnete sich ihm jetzt durch Charlottens Entgegenkommen die günstigste Aussicht. Freilich mußte er, um seine Wünsche nicht scheitern zu sehen, große Klugheit, Vorsicht und Feinheit aufwenden; allein er war sich aller dieser Vorzüge bewußt, er war ein Mann, der sich äußerlich durchaus zu beherrschen verstand, und überdies lange in der großen Welt gelebt hatte, und so begann er das mißliche Spiel mit fröhlichem Muthe, mit dem einem Franzosen so eigenthümlichen Selbstvertrauen.

Schwer, sehr schwer war aber die Aufgabe, die er sich gesetzt hatte; denn der Hort, den er heben wollte, wurde nicht nur von *einem* Faffner bewacht, sondern sogar von dreien, und überdies hatte er Charlottens Eigenliebe zu schonen.

Amalia kannte die Liebe und ihre Gefahren noch nicht, als sie den Marquis kennen lernte; zwar war ihr jetziger Stiefsohn Adam, ein hübscher, stattlicher Mann, ihr zu Anfang ihrer Bekanntschaft nicht eben widerwärtig gewesen und sie würde ihm vielleicht gern ihre Hand am Altare gereicht und wahrscheinlich eine glückliche Ehe mit ihm geführt haben; allein dieser flüchtige Eindruck war längst wieder verwischt worden, eben weil er durchaus nur oberflächlich gewesen war, und jetzt könnte sie gar nur mit Abscheu und Widerwillen auf einen Mann sehen, der seine verbrecherischen Wünsche zu der Gattin seines Vaters erhob, dessen rücksichtslose Leidenschaft alle Schranken niederriß und den Gegenstand derselben dem öffentlichen Tadel oder doch der öffentlichen Mißdeutung bloß stellte.

So war Amaliens Herz völlig frei, als von Pütiny, der erste bedeutende Mann, der ihr entgegentrat, sich ihr in der Absicht näherte, es den Schlag der Liebe schlagen zu lehren. An's Unglaubliche aber streifte Charlottens Verblendung, die nicht bemerkte, daß ihre Stiefmutter der einzige Magnet war, der den Marquis in's Haus zog; nicht bemerkte, daß dieser nur noch Augen für Amalia hatte und gleichsam von ihren Blicken nur noch lebte. Weil er mehr mit Charlotten plauderte und mehr mit ihr plaudern konnte, weil sie der französischen Sprache mächtiger war, als ihre Stiefmutter, glaubte sie sich von dem schönen Fremden bevorzugt, und es kam ihr keinen Augenblick in den Sinn, daß sie an jener eine so gefährliche Nebenbuhlerin habe. Man kann sich vorstellen, daß der feine Franzose alles, was in seinen Kräften stand, aufbot, um sie in ihrem Wahne zu bestärken.

Ein Umstand sollte ihre Sicherheit noch vermehren: Amalia, die die Gefahr zu ahnen anfing, von der sie durch den Marquis bedroht war, bat sie, die Besuche desselben einzuschränken und sie nach und nach, ohne daß es Aufsehen erregte, ganz aufhören zu lassen.

»Und weshalb denn das?« fragte Charlotte verwundert. »Ist der Marquis nicht ein Mann, den man überall gern sieht und durch dessen Umgang sich Jeder geehrt fühlt?«

»Ich gebe das gern zu, liebe Charlotte – aber« ...

»Nun?« fragte diese verwundert, und sah ihre Stiefmutter mit großen Augen an.

»Ihr Ruf, liebe Charlotte, der meinige ...« versetzte Amalia, und senkte erröthend das Auge zu Boden.

»O, Sie, liebe Mutter«, rief Charlotte mit einem unangenehmen, verzerrten Lachen, »Sie sind in der ganzen Stadt für eine zweite Lucretia bekannt, und Ihr Ruf kann daher unter den Besuchen des Marquis nicht leiden; und was mich anbetrifft, so sein Sie außer aller Sorge. Es wäre ja eben auch kein Unglück, wenn der Marquis« ... sie stockte hier und erröthete etwas.

»Freilich wäre es kein Unglück, wenn der Marquis sich um Ihre Hand bewürbe, liebe Charlotte«, sagte die Mutter nach einer Pause mit einer Stimme, die so bewegt war, daß sie leicht zur Verrätherin ihres Innern hätte werden können, was aber von Charlotten nicht bemerkt wurde; »allein wir kennen diesen jungen Mann noch so wenig, und wer kann uns dafür einstehen, daß er nicht nur sein Spiel mit – *uns* wollte sie sagen, besann sich aber schnell und fügte nach einer kleinen Pause hinzu –: mit *Ihnen* treibt und sich auf Kosten Ihres Rufes, vielleicht Ihres Herzens und Ihrer Ruhe, amüsirt? Sie werden selbst eingestehen müssen, daß seine Besuche fast zu häufig werden und so leicht Stoff zum Stadt-Gespräch geben könnten.«

»Daran werde ich mich auch kehren!« rief Charlotte piquirt, und das Gespräch hatte hier ein Ende, weil die Mutter es nicht weiter fortsetzen wollte.

Amalia hatte sich jetzt, wie sie meinte, mit ihrem Gewissen abgefunden, indem sie auf die Entfernung des Mannes gedrungen, der ihrer Ruhe, vielleicht gar ihrer Moral, gefährlich zu werden drohte; dieses Abfinden war aber ein jesuitisches, denn hätte sie sich ernstlicher gefragt, so würde sie sich schon haben sagen müssen, daß sie die Entfernung des schönen, ihr so gefährlichen Mannes keineswegs wünsche, sondern nur mit dem größten Schmerz daran denken konnte. Indeß verlieh ihr dieser Schein-Versuch, eine Trennung zwischen ihr und dem Marquis herbeizuführen, eine verderbliche Beruhigung und Sicherheit, und sie, die jetzt Alles gethan zu haben glaubte, was nur irgend in ihrer Macht stand, um sich dem Verderben zu entreißen, gab sich von nun an ohne weitern Kampf dem Schicksale anheim.

Bald gestand der Marquis ihr seine Liebe; bald lag er zu ihren Füßen und beschwor sie, ihn durch ihre Strenge nicht auf immer unglücklich zu machen, und ach! bald las er in ihren thränenfeuchten Blicken das Geständniß ihrer Schwäche gegen ihn und einer Gegenliebe, die ihn auf den Flügeln des Entzückens in den Himmel trug! Keine Künste der Verführung wurden von ihm gespart, um Amalia in den Strudel des sittlichen Verderbens hinabzuziehen; allein der Sieg wurde ihm schwerer gemacht, als er, nachdem er einmal ihrer Liebe gewiß war, geglaubt hatte: Amalia war durch ihre treffliche Mutter in den strengsten Grundsätzen erzogen worden und besaß überdies eine große Geistes- und Selbstbeherrschungskraft: sie widerstand ihm, sie blieb besonnen und würdig inmitten der Berauschung, worin eine so gewaltige Leidenschaft sie versetzte, und der Marquis scheiterte in allen seinen Versuchen auf ihre Tugend.

Da begriff er, daß er es nicht mit einer gewöhnlichen Frau zu thun habe, und da seine Leidenschaft, eben durch den Widerstand, den ihm Amalia leistete, nur noch heftiger entflammt wurde, redete er ihr von der Möglichkeit einer festen, selbst vor der Welt untadelhaften Verbindung. Er zeigte ihr deutlich, daß er ihr Verhältniß zu ihrem jetzigen Gatten, der es nur dem Namen nach sei, genau kenne, und schlug ihr vor, sich durch die Flucht mit ihm daraus zu retten; das Uebrige werde dann ein guter Advocat thun, und ihrem Glücke nichts mehr hindernd im Wege stehen, nachdem sie gerichtlich von ihrem Gatten getrennt sein würde.

Dieser Vorschlag fand, wenn auch erst nach heftigen Kämpfen, Eingang bei ihr. Sie hatte die Trennung von von S. immer als das einzige Rettungsmittel für sich angesehen und die Möglichkeit einer solchen klug sich zu erhalten gewußt; was sollte sie jetzt daran verhindern, sie herbeizuführen, da auch ihr Vater bereits gestorben war und sein Wille kein Hinderniß mehr abgeben konnte? Auch die Liebe für Pütiny hatte jetzt ein Wort darein zu reden: sie konnte, wenn ihre Wünsche und Hoffnungen in Hinsicht der Trennung von ihrem jetzigen Gatten in

Erfüllung gingen, das Weib des Mannes werden, den sie über Alles liebte und von dem sie eben so geliebt wurde; sie konnte sich überdies durch die Flucht Verhältnissen entziehen, die mit jedem Tage drückender und widerlicher für sie wurden, und die auf die Länge doch nicht haltbar gewesen wären.

So ging sie auf die Vorschläge des Marquis ein, und dieser bereitete mit Klugheit und Vorsicht Alles zu ihrer Flucht vor, die an einem Tage und in einer Stunde ausgeführt wurden, wo von Pütiny, um allen Verdacht von sich abzulenken, zum Besuche in ihrem Hause und in dem eifrigsten Gespräch mit Charlotten begriffen war.

Während desselben, kurz vor dem Abend-Essen, entfernte sich Amalia aus dem Wohnzimmer, begab sich in das ihrige, packte ihre Pretiosen und einige wenige nothwendige Sachen zusammen, mit denen sie sich, von der Dunkelheit begünstigt, in den Garten hinab begab. Von diesem führte eine kleine Hinterpforte zu einem reizenden Landsee, an dessen Ufer, durch die Vorsorge des Marquis, eine leichte Barke befestigt war, die Amalia selbst regieren konnte, weil sie zu rudern verstand.

Alles ging glücklich; sie fand die Barke am Ufer, bestieg sie und ruderte glücklich zum jenseitigen Ufer hinüber, wo sie in dem Hause ihrer Amme, die an einen armen Fischer verheirathet war, eine sichere Zufluchtsstätte für die Nacht fand, denn diese Pflegerin ihrer Kindheit stand keinen Augenblick an, ihr auf ihre Bitten eine solche zu gewähren und ihr auch, für den Fall einer Nachsuchung, einen sichern Versteck anzuzeigen. Am nächsten Morgen wollte aber der Marquis sie in aller Frühe daselbst abholen und sie dann, mit zuvor schon bestellten Postpferden, weiter führen.

Die Zeit des Nacht-Essens war indeß herangekommen; das Essen stand auf dem Tische und man begab sich auf Amaliens Zimmer, um die Herrin des Hauses einzuladen, Theil daran nehmen zu wollen; der damit beauftragte Diener kehrte aber nach wenigen Minuten mit der Nachricht in das Wohnzimmer zurück, daß die gnädige Frau nicht oben sei.

»So wird sie in einem andern Zimmer sein«, versetzte Adam auf diese Anzeige, und mit unwilligem Tone fügte er hinzu: »Weshalb hat Er denn seine Herrin nicht ordentlich gesucht, Friedrich?«

»Gnädiger Herr, ich bin überall im ganzen Hause gewesen, wo ich die gnädige Frau nur vermuthen konnte«, war die Antwort; »allein sie ist nicht da, sie ist sicher nicht da!« betheuerte er.

»So wird sie vielleicht in den Garten hinabgegangen sein«, sagte der Marquis, der mit der angestrengtesten Aufmerksamkeit dieser Verhandlung zugehört und sich die größte Mühe gegeben hatte, die Deutsch Sprechenden zu verstehen.

»Gewiß ist sie das!« betheuerte Charlotte, an die er seine Worte gerichtet hatte; »der Abend ist schön, sie wird noch ein wenig im Garten lustwandeln.«

»So will ich die Mutter dort aufsuchen«, nahm Adam das Wort und verließ den Speise-Saal; ihm folgte der eifersüchtige Christian auf dem Fuße nach.

Beide durchschweiften den Garten nach allen Enden; Beide riefen laut den Namen der Mutter, allein keine Antwort wurde ihnen. Da hörte Adam, als er in die Nähe der zum See hinausführenden Pforte kam, daß diese, vom Nachtwinde bewegt, auf- und zuschlug, obgleich er sie selbst vor einigen Stunden, wie er zu thun gewohnt war, von innen verriegelt hatte. Eine furchtbare Ahnung ergriff sein Herz: wie wenn die unglückliche Amalia, die in der letzten Zeit so ungewöhnlich still und nachdenkend gewesen war, ihrem Dasein ein Ende gemacht und den Tod in den Fluthen des Sees gesucht hätte? Er trat schaudernd zur offenen Pforte hinaus; Alles war still und der Mond beschien hell den Spiegel des Sees, dessen leicht gekräuselte Wellen, vom Nachtwinde sanft aufgeregt, sich plätschernd an dem blumigen Ufer brachen. Er rief hier nochmals den Namen der Mutter, allein auch jetzt blieb Alles still und er ohne Antwort.

Mit Gefühlen, die sich nicht beschreiben lassen, kehrte er in den Eß-Saal zurück, wo er den Bruder schon fand, der eben Bericht über sein vergebliches Nachforschen abstattete. Adam war blaß wie der Tod, als er wieder zu den Andern zurückkehrte, und ohne die Gegenwart des fremden Mannes zu beachten, rief er: »Sie ist fort! Sie ist nirgends zu finden!«

»Fort!?« rief der Alte, und seine Gesichtszüge verzerrten sich krampfhaft. »Fort!?« wiederholte er, »und wohin, Unglückskind, wohin?«

»Was weiß ich es?« versetzte Adam, sich erschöpft auf einen Stuhl niederwerfend. »Vielleicht in den Tod«, fügte er nach einer Pause mit dumpfer Stimme hinzu. »Haben wir sie doch genug gequält, wir Alle – und die zum See führende Pforte stand offen.«

Der Alte erhob jetzt ein furchtbares Geschrei, griff nach der Klingel-Schnur und klingelte so lange, bis die ganze Dienerschaft des Hauses erschrocken herbeigerannt kam. Man erkundigte sich nach den Befehlen des Gebieters und erhielt Ordre, überall nachzusuchen, ob die Herrin des Hauses nirgends zu finden sei; man zündete Laternen an, man eilte in den Garten hinab, zum See hinaus, man rief Amaliens Namen überall; man brachte die ganze Nachbarschaft, am Ende die halbe Stadt, mit in Aufruhr, und der Marquis war einer der Eifrigsten beim Suchen und Rufen, so daß auch nicht der mindeste Verdacht auf ihn fiel. Alles war aber natürlich vergeblich, und der Gedanke an einen Selbstmord Amaliens faßte immer tiefer Wurzel in dem Herzen Aller. Mit dem ersten Strahl des Tages wurden eine Menge Böte auf dem See in Bewegung gesetzt, man warf Netze, Haken u.s.w. aus, um die Leiche aufzufischen, denn der vor Schmerz dem Wahnsinne nahe Alte wollte wenigstens die entseelte Hülle Derjenigen haben, die er lebend nicht hatte besitzen können. Man fand aber natürlich nichts.

Erst mit Anbruch des Tags hatte der Marquis sich von der trostlosen Familie entfernt; zu welchem Ende, weiß man; allein er hatte sich zu lange aufgehalten, es war hoch im Sommer und der Tag überraschte ihn daher zu schnell; da auf dem See und am Ufer Alles in Bewegung war, konnte er, ohne gesehen zu werden, nicht zu Boot über denselben setzen, und mußte daher den Tag über noch in F. aushalten; man kann sich vorstellen, in welcher Unruhe und unter welchen Gefühlen er ihn zubrachte.

Die Meinung, daß Amalia den Tod gesucht und gefunden habe, hatte sich indeß im Hause des Herrn von S. geändert; Charlotte, die allein besonnen geblieben war, hatte auf dem Zimmer ihrer Stiefmutter Nachforschungen angestellt und dort die Entdeckung gemacht, daß ihr ganzer reicher Schmuck fehle, auch fand man alle Schlüssel zu ihren Schränken, Commoden u.s.w. vor, so daß man Alles genau durchsuchen konnte.

So hatte sie also doch die Flucht ergriffen; aber wohin und mit wem? Dies waren Fragen, die man sich vergebens vorlegte.

Die Nachforschungen nahmen jetzt eine andere Richtung und der alte von S., der die schöne Flüchtige um jeden Preis wieder haben wollte, warf sich in seinen mit vier Pferden bespannten Wagen, um ihr nachzusetzen, während die beiden Söhne sich zu Pferde setzten, um die entflohene Mutter in andern Richtungen zu verfolgen.

Adam, der wußte, daß Amaliens Amme am jenseitigen Ufer des See's wohnte und mit ihrem ehemaligen Pflegling, durch Wohlthaten, die sie noch immer von demselben empfing, in fortwährender Verbindung stand, kam auf den Einfall, die Hütte der alten Fischer-Frau aufzusuchen, und zum großen Erschrecken derselben trat er gegen Abend in ihre Hütte.

Der Umstand, daß unfern derselben am Ufer des Sees eine sehr hübsche, offenbar dem armen Fischer nicht zugehörige Barke befestigt war, bestärkte ihn in dem Verdachte, daß seine Stiefmutter hier eine Zufluchtsstätte gesucht habe, und wenn er sie, nachdem eine ganze Nacht und der größte Theil des Tages verloren gegangen war, auch nicht mehr in der Hütte der Amme zu finden hoffen durfte, so glaubte er doch durch Versprechungen oder Drohungen die Mitwisser dahin bringen zu können, daß sie ihm die Richtung anzeigten, in der Amalia entflohen war.

Wie groß war aber sein Erstaunen und seine Ueberraschung, als sich, so wie er in der Dämmerung in die Hütte eintrat, ihm die Stiefmutter mit den französisch gesprochenen Worten entgegenstürzte:

»O mein Gott, wie lange hast Du mich warten lassen, und welche Angst habe ich indeß ausgestanden!«

Die Arme hielt ihn für den Marquis und war so selbst zur Verrätherin an sich durch ihre Voreiligkeit geworden.

»So? ich finde Sie also hier, liebe Mutter?« antwortete ihr Adam mit spottendem Tone. »Wenn Sie indeß Angst um den ausbleibenden Buhlen ausstanden, den ich jetzt aus Ihrer französischen Anrede errathe«, fügte er mit vor Wuth bebender Stimme hinzu, »so war die unsrige um Sie nicht minder groß; wir glaubten, daß Sie sich den Tod in den Fluthen gegeben hätten und haben Sie deshalb überall im See gesucht. Jetzt kommen Sie, damit ich Sie wieder nach Haus führe, und dem Skandal ein Ende gemacht werde, denn die ganze Stadt ist auf Ihrer Fährte.«

Es ist ein Wunder, daß dieses unerwartete Zusammentreffen, dieses Scheitern gleichsam im Hafen, Amalien nicht den Tod auf der Stelle gab. Einen Augenblick war sie wie erstarrt, wie vom Blitze gerührt; dann faßte sie sich wieder und Adam zu Füßen sinkend, bat und beschwor sie ihn unter Thränen, sie nicht unglücklich zu machen.

Er besaß, obgleich er, von Leidenschaft verblendet, bisher gegen sie nicht recht gehandelt hatte, doch kein böses, verderbtes Herz und war sogar großmüthiger Regungen fähig; als er seine unglückliche Stiefmutter daher zu seinen Füßen liegen sah; als sie ihm mit der Beredtsamkeit, die die Verzweiflung eingiebt, ihre ganze grausame Lage, alle die Qualen auseinander setzte, die sie unverschuldet erdulden müssen, erweichte sich sein Gemüth, und er hob sie auf, um ihr Trost zuzusprechen.

»Ich habe Sie geliebt, Mutter«, sagte er unter Thränen, »und liebe Sie noch, wie ich nie ein Weib geliebt habe, noch je wieder lieben werde; so kann ich Sie nicht unglücklich machen, Sie nicht denselben Schmerzen aussetzen, die mich gefoltert haben, seit ich Sie zuerst erblickte. Sie können noch wieder glücklich werden – Sie haben durch die Leiden, denen Ihre Jugend erlag, das Recht erlangt, zum Ersatz dafür Glück und Freude vom Himmel verlangen zu dürfen – so sollen Sie sie erlangen, wenn es Gottes Wille ist, und nicht ich will Ihnen hindernd in den Weg treten. Machen Sie, daß Sie von hier fort kommen, denn auch mein Bruder Christian könnte auf den Einfall gerathen, Sie hier zu suchen. Mein Vater hat die Richtung nach *** eingeschlagen, wohin er Sie geflüchtet glaubt, da Sie dort nahe Anverwandte besitzen; Christian sucht Sie jetzt auf dem Wege von ** – vermeiden Sie also diese Beiden und reisen Sie mit Gott, der Ihr Schutz und Schirm sein wolle.«

Er wandte sich bei diesen Worten von ihr ab, um seine Thränen vor ihr zu verbergen; sie reichte ihm stumm vor Rührung ihre Hand, die er mit Heftigkeit küßte; dann entfernte er sich langsam und sie sah ihn nicht wieder.

Nach einer Stunde langte Pütiny an, der bleich von Schrecken zu ihr eintrat, da ihm Adam am Ufer begegnet war, ohne ihn jedoch anzureden, obgleich er ihn gesehen und erkannt haben mußte. Amalia konnte ihn beruhigen, und Beide traten, da ihnen jetzt keine Postpferde mehr zu Gebote standen, sogleich ihre Flucht zu Fuße an.

Mit Anbruch des Morgens erreichten sie die nächste Station, ließen Postpferde und eine Postkutsche vor das Wirthshaus kommen, warfen sich hinein und fuhren nach N., wo sie Schutz und Hülfe bei Bekannten zu finden hoffen durften.

Hier angelangt, übergab Amalia sogleich ihre Angelegenheit einem geschickten Rechts-Anwalt und stellte sich zugleich auf seinen Rath unter den Schutz des Magistrats des Städtchens; denn das Land durfte man nicht verlassen, wenn der Scheidungs-Prozeß mit Erfolg geführt werden sollte.

Kaum hier eingerichtet – N. war damals auch unser Wohnort und wir lernten in ihm Amalien kennen – erschien, zum nicht geringen Erschrecken dieser, von S., der ihre Spur verfolgt und sie endlich aufgefunden hatte. Nicht wie ein zürnender Ehemann, sondern wie ein Flehender erschien er vor ihr und versprach ihr nicht nur, alles Vorgefallene zu vergeben und zu vergessen, sondern sie, sofern sie nur zu ihm zurückkehren wolle, zu seiner Universal-Erbin einzusetzen.

Man kann sich vorstellen, daß Amalia unerbittlich blieb, und da sie ihr Schutzrecht und die bereits eingeleitete Klage auf Trennung geltend machte, blieb dem von Liebe verblendeten Greise nichts weiter übrig, als sich trostlos wieder zu entfernen.

Von nun an finden wir Amalia, der wir bisher nur unser innigstes Bedauern weihen konnten, schuldig: sie gab sich dem Geliebten ganz hin und wurde die Mutter zweier Kinder, die noch seinen Namen nicht führen durften, weil der Scheidungs-Prozeß noch nicht beendigt war; von S. suchte diesen, immer noch in der Hoffnung, daß Amalia zu ihm zurückkehren würde, durch alle der Chicane zu Gebote stehende Mittel in die Länge zu ziehen, und so zog er sich durch Jahre hin.

Es ist unglaublich, wie weit die Leidenschaft des bedauernswürdigen Greises für diese Frau ging: er überhaufte nicht nur Amalia selbst mit den reichsten Geschenken, die sie natürlich nicht annahm, sondern auch ihre Kinder; ja, er machte selbst nach der Geburt derselben noch Versuche, seine Gattin zu sich zurück zu führen und bot ihr zu dem Ende an, die beiden Kinder legitimieren und zu seinen Erben einsetzen zu wollen.

Der geschickt eingeleitete und geführte Prozeß ging indeß seinen Gang fort und wurde zu dem gewünschten Ende geführt: Amalia sah sich nach Verlauf einiger Jahre frei, und der Marquis gab ihr seine Hand am Altare, worauf er vorerst allein in sein Vaterland zurückkehrte, wohin Napoleon ihm und den seinen den Weg eröffnet hatte.

Wie zu Anfang dieser Geschichte erzählt worden, berief von Pütiny jetzt seine Gattin mit seinen beiden Kindern zu sich, und wir haben über ihr ferneres Schicksal nichts weiter vernommen. Möge es, nach so vielen Stürmen ein glückliches gewesen sein!

III. Der alte Leihbibliothekar.

Früher war noch nicht, wie jetzt, in kleinen Städten sogar für die Lectüre durch Leihbibliotheken gesorgt, und man mußte, um sich Bücher, Journale u.s.w. zu verschaffen, sie von den zunächst gelegenen großen Städten kommen lassen, was natürlich große Unbequemlichkeiten mit sich führte und überdies, der Transport-Kosten wegen, überaus kostspielig war.

In dieser Hinsicht war das Städtchen *Itzehoe* vor vielen andern sehr bevorzugt, indem es eine Leihbibliothek und einen Leihbibliothekar besaß; beide waren aber so eigenthümlicher Art, daß sie wohl einer kleinen Schilderung würdig sein dürften.

In einem engen, zum Felde direct hinausführenden Gäßchen der obengenannten Landstadt stand ein kleines, unansehnliches und durchaus verfallenes Häuschen mit kleinen niedern und so beschmutzten, so angelaufenen Fenstern, daß kein Blick in die Stube gestattet war. Dieses Haus war selbst während des Tages stets verschlossen und öffnete sich nur, wenn man anklopfte, worauf sich ein kleiner, sehr hagerer Mann mit dunklen, blitzenden, tiefliegenden Augen zeigte, der gewöhnlich die Brille auf der Stirn, statt auf der Nase, sitzen hatte, weil er sie nur zu den feinern Arbeiten seines Berufs – er war Buchbinder – gebrauchte, sonst aber überaus scharf sah.

Brüning, so hieß dieses, von J.G. Müller in den »Papieren des braunen Mannes« verewigte Original, öffnete dem Anklopfenden nur mit Vorsicht die Thür, fixirte ihn mit seinen kleinen, stechenden Augen sehr scharf und öffnete dann, oder verschloß, je nachdem ihm der Einlaß Begehrende gefiel oder mißfiel, seine Thür; letzteres that er allemal mit einigen derben Flüchen, die sich allmälig in ein Brummen verloren, bis Alles wieder todtenstill in dem Häuschen ward.

Die äußere Erscheinung dieses Mannes hatte etwas so Auffallendes, und sein Gesicht war zugleich so klug, so geistreich und so boshaft, daß man seiner nicht leicht wieder vergaß; besonders stachen die kleinen schwarzen, von buschigen Braunen noch mehr verdüsterten Augen, die denen einer Schlange an List und Klugheit glichen, auffalend in dem magern, aschgrauen und reichlich mit Bart bewachsenen Gesichte hervor. Der Mund war zahnlos und so tief eingefallen, daß das sehr spitzige Kinn und die noch spitzigere Nase sich fast berührten; die Stirn war breit und hoch und der Scheitel fast kahl; nur hinten um den Kopf zog sich noch ein Kranz spärlicher, weiß und schwarz gemischter Haare. Die Gestalt war klein und mager und bereits sehr vom Alter gekrümmt; der Anzug der der Handwerker in kleinen Städten, nur war er auffallend schmuzig.

Dies war der Buchbinder und Leihbibliothekar des Städtchens Itzehoe, und zugleich für uns, die wir nach geistiger Nahrung schmachteten, ein überaus wichtiger Mann.

Um zu Brünings Schätzen zu gelangen, mußte man förmlich bei ihm eingeführt und gewissermaßen durch eine ihm bereits bekannte Person beglaubigt werden, denn sonst bekam man kein Buch von ihm, selbst nicht gegen das stärkste Pfand; auch durfte man nicht bei ihm abonniren und bekam nie mehr als *ein* Buch zur Zeit; das erstere gestattete er nicht, weil er sich die Freiheit vorbehalten wollte, seinen Leser, sobald er ihm auf irgend eine Weise mißfiel, sogleich verabschieden zu können, und das that er ohne Barmherzigkeit; das letztere wurde vielleicht durch die nicht eben große Sammlung von Büchern bedingt, die er im Besitze hatte; auch ängstigte es ihn sehr, wenn er bedeutende Lücken in seinem Schatze erblickte, und es traf sich wohl einmal, daß er ihn selbst Denen auf eine Zeitlang verschloß, die sonst nach Belieben daraus schöpfen durften, blos deshalb, weil er nach seiner Meinung zu viel verliehen hatte und seinen Vorrath nicht noch mehr vermindert sehen wollte.

Denn seine Bücher waren seine Welt, sein Glück, das einzige Gut, auf das er Werth setzte, und er bewachte sie, obgleich sie größtentheils schon alt, schmuzig und sehr verlesen waren, wie man den köstlichsten Schatz bewachen würde. Sie mußten ihm Alles sein: Gattin, Kind, Freunde und Genossen, denn von allem Diesen besaß er nichts und hatte auch nie den Trieb in sich verspürt, sie sich anzueignen. Er lebte ganz allein in dem kleinen verfallenen Häuschen und betrieb selbst sein eigentliches Geschäft, die Buchbinderei, ganz ohne Gehülfen, so daß man oft lange warten mußte, bevor man ein Buch, das man ihm zum Einbinden übergeben hatte, wieder bekam. Er hatte wenig körperliche Bedürfnisse, und ich sah ihn weder rauchen noch schnupfen, auch sollte er, wie die Nachbarn aussagten, sehr frugal leben, und im Sommer sah man oft mehre Tage seinen Schornstein nicht rauchen, so daß er dann von kalter Küche, Brot u.s.w. leben mußte.

Die Nachbarn hielten ihn deshalb für einen Geizhals, was er aber keineswegs war; denn wäre er das gewesen, so würde er, um Geld zu gewinnen, Jedem ohne Ausnahme Bücher gegeben haben, wenn er nur dafür bezahlte, und das that er nicht; alles, was er erwarb oder erübrigte, verwandte er zum Ankaufe neuer Bücher, und ein Werk mochte noch so theuer sein, so schaffte er es an, wenn es *ihm* gefiel, denn er las es jedesmal erst durch, bevor er es kaufte; aber er war auch durch Nichts dazu zu bewegen, ihm mißfällige oder Bücher von solchen Autoren anzuschaffen, die ihm nicht zusagten. So besaß er, wie J.G. Müller mir schon erzählt hatte, kein einziges seiner Werke in der Bibliothek, weil er Müller, aus einem Grunde, der mir nie klar geworden ist, bitter haßte, und erklärte die Werke desselben, wenn man nach ihnen bei ihm fragte, für »Schofel-Waare.«

Da meine Freundin, die Gräfin Elisabeth von B., bei ihm las, bat ich sie, mich bei Brüning einzuführen, was sie nach einigem Zögern that, denn seit einem komischen Vorfalle, der sich vor Kurzem zugetragen hatte, war Brüning sehr aufgebracht auf den gesammten Adel, namentlich aber auf die Stifts-Damen, geworden, und stand auf dem Punkte, gänzlich mit ihm zu brechen, d.h. ihm sein Haus und seine Bibliothek zu verschließen, und so fürchtete sie sich, sich bei ihm zu zeigen.

Die Sache war die:

Eine der Stifts-Damen, eine nahe Anverwandte meiner Freundin Elisabeth, hatte mit einem sehr jungen und schönen Manne bürgerlichen Standes, einem Arzte, ein Liebesverhältniß angeknüpft, obgleich dieser verheirathet war, und beging den Mißgriff, das Haus des alten Brüning dazu auszuersehen, zu einer bestimmten Stunde sich ein Rendez-vous mit ihrem Liebhaber zu geben, der niemals verfehlte, ihr auf dem Fuße nachzufolgen, so wie sie in dasselbe getreten war. Freilich stellten Beide sich, als ob sie sich nur zufällig träfen und als ob allein der Umtausch der Bücher sie dahin führe – denn es war noch eine Eigenthümlichkeit Brünings, daß man in Person kommen und sich die Bücher abholen mußte, und er sie nie dienenden Personen anvertraute –; allein der alte pfiffige Mann roch trotz dem bald Lunte und wurde nur durch die Zuneigung, welche er gegen den jungen, sehr gelehrten, stets die besten Werke lesenden Arzt hegte, davon abgehalten, dem Pärchen das *consilium abeundi* zu geben.

Endlich machten die Beiden es ihm aber doch zu arg, indem sie sich nicht nur fast täglich in der Bibliothek trafen, sondern die Stifts-Dame auch ihrem Liebhaber die Stunde andeutete, wo er Abends oder Nachts ihre Thür offen finden würde. Dies machte sie so: sie schlug nämlich ein zur Hand liegendes Buch auf, setzte den Finger auf eine Seitenzahl desselben, und reichte es dann dem jungen Arzte mit den Worten dar:

»Lesen Sie einmal, Herr Doctor, das ist eine sehr hübsche Stelle!«

Der Arzt merkte sich dann die Seitenzahl und richtete seine Besuche nach derselben ein.

Brüning hatte die Liebenden schon seit einiger Zeit mit verbissenem Ingrimme beobachtet; als er aber seiner Sache gewiß und fest davon überzeugt zu sein glaubte, daß man sein ehrliches Haus auf solche Weise mißbrauchte, brach er los, überhäufte das Pärchen mit Vorwürfen und Schimpfreden und verbot demselben den Eintritt in seine Wohnung und Bibliothek für immer, worauf es sich, äußerst beschämt und noch auf die Gasse hinaus von ihm mit harten Worten verfolgt, entfernte. Die Sache machte natürlich Aufsehen bei den Nachbarn, besonders da Brüning so aufgebracht war, daß er, in der offenen Thür gegen seine Gewohnheit stehen bleibend, Alles laut erzählte, was ihm begegnet war, und wurde so zum Stadt-Gespräch.

Seit dieser Zeit hatte der seltsame Alte, dem Dergleichen mit Bürgerlichen noch nie begegnet war, einen Widerwillen gegen den Adel gefaßt und war namentlich auf die Stifts-Damen äußerst aufgebracht, weil Comtesse L. zu diesen gehörte.

»Ich will ein blaues Auge daran wagen, Dich bei dem alten Cerberus einzuführen«, sagte Elisabeth, nachdem ich ihr meine Bitte deshalb vorgetragen hatte; »allein ich kann nicht dafür einstehen, daß er uns nicht Beide zur Thür hinausweist, denn er soll seit dem Vorfalle mit L. auf uns Alle sehr ergrimmt sein.«

Wir gingen trotz dem und standen bald vor der Thür des alten Brüning, der uns auf unser Klopfen nicht eben in der brillantesten Laune öffnete, denn er hatte Rauch im Hause und wurde sehr dadurch gequält; doch ließ er uns ohne Weiteres ein, und wir befanden uns nun in dem Tempel der Musen, in dem Heiligthume des seltsamen alten Mannes.

Ein nicht eben großes Zimmer zur rechten Hand diente zugleich zur Bibliothek und zum Arbeitszimmer. Alle Wände desselben waren von unten bis oben mit Borten bekleidet, in denen die Bücher, sorgfältig nach den verschiedenen Fächern geordnet, standen. Nur in der Mitte desselben war ein Raum frei geblieben, den ein großer, fester Tisch von Eichenholz ausfüllte, worauf Brüning seine Buchbinder-Arbeiten betrieb. Ein wahrhaft unermeßlicher Staub und Schmuz bedeckte Alles in diesem überdies stark angeräucherten Zimmer, so daß ich mich vergebens nach einem Platze umsah, wohin ich Parasol und Handschuhe auf einen Augenblick legen könnte; doch wenn ich sie nicht arg beschmuzt sehen wollte, mußte ich beides in der Hand behalten.

Elisabeth begrüßte den wunderlichen Alten mit ihrer gewohnten Freundlichkeit und stellte mich ihm dann als eine neue Teilnehmerin seiner Bibliothek, zugleich aber auch als eine Person vor, die bereits mit den Musen sich befreundet habe und gewiß in der Folge noch selbst viele Bücher schreiben werde.

Auf diese Empfehlung – denn das war sie für Brüning, der für Alles, was zur Literatur gehörte, eine Art von Respect hatte – betrachtete er mich mit seinen kleinen, durchdringenden Augen auf eine mich im höchsten Grade verlegen machende Weise, schob die Brille auf der Stirn einige Male hin und her, und fragte dann mit einer schnarrenden, höchst unangenehmen Stimme:

»Welches Buch steht Ihnen zu Befehl?«

»Ich ersuche Sie um einen Katalog«, war meine Antwort, »um mir eins aussuchen zu können.«

»Ei was, Katalog! Katalog!« brummte er. »Ich habe keinen Katalog; ich bin selbst der Katalog meiner Bücher. Sagen Sie mir, was Sie wünschen, und wenn es zu Hause ist und ich es besitze, sollen Sie es haben.«

Ich erinnerte mich nun, daß Elise von A. mir den »*Alamontado*« von *Zschokke* als ein sehr gutes Buch empfohlen hatte und bat es mir von ihm aus. Seine Gesichtszüge erheiterten sich sichtbar, als ich es forderte, und er ging, um es mir zu holen.

»Das ist ein gutes Buch, ein sehr gutes Buch«, sagte er, es mit zärtlichen Blicken betrachtend, nachdem er den dick darauf ruhenden Staub zum Theil abgeblasen, zum Theil mit dem Aermel seiner sehr schmuzigen wollenen Jacke abgewischt hatte, »und eben deshalb wird es wenig gelesen«, fügte er mit einem Seitenblick auf Elisabeth hinzu, deren Lectüre ihm wohl weniger gefallen mochte.

Ich zahlte ihm, was recht war, er trug meinen Namen und den Titel des von mir geliehenen Buches in sein Register ein, und wir schieden als Freunde von einander. Bemerken muß ich noch, daß keins seiner Bücher numerirt war, und daß alle einen ganz gleichen Einband von dunkelgrauem, marmorirtem Papier hatten, daß er aber trotz dem jedes Buch auf der Stelle zu finden wußte, obgleich seine Sammlung wohl an 4 bis 5000 Bände betrug. Er mußte ein ungeheures Gedächtniß und nebenbei viel Ordnungssinn haben, denn jedes Buch erhielt, so wie es wieder zu Hause kam, seinen gehörigen Platz und nie brauchte er eins zu suchen. So wie man ein Buch von ihm forderte, wandte sich sein Blick sogleich nach der Stelle um, wo es stehen mußte, und nie irrte er sich in Hinsicht derselben; auch wußte er ganz genau, ob eins zu Hause oder verliehen sei, ohne daß er nachzusehen brauchte. So konnte er mit Recht sagen, daß er selbst der Katalog seiner Bücher sei.

Ich kam von nun an oft zu ihm, und da ich unter Elisens Anleitung und Auswahl nur gute Bücher las, ihm überdies dann und wann ein Geschenk mit einem Buche machte, wurden wir bald die besten Freunde; ja, er hob mir sogar Bücher auf, wenn ich welche forderte, die eben nicht zu Hause waren, was ein Zeichen seiner höchsten Gunst war.

Er schien sich wirklich für mich zu interessiren und sparte sogar seinen guten Rath nicht gegen mich.

»Hören Sie, liebes Kind«, sagte er an einem Tage zutraulich zu mir, »Sie gefallen mir, weil Sie gute Bücher lesen, und, wie ich glaube, mit Nutzen; aber Eins mißfällt mir an Ihnen: weshalb gehen Sie so viel mit den infamen adlichen ›Schaufkatten‹ (Schnaubkatzen) um? Ich sehe Sie so oft Arm in Arm damit an meinem Hause vorüber gehen, und ärgere mich jedesmal darüber. Glauben Sie mir, hinter all den hochadlichen Dirnen ist nichts dahinter, die Baronesse von A. nehme ich etwa aus; das kann Niemand besser wissen, als ich, bei dem sie lesen, und Gott sei geklagt, welches Zeug! Nicht Eine von ihnen hat noch je ein ernstes, ordentliches Buch gefordert; es ist mir ordentlich eine Pein, sie zu bedienen, und seit dem Vorfall mit der Comtesse L. bin ich schon oft auf dem Punkte gewesen, sie alle zum Tempel hinaus zu weisen. Das liest nichts, als Romane und abgeschmackte Liebesgeschichten; Das stopft sich den Kopf voll von bösen Gedanken, die für den Stand gar nichts taugen, und da kommen denn solche saubre Verhältnisse heraus, wie bei der Comtesse L.; Gott wolle ihnen allen gelegentlich einen Mann geben, damit der Skandal aufhöre!«

So schalt er noch eine Weile fort, und hatte im Grunde nicht Unrecht. Zu meinem Erstaunen war er, trotz seiner Abgeschiedenheit von der Welt, so genau von der skandalösen Chronik des Orts und der Umgegend unterrichtet, als hätte er mitten im Gewühl der dortigen großen Welt gelebt. Woher er das Alles hatte, habe ich nie in Erfahrung bringen können; vielleicht sah er zuweilen einen alten Bekannten, der es ihm in einem traulichen Plauderstündchen zubrachte, denn anders läßt sich die Sache nicht erklären.

»Ich hätte«, fuhr er in seiner ermahnenden und wohlgemeinten Rede gegen mich fort, »bald von Ihnen eine ganz unrichtige Idee bekommen, da Sie sich bei mir durch die Comtesse von B. einführen ließen, die übrigens noch eine der Bessern ist und auf deren Betragen der Leumund nichts zu sagen haben kann; allein für Sie taugt ein solcher Umgang doch nichts, und Sie thäten gut, sich fein zu den Bürgerlichen zu halten, zu denen Sie selbst gehören. Die hochnasigen Dinger, wenn sie sich auch eine Zeitlang mit Ihnen unterhalten, wollen Ihnen doch nichts, und wenn sie in ihrer adlichen Clique sind, sehen sie Sie doch über die Achsel an.«

Er redete so noch eine Weile fort und gerieth immer mehr in Eifer. Bewundern mußte ich, wie genau er Jede kannte, und wie genau den Charakter einer Jeden zu bezeichnen wußte, und zwar allein nach den Büchern, die sie lasen. In seinem riesenhaften Gedächtnisse hatte er Alles aufgespeichert, was ihm seit so vielen Jahren vorgekommen war, und nichts davon hatte er vergessen.

Man kann sich vorstellen, daß ein Mann wie Brüning nicht eben beliebt und sogar gefürchtet in dem Städtchen war, und doch mußte man ihm kommen, da man nur durch ihn Lectüre erlangen konnte.

Sehr erwünscht war es daher für Viele, als eine durchreisende Schauspieler-Truppe ein Stück aufführte, welches »*Siegfried von Lindenberg*« hieß – ich glaube, es ist zu jener Zeit auch an andern Orten gegeben worden – und worin ein Charakter vorkam, der mit dem des alten Brüning die größte Aehnlichkeit hatte. Um mehr Zuschauer herbeizulocken, wie dies allemal durch ein zu erwartendes Skandal geschieht, hatte der Schauspieler, welcher den alten Brüning darzustellen hatte, sich ganz genau eine Kleidung machen lassen, wie dieser sie trug, wenn er Sonntags zur Kirche ging, was er regelmäßig und in einem höchst auffallenden Anzuge that. Er trug dann nämlich einen Rock von milchweißem Tuche mit großen Stahlknöpfen und einem kurzen, breiten Schooße; eine scharlachrothe Weste und eine kurze, sehr knapp anliegende hellblaue Tuch-Hose zu geflammten Strümpfen und zu Schuhen mit breiten silbernen Schnallen. Sein Haupt bedeckte er mit einer dicken Knoten-Perrücke und trug den dreieckigen Hut, zur Schonung derselben, unter dem Arm, während sich die eine Hand mit einem dicken spanischen Rohr bewaffnet hatte, das so hoch war, daß der elfenbeinerne Knopf ihm fast bis zur Nase reichte.

Dieses Costüme war so auffallend, daß es leicht nachgeahmt werden konnte, und von dem Schauspieler auch wirklich in den kleinsten Theilen nachgeahmt wurde. Schon lange vorher, ehe das angegebene Stück aufgeführt werden sollte, hieß es daher im Städtchen: man wird den alten Brüning auf's Theater bringen, und Jeder beeilte sich, zu der ersten Darstellung einen Platz zu suchen.

»Wissen Sie wohl, Herr Brüning«, sagte einer seiner Leser boshaft zu ihm, »daß man aus dem ›Siegfried von Lindenberg‹ unsers Müller ein Stück gemacht hat und es auf das Theater bringen wird?«

»Wenn es nicht besser ist, als der Roman«, versetzte der Alte, »so wird nicht viel daran sein.«

»Doch will alle Welt es sehen«, erwiederte der Andere.

»So? ich glaube das wohl, denn das Schlechte findet immer den meisten Zulauf.«

»Es ist nicht das, sondern es wird eine Merkwürdigkeit darin vorkommen, und die zieht die Menge an.«

»Etwa ein Pagliazzo, der sich am Schlusse der Darstellung auf den Kopf stellt, die Beine in die Höhe streckt und ein Rad schlägt? So Etwas mögen die Leute hier!«

»O nein, Herr Brüning, Sie sind sehr im Irrthume; man wird einen berühmten Mann unserer Stadt, man wird *Sie* in dem Stücke darstellen.«

»Vortrefflich! das muß ich sehen!« rief der Alte, ohne, wie der Andere gehofft hatte, böse zu werden, noch außer Fassung zu gerathen.

Der Tag der Darstellung kam heran; alle Plätze waren besetzt und das ziemlich geräumige Rathhaus, wo die Vorstellung statt fand, fast überfüllt. Da, als eben Aller Blicke sich auf den sich erhebenden Vorhang gerichtet hatten, trat unser Brüning, mit seiner sonntäglichen Kleidung angethan, in den Saal, drängte sich bis zum Orchester durch, stellte sich dorthin und stand, zu Aller Erstaunen mit auf dem Stockknopf gestützten Kinn in der vordersten Reihe da. Bald erschien seine Copie auf dem Theater, und zwar so naturgetreu in allen Theilen, selbst in Haltung und Stellung, so wie in der Maske nachgebildet, daß man zweifelhaft werden konnte, welcher der wahre Brüning, ob der da oben auf den Brettern oder der da unten im Parterre es sei.

Ein donnernder Applaus begrüßte den Schauspieler gleich bei seinem ersten Auftreten, und als er, der sein Original unten erkannt hatte, ganz wie dieser das Kinn auf den Stockknopf stützte und zu Brüning eben so hinunter sah, wie dieser zu ihm hinauf, so wollten der Jubel und das Gelächter kein Ende nehmen.

Brüning ließ sich durch alles Dieses nicht einen Augenblick außer Contenance bringen, und schien sich eben so sehr zu ergötzen, als das übrige Publicum; auch hielt er bis zu Ende der Darstellung aus und entfernte sich dann langsam und gravitätisch.

»Nun, Herr Brüning«, redete ihn draußen einer der jungen Leute an, »wie hat Ihnen das Stück gefallen?«

»Ganz gut, und der Schauspieler, der *mich* darstellte, hat seine Sachen so weit ganz gut gemacht:

Wie er räuspert und wie er spuckt,
Das hat er ihm freilich abgeguckt;
aber!« …

Er verbeugte sich bei diesen Worten gegen den Frager und ging von dannen.

Da ich von Itzehoe bald wegkam, habe ich von dem alten Brüning nichts weiter gehört und weiß so nicht, ob er noch lebt, oder schon gestorben ist. Er gehörte aber gewiß zu den eigenthümlichsten und unerforschlichsten Menschen, die es je gegeben hat, und ein Urtheil über seinen Charakter und seine wahren Gesinnungen stand Keinem zu, weil beide durchaus nicht zu ergründen wären. Seine große Grobheit ist sprichwörtlich in dem Städtchen geworden, wo er gelebt hat, und seine Originellität führte viele Neugierige ihm zu, die er aber oft, wenn er ihre Absicht bemerkte, ihn ausforschen zu wollen, derb genug abführte. Wir sind, bis zu meiner Abreise, gute Freunde mit einander geblieben.

IV. Eine seltsame Situation.

Ich habe oft in meinem Leben Ahnungen gehabt, die eingetroffen sind, und so muß man es mir schon nachsehen, daß ich noch daran glaube, trotz des aufgeklärten Jahrhunderts, in dem wir leben. Eine solche hatte ich auch einst, und sie kam so urplötzlich, so ohne alle äußere Veranlassung über mich, daß ich ihren Eingebungen auf der Stelle

Folge leistete, was ich nie bereut habe, obgleich ich dadurch in eine der seltsamsten Situationen gerieth, in die ein junges Mädchen nur gerathen kann.

Es war im Sommer, etwa zu Anfang Augusts, und ich saß mit meiner lieben Stiefschwester Marianne unter dem Schatten der hohen Kastanien, die eine Zierde unsers überaus schönen Gartens waren. Es war fast zwölf Uhr und die August-Sonne brannte heiß; wir aber saßen fröhlich plaudernd und nebenbei stickend unter dem schützenden Laubdache vor der Thür unsers Gartenhauses und erfreuten uns der erfrischenden Kühle.

Da mußte ich plötzlich und ohne die geringste Anregung von außen einer Cousine gedenken, die sonst oft zu uns zu kommen pflegte, nun aber schon in längerer Zeit nicht bei uns gewesen war.

»Mein Gott, was mag Louise L. machen?« rief ich, den Faden des Gesprächs unterbrechend, plötzlich seltsam beängstigt.

»Louise L.? wie kömmst Du auf die?« fragte die Schwester verwundert.

»Es ist seltsam, ich mußte ihrer auf einmal gedenken«, erwiederte ich, »und bei dem Gedanken wurde mir so wunderbar ums Herz, so ängstlich, als sei ihr irgend ein Unglück begegnet. Ich muß wissen, was sie macht; auch ist sie so lange nicht hier gewesen.«

»Du selbst bist eine seltsame Person mit Deinen Ahnungen und Deiner plötzlichen Liebe für Louise L., die sonst gar nicht Deine Passion ist«, erwiederte Marianne lachend. »Erinnre nur, wie Du neulich noch in die Dachrinne hinausflüchtetest, um ihrem Besuche zu entgehen und einer Bitte, die sie, wie Du wußtest, an Dich hatte, und Du nicht gern gewähren wolltest, auszuweichen. Sie wird Dich trotz Deiner Flucht gesehen und sie übel genommen haben, wie sie denn überhaupt eben so empfindlich, als zudringlich ist, und deshalb so lange weggeblieben sein.«

Meine Angst und Besorgniß um die Cousine hatte indeß dermaßen zugenommen, und ich war in meinem Innern so fest davon überzeugt, daß ihr in dem Augenblick irgend ein Unfall begegne, daß ich vom Stickrahmen aufsprang, mir Hut, Handschuhe und Umschlagetuch holte, und der erstaunten Marianne erklärte, ich müsse zu Louise L. gehen, um mich zu erkundigen, wie es um sie stehe. Vielleicht lag mir das kleine, gegen diese etwas zudringliche Verwandte begangene Unrecht auf dem Herzen; allein es konnte dies nicht allein sein, weil ich mit den Geschwistern schon mehre Male über meine Flucht vor ihr durch die Boden-Luke, in die zwischen unserm und dem Nachbar-Hause befindliche Dach-Rinne hinaus, gelacht hatte. Die Sache war nämlich die: Louise L. hatte die Gewohnheit, Alles zu leihen, was ihr an Andern gefiel und brachte dann entweder das Geliehene gar nicht oder, wenn es Bänder, Kleidungsstücke u.s.w. waren, es doch verdorben und beschmuzt wieder. Nun war sie da gewesen und hatte mich um eine Sache gebeten – ich weiß nicht mehr welche – die ich ihr nicht gern leihen wollte. Als ich einige Tage darauf im Hintergrunde auf dem Flur stand, öffnete sich plötzlich die Hausthür und zu meinem nicht geringen Erschrecken erblickte ich das wohlbekannte Gesicht meiner Cousine in derselben. Dies sehen, und die Flucht ergreifen, war Eins; doch auch sie mochte mich erblickt haben, denn schnell wie der Blitz war sie hinter mir drein. Es war in unserm Stadthause und dies eins von den hohen, fünfstöckigen Kaufmanns-Häusern, wie man sie vielleicht nur noch in Hamburg findet. Endlich befand ich mich auf dem Boden, und konnte nun nicht weiter; aber o Himmel, da höre ich die Tritte der mich Verfolgenden auch noch auf der Boden-Treppe; ich sehe mich mit Verzweiflung um: kein Versteck, kein Rettungs-Ort! Da fällt mein Blick auf die Boden-Luke, ich ziehe den Riegel zurück, ich öffne sie und springe in die Dachrinne hinaus, die Thür der Luke hinter mir zuschlagend. Hier horche ich mit laut klopfendem Herzen und höre, wie meine Verfolgerin den Boden mehre Male auf und ab geht, wie sie mich sucht hinter Kisten und Kasten und endlich, da sie nicht auf den Einfall kömmt, mich in der Dachrinne zu suchen, mit den Worten wieder hinabsteigt:

»Die muß hexen können! Ich sah sie doch vor mir auflaufen – wo mag sie geblieben sein?«

Dies war mein letztes Zusammentreffen mit Louise L. gewesen und diese hatte sich seitdem, wahrscheinlich dadurch piquirt, nicht wieder bei uns blicken lassen.

Man wird zugeben müssen, daß dieser letzte Auftritt mit meiner Cousine nicht dazu geeignet war, mir das Wiederzusammentreffen mit ihr erwünscht zu machen; ich fühlte, daß ich mich kindisch und ungeschickt betragen hatte und fürchtete mich überdies vor dem etwas schneidenden Witz von Louise L., die mir an Jahren überlegen war und viel Verstand hatte.

Trotz dem mußte ich diese von mir gefürchtete Person jetzt aufsuchen, obgleich die Sonne brennend heiß war, und Marianne mir tausend

Vorstellungen über meinen »Unsinn«, wie sie es nannte, machte, den weiten Weg zur Stadt – Louise wohnte in dieser und wir auf unserm Landhause – in der brennend heißen Mittags-Sonne machen zu wollen. Ich widerstand allen ihren vernünftigen Vorstellungen und ging.

Auf dem Wege, den ich mit eilendem Fuße zurücklegte, will ich der freundlichen Leserin etwas Näheres über Louise L. mittheilen.

Diese stammte von französischen Eltern ab, die durch die Alles unter einander werfende Revolution nach Hamburg gekommen waren. Da man bei der eiligen Flucht nichts als das nackte Leben hatte retten können, mußte man, in Hamburg angelangt, darauf denken, es zu fristen, und der Vater machte sich zum französischen Sprachlehrer, während die Mutter eine kleine Schule errichtete, die aber, da es damals so viele in der Stadt gab, die auf gleiche Weise ihr Fortkommen suchten, nicht eben florirte.

Die Familie bestand aus Vater, Mutter, Sohn und Tochter, wurde aber sehr bald der Hälfte ihrer Mitglieder beraubt, indem Vater und Sohn kurz hinter einander starben.

Nie hat man wohl ein reizenderes Gesicht gesehen, als das Louisens. Sie hatte die schönsten, lebhaftesten schwarzen Augen, die man sich nur denken kann; eine feine, schön geformte Nase, einen reizenden Mund mit den allerköstlichsten Zähnen, einen blühenden Teint und das bewundernswertheste dunkelbraune Haar; aber ach! alle diese Vorzüge wurden durch einen – Höcker verdunkelt: das arme Kind war so verwachsen, als man es nur sein kann. Doch erblickte man, seltsam genug, auf ihrem Gesichte keine Spur von der Difformität ihres übrigen Körpers, wie man es sonst bei Verwachsenen thut, deren mühseligeres Athmen den Nasen-Flügeln eine eigene Ausdehnung und Spannung gibt, so wie den übrigen Gesichtszügen einen ganz eigenthümlichen peinlichen Ausdruck.

Auch begegnete es Louisen mehre Male, daß junge Männer sich wirklich in sie verliebten, indem sie nur ihr schönes Gesicht sahen; denn eitel und gefallsüchtig wie sie war, suchte sie gern eine Ecke des Zimmers auf, in die sie sich setzte, und verdeckte obendrein ihren körperlichen Fehler durch ein sehr großes Umschlagetuch; sie zeigte sich dann als eine zwar kleine, aber überaus anmuthige Figur. So trug sich einst in unserm Hause eine überaus komische Scene zu. Ein junger Fremder von reicher und angesehener Familie, der an uns adressirt und in Folge dessen zu uns eingeladen worden war, erblickte die in ihre Ecke sich drückende Louise kaum, als sein vielleicht sehr empfängliches Herz auch schon in lichten Flammen aufloderte, und er war noch so jung, so wenig Herr seiner selbst, daß er diese plötzlich entstandene Neigung offen zur Schau trug. Er wich nicht von Louisen, die wiederum nicht aus ihrer Ecke wich; er sagte ihr die schönsten Dinge und sie, sie schwamm in einem Meere von Wonne. Immer mehr verklärte sich ihr Gesicht, je unumwundener der junge Fremde seine Huldigungen gegen sie aussprach; immer lebhafter wurde ihr von Natur schon so blühende Teint, immer feuriger das schwarze Auge; sie war wirklich hinreißend schön.

Jetzt kam der kritische Augenblick: es ging zu Tische und unser Aller Augen waren auf das Pärchen gerichtet, weil uns die Scene, deren Ende wir voraussahen, schon lange belustigt hatte. Louise, der der junge Fremde natürlich den Arm bot, um sie zur Tafel zu führen, erhob sich und, trotz des sorgfältig zusammengehaltenen Umschlagetuchs, kam ihr ausgewachsener Rücken zum Vorschein. Wie wäre es mir wohl möglich, das Erschrecken dieses Mannes zu malen! Er erbleichte sichtbar, er trat einen Schritt zurück, er war so außer aller Fassung, daß er vergaß, ihr seinen Arm zu bieten; er stammelte, ich weiß nicht was, und erlangte erst, als er die Blicke Aller auf sich gerichtet sah, so viele Besinnung wieder, daß er sie doch zu Tische führte. Er sprach aber wenig und aß noch weniger, auch entfernte er sich bald nach dem Essen, um nie wieder einen Fuß zu uns zu setzen, obgleich mein Stiefvater ihn dringend zu sich einlud, weil er ihm sehr empfohlen war.

Wie alle Verwachsenen, war Louise überaus eitel, und so nahm sie aus dieser, sie im Grunde tief verletzen müssenden Scene nur die Rosen für sich heraus und bekümmerte sich nicht um die Dornen; sie erkundigte sich oft und mit dem lebhaftesten Interesse nach dem jungen Manne und zeigte deutlich das Verlangen, ihn wiedersehen zu wollen.

Ueberhaupt brannte in diesem kleinen verwahrlosten Körper ein geheimes verderbliches Feuer; sie war in Gegenwart von Männern, namentlich von jungen und schönen, ganz anders, weit lebhafter, witziger und aufgeregter, als wenn sie blos von Frauen umgeben war, und erzählte uns jungen Mädchen gern im Vertrauen, welche Artigkeit ihr Dieser oder Jener über die Reize gesagt habe, welche sie wirklich schmückten; sie spielte und sang gern zärtliche Lieder und ließ ihren Witz brilliren, so oft Männer zugegen waren; kurz, sie war kokett und glaubte gefallen zu können.

Schon lange, bevor sich das zutrug, was ich nachstehend mittheilen werde, hatte sie uns jungen Mädchen oft von einem französischen Vetter erzählt, der, obschon er verheirathet war, ihr den Hof machte, und, wie sie sagte, keinen sehnlichern Wunsch hegte, als wieder von seiner jungen Gattin getrennt zu werden, um sie heirathen zu können; auch zeigte sie uns kleine Geschenke, die sie von ihm bekommen haben wollte, und äußerte dabei eine Leidenschaft für diesen jungen Mann, die uns zu sehr erschreckte, um uns belustigen zu können. Wir machten ihr, obschon wir viel jünger waren, die lebhaftesten Vorstellungen über diese eben so unglückliche, als ungeziemende Neigung und baten sie, den Umgang mit diesem gefährlichen Vetter gänzlich aufzugeben und ihn weder in seinem Hause mehr zu besuchen, noch seine Besuche in dem ihrigen zu dulden, welches letztere um so unschicklicher war, da sie seit Kurzem auch ihre Mutter verloren hatte, und so ganz allein in der Welt dastand.

Sie versprach uns das unter einem Strome von Thränen, und unter der Versicherung, daß sie die unglücklichste Person von der Welt sei, indem der Gegenstand ihrer heißen Liebe nimmermehr der Ihrige werden könne; kurz, der allerschönste Roman war da; auch schwor sie uns, daß ihr Vetter sie eben so heiß liebe, wie sie ihn, und daß seine Verheirathung das einzige Hinderniß einer Verbindung zwischen ihnen wäre.

So standen die Sachen, als jene zu Eingang beschriebene seltsame Ahnung mich zu Louisen trieb.

Ich langte, in Schweiß gebadet, in ihrer Wohnung an, die in einem entlegenen Theile der Stadt und in einer engen sehr häßlichen Gasse belegen war. Sie hatte sich ein Stübchen bei Handwerksleuten, ganz oben im Hause, gemiethet und lebte mit ihren Wirthsleuten, wie wir aus ihren Erzählungen wußten, nicht eben im besten Frieden, auch hatte sie die Wohnung zum Herbste gekündigt.

»Ist Mamsell Louise zu Hause?« fragte ich beim Eintritt den Schuhmacher-Meister, der mit einem Burschen im Wohnzimmer saß und emsig sein Geschäft betrieb.

»Ich weiß es nicht, doch glaube ich es«, war seine Antwort, die er mir mit mürrischem Tone gab; »Sie müssen auf ihrem Zimmer nachsehen«, fügte er hinzu: »wir bekümmern uns nicht um sie.«

Es blieb mir also nichts übrig, als die drei engen und dunklen Treppen, die zu Louisens Stübchen führten, hinaufzusteigen und, oben angelangt, an ihre Thür zu klopfen; es erfolgte aber keine Einladung, einzutreten. Ich klopfte stärker und glaubte jetzt einen ächzenden Laut zu vernehmen, der mich durchschauerte, so daß ich schnell die Thür aufriß. Das Zimmer war leer; allein aus dem an der Wand stehenden Bette, dessen dunkelgrüne Vorhänge fest zugezogen waren, ertönte nochmals das Wimmern, das mich vorhin schon mit Angst erfüllt hatte; ich eilte an's Bett, riß die Vorhänge desselben weit auseinander und erblickte jetzt Louise in einem wahrhaft furchtbaren Zustande.

Ihre sonst so schönen, regelmäßigen Züge waren auf das schrecklichste entstellt; Todtenblässe bedeckte ihr Gesicht, auf dem der Schweiß in großen Tropfen perlte; ihr Haar hing aufgelöst und verwirrt um das Haupt und die großen dunklen Augen waren, wie aus ihren Höhlen herausgetrieben, starr auf mich gerichtet.

»Louise!« rief ich, von einem Entsetzen bei diesem Anblick ergriffen, das zu schildern ich vergebens versuchen würde, »Louise, was ist Ihnen?«

Sie antwortete mir nicht, sondern starrte mich mit einem Blick an, in dem die furchtbarste Seelen-Angst sich abspiegelte; dann wollte sie reden, vermochte aber nur zu lallen. Jetzt wurde sie von den schrecklichsten Convulsionen ergriffen, die sie im Bette hin und her warfen; kurz, sie befand sich in einem Zustande, der mich jeden Augenblick ihren Tod erwarten ließ.

Ich begriff, daß ich Hülfe herbeirufen müßte und eilte zu den Wirthsleuten hinunter, um diese zu bitten, sofort einen Arzt zu besorgen, allein ich traf den Mann nur allein mehr an, die Frau war, wie er mir sagte, auf den Jahrmarkt gegangen und den Burschen hatte er mit einem Paar geflickter Schuhe fortgeschickt, er selbst könne aber unter diesen Umständen das Haus nicht verlassen, das dann ganz allein stehen würde. Er meinte auch, die Krankheit werde wohl nicht so viel zu sagen haben; die Demoiselle L. sei alle Augenblick unpäßlich, und es gehe allemal so wieder vorüber.

»Ich sage Ihnen aber, daß sie stirbt!« rief ich zugleich in der tödtlichsten Angst und empört über die rohe Gleichgültigkeit des Mannes.

Er aber lachte laut auf, und meinte: so leicht stürbe es sich nicht, doch versprach er, nachdem ich ihn nochmals flehentlich darum gebeten hatte, zu einem Arzte schicken zu wollen, so wie sein Bursche von dem Wege zurückgekehrt sein würde.

Ich begab mich jetzt wieder hinauf und fand die unglückliche Louise noch in demselben schrecklichen Zustande. Sie schien mich nicht zu kennen, wenigstens that sie durch kein Zeichen kund, daß sie mich erkenne. Furchtbar war der Anblick, den sie darbot, wenn die Convulsionen sie ergriffen, aus denen sie, wenn sie nachließen, in eine Art von Erstarrung verfiel, die glauben ließ, daß sie schon todt wäre. Ich suchte nach etwas Riechwasser, um sie damit zu besprengen, fand aber nichts, und mußte zum kalten Wasser meine Zuflucht nehmen, um sie aus der Ohnmacht zu erwecken, in der sie lag. Sie erwachte endlich wieder daraus und griff nun, einen Schmerzensschrei ausstoßend, nach ihrem Leibe; ich fühlte mit der Hand nach der von ihr bezeichneten Stelle und entdeckte dort einen großen, harten Klumpen, den ich, in meiner Unwissenheit, für ein großes Geschwür hielt.

In dem Augenblick öffnete sich die Thür und ein junger Mann zeigte sich in derselben; in der Verwirrung und Angst, in der ich war, hielt ich ihn für den herbeigerufenen Arzt und redete ihn als solchen an, indem ich ihn um schleunige Hülfe für die arme Louise bat.

»Mein Gott, ist sie krank?« rief der junge Mann, in dem ich jetzt einen französischen Vetter Louisens, aber nicht den, welchen sie liebte, erkannte. Sie hatte diesen, der V. hieß, einmal zu uns gebracht, wir ihn aber seitdem nicht wieder gesehen.

»Ich fürchte, daß sie stirbt«, flüsterte ich ihm zu; »sehen Sie sie nur einmal an!«

Der junge Mann trat jetzt an das Bett, fuhr aber gleich erschrocken wieder von demselben zurück.

»Sie werden Recht haben«, sagte er, und die Thränen traten ihm in die Augen, denn er war sehr gefühlvoll und liebte seine arme Cousine von Herzen.

»Wollen Sie nicht unsern Arzt holen?« fragte ich ihn, ihm die Wohnung desselben genau beschreibend. »Er ist geschickt und menschenfreundlich, und wird sogleich kommen, wenn Sie ihn nur zu Hause antreffen«, fügte ich hinzu.

V. eilte, so schnell er konnte und war bald wieder da; er hatte zwar den Arzt nicht zu Hause angetroffen, man hatte ihm aber gesagt, daß man seine Rückkehr jeden Augenblick erwarte und er dann sogleich kommen würde.

Indeß waren wir beiden jungen Leute mit der Kranken allein, und Gott weiß, welche Angst wir ausstanden! Louisens Zustand wurde immer schrecklicher, die Convulsionen immer häufiger; wir hielten sie, wir rieben sie, wir nahmen sie wechselsweise in unsre Arme, und trockneten ihr den Todesschweiß von der Stirn, der in großen Tropfen darauf perlte. Wir dachten in unserer Herzensangst nicht an uns selbst, nicht einmal an die Schicklichkeit, und ich forderte V. auf, einmal zu fühlen, welches große Geschwür die unglückliche Louise an ihrem Leibe trage.

»Das wird es sein«, sagte der junge Mann, der achtzehn Jahr alt und gewiß noch ganz so unschuldig war, wie ich, die ich funfzehn alt war; »es wird bersten wollen«, fügte er hinzu, »und das sie in diesen schrecklichen Zustand versetzen. Wenn der Arzt nur käme! Wir armen Kinder, was sollen wir wohl beginnen?«

Er brach bei diesen Worten in Thränen aus, und auch die meinigen flossen.

Indeß schien auf einen Augenblick ein Nachlaß der Krankheit einzutreten; Louise richtete die Augen auf uns, ließ sie von mir zu ihrem Vetter und von diesem wieder zu mir hinüberschweifen, dann seufzte sie tief auf und wandte ihr Gesicht, das sich mit Thränen bedeckte, von uns ab.

»Louise, erkennen Sie mich?« riefen der Vetter und ich fast zu gleicher Zeit. »Wie ist Ihnen, Cousine?« fragte V. – »Womit können wir Ihnen helfen?« ich.

»Eine *Hebamme!* Eine *Hebamme!*« stöhnte die Unglückliche und verdeckte ihr Gesicht mit beiden Händen.

Wir standen wie versteinert lange da, und begriffen Beide in unserer Unschuld nicht, was sie damit sagen wollte.

»Was sagte sie?« fragte der Vetter endlich.

»Eine Hebamme! um Gotteswillen eine Hebamme!« rief Louise, die seine Frage gehört haben mochte, mit der letzten Anstrengung ihrer Kräfte. »Eine Hebamme, wenn ich nicht sterben soll!«

Der junge Mann, welcher noch nicht ganz fertig Deutsch konnte, verstand die Bedeutung des Worts nicht; ich mußte es ihm daher in's Französische übersetzen.

– »Ah!« sagte er, mit einem komischen Ausdruck im Gesichte, »*c'est drôle! Une sage-femme!* Wo werde ich eine solche finden?«

»Fragen Sie den Hauswirth«, antwortete ich ihm; »er wird Ihnen schon die Wohnung einer Hebamme bezeichnen, und rufen Sie sie sogleich her.«

Er ging; sein französisches Naturell machte sich aber, trotz der eben ausgestandenen großen Angst wieder geltend, und ein Lächeln zeigte sich auf seinem eben noch von Thränen überschwemmten Gesichte.

– »*Une sage-femme!*« wiederholte er nochmals mit einem possirlichen Ausdruck, und sprang die Stufen hinunter, um die benöthigten Erkundigungen einzuziehen und die Wehmutter herbeizuholen.

Ich blieb indeß mit der Kranken allein, die noch immer mit dem Gesichte gegen die Wand lag und keinen Laut weiter von sich gab. Doch bald kehrten die furchtbaren Convulsionen und stärker noch, als zuvor, zurück; die Leidende stieß ein mit Schreien vermischtes Aechzen aus; sie wand sich wie ein Wurm, sie riß sich das Haar aus; sie wollte aus dem Bette aufstehen, sank aber wieder kraftlos zurück; dann zeigte sich ein eigener, mir ach! nur zu wohl bekannter Ausdruck in ihren Gesichtszügen; ich hatte vor Kurzem eine Schwester, die einzige, die mir noch geblieben war, sterben sehen, und wußte so, daß es der Tod war, der sein Siegel auf dieses sich immer mehr verlängernde Antlitz drückte.

»Louise!« rief ich, von Entsetzen überwältigt, »Louise, Sie sterben!« Ich hatte sie in meine Arme genommen und ihr mit Todesschweiß bedecktes Haupt ruhte an meiner Brust; ihr Auge drehte sich in seiner Höhle um, die Nasen-Flügel sanken ein, die Unterkinnlade sank herab – die Brust athmete noch einmal tief und schwer; eine Pause erfolgte zwischen diesem Athemzuge und einem zweiten schwächeren; dann zog sie den Athem nicht mehr an sich, sondern blies ihn nur in kurzen Zügen von sich – dann stockte plötzlich Alles und ich sah schaudernd in ihr gebrochenes Auge! –

Ich hielt sie noch in meinen Armen, als der Arzt eintrat; er war der Erste, welcher kam, und einen Blick auf die unglückliche Louise werfend, sagte er:

»Ich kam zu spät: es ist Alles aus!«

Er untersuchte dann Puls und Herzschlag; sie war wirklich todt.

Bald darauf erschien der Vetter auch in Begleitung der Hebamme; man entfernte uns jungen Leute aus dem Zimmer und untersuchte die Leiche genau.

Das Resultat dieser Untersuchung, das ich erst in spätern Jahren, als ich selbst schon Gattin und Mutter war, von dem Arzte erfuhr, war, daß Louise wirklich vor allen Dingen der Hebamme bedürftig gewesen war und ein Kind unter ihrem Herzen getragen hatte, die Frucht ihrer

Liebe zu dem verheiratheten Vetter. Ihr unglücklicher Wuchs war ein unüberwindliches Hinderniß der Geburt dieses Kindes gewesen, das indeß doch vielleicht durch Hülfe der Kunst hätte geboren werden können, »durch den Kaiserschnitt«, wie der Arzt mir sagte. Die bei einem gefallenen Mädchen so natürliche Scham hatte sie aber daran verhindert, zeitig genug Hülfe zu suchen, und da man sich in ihrem Hause nicht um sie bekümmerte, da durch Zufall Keiner zu ihr gekommen war, hatte sie vielleicht schon lange in dem furchtbaren Zustande gelegen, in dem ich sie fand, als jene seltsame Ahnung mich zu ihr trieb, damit die Unglückliche doch nicht ganz verlassen sterbe.

»Wie siehst Du aus!« rief mir Marianne zu, die lange vergebens mit dem Mittags-Essen auf mich gewartet hatte – die Eltern waren aus – als ich endlich gegen Abend mit todtenbleichem Gesichte zu ihr zurückkehrte; »und wo bist Du denn so lange geblieben?«

»Bei Louisen«, versetzte ich, mich ermattet auf einen Stuhl niederwerfend.

»Und sie hat Dich wegen Deiner neulichen Flucht vor ihr tüchtig ausgezankt, nicht wahr? Das wolltest Du Dir ja eben holen, und warst nicht davon abzubringen!« zürnte sie; als sie aber meine Thränen fließen und mich in dem aufgeregtesten Zustande sah, wurde sie ernstlich beunruhigt, denn sie liebte mich mit der ganzen Kraft ihrer schönen, feurigen Seele.

Ich hatte sie, die sehr kränklich und schwach war, zu schonen und durfte ihr so das Vorgefallene erst nach und nach mittheilen; wie es sie erschreckte, und welchen Respect sie von nun an vor meinen Ahnungen bekam, kann man sich denken.

Dem jungen V. begegnete ich späterhin noch mehre Male auf der Gasse, und jedes von uns erröthete lebhaft beim Andenken an die seltsame Situation, in der wir uns einander gegenüber am Sterbebette der unglücklichen Louise befunden hatten; doch redete Keines das Andere je wieder an.

V. Noch eine Ahnung.

Ich habe vorstehend schon angedeutet, daß zwischen meiner Stiefschwester *Marianne* und mir die innigste Liebe bestand; diese ging so weit, daß wir uns weit mehr liebten, als jede von uns ihre rechte Schwester liebte, denn als unsre Eltern sich verheiratheten, brachte Jedes zwei Töchter zu, wovon meine Mutter bald meine jüngere rechte Schwester durch den Tod verlor, so daß ich gänzlich ohne rechte Geschwister blieb.

Marianne war aber auch das sanfteste, beste und liebevollste Wesen, das ich je gekannt habe; sie besaß außerdem Talente und viel Geist; aber die Natur hatte sie verwahrlost und ihr nicht nur einen mißgestalteten, sondern auch einen siechen Körper gegeben. In der frühesten Kindheit hatte man sie einmal fast verbluten lassen, indem man ihr Blutigel legte und dann nicht gehörig darauf sah, daß das Blut gestillt wurde; so fand man sie, dem Tode nahe, am andern Morgen in der Wiege. Durch diesen Umstand hatte sie eine große Schwäche behalten und ihr Leben war bis dahin fast nur durch die Kunst der Aerzte gefristet worden.

Vielleicht trug diese körperliche Schwäche etwas dazu bei, sie so engelssanft und geduldig zu machen, wie sie wirklich war, denn nie habe ich ein Wesen gekannt, das in dieser Hinsicht mit ihr zu vergleichen gewesen wäre.

Nie können aber zwei Kinder einander unähnlicher, sowohl was das Körperliche, als das Geistige anbetrifft, gewesen sein, als wir Beide es waren, und trotz dem liebten wir uns fast mit Leidenschaft. Ich war gesund und kräftig durch und durch; meine Glieder, früh geübt, waren geschmeidig, wie die einer Katze; ich saß am liebsten in den höchsten Wipfeln der Bäume und sang dort mit den Vögeln um die Wette; ich war wild, ausgelassen, heftig, ich ergriff Alles mit Leidenschaft, und haßte und liebte eben so, und Marianne war von Allem das Gegentheil.

Was war es also, das mich so innig mit Mariannen, dem sanften, liebevollen Wesen verband, das nicht einmal die Natur, sondern nur der Zufall mir zur Schwester gegeben hatte? Es war das gleiche, liebebedürftige Herz, das uns zu einander zog, das uns damals noch selbst unklare Gefühl, daß wir einander *ergänzten*. Marianne bedurfte in ihrer großen Schwäche und Hinfälligkeit so oft meiner physischen Kraft und

Gewandtheit, als ich ihrer schönen geistigen Vorzüge bedurfte, ihrer sanften Leitung bei meinem ungestümen Geiste und Charakter, ja, ihres Fürworts selbst, wenn ich dumme, verwegene oder unüberlegte Streiche gemacht hatte, und nie fehlte es ihr bei den Eltern an Entschuldigungen für mich, oft schonte man auch meiner, nur um sie nicht zu betrüben. Dann hatte ich ihr durch meine physische Kraft und meine Geistesgegenwart auch einst das Leben gerettet, und so etwas bindet. Sie gerieth, als wir zusammen zu einer Stunde gingen und um eine Gassen-Ecke bogen, zwischen die Pferde eines uns entgegenkommenden Wagens, ich aber ergriff sie mit einer Kraft, die mir nur die Angst des Augenblicks verleihen konnte, und zog sie zurück, als sie bereits zur Erde gefallen und in Gefahr war, von den Rädern des Wagens zermalmt zu werden. Das konnte sie mir nie wieder vergessen, so gering auch im Grunde mein Verdienst bei der Sache war.

Die Verhältnisse im Hause meines Stiefvaters hatten sich indeß so gestaltet, daß ich, die ich mich gesund und kräftig fühlte, auch wohl unterrichtet war, nicht länger in demselben bleiben konnte, ohne einem Manne zur Last zu fallen, der schon so viel für mich gethan hatte, indem er Tausende an meinen Unterricht verwendete. Mein Stiefvater hatte durch die Zeit-Umstände sein einst so großes Vermögen eingebüßt, und ich wollte ihm nicht länger zur Last sein, weshalb ich mir eine Stelle als Erzieherin suchte und sie in einem Provinzial-Städtchen fand.

Marianne, die kränker und schwächer denn je war, blieb zurück. Ihren Schmerz über die Trennung von mir wage ich nicht zu beschreiben. »Ich kann Dich nicht lassen«, rief sie, mich immer wieder umschlingend, als schon der Wagen vor der Thür stand, die mich meinem neuen Bestimmungsorte zuführen sollte, »mir ist immer, als sollte ich Dich nicht wieder sehen!«

Ich riß mich endlich von ihr los und sie warf mir einen letzten Blick in den Wagen nach, in dem ihre ganze liebevolle Seele lag – ach! es war der letzte, den ich von ihr empfing! Nie wieder sollte dieses schöne, seelenvolle Auge auf mich blicken, nie sollte ich den sanften Ton der Stimme wieder hören, die mich so oft zum Guten ermahnt hatte, die mir so liebevoll zuredete, wenn die Heftigkeit meines Charakters mich zu Unbesonnenheiten hinreißen wollte!

Ein Jahr war indeß seit unserer Trennung verflossen, und noch waren Mariannens trübe Ahnungen nicht in Erfüllung gegangen. Sie schrieb mir oft und viel und klagte nie über ihre Gesundheit. Da blieben auf einmal ihre Briefe aus, und statt derselben erhielt ich einen von der Mutter, die mir schrieb, daß Marianne bedenklich erkrankt sei und der Arzt für ihr Leben fürchtete. Diese Nachricht versetzte mich in Verzweiflung und ich würde auf der Stelle nach Hamburg zurückgekehrt sein, wenn mir meine Pflichten dies erlaubt hätten. Der Zufall wollte nämlich, daß die beiden Leute, deren einzige Tochter ich erzog, eine kleine Reise machten, als ich diesen Brief empfing, und mir so nicht nur die Sorgfalt für das mir anvertraute Kind oblag, sondern zugleich auch die für das sehr große Hauswesen, das man mir übergeben hatte.

Groß war daher meine Freude und Beruhigung, als mir der nächste Posttag – es war an einem Freitage – einen Brief von Mariannens eigener Hand brachte. Er enthielt zwar nur einige wenige Zeilen, die sie noch im Bett geschrieben hatte, aber sie gaben mir die feste Zusicherung, daß es weit besser um sie stehe, und sie zu genesen hoffe.

Dieser süßen Hoffnung gab auch ich mich hin. So kam der nächste Dienstag heran. Es war am 20. März und die Sonne schien schon hell und warm von einem hohen, tiefblauen Himmel herab; sie erhellte mit ihren goldenen Strahlen auf eine anmuthige Weise den Arbeitstisch, neben dem ich mit meiner Elevin saß. Da schlug die im Zimmer befindliche Uhr elf; *Minna,* so hieß das liebe Kind, legte das Schreibzeug bei Seite und nahm aus dem Bücherschranke die »*Minona*« von *Glatz* hervor, weil um 11 Uhr unsre Lesestunde, nach der Tabelle, anging. Sie schlug eine Geschichte darin auf und begann zu lesen; sie war sehr traurig und es kam nicht nur eine Sterbescene, sondern auch das Lied darin vor:

»Auferstehn, ja auferstehn
Wirst du
Mein Staub nach kurzer Ruh.« u.s.w.

Kaum hatte Minna dieses Lied zu lesen begonnen, als ich mich von einer Traurigkeit ergriffen fühlte, die ich nicht zu beschreiben wage. Es war mir, als wäre die ganze Welt auf meine Brust gesunken, und krampfhaft zog sich mir das Herz in derselben zusammen.

»Ich weiß nicht, wie mir ist«, sagte ich aufstehend zu dem Kinde, das mich mit Erstaunen ansah; mit diesen Worten ging ich in meine Kammer, setzte mich auf eine Fußbank und lehnte das Haupt auf einen Stuhl; unaufhaltsam flossen meine Thränen.

Hier blieb ich bis es zwölf schlug; dann fühlte ich mich etwas erleichtert, aber noch nicht im Stande, den Unterricht fortzusetzen, weshalb ich Minna vorschlug, bis zur Mittagszeit einen Spaziergang mit mir zu machen, wozu das Wetter einlud und wovon ich Erheiterung für mein seltsam beklemmtes Herz hoffte.

Wir traten die Wanderung an; das Wetter war herrlich, die Luft so rein, so frisch, so erquickend; die Lerchen wirbelten von den bereits grünen Saat-Feldern empor; hie und da zeigten sich schon Pflänzchen, die fröhlich empor schossen, um den nahenden Frühling zu bekränzen; die Sonne war so warm, so golden; kurz, es war einer jener schönen, ahnungsvollen Tage, die man so liebend und so gern in der Erinnerung bewahrt; aber auf meine, sonst für alles Dieses so empfängliche Seele machte dies keinen Eindruck und sie blieb bedrückt und verstimmt, wie zuvor; ja selbst das fröhliche Geplauder des Kindes, das ich sonst so gern hörte, belästigte mich, indem es mich in meinen finstern Träumen störte.

So war es zwei Uhr geworden und wir mußten zum Mittags-Essen zurückkehren. Kaum war ich in das Haus getreten, so kam mir Madame S., die Mutter meines Zöglings, mit der Nachricht entgegen, daß ein Bote zu Pferde für mich aus Hamburg da sei und mir einen Brief abzugeben habe. Ein heftiges Zittern ergriff mich bei dieser Anzeige und ich fühlte mich einer Ohnmacht nahe.

Meine Befürchtungen waren nur zu sehr begründet: Marianne lag, als der von meinem Stiefvater mit einem Boten gesandte Brief abging, im Todeskampfe, und man meldete mir, daß sie, die ihren Tod wisse, nicht sterben könne, bevor sie mich noch einmal gesehen habe. Nach einer Stunde saß ich im Wagen, und früh am andern Morgen, mit dem ersten Strahl des Tages, erblickte ich das elterliche Haus.

Ich kam zu spät – sie war nicht mehr! Vergebens hatte sie ihre rechte Schwester, die an ihrem Sterbebette saß, aufgefordert, ihr meinen Namen zuzurufen, wenn sie »*einschlafen*« wolle, damit sie noch so lange am Leben bleibe, bis sie mich gesehen und gesprochen, denn sie habe gehört, daß Sterbende auf diese Weise das schon entschwindende Dasein noch auf eine Weile festhalten könnten. Die Schwester hatte diesem Befehle Folge geleistet und sie mehre Male aufgerufen, wenn sie die todtmüden Augen schließen wollte; dann hatte sie gesagt:

»Du hast Recht – ich kann noch nicht sterben, ich muß *Sie* ja noch erst sehen, Ihr ein ewiges Lebewohl sagen!«

So war es bis zum Dienstag Morgen *elf Uhr* geblieben; dann sagte sie:

»Jetzt kann ich nicht mehr – ich bin zu müde! Grüße Sie tausend Mal und sage Ihr, wie ich Sie geliebt habe, bis in den Tod! – Und nun lies mir das schöne Lied vom ›*Auferstehen*‹ – dabei will ich einschlafen.«

Man hatte dies gethan – und unter diesem Liede, und in eben der Stunde von 11 bis 12, war sie hinübergeschlummert!

Das nachstehende Sonnet bezeichnet sowohl dieses Ereigniß, als meine damaligen Gefühle; ich dichtete es neben ihrer theuren Leiche:

Als ich Sie schon gestorben fand.

Als Dir erschien die bittre Todesstunde,
Da riefst Du mir, die ich Dir ferne weilte,
So sehnend, daß mein Herz sich spaltend theilte,
Und schon mir Ahnung schlug die blut'ge Wunde.
Mit welchem finstern Geist war Tod im Bunde!
Ich hört' ihn nicht, so angsterfüllt ich eilte,
Den Liebessegen, den Dein Mund ertheilte,
Und Fremde gaben mir davon nur Kunde.
Nur die erstarrten Lippen konnt' ich küssen,
Mein Herz erleichtern nur mit Thränengüssen,
Die ach! auf Deine unbeseelte Hülle flossen!
Fest blieb Dein theures Auge zugeschlossen.
Bald hätt' ich so beim Tod' Mitleid erreget,
Daß er zu Dir mich in den Sarg geleget.

Wie wollen nun Die, welche die Ahnungen verspotten, es sich erklären, daß eben das Lied, in eben der Stunde von mir gehört, in der Sie es sich sterbend vorlesen ließ, einen so schrecklichen Eindruck auf mich machte, die ich von dem mir bevorstehenden schmerzlichen Verluste nichts wußte?

VI. Die Familie des Don Ranudo de Colibrados in der Wirklichkeit.

Der Graf von A... gehörte durch Geburt und Reichthum zu den ersten Familien des Landes. Er war der einzige Sohn eines so reichen Vaters, daß man diesen, um ihn von andern seines Standes und Namens zu unterscheiden, nur den »*reichen* von A.« nannte.

Kaum majorenn geworden, ererbte der junge Graf durch den Tod seiner beiden Eltern die vier Millionen Thaler, in deren Besitz diese gewesen waren, und zugleich die schönsten fruchtbarsten Güter in **. Mit diesem außerordentlichen Vermögen verband der Graf auch noch die Vorzüge einer sehr schönen Gestalt; er war einer der schönsten, stattlichsten Männer, die mein Auge je erblickt hat, obgleich er damals, als ich ihn kennen lernte, keineswegs mehr jung, sondern schon der Vater von sieben Söhnen und einer Tochter war, und der älteste dieser Söhne sich bereits im Jünglings-Alter befand.

Allein das Schicksal vertheilt seine Gaben gleichmäßig und so hatte die Natur dem Grafen alle geistigen Eigenschaften eben so karg zugemessen, als das Glück mit seinen Gaben verschwenderisch gegen ihn gewesen war: er war unbeschreiblich bornirt, er war es in einem Grade, der wirklich in Erstaunen setzte, und wir ausgelassenen jungen Mädchen nannten ihn deshalb unter uns nie anders, als *le Comte de boeuf;* auch hatte er wirklich in seinen Augen einen eigenthümlichen Ausdruck, der an den Stier lebhaft erinnerte.

Ein so großes Vermögen im Besitze eines solchen Mannes, der noch obendrein schlecht erzogen und genußsüchtig war, konnte zu nichts Gutem führen, und, es klingt fast unglaublich, ist aber dennoch wahr, Graf A. verstand die Kunst, es bis auf ein geringes Fideicommiß, an das er nicht kommen konnte, gänzlich durchzubringen. Den größten Theil davon soll er in Bädern im Spiele verloren haben.

Er sah sich also nach Verlauf dieser Frist auf dem Trockenen und seine sogenannten Freunde riethen ihm, seine Finanzen durch eine gute d.h. reiche, Heirath einigermaßen wieder herzustellen. Er befolgte diesen Rath und bewarb sich nach der Reihe um alle reichen und ebenbürtigen Fräulein des Landes, erhielt aber überall einen Korb, bis das von der Natur im höchsten Grade stiefmütterlich behandelte

Fräulein von **, das zum Aequivalent für die ihm fehlenden Reize ein schönes Vermögen im Besitze hatte, endlich seinen Bewerbungen Gehör schenkte und ihm seine Hand am Altare reichte. Die neue Gräfin hatte nicht nur ein überaus häßliches und abschreckendes Gesicht, sondern auch einen verwahrlosten Körper, welcher letztere aber nicht verhinderte, daß sie Mutter von acht gesunden, schönen Kindern wurde, die aber leider sämmtlich die unaussprechliche Dummheit ihres Vaters geerbt hatten.

Das erheirathete Vermögen hielt, wie man sich vorstellen kann, auch nicht lange vor, und wenige Jahre reichten hin, die Familie auf das geringe Fideicommiß und die schmale Officiers-Gage des Grafen zu reduciren; zudem waren schon wieder so viele Schulden gemacht worden, daß, wenn der Zahlungs-Termin herankam, schon Alles gleich von den Gläubigern in Anspruch genommen wurde, und so die größte Armuth im Hause herrschte.

Der Graf wohnte gewöhnlich in der Garnison und ließ seine Gemahlin und Kinder in *** zurück, wo diese, trotz ihres hohen Standes, in einer Dürftigkeit lebten, wovon man keinen Begriff hatte. Der König erbarmte sich der drei ältesten Junker und nahm sie in die Cadetten-Schule auf, wo sie auf seine Kosten erzogen und unterhalten wurden; allein es blieben noch vier Junker und eine kleine Comtesse nach, die ganz dieselbe Figur in dem Städtchen spielten, wie *Herzog Bogislaf der Große* (XI.) *von Pommern,* von dem es in der Sage heißt:

»›Sprich, wer ist der Bursch, der dort sich mit dem Schusterjungen rauft?
Potz! Wie setzt er sich zur Wehre, höre, wie er stöhnt und schnauft!
Durch die Kleider steckt der Ellenbogen, durch den Schuh der Zeh;
Das ist wohl ein rechter Bube und armer Eltern Weh?‹
Also fragt der Bauer *Lange,* auf dem Markt zu Rügenwald,
Seinen Wirth, derweil den Sattel er ab vom Gaule schnallt;
Und der Wirth versetzt seufzend: ›Das ist Herzog *Bogislaf,*
Um ihn kümmern weder Eltern, weder Ritter sich noch Pfaff;
Also läuft er mit seinem Bruder täglich die Stadt hindurch,
Balgt sich, ißt, wo er 'was findet, und kommt selten auf die Burg.‹«
u.s.w.

So sah man auch diese jungen Grafen in dem widrigsten, zerrissensten Anzuge durch die Stadt laufen, sich mit allen Gassenbuben balgen und an allen Tischen fürlieb nehmen, wo man für sie deckte. Durch ihre große Ungezogenheit und Flegelhaftigkeit, durch den unter solchen Verhältnissen noch weit unerträglichern Hochmuth, den sie, auf ihre Geburt pochend, an den Tag legten, hatten sie sich alle bessern Häuser verschlossen und mußten so, um den stets leeren Magen zu füllen, zu den niedern Ständen ihre Zuflucht nehmen, wo sie sich nicht selten ungeladen mit zu Tische setzten und noch öfter von demselben fortgewiesen wurden, wenn man eben nicht in der Laune war, diese ungeladenen Gäste zu füttern.

Wie Herzog Bogislaf seinen Bauer *Lange* fand, so fanden auch diese Junker endlich einen großmüthigen Freund und Ernährer. Ein benachbarter Prediger, der ein Mann ganz nach dem Willen Gottes war, und früher mit den Großeltern der armen Junker in Verbindung gestanden, vielleicht gar Gutes von ihnen empfangen hatte, nahm sie alle vier zu sich, und ernährte und kleidete sie nicht blos anständig, sondern suchte ihnen auch einige Kenntnisse beizubringen.

Dieses letztere war aber ein vergebliches Bemühen, denn nicht nur wollten diese Junker, die sich bereits dem Jünglings-Alter näherten und noch nicht *lesen* konnten, vom Unterrichte nichts wissen, sondern sie waren auch sämmtlich so bornirt, so verwildert, daß sie nichts lernen konnten, was dem guten Manne Kummer genug machte.

Der Graf besuchte seine vier Söhne zuweilen, wenn er aus seiner Garnison nach *** kam, und die großen Wohlthaten des edelmüthigen Pfarrers hinnehmend, als müßte es nur so sein, oder als bezahle er ein großes Kostgeld für seine Söhne, sprach er einst die merkwürdigen Worte zu dem armen Manne, den er im Schweiße seines Angesichtes bemüht antraf, seinen Kindern die ersten Elemente des Wissens beizubringen:

»Mein lieber Herr Pastor, was sollen meine Söhne mit dem Kram? Lehren Sie ihnen lieber gut *würfeln*, denn wenn ich einmal todt bin, so müssen alle Sieben um das Fideicommiß würfeln, und wer die höchste Zahl trifft, der geht damit davon.«

Diese ruchlosen Eltern sahen sich also glücklich von ihren Söhnen durch die Großmuth Anderer befreit; es blieb ihnen aber noch eine Tochter, Comtesse Charlotte, ein feines, hübsches Mädchen von damals zwölf Jahren, übrig, das aber, wenn gleich gesitteter und feiner in seinem

Betragen, nicht minder verwahrlost als seine Brüder war, und in seinem zwölften Jahre noch nicht einen einzigen Buchstaben kannte.

Man machte dem Grafen deshalb Vorstellungen; das Fräulein war, wozu seine Geburt es berechtigte, im Kloster eingeschrieben und sollte dereinst Stifts-Dame werden, und um das werden zu können, mußte es wenigstens *einigermaßen* in der edlen Kunst des Lesens und Schreibens unterrichtet sein.

Groß war daher die Noth und Verlegenheit des gräflichen Paares; denn wenn sich gleich in dem Städtchen ein mitleidiger Schullehrer gefunden hätte, der den Unterricht der jungen Comtesse ohne Aussicht auf Honorar übernommen; so wußte man doch allgemein, daß es zu den Unmöglichkeiten gehören würde, dem armen Kinde auch nur die ersten Elemente des Wissens beizubringen, und so wollte Keiner sich damit befassen, leeres Stroh zu dreschen.

In dieser Verlegenheit erinnerten sich der Herr Graf und die Frau Gräfin meiner, und beschlossen gemeinschaftlich, meine Güte in Anspruch zu nehmen. Man wußte, daß ich ein armes, aber liebes und höchst begabtes Kind, die Tochter einer Wittwe, in meinen Mußestunden unterrichte, und an diesem Unterricht eine große Freude durch die glänzenden Fortschritte meiner Schülerin habe, und beschloß, mir eine zweite der Art durch das Ansinnen zu bereiten, auch Comtesse Lotte noch unter meine Flügel zu nehmen.

An einem Tage erhielt ich daher ganz unerwartet einen Besuch von dem Herrn Grafen, der, wie er sehr artig sagte, mir seine besondere Hochachtung dadurch beweisen und mich dringend einladen wollte, doch seiner Gemahlin, die durch seine häufigen Abwesenheiten sehr isolirt sei, von Zeit zu Zeit meine Gegenwart zu schenken.

Ich war über diesen Besuch des, trotz seiner jetzigen Armuth, nicht wenig hochmüthigen Mannes um so mehr überrascht, da ich ihn nur einmal in einer Gesellschaft, und seine Gemahlin nur erst einige Male bei Freunden gesehen hatte, und war, die ökonomischen Umstände dieses Paares kennend, wenig dazu geneigt, es durch meinen Besuch in Kosten zu setzen. Indeß bestand der Graf so nachdrücklich darauf, daß ich endlich gezwungen zusagen mußte.

Kaum hatte er sich entfernt, so eilte ich zu meiner heitern Freundin E., um ihr das Vorgefallene mitzutheilen.

»O, da müssen wir hin!« rief sie lachend aus. »Ich begleite Dich, denn den Spaß lasse ich mir nicht nehmen. Du sollst die köstlichste

Wirthschaft von der Welt kennen lernen; auf wann hast Du denn zusagen müssen?«

»Auf morgen, zum Frühstück«, versetzte ich kleinmüthig.

»Gut! Da wollen wir aber erst zu Hause essen, und Du frühstückst bei mir; dort möchten wir nichts bekommen.«

»Nichts bekommen, wenn man mich förmlich eingeladen hat?« fragte ich lachend.

»Wenn Bäcker, Krämer u.s.w. keinen Credit geben wollen, bekommen wir sicher nichts«, versetzte E.; »aber einen Spaß werden wir haben, und ich freue mich königlich darauf.«

Die Sache war auch ganz nach dem Sinne E–s, die kein anderes Geschäft auf der Welt hatte, als sich auf die lustigste Weise zu unterhalten, und die dieses mit eben dem Eifer betrieb, womit andre, minder glückliche Frauen die Obliegenheiten ihres Hausstandes erfüllen. Wer sie um einen guten Spaß brachte, der beraubte sie gleichsam, und sie vergab es ihm nur schwer.

Am andern Morgen, als ich kaum aufgestanden war, sandte E. schon ihre Kammerfrau zu mir, um mich an die vorhabende Visite bei ihrem Standesgenossen, dem Grafen von A., erinnern zu lassen, damit wir diese ja nicht versäumten, und ihr zu Liebe ging ich wirklich hin, denn sonst würde ich es nicht gethan haben.

Der gräfliche Palast lag in einem Seitengäßchen der Stadt und zeichnete sich vor allen ihn umgebenden Häusern sowohl durch sein schmuziges Ansehen und seine Verfallenheit, als durch die Menge von zerbrochenen Scheiben aus, die man daran wahrnahm. Er gehörte dem edlen Paare nicht zu eigen, sondern sie wohnten nur aus Gnade darin: ein gutmüthiger, wohlhabender Bürger, dem das Haus gehörte, ließ es darin wohnen, obgleich er seit allen den Jahren, die es darin gelebt hatte, nicht einen Heller Miethzins bekommen. Es war früher gewiß einmal hübsch gewesen, jetzt aber vom Zahn der Zeit dermaßen benagt, daß es mit dem Einsturz drohte, da der Besitzer nicht auch noch die Reparatur-Kosten daran wenden wollte, ohne die geringsten Revenüen von seinem Eigenthume zu ziehen.

»Da sind wir!« sagte E., die am Hause herabhängende Klingelschnur anziehend, und tüchtig lautend. »Wir müssen uns schon bemerkbar machen«, fügte sie flüsternd hinzu, »denn man öffnet, der vielen und oft ungestümen Gläubiger wegen, nicht gern.«

Es dauerte auch wirklich eine ganze Weile und bedurfte noch eines zweiten, weit stärkern Klingelzugs, bevor sich oben am Fenster etwas zeigte – denn die Vorsicht wurde immer angewandt, erst von einer der obern Etagen auf die Gasse hinabzusehen, bevor man öffnete – und wir erblickten das holde Antlitz der Frau Gräfin von A., das, von einem schmuzigen, buntgewirkten Tuche turbanartig umwunden, nicht eben den reizendsten Anblick gewährte, durch eine der großen zerbrochenen Fensterscheiben.

Indeß waren wir, obgleich man uns erkannt haben mußte, weit davon entfernt, schon dem Ziele unserer Wünsche nahe zu sein, vielmehr fuhr das gräfliche Haupt mit dem Ausdruck des Entsetzens im Gesichte, von der Oeffnung zurück und wir wurden noch immer nicht eingelassen. Wahrscheinlich hatte der Herr Graf seiner Ehehälfte also entweder gar nichts von der durch ihn an mich ergangenen Einladung gesagt, oder man hatte auch angenommen, daß ich derselben nicht Folge leisten würde, und so sich auf Nichts vorbereitet; E–s Muthwille zog ihnen aber einen Strich durch die Rechnung, und da waren wir!

Endlich erschien der Herr Graf, der indeß seine Uniform übergeworfen, aber nicht Zeit gehabt hatte, auch den untern Theil seiner Bekleidung zu verändern, an der Hausthür und öffnete uns mit einer etwas verlegenen Miene, die wahrscheinlich durch sein Unterparlament hervorgerufen wurde, denn dieses war von einer fast unanständigen Beschaffenheit.

»Mein Gott, meine Gnädigen!« rief er mit scheinbarem Erstaunen, so wie er die Thür aufgeriegelt hatte – das Schloß daran war seit lange verdorben – »Sie sind es? Sie hat man warten lassen? Treten Sie ein, und verzeihen Sie, daß Sie mich so *in négligé* finden; ich war im Garten beschäftigt; die Raupen zehren mir fast alles Laub an meinen schönen Fruchtbäumen auf, und ich war darauf aus, ihnen den Krieg zu erklären. Sehen Sie, wie ich mich dabei zugerichtet habe; ich schäme mich fast, so vor Ihnen zu erscheinen! Aber treten Sie ein! treten Sie ein, und erlauben, daß ich meine Gemahlin von Ihrem angenehmen Besuch benachrichtige; sie wird gleich hier und wie ich, über Ihre Gegenwart entzückt sein.«

Mit diesen Worten complimentirte er uns in ein linker Hand belegenes, sehr großes Zimmer hinein, und entfernte sich eilig, um seine halb angefangene Toilette zu vollenden. Ich hatte jetzt Zeit, mich in dieser gräflichen Wohnung umzusehen; sie übertraf alle meine Erwartungen von der Misere, die ich zu finden geglaubt hatte. Da war kein einziger Stuhl, der ein ganzes Polster aufweisen konnte, kein Tisch, der nicht ruinirt gewesen wäre; der Fußboden war selbst an mehren Stellen aus seinen Fugen gewichen und die halb ihrer Farbe beraubten Bretter standen in die Höhe, weil der Nagel fehlte, sie wieder anzuheften. An den Wänden hingen einige Familien-Portraits in ehemals vergoldet gewesenen, jetzt aber durch Fliegen-Schmuz unkenntlich gewordenen Rähmen; es waren stolze Männer und Frauen im reichsten, kostbarsten Anzuge, die Männer mit Stern und Ordensband, die Frauen mit Perlen und Edelsteinen bedeckt; alle hielten das Haupt stolz empor und die Nase hoch, denn die Familie des Grafen hatte sich von jeher durch Adelstolz ausgezeichnet, und schienen gleichsam mit Hohn auf uns herabzublicken.

Der Contrast zwischen dieser alterthümlichen Pracht und Hoheit in Bildern und dem Elende in der Wirklichkeit war wirklich schneidend, und gab mir ein schmerzliches Gefühl, während die schalkhafte E– sich sichtbar daran ergötzte; denn von Sentimentalität hatte sie nicht das Geringste an sich.

»Wo setzen wir uns nur?« flüsterte sie mir zu, nachdem sie alle Stühle der Reihe nach durchmustert hatte. »Laß uns das vorher sorgsam überlegen, denn wenn wir uns so niederlassen, müssen wir fürchten, unsere guten Kleider zu verderben.«

Dem war wirklich so, und sie übertrieb nicht; diese weißlackirten, mit abgescheuerten Gold-Leisten eingefaßten Stühle und Armsessel waren wirklich mit solchen schmuzigen und zerrissenen, einst hochroth gewesenen dammastenen Polstern belegt, daß man sich nicht ohne Furcht darauf niederlassen konnte, mit einem argen Flecken im Kleide wieder davon aufzustehen; endlich aber musterten wir doch zwei aus, die uns solche Gefahr nicht zu drohen schienen, E... schob sie dicht neben einander und wir setzten uns darauf.

Der Herr Graf war der Erste, der sich uns wieder zeigte, und zwar in der vollen Pracht und Herrlichkeit seiner Uniform, die jetzt vollständig war.

»Verzeihen Sie, meine Gnädigen« – er kannte keine andere Anrede und gehörte überhaupt zu den stereotypen Menschen, die nur in eingelernten Redensarten sprechen – »verzeihen Sie, daß ich Sie habe warten lassen. Es herrscht aber heute eine kleine Confusion im Hause: die bessern Zimmer werden gemalt, tapeziert u.s.w., weshalb ich Sie habe in dieses kaum logeable führen müssen, und unsern Domestiken haben wir Erlaubniß zum Ausgehen gegeben. Es ist heute Jahrmarkt in M. – da kann man denn nicht wegbleiben; da muß man denn hin, wie diese Leute meinen; und meine Gemahlin ist zu nachsichtig, allzunachsichtig, wie Sie vielleicht wissen werden, sie kann keine Bitte abschlagen, und so sind wir denn heute zum Unglück auf meinen *Kerl* reducirt« – der »Kerl« war ein Soldat des Regiments, bei dem er stand, und zugleich sein Diener und Factotum –; »Sie werden aber nachsichtig sein, meine Gnädigen, und meine Gemahlin wird sogleich auch erscheinen, um so angenehme Gäste zu begrüßen.«

Die Frau Gräfin ließen aber lange, lange auf sich warten, wahrscheinlich, weil der Toilette erst durch die Nähnadel nachgeholfen werden mußte, und das Gespräch würde zwischen uns und dem insipiden Grafen sicher gänzlich eingeschlafen sein, wenn die muntre E. ihm nicht durch ihren unversiegbaren Witz stets neue Nahrung gegeben hätte. Endlich, endlich ging denn auch die »angenehme Wirthin des Hauses« in voller Glorie auf; das schmuzige Tuch war von ihrem Haupte verbannt und eine seltsam aufgeputzte Mütze nahm seine Stelle ein; der übrige Anzug stand mit derselben in schönster Harmonie.

»Nun, meine Gnädigen, ein kleines Frühstück«, nahm der Graf verlegen wieder das Wort; »was befehlen Sie? – Sie werden für die gehörige Bewirthung unserer lieben Gäste sorgen, *ma chère*,« wandte er sich an seine Gemahlin, die ihn mit einem Blick ansah, worin sich die höchste Seelen-Angst abspiegelte.

»Sie werden nur frugal bewirthet werden, meine Gnädigen«, wandte er sich wieder an uns, »des Ihnen schon angedeuteten Umstands wegen; aber Sie werden Nachsicht üben, nicht wahr, das werden Sie?«

Ich saß wie auf der Folter und hätte, die Angst der armen Frau berücksichtigend, gern Alles verbeten; allein E. war unerbittlich, und so antwortete sie:

»Ganz gewiß, Herr Graf und wir bitten recht sehr, ja nicht zu viele Umstände zu machen.«

»Ich machte gern die allergrößten mit Ihnen, meine Gnädigen«, nahm der Graf wieder das Wort; »aber die Möglichkeit es zu thun, wenn die Domestiken auf dem Jahrmarkt umherschwärmen, und man keinen andern Diener hat, als so einen Kerl, der zwar sein Exercitium ganz gut, allein von der Aufwartung nichts versteht.« Er ging mit diesen Worten aus der Thür und wir sahen ihn nicht wieder.

Daß kein Frühstück erschien, versteht sich wohl von selbst; ich saß wie auf Nadeln, da ich die Angst der armen Frau sah, deren Blicke sich unabläßlich auf die Thür wandten, als solle von dort ihr irgend ein Heil, eine Rettung kommen; vielleicht hoffte sie, daß ihr Gemahl, der diese artige Suppe durch seine Einladung eingebrockt hatte, durch seinen »Kerl« doch noch irgend etwas, das einem Frühstück ähnlich sähe, auftreiben würde; allein diese Hoffnung ging nicht in Erfüllung.

Endlich war selbst E. unsre Stellung, der armen, gequälten Frau gegenüber, nicht mehr haltbar, und wir brachen, zu meiner großen Herzensfreude und Erleichterung, auf.

»Nun, habe ich es Dir nicht gesagt?« fragte E., als wir dieses unglückselige Haus hinter uns hatten, mit Lachen; »und thaten wir nicht gut, vorher zu frühstücken? Wissen aber möchte ich, was der Graf von Dir will, denn um Deiner schönen Augen willen ist er sicher nicht allein zu dir gekommen.«

Schon nach wenigen Tagen löste sich das Räthsel auf. Der Graf machte mir einen zweiten Besuch – von dem, welchen wir bei ihm gemacht hatten, war gar nicht die Rede zwischen uns – und schlug mir vor, den Unterricht seiner Comtesse Tochter zu übernehmen.

»Denn sehen Sie, meine Liebe« – das »Gnädige« fiel jetzt weg, da er mich allein, eine Bürgerliche, vor sich hatte – sagte er mit dem Tone der höchsten Süffisance, »ich könnte meine Tochter in irgend eine Pensions-Anstalt geben, man hat deren recht gute; allein Sie, sagt man mir, Sie sollen eine so unvergleichliche Methode des Unterrichts, eine ganz süperbe Methode haben, und ich, ich werde nicht undankbar sein, gewiß, das werde ich nicht!«

Von Mitleid mit seinem armen Kinde bewegt, versprach ich ihm, was er wünschte, und er schied sehr froh von mir. Bald fand sich Comtesse Lotte bei mir zum Unterrichte ein, den ich, trotz ihrer zwölf Jahre, mit der Fibel beginnen mußte; allein es war völlig unmöglich, ihr je mehr als die Buchstaben beizubringen, und wenn sie diese noch jetzt kennen sollte, so ist das mein Verdienst und die Frucht meiner unsäglichen Mühe und Anstrengungen. Sie blieb aber, nachdem sie die verhängnißvollen Vier und zwanzig inne hatte, ganz weg, was mir eine nicht geringe Erleichterung gewährte.

Daß ich keinen zweiten Frühstücks-Besuch im Hause dieses Don Ranudo II. machte, versteht sich wohl von selbst; ich hatte Angst genug

183

bei dem ersten ausgestanden, auch sah ich den Herrn Grafen nicht wieder, der bald darauf in seine Garnison zurückkehrte.

Späterhin kam ich einige Male mit der armen Gräfin zusammen, die bei einer mir befreundeten Familie Zutritt hatte, in der man sie aus Mitleid duldete. Sie spielte gern und sehr gut Karte, bezahlte aber nie, wenn sie verlor, und strich den Gewinn jedesmal mit dem sichtbarsten Vergnügen ein.

Ich sehe sie noch in ihrem dünnen, verschossenen Anzuge, dem aber einiger Flitterstaat nicht fehlte, wenn sie mitten im Winter und bei vielleicht 16 Grad Kälte, mit einem winzigen Umschlagetuche und ohne Mantel, ohne Oberrock, durch die Gassen ging, die Hände erstarrt und das häßliche Gesicht blau gefroren vor Kälte.

»Das arme *Dier!*« pflegte E. in ihrem fränkischen Dialekt dann wohl mitleidig zu sagen; »das arme Marschir-Lieselchen, wie gern schenkte ich ihr 'nen warmen Mantel!«

Sie that das wirklich, und zwar auf eine so hübsche, zarte Weise – denn sie war im Grunde gut – daß die Beschenkte nie erfuhr, von wem ihr das Heil gekommen war.

Der *Comte de Boeuf* ist todt – die arme Comtesse ruht unter der Erde, und die sieben Junker haben an der Trommel um das kleine Fideicommiß gelost, das *einen* von ihnen nur vor dem gänzlichen Verhungern bewahrt, nachdem ihr Vater einst vier Millionen besessen und todtgeschlagen hatte.

VII. Clementine.

Wir pflegten *Clementine* im Scherze den weiblichen *Jean-Jacques* zu nennen, und in der That paßte diese Benennung in vielen Dingen auf sie.

Sie wurde unter glücklichen Umständen geboren und war das erste Kind junger, schöner, gesunder Eltern, die sich aus Liebe geheirathet hatten. Diesem Umstande verdankte sie vielleicht den kräftigen, sich früh entwickelnden Körper und den frischen, muthigen Geist, die ihr eigenthümlich waren. Noch bevor sie das erste Lebensjahr zurückgelegt hatte, lief sie davon und zwar mit solcher Sicherheit, daß die Mutter sie an einem Tage verlor, indem sie unbemerkt die Gasse hinunter lief und von Fremden, die eben gelandet waren, auf dem Arm der über ihr

Verschwinden im höchsten Grade erschrockenen Mutter wieder zugebracht wurde; man hatte sie am Landungsplatze am Ufer hin- und herlaufend gefunden und, da man von dem Meere Gefahr für ein noch so junges Kind fürchtete, sie mit in's Städtchen genommen, wo man hoffen durfte, sie den Eltern wieder zuführen zu können. Mit einem Jahre sprach sie auch, und von ihrem zweiten an erinnerte sie sich deutlich aller ihr vorkommenden Personen und aller ihrer kleinen Begegnisse.

Der Vater war ein sehr gelehrter, trefflicher, durch und durch gebildeter Mann, und dabei genial im höchsten Grade. Auch sein Geist war früh erwacht und zur Reife gediehen, denn mit 19 Jahren konnte er bereits zu Jena promoviren und mit 21 Jahren, da er eine Anstellung als Arzt erhalten hatte, seine Geliebte als Gattin in sein Haus führen. Er war nicht nur ein ganz ausgezeichneter Arzt, sondern auch Dichter, Maler und Musiker, und leistete in den genannten schönen Künsten das Ausgezeichnete.

Clementine war sein erstes Kind und er liebte sie daher mit einer außerordentlichen Zärtlichkeit, so daß er sich kaum auf Stunden von ihr zu trennen vermochte; auch war sie bei ihm, wo ihr früh erwachender Geist beständig Nahrung fand, lieber, als bei der guten, sanften Mutter, die bald andere Kinder bekam und sich mit diesen, die, jünger und hülfsbedürftiger, mehr ihre Muttersorge in Anspruch nahmen, mehr beschäftigte, als mit der früh kräftigen, gesunden und gewissermaßen selbstständigen Clementine, die der Abgott des Vaters war und blieb. Nur das bedauerte er zuweilen, daß sie kein Sohn sei.

Eine große, schöne Natur umgab sie bei ihrer Geburt; das unermeßliche Meer war ihre Wiege und schon früh begriff sie seine Wunder und Herrlichkeiten; schon früh lauschte sie mit selbst noch unbegriffenem Entzücken auf das Wogengebrause, auf den Donner der sich an den Felsenblöcken des Ufers brechenden Wellen, und kannte kein größeres Glück, als mit dem Vater im schwankenden Kahne weit in die See hinauszufahren und Gefahren zu trotzen, die sie bereits begriff, die sie aber mit Wonne durchschauderten.

Eine andere Freude wurde ihr durch eine alte Kinderfrau, ihre Wärterin, die bereits ihre Mutter auf ihren Armen getragen hatte, bereitet; diese besaß einen wahren Schatz an schönen Sagen und Mährchen und verstand sie auf das Anmuthigste vorzutragen. Das sonst sehr wilde und ungestüme Kind war gewiß ganz ruhig, wenn es am Meeresstrande zu den Füßen der alten Katharina saß und diese ihr in ihrer einfachen, aber hübschen Manier vom fliegenden Holländer, von den Seefrauen, die tief unter den Wassern in Palästen von grünem Smaragd wohnten, von den Nixen und kleinen Kobolden die allerseltsamsten Sachen erzählte. Voll von sehnsüchtigem Verlangen ließ sie dann oft die Blicke über die bewegte, blaue Fläche des Meeres hingleiten und wünschte nichts mehr, als daß sich einmal der Arm oder das Haupt einer solchen schönen Meerfei aus dem Wellenschaume erheben möchte, und sie glaubte fest daran, daß dies möglich sei, wie sie überhaupt an alle Wunder der ihr erzählten Sagen und Mährchen glaubte. In spätern Jahren erinnerte sie noch recht gut, daß sie oft an einem kleinen Erd-Hügel saß, von dem die alte Katharina ihr eine hübsche Sage von kleinen Gnomen erzählt hatte, die darin hausen sollten, und mit leiser Stimme rief: »Kommt doch kleine artige Männchen, ich möchte euch so gern auch einmal sehen!« und wie sie jeden Augenblick erwartete, daß sich das von ihr gewünschte Wunder begeben würde.

Die Sage von den kleinen »Erdmännchen« – so nannte die erzählende Alte die Gnomen – in diesem Hügel war für Clementine um so bedeutungsvoller, da sie auf ihre eigene Familie Bezug haben sollte, und so hörte sie sie vor allen andern immer am liebsten erzählen.

Clementine's Ur-Großmutter, eine eben so fromme als kräftige Frau, so hieß es in der Sage, war früh Wittwe geworden und mit einem Häuflein Kindern bei unzureichendem Vermögen zurückgeblieben. Da hieß es denn, sich durchzuschlagen und das that die gute Urgroßmutter wacker. Im Sommer war sie allemal mit der Sonne auf und Abends die Letzte zu Bette; sie beschämte alle Mägde durch ihre rastlose Thätigkeit, und ihr großes Hauswesen ging durch ihr Bemühen wie am Schnürchen.

Oft, wenn sie Morgens die Erste im Hause auf war, und an den Heerd ging, um für die lieben, noch schlummernden Kinder die Morgen-Suppe zu kochen, fand sie, zu ihrer großen Verwunderung, ein blankes Goldstück von unbekanntem Gepräge in der Asche, und zwar immer, wenn sie recht in Noth und Sorge war und weder aus noch ein mit ihren Ausgaben wußte. Sie, als eine so fromme Frau, glaubte an Wunder, und so nahm sie getrost die in der Asche gefundenen Goldstücke an, die sie als eine Gabe Gottes betrachtete, der sich ihrer Noth erbarmt und sie ihr vom Himmel herunter gereicht habe.

Bald aber sollte sie sich enttäuscht sehen. Einst, als sie um Mitternacht noch, weil am Tage nicht Zeit dazu gewesen war, als Alles im Hause bereits lange schlief, den Boden beim Schein einer Leuchte kehrte, und eben wieder in recht schweren Sorgen war, weil sie einen Termin in den nächsten Tagen bezahlen sollte, kam es ihr vor, als ob der durch den Besen aufgewühlte Staub auf eine wunderbare Weise glänze und flimmere, und endlich vernahm sie sogar Metall-Klang, so daß sie sich niederbückte, um zu sehen, was es mit diesem wunderbaren Wesen für eine Bewandtniß habe. Wie groß war ihre Ueberraschung und ihre Freude, als sie fand, daß statt des Staubes lauter blinkende Goldstücke, von demselben Gepräge, wie die, welche sie von Zeit zu Zeit Morgens in der Asche gefunden hatte, vor ihrem Besen lagen! Sie bückte sich nieder, um eins davon aufzuheben, hörte aber in demselben Augenblick ihren Namen von einer feinen, wispernden Stimme rufen.

Trotz ihres Muths, erschrack sie doch über diesen unerwarteten Ruf, denn es war Mitternacht und sie glaubte ganz allein auf dem Boden zu sein. Als sie sich aber einigermaßen wieder gefaßt hatte, schlug sie ein Kreuz, sagte ein kurzes Gebet her, und blickte dann in Gottes Namen um sich. Da sah sie, ganz in der Nähe der auf den Fußboden gestellten Horn-Laterne, ein Männchen stehen, das, wie die alte Katharina sich ausdrückte, »nur drei Käse hoch war«, aber einen dicken, häßlichen Kopf mit struppigem Haar hatte; gekleidet war es ganz in Grau.

»Um Gott, was willst denn Du hier? und woher kommst Du?« fragte die Urgroßmutter und schlug drei Kreuze, um, wenn es ein unsauberer Geist wäre, ihn durch dieses heilige Zeichen zu vertreiben. Allein das Männchen entwich nicht, sondern antwortete ihr vielmehr mit seiner feinen, wispernden Stimme:

»Habe keine Furcht vor mir, *Emerentia*, Du treue Mutter und fleißige Hausfrau! Ich bin Dein Freund schon seit lange, und die blanken Goldstücke, die Du von Zeit zu Zeit in der Asche fandest, sie waren von mir; ich belohnte damit Deinen Fleiß, denn fleißige Leute liebe ich. Nun höre aber, was mich in dieser Stunde dazu treibt, Dich aufzusuchen und mich Dir in Person zu zeigen, und erfülle die Bitte, die ich an Dich ergehen lassen will. Wir sind ein unterirdisches Völkchen, und man nennt uns, wie Dir bekannt sein wird, auf dieser Insel die Erdmännchen. Wir bilden, wie Ihr hier oben, einen ordentlichen Staat und haben einen König und eine Königin, die tief da unten in einem goldenen Palaste wohnen, denn wir besitzen und bewachen alle Metalle der Erde, und wenn wir ihm nicht wohl wollen, findet der rüstige Bergmann nimmer das Gold und Silber, nach dem Ihr hier eben ein so großes

Verlangen tragt. Nun aber sind wir in gar großer Noth und Betrübniß: unsere schöne Königin liegt schon seit diesem Morgen in Kindes-Nöthen und kann ihres Kindleins nicht genesen; daher bin ich gekommen, Dich, die Du eine so kluge, als verständige Frau bist und selbst viele liebe Kinder geboren hast, zu bitten, unserer armen Königin Dich annehmen und ihr die Dienste einer Hebamme leisten zu wollen. Die Belohnung soll nicht ausbleiben, und nicht nur das viele blanke Gold, das hier vor Deinem Besen liegt, soll Dein sein, sondern Du sollst von da unten auch noch so viel mit herauf nehmen dürfen, als Du zu tragen vermagst, und Dir und den Deinen soll es fortan nimmer an Reichthümern fehlen.«

Diese Aussicht war lockend, mehr aber noch wurde die fromme Urgroßmutter durch das Mitleid mit der armen, ihres Kindleins nicht genesen könnenden Königin getrieben, der Bitte des Erdmännchens Folge zu leisten. Sie wendete daher die, des Staubes wegen auf der verkehrten Seite umgebundene Schürze um, brachte die Mütze und das Busentuch in Ordnung, und sagte dann:

»So führe mich mit Gott, ich bin bereit, Dir zu folgen!«

Das Männchen that darob sehr froh, ergriff die Hornlaterne und schritt die Treppe hinunter, aus dem Hause hinaus, bis zum unfernen Meeresstrande hin, wo sich ein mäßiger Hügel erhob; hier angelangt, blieb es stehen und sah sich nach der Urgroßmutter um, ob sie ihm auch wirklich gefolgt sei; sie stand dicht hinter ihm.

Jetzt blies er das Licht in der Laterne aus, ging drei Mal rund um den Hügel und sagte einen Zauberspruch her, den leider die Urgroßmutter nicht behalten hat, weil er in einer ihr fremden Sprache gesprochen wurde, worauf sich alsobald der Hügel auseinander spaltete, und man bequem in die Tiefe hinabblicken konnte, in der es von vielen kleinen Männlein, die ganz so beschaffen waren, wie der Führer der Urgroßmutter, »*krimmelte und wimmelte.*« Auf einem Bette von gediegenem Golde lag aber eine schöne kleine Frau, mit bleichem, leidenden Antlitze, die eine goldene, mit Diamanten und andern Edelsteinen besetzte Krone auf dem Haupte hatte. O wie herrlich war der Blick da hinab in die Tiefe, und wie blitzte und flimmerte es von allen Seiten von Edelsteinen und Gold und Silber; die Urgroßmutter war einen Augenblick wie verblendet davon!

»Jetzt faß mein Gewand an«, sagte das Männlein, ihr bisheriger Führer, »und fürchte Dich nicht, wenn es auch etwas jäh hinabgeht;

Du sollst ohne Schaden da unten anlangen; ist mir Dein Leben doch eben so wichtig, als es Dir ist!«

In dem Augenblick erhoben sich Tausende von pipsenden und wispernden Stimmen da unten, die riefen:

»Der Pfeifer kommt! Der Pfeifer kommt! Jetzt wird unsere Königin glücklich eines Kindleins genesen!« und damit warfen sie sich, wie rasend vor Freude, vor einem häßlichen Götzenbilde nieder, das einen menschlichen Körper, aber ein thierisches Antlitz hatte, und dankten ihm für das nahende Glück.– »Nun, wirst Du anfassen, gute Frau?« fragte ihr Führer, indem er ihr den Zipfel seines grauen Mantels darbot.

»Halt, guter Freund, noch nicht!« versetzte die Urgroßmutter, die jetzt ihre volle Besonnenheit wieder erhalten hatte. »Erst sag' mir, ist die häßliche Fratze da unten, vor der Deine Brüder niederknien, die Gottheit, die Ihr anbetet, und wißt Ihr nichts von dem einigen wahren Gott und seinem Sohn, Jesus Christus?«

»Wir haben unsern Gott für uns allein, und der ist es, den Du da unten siehst«, versetzte das Männlein etwas verdrießlich über die Zögerung der guten Frau. »Unser Gott«, fuhr er fort, »ist wohl so gut wie der Deine, und wir beten ihn und noch eine Menge anderer Götter, denen wir goldene Throne und Altäre errichtet haben, eben so feurig an, wie Du Deinen Gott anbetest.«

»So seid ihr ja Heiden, und ich mag um alle die Schätze, die ich da unten sehe, nichts mit Euch gemein haben«, versetzte die fromme Frau, und trat entschlossen von der Oeffnung zurück.

Vergebens bat und beschwor sie das Männchen, doch mit ihm zu kommen, um der kreisenden Königin beizustehen; vergebens bot er ihr so viel Gold und Edelsteine, als sie nur begehren würde, und endlich gar alles Glück und Gedeihen der Welt an, sie blieb unerbittlich.

»Nun denn«, rief das Männchen im höchsten Zorne, »so sollst weder Du noch sollen die Deinen, bis auf die letzten Geschlechter, je Reichthümer besitzen, noch ein zufälliges Glück haben, sondern Alles, was Ihr je habt, das sollt Ihr im Schweiße Eures Angesichts erwerben; dies sei die Strafe Deines Eigensinnes!«

»Dem sei so in Gottes Namen!« versetzte die fromme Frau, schlug ein Kreuz und floh von dannen. Sie kehrte wieder an ihre Arbeit auf den Boden zurück, fand aber kein Gold mehr dort, sondern nur Staub und Unrath.

Der Fluch des kleinen Erdmännchens, wenn es übrigens einer war, hat sich an Clementinens Vorfahren und an ihr selbst bis auf diesen Tag bewährt: Glücksgüter sind ihnen nie zugefallen, wohl aber haben sie Segen von ihrem Fleiße und ihren Anstrengungen gesehen.

Dieses Mährchen, das die alte Katharina so gern und so oft dem ihr sorgsam zuhörenden Kinde erzählte, und dessen Inhalt dasselbe, so jung es auch noch war, vollkommen begriff, hat vielleicht den ersten Grund zu der ungewöhnlichen Thätigkeit Clementinens gelegt, die eine Person geworden ist, die sich immer beschäftigen muß, sei es, auf die eine oder auf die andere Art.

So schön, so anregend, so heilsam für Geist und Körper zugleich, so die jugendliche Phantasie befruchtend, flossen Clementinens erste Lebenstage dahin. Es konnte wohl kaum ein glücklicheres Kind geben, und gewiß nie ein geliebteres, als sie war. Auf alle Weise durfte sie sich regen und bewegen, und wie es ihr vergönnt war, ohne Furcht wegen eines zerrissenen oder beschmuzten Kleides die kleinen Glieder im Springen und Klettern zu üben, so durfte sie auch frei die geistigen Fühlhörner ausstrecken und jede Frage wurde ihr mit Liebe von dem herrlichen Vater beantwortet, immer war dieser bemüht, sie zu belehren, zu erfreuen.

Auch war ihr leibliches, wie ihr geistiges Gedeihen außerordentlich; alle ihre Kräfte wurden gleichmäßig geübt; sie durfte auf den Baum so hoch hinaufklettern, als sie es vermochte; sie übte, unter der Aufsicht des Vaters sich im Schwimmen im Meere; sie machte an seiner Hand weite Wege, ohne müde zu werden; sie konnte den stärksten Frost vertragen und die brennendste Sonnenhitze; sie war nie krank, nie verstimmt: sie war ein glückliches Kind!

Mit dem dritten Jahre konnte sie lesen, und überraschte den Vater damit, der, als ein zu verständiger Mann, es vermieden hatte, sie zu früh zu einer so angestrengten geistigen Thätigkeit anzuhalten. Sie sah die alte, von ihr sehr geliebte Katharina oft im Gesangbuche oder der Bibel lesen und verlangte daher von ihr, daß sie es ihr lehren solle. Die gute Alte zeigte ihr die Buchstaben in dem etwas groß gedruckten Gesangbuche; sie begriff sie schnell, lernte dann einzelne Sylben und endlich ganze Wörter lesen, ohne Fibel, ohne förmlichen Lehrapparat.

Sie bat nun den Vater um ein Buch – er hatte deren viele –.

»Was willst Du mit einem Buche? Du kannst ja nicht lesen, Clementine«, antwortete er ihr lächelnd.

»O, doch! ich kann wohl lesen!«

Er gab ihr ungläubig ein Buch hin, und sie las.

Auf eben die Weise lernte sie, noch vor dem sechsten Jahre, auch das Schreiben. Erst malte sie die Buchstaben im Sande nach, die der Vater auf ihren häufigen Spaziergängen mit seinem Spazierstöckchen darin geschrieben; dann eignete sie sich ein Stück von einer Schiefer-Tafel an und schrieb darauf; endlich erhielt sie Papier und Federn, was sie sehr glücklich machte. Auch mit dem Zeichnen machte sie aus eigenem Antriebe den Anfang und zeigte die glücklichsten Anlagen, die in der Folge sorgfältig ausgebildet wurden, so daß sie etwas darin leistete. Nur Eins konnte sie, trotz des besten Willens und des glücklichsten Gedächtnisses, nie begreifen: das Rechnen, und dies ist für die ganze Folgezeit ihres Lebens so geblieben. Die Zahlen waren ihr verhaßt, sie starrten sie gleichsam mit geisterhaften Augen an, wenn sie so in Reihe und Glied aufgestellt wurden, und unmöglich war es ihr, ihre Aufmerksamkeit darauf zu richten; sie mußte immer an etwas Anderes denken, wenn sie Zahlen vor sich hatte und hat es, obgleich sie späterhin viel, wenigstens für eine Frau, und mit Lust lernte, doch nie dahin bringen können, nur die vier Species gehörig zu erlernen. Dagegen war sie, seltsam genug, eine fertige Kopfrechnerin; ich glaube aber, daß sie ganz anders rechnete, als alle andern Menschen; wenigstens vermochte sie nie Rechenschaft darüber zu geben, auf welche Art und Weise sie diese oder jene schwere Aufgabe in ihrem Kopfe gelöset habe; Methode war also nicht drin.

Das glückselige Leben auf ihrer Geburts-Insel sollte nur zu bald unterbrochen werden. Der Vater, ein Arzt von großem Rufe, wurde nach einer andern Stelle auf dem Festlande versetzt, und reiste zuerst dahin allein ab, um sich einzurichten; die Familie sollte dann späterhin ihm nachfolgen und blieb so lange im großelterlichen Hause.

Clementine war fast außer sich vor Schmerz über diese Trennung, und da es der erste war, den sie im Leben hatte, wirkte er um so heftiger auf sie.

Seit der Vater fern war, schränkte man sie auch mehr ein; die Mutter war nicht ganz so nachsichtig, wie der Vater es gewesen war, und ein Fleck oder ein Loch im Kleide zog ihr Vorwürfe und Verweise zu; sie durfte nicht mehr allein am Meeresstrande wandeln und sich die kleine Schürze voll Muscheln und bunter Steine suchen; man setzte ihr einen Hut auf, damit die Sonne sie nicht gar zu braun brenne; man schalt sie, wenn sie mit bloßen Füßen auf den Kieseln des kleinen, hinter dem großelterlichen Hause sich befindenden Bachs umherlief; man zog ihr feinere Strümpfe und enge Schuhe an, und sagte ihr, daß es sich für ein Mädchen nicht schicke, auf die Bäume zu klettern oder wohl gar einen Ritt zu Pferde zu machen, indem sie vor einem ihrer Onkel aufsaß; kurz, sie sollte ein *gesittetes* Mädchen werden, und das gefiel ihr durchaus nicht.

Endlich schlug die von Clementinen so heiß ersehnte Stunde der Wiedervereinigung mit dem geliebten Vater; aber ach! wie sollte diese getrübt werden! Der Vater hatte bei einer Schlittschuh-Partie auf dem Eise einen unglücklichen Fall gethan und konnte sich von demselben nicht wieder erholen. Der einst so kräftige und schöne Mann mußte sich jetzt zum Gehen eines starken Stocks bedienen, und war überhaupt so verändert in seiner äußern Erscheinung, daß es selbst Clementinen, trotz ihrer großen Jugend, schmerzlich auffiel. Das Wiedersehen Beider war unendlich rührend und der Vater vergoß viele Thränen dabei. Vielleicht mochte ihm damals schon ahnen, daß eine noch weit schmerzlichere Trennung, als die eben bestandene, von seinem Lieblinge ihm bevorstehe, und er deshalb so gerührt, so tief ergriffen sein.

Auch sein Gemüth hatte sich, wahrscheinlich in Folge der körperlichen Leiden, denen er erlag, gänzlich umgewandelt; er war jetzt weder mürrisch noch verstimmt; allein er war im höchsten Grade melancholisch, und wenn noch einmal ein Lächeln seinen schön geformten Mund umspielte, so war es nur ein schmerzliches.

In dieser Stimmung konnte er Clementinens weniger denn je entbehren, und so mußte diese Tag und Nacht um ihn sein, ja ihn sogar auf seinen Fahrten auf's Land begleiten; er schien sie, die er nicht lange mehr lieben sollte, jetzt doppelt lieben zu wollen.

So oft es ihm nur seine Zeit und seine Gesundheit erlaubten, ging er mit ihr in's Freie hinaus, wo es Beiden, als innig mit der Natur verbundenen Wesen, am wohlsten war. Hier machte er Clementine auf Blumen und Kräuter aufmerksam und nannte ihr ihren Namen, die sie in dem glücklichsten aller Gedächtnisse treu behielt; hier belauschte er mit ihr in tiefer Waldes-Einsamkeit die jungen Vögel im Neste, was ihre junge Seele allemal mit Entzücken erfüllte; hier ruhte er mit ihr am Stamme tausendjähriger Eichen und machte sie auf die kleine Welt der Moose aufmerksam, auf die wunderbare Form der Blüthen und Saamen dieser Kryptogamen; hier horchte er mit ihr entzückt auf den

Gesang der Vögel, auf das Jubeln der von den Saatfeldern empor wirbelnden Lerchen; hier betrachtete er mit ihr den mit Goldstaub bedeckten Käfer oder das Würmchen, das zwischen den Halmen der Gräser dahinkroch; hier entzückte das Rauschen und Murmeln der Bäche Beider Ohr; hier endlich war es, wo die ganze Poesie seiner Seele in die seines Kindes überfloß!

Dieses Leben in Flur und Wald verband sie auf's Engste und für die ganze Folgezeit, sowohl mit der Natur, als mit der Poesie. Früh lernte sie die Dinge aus einem andern, denn aus einem gewöhnlichen Gesichtspunkte ansehen; früh ging ihrem Herzen jene Morgenröthe poetischer Gefühle und Ansichten auf, die ihr ganzes Leben erhellen, es zu einem erhöhteren Dasein machen sollte. Nie hat sie in der Folge die Natur mit gleichgültigen Blicken betrachten können, und für ihre Seele, wie für jene, war der Frühling allemal ein Auferstehungs-Fest, und jedem weihete ihr Herz eine Hymne.

Solche Eindrücke der frühesten Jugend sind unauslöschlich, und die Richtung, welche Seele und Gemüth auf solche Weise in den ersten Tagen des geistigen Erwachens empfangen haben, kann in der Folge nicht mehr verändert werden, mögen Schicksale und Verhältnisse sich auch noch so sehr verändern. Clementine erfuhr dies an sich selbst; sie bewahrte in den seltsamsten und schwierigsten, ja, in den allerprosaischesten Verhältnissen des Lebens die Poesie des Gemüths, die theils ein Erbtheil von ihrem Vater, theils durch den steten Verkehr mit ihm auf sie übergegangen war, und wenn sie gleich als Dichterin nicht Bedeutendes producirt hat; so hat sie doch unter allen Umständen stets poetisch gefühlt, oft gar, zu ihrem großen äußern Nachtheile, so gehandelt.

Der Tod dieses besten und begabtesten der Väter, der im neun und zwanzigsten Jahre seines Alters an den Folgen jenes unglückseligen Falles auf dem Eise starb, war für Clementinens zart besaitete Seele ein wahrhaft furchtbares Ereigniß, und nichts vermochte sie über diesen Verlust zu trösten. Ich begreife noch nicht, daß es ihr nicht eben so erging, wie einem andern Kinde aus ihrer Verwandtschaft, einem lieblichen Knaben von sechs Jahren, der aus Gram über den Tod eines eben so geliebten Vaters starb, so daß man ihn, der bis dahin eben so schön, als kräftig und gesund gewesen war, vierzehn Tage später auch begraben mußte. Die Aerzte wußten der Krankheit, die ihn dahin gerafft hatte, keinen andern Namen als den des Grames zu geben.

Clementinens Natur mußte stärker sein: sie überlebte diesen Verlust, aber ohne ihn je vergessen zu können.

Mit ihm änderte sich auch Alles für sie: die Schmerzen, Plagen und Beschwerden des Lebens, die der Vater ihr bis dahin fern zu halten gewußt hatte, kamen von nun an über sie. Sie sollte genau so sein, wie andere Kinder sind, die man gewöhnlich gesittete nennt, und doch war Alles anders an ihr und in ihr, als an diesen. Sie sollte anhaltend fleißig werden, und wäre es gern gewesen, aber auf *ihre* Weise; sie wurde in eine Schule geschickt und sollte hier zwischen andern Kindern in der dumpfen, übelriechenden Schul-Stube etwas lernen. Das konnte sie nicht, die gewohnt war, in der freien Natur unter Blumen-Duft und Vögel-Gesang zu lernen; so lernte sie zurück; so klagten die Lehrer, zum Erstaunen der Mutter, über sie, und es wurde erst besser, als man ihr auf ihre Bitten gestattete, in der kleinen Laube des Schul-Gartens lernen und sich üben zu dürfen.

Endlich raubte man ihr auch noch das Letzte: das Grab des Vaters, indem man den bisherigen Wohnort, der überaus reizend und malerisch belegen war, gegen einen andern vertauschte, dessen krumme, enge Gäßchen und reizlosen Umgebungen dem Kinde äußerst mißfielen.

Umstände, die nicht zu beseitigen waren, forderten indeß dringend dieses Opfer. Die Mutter mußte seit dem Tode ihres Gatten, der ihr drei Kinder im zartesten Alter und kein Vermögen hinterlassen hatte, für den Unterhalt der Familie durch ihren Fleiß sorgen, und konnte das besser in dem zweiten Städtchen thun, wo mehr Wohlhabenheit herrschte und sie ihre Fähigkeiten also besser geltend machen konnte.

Uebrigens blieb Clementine jetzt nicht lange mehr bei der Mutter. Ein sehr reiches und vornehmes Ehepaar, das keine Kinder hatte, gewann das Kind bald so lieb, daß man es erst täglich zur Aufheiterung der Dame herüberholte und sich endlich ganz von der Mutter erbat.

In diesem Hause, in dem Alles auf dem großen Fuße war, gefiel Clementine sich bald sehr, und um so mehr, da sie gewohnt war, Liebe mit Liebe zu vergelten. Wie es oft bei kinderlosen Eheleuten ergeht, so attachirte man sich bald so sehr an Clementine, daß sie gleichsam die wichtigste Rolle im Hause spielte, und man alle ihre Wünsche fast blindlings erfüllte. Herr von St. – so hieß der Herr des Hauses – brachte von seinen Reisen das kostbarste Spielzeug für seinen Liebling mit; die zahlreiche Dienerschaft beeiferte sich um die Wette, Clementinen zu gefallen und Frau von St. war verstimmt, wenn diese nur die Stirn runzelte.

An eine Erziehung war unter solchen Umständen und bei der Schwäche, die Clementinens Pflegeeltern für ihr Adoptivkind hatten, nicht zu denken; allein Liebe verzieht wohl, aber verdirbt nicht, und so blieb auch dieses Kind, obschon es äußerlich verwilderte, unverdorben. Es lernte die häßliche Lüge nicht kennen, weil es für kleine Vergehungen nicht gestraft wurde; es lernte die Falschheit nicht kennen, weil Alles um ihr her aufrichtig war, und es liebte mit der ganzen Kraft seiner Seele, weil es eben so geliebt wurde.

Indeß wurde Clementine doch unter diesen Verhältnissen ein sehr ausgelassenes Kind, das that, was es wollte. So malte sie einst eine schöne Landschaft in Wasserfarben, die ihr Pflegevater, der überaus geschickt im Malen war, angefangen und fast vollendet hatte, heimlich fertig, und verdarb sie und überraschte nicht wenig durch ihre schöne Arbeit; so pflanzte sie an einem Morgen mit der größten Geschäftigkeit seine kostbare Aurikel-Flur, die viel Geld gekostet hatte, aus den Töpfen in ihren eigenen kleinen Garten und holte dann den Herrn von St. im Triumphe herbei, damit er sehe, wie schön sich das mache; so lud sie einmal nicht nur eine Menge Kinder von der Nachbarschaft, sondern auch alle Bettelkinder, deren sie nur habhaft werden konnte, zu sich ein, um ihnen einmal einen so guten Tag zu machen, wie sie ihn immer hatte, und ihre Tante – so mußte sie Frau von St. nennen – mußte dieser noblen Gesellschaft, wohl oder übel, ein Festin geben; so fiel sie mehre Male in den hinter dem Garten vorbeifließenden Fluß; so kroch sie, wenn es ihr allein in ihrem Bettchen nicht gefiel, ohne anzufragen, in das der Frau von St., und war nicht wieder daraus zu vertreiben; allein ihr Herz blieb bei allem diesen gut und völlig unverdorben, und um keinen Preis hätte sie irgend Jemanden betrüben mögen.

Als eine Eigenthümlichkeit Clementinens muß noch angeführt werden, daß diese weder je mit gekauftem Spielzeug, noch mit Puppen, wie andere Kinder, spielte, sondern sich stets auf irgend eine Art beschäftigte, selbst in ihren Spielen. Sie säete, pflanzte und begoß; sie machte Schlingen, um Vögel darin zu fangen; sie fischte mit einer krummgebogenen Nadel, die sie auf diese Weise vermittelst eines Zwirnfadens zur Angel gemacht hatte, in dem Flusse hinter dem Garten; sie konnte Stunden lang im Grase liegen und ein Würmchen, einen kleinen Käfer, eine Schnecke in allen ihren Bewegungen betrachten, oder sie sah den Wolken nach und baute sich aus ihren oft seltsamen Formen Paläste für die Feen und Zauberer auf, womit ihre lebhafte, stets rege Phantasie die Luft bevölkerte. Dann sah sie wieder lange in den Kelch einer Blume hinab, und zerlegte diese endlich, um den innern Bau derselben, die Ineinanderfügung der Blätter, die Menge der Staubfäden u.s.w. zu erforschen. Oft versuchte sie Körbe von Binsen oder schlanken Weiden-Zweigen zu flechten oder von dünnen Stäben Käfige für Vögel zu machen, oder sie flocht artige Kränze, band sehr hübsche Blumen-Sträuße, womit sie Die beschenkte, welche sie lieb hatte. Im Winter schrieb, zeichnete, las und schnitzte sie, sowohl aus Holz, als aus Papier und wußte manche artige Dinge herzustellen. Alle diese Uebungen hatte sie früher mit dem Vater getrieben, der ihr nie ordentliches Spielzeug gab, sondern sie immer zu beschäftigen wußte, selbst wenn sie spielte. Dagegen liebte sie körperliche Uebungen sehr, und war in allen den Spielen, die Gewandtheit und Geschicklichkeit erfordern, als im Laufen, Springen, Klettern, im Haschen des Balls, im Federball-Spiel weit vor allen andern Kindern ihres Alters voraus; ja, sie verschmähte es sogar nicht, im Ringen ihre Kraft und Geschicklichkeit zu zeigen und hätte es für schimpflich gehalten, über eine bei solchen Uebungen empfangene Verletzung, die freilich nicht immer ausbleiben konnte, zu weinen oder sich nur zu beklagen.

Da Herr von St. Militair war und eine schöne Waffen-Sammlung besaß, griff sie bald, aber freilich unter seiner Aufsicht, zu gefährlicheren Spielen: sie verlangte, wie ihr Pflegevater, zu schießen, und da man ihr nichts abschlagen konnte, wurde ihr ein Pistole geladen und in die Hand gegeben. Als sie einst damit schoß, wurde von dem Diener des Herrn von St. entweder die Pistole mit einer andern, schon geladenen verwechselt, oder bei der Ladung der ihrigen irgend ein Fehler begangen, kurz, sie zersprang ihr in der Hand und verletzte ihr mehre Finger so gefährlich, daß man fürchtete, sie abnehmen zu müssen, was aber glücklicherweise nicht zu geschehen brauchte.

Dieser Unfall, der der Mutter Clementinens nicht verborgen bleiben konnte, so wie einige andere, die durch die Ungebundenheit derselben herbeigeführt worden waren, machten jene für das Leben ihres Kindes besorgt. Für die Erziehung Clementinens war sie es schon längst gewesen und mit dem Unterricht, den diese empfing, noch weit mehr, weil er sich fast auf Null reducirte, indem »*das Kind*« – so bezeichnete man

Clementine im Hause – zur Schule ging, wenn es eben wollte und aus derselben wegblieb, wenn es keine Lust hatte, hinzugehen.

Auf ihre Vorstellungen deshalb waren immer die schönsten Versprechungen erfolgt, aber es blieb trotz dem beim Alten, und so sah die Mutter sich endlich genöthigt, eine durchgreifende Maßregel anzuwenden, wozu sich ihr gerade in diesem Augenblick die beste Gelegenheit darbot. Sie kündete daher den bisherigen Pflegeeltern Clementinens an, daß sie entschlossen sei, diese ihnen wegzunehmen und sie nach Hamburg zu schicken, wo ein entfernter Verwandter, ein Franzose von Geburt, sich des Kindes anzunehmen und für seinen Unterricht und seine Erziehung zu sorgen erboten hatte. Zwar war dieser Mann, L. mit Namen, unverheirathet, allein er war bereits alt und die einzige Schwester der Mutter, *Minette,* stand seinem Hauswesen vor, so daß man nicht fürchten durfte, es werde Clementinen an gehöriger Pflege und Aufsicht fehlen.

Groß war der Schrecken, den dieser ganz unerwartet ausgesprochene Beschluß bei Clementinens Pflegeeltern erregte, und man bot Alles auf: Bitten und erneuerte Versprechungen, die Mutter zu einem andern zu bewegen; allein diese glaubte es nicht verantworten zu können, solcher Bitte nachzugeben, und so wurde Clementine zur Abreise nach Hamburg ausgerüstet. Da dieser Entschluß unabänderlich gefaßt war, ließ Herr von St. es sich nicht nehmen, seinen Liebling selbst nach Hamburg hinzubringen: war dies doch der letzte Liebesdienst, den er seiner Clementine leisten konnte!

Es war in den traurigen November-Tagen, wo der Schmerz dieser Trennung über das Kind kam, das so erschrocken, so gebeugt, ja so zerschmettert von dem von ihm ungeahnet herbeigeeilten Unheil war, daß es sich wie ein willenloses Schlachtopfer hinführen ließ, wohin man wollte, und erst aus seiner Betäubung erwachte, als es den ungemessenen Schmerz seiner geliebten Pflegemutter über die bevorstehende Trennung sah.

Der Wagen, welcher Clementinen dem Glück und den frohen Tagen ihrer Kindheit entführen und sie namenlosem Elende zuführen sollte, rollte indeß unaufhaltsam dahin. Schon am folgenden Tage langte man in der großen Weltstadt an, und das arme Schlachtopfer wurde seinen Peinigern überliefert.

In dem Augenblick, wo das geschah, erwachte Clementinens Energie wieder, und sie sah sich nach Rettung um; sie glaubte diese gefunden zu haben, indem sie sich heimlich aus dem Hause ihrer Verwandten fortschlich, in den unfern desselben haltenden Wagen ihres Pflegevaters kroch und sich unter den großen Mänteln verbarg, die zum Schutze gegen die rauhe Jahreszeit mitgenommen worden waren. In ihrer kindischen Unbedachtsamkeit und Unüberlegtheit wähnte sie, man werde sie im Hause des Onkels nicht vermissen, Herr von St. werde in den Wagen steigen, der Kutscher Johann den Pferden die Peitsche geben, und fort werde es gehen, zurück zu dem Orte, wo sie so glücklich gewesen war.

Allein es kam natürlich anders: man vermißte sie bald, suchte sie erst im Garten, nachdem man sie im Hause vergeblich gesucht hatte, und endlich, wahrscheinlich auf einen Wink des Kutschers, der seinen Gebieter in der lebhaftesten Unruhe wegen des Verschwindens des Kindes sah, im Wagen, wo man sie mit Angstschweiß bedeckt unter den Mänteln fand. Herr von St., obschon ein sehr kräftiger Mann, war von diesem Auftritte so ergriffen, daß er schweigend das geliebte Kind an sein Herz preßte und augenblicklich davon fuhr, nachdem er der Tante und dem Onkel desselben zugerufen hatte:

»Gehen Sie gut mit ihr um!«

Clementine blieb in einem Zustande zurück, der keine Beschreibung zuläßt. Alles war ihr in ihrem neuen Aufenthalte gleich auf den ersten Blick verhaßt geworden: die Menschen, denen sie jetzt anheim gegeben war, und das dunkle, enge Haus, mit den schlecht möblirten dumpfen Zimmern. Die Wohnung ihrer Pflegeeltern war nicht nur sehr hübsch und geräumig, sondern auch prachtvoll möblirt und sonnenhell; im Winter wurden mehre große, durch einander gehende Zimmer geheizt und so fehlte es Clementinen nie an Raum zu ihren Spielen, nie an Wärme und Licht, und o, welche liebe, freundliche Gesichter lächelten ihr in diesen schönen, reich geschmückten Räumen nicht stets entgegen!

Hier war Alles anders: Armuth und Unordnung sahen aus allen Winkeln hervor, und obgleich die Tante noch immer schön, wiewohl nicht mehr ganz jung war, so gefiel Clementinen doch weder ihr Gesicht, noch ihr Wesen; es lag etwas Lauerndes in dem Blick dieser blauen Augen Minettens, und das flößte Clementinen einen Widerwillen gegen dieselbe ein, über den sie sich zwar noch keine Rechenschaft abzulegen vermochte, der aber unüberwindlich für sie war, und in der Folge gerechtfertigt wurde.

Fast noch widerwärtiger und abschreckender war der Onkel L. für sie, mit seiner Physiognomie *Ludwigs des Elften* von Frankreich, dem er frappant ähnlich sah; mit seinem aufgedunsenen Branntweins-Gesicht, seinen aus dem Kopfe hervorstehenden großen, schwarzen Augen, deren Blick etwas Ungewisses, Unstätes hatte; seinen dicken, genußsüchtigen Lippen und seiner schlechten, gebeugten Haltung, die ihr um so mehr auffiel, da sowohl ihr Vater ein großer, schöner Mann von der edelsten und imposantesten Haltung, als auch Herr von St. dies gewesen war, welcher letztere, ein Norweger von Geburt, einer der schönsten Männer war, die sie je erblickte; letzterer war, wie schon angedeutet worden, Militair und hatte als solcher den edelsten Anstand.

»*Eh bien,* mein Kind«, redete sie der neue Onkel mit einer widerlich schnarrenden Stimme an, als sie traurig und verlassen am Fenster stand und unter heißen Thränen dem dahinrollenden Wagen nachsah; »*eh bien,* wir sind traurig, daß wir nicht wieder mit zurück können? *Fi donc,* wer wollte sich wohl so anstellen und gleich eine schlechte Meinung von sich beibringen? Du sollst es hier auch schon gut haben, wenn Du hübsch artig bist, und thust, was ich haben will; allein gehorsam mußt Du sein, wenn wir Freunde bleiben wollen! Und wie steht es um den Unterricht? Wir werden wohl noch ein kleines unwissendes Thier sein? Wir kommen aus einer kleinen Stadt, wo selbst die Erwachsenen nicht eben viel zu wissen pflegen. Kannst Du schon einige französische Vocabeln hersagen?«

»Nein!« antwortete Clementine kurz und wandte sich ab, um ihre Thränen vor dem ihr verhaßten Manne zu verbergen.

»Ich glaube, daß wir da einen kleinen Abgrund von Unwissenheit erhalten haben«, wandte sich L. an Minette, die, mit einer Handarbeit beschäftigt, sich noch gar nicht um ihre kleine Nichte bekümmert hatte. »*Ma foi!*« fuhr er fort, als ihm diese nicht antwortete, »ich weiß nicht, was die Mutter gedacht hat, als sie uns schrieb, die Kleine wisse für ihr Alter viel und habe gute Anlagen. Noch gar keinen Anfang mit dem Französischen gemacht, und wir sind fast acht Jahre alt?! Nicht wahr, so alt sind wir schon?« wandte er sich an Clementine, die, in ihrem Schmerz versunken, kaum auf seine abgeschmackten Reden hörte. »Nun, wir werden schon morgen den Anfang mit dem Französischen machen, und bevor noch ein Vierteljahr vergangen sein wird, werden wir es verstehen und in einem halben Jahre sprechen, denn ich capricire mich, daß wir es bald lernen sollen, und wenn wir auch noch so bornirt wären. Was können wir denn sonst?«

»Nichts!« sagte Clementine, die in der That nicht wußte, daß sie schon Mancherlei verstände.

»*Le voilà!* Siehst Du, Minette, daß ich Recht hatte? Das ist wie das liebe Vieh aufgewachsen; Das hat gar keine Erziehung gehabt; *ma foi*, es ist eine Schande!«

Es zeigte sich indeß bald, daß Clementine, trotz ihrer acht Jahre, schon mehr konnte und verstand, als die dreißigjährige Tante, die wirklich ein wahrer Abgrund von Unwissenheit war, und nicht einmal gehörig lesen, viel weniger aber noch schreiben konnte, was sie unaufhörlich von dem boshaften L. sich vorwerfen lassen mußte.

Ueberhaupt lebten diese beiden Menschen in einer beständigen Fehde mit einander und verbitterten sich das Leben auf alle nur erdenkliche Weise. Minette warf L. seine Laster vor, unter denen das des Trunkes oben an stand, und er verfolgte sie mit dem bittersten Spotte über ihre Unwissenheit, um sich dafür zu rächen. Zwischen diesen Beiden, in denen nicht ein Funke von Herzensgüte und Gemüth war, stand nun das arme Kind, verlassen, allein, von Allem abgetrennt, was es geliebt und verehrt hatte, da.

Bald war Clementine, das sonst so heitre, bewegte Kind, sehr still und ganz in sich abgeschlossen geworden, denn mit ihrer Umgebung konnte sie nichts zu thun haben, zwischen dieser und ihr konnte sich kein Band, welcher Art es auch sein mochte, knüpfen, und so sah sie sich gänzlich nur auf sich selbst und auf die Erinnerung an frühere, schönere Tage angewiesen.

Ja, ihr war von allen Freuden, die ihre schöne, glückselige Jugend umringt hatten, nur noch die Erinnerung geblieben, und in ihr schwelgte sie, so oft sie konnte. Der Anzug, in dem sie von ihrem Pflegevater nach Hamburg gebracht wurde, war, als unmodisch und kleinstädtisch, von der putz- und modesüchtigen Tante in einen Winkel geworfen worden; Clementine aber zog ihn heimlich von Zeit zu Zeit an und setzte sich damit in einen Alcoven eines obern, unbewohnten Zimmers, wo sie sicher sein konnte, daß man sie nicht suchen würde. Die Thüren dieses Alcovens fest hinter sich zuziehend, den mit einem rothen Bande geschmückten Hut von schwarzem Castor auf dem Kopfe und in dem Oberrock von dunkelbraunem Kalmück, konnte sie stundenlang sitzen und in der Erinnerung an eine glückliche Vergangenheit schwelgen, bis man ihr, freilich ohne Vorsatz, auch diese letzte Freude raubte, indem man diesen Anzug wegschenkte.

Immer bedrängter, immer schwieriger wurde indeß ihre äußere Lage, denn nicht nur brachte das Laster, dem der Oheim ergeben war, diesen dahin, sich brutal gegen das arme Kind zu betragen und es, oft ohne die geringste Veranlassung zu züchtigen, Clementine zu schlagen, die nie geschlagen, ja, kaum unfreundlich bis dahin angesehen worden war, sondern ihr Unglück hatte es auch gewollt, daß ihrem Peiniger der »*Emil*« von *Rousseau* in die Hände fiel und dieser ihm dermaßen zusagte, daß er seinen Pflegling nach den in diesem Buche aufgestellten Grundsätzen zu erziehen beschloß, und dieser alberne Plan wurde, mit einigen, für Clementine höchst schmerzlichen Modificationen, in Ausführung gebracht, obgleich ihr Geschlecht von dem des Rousseauschen Zöglings verschieden war.

Der Anfang wurde mit allen Arten von Abhärtungen und Entbehrungen gemacht; sie wurde in strengen Winter-Tagen mit bloßen Füßen in den Schnee hinausgeschickt und mußte stundenlang im Hofe verweilen; Hut, Handschuhe und warme Bekleidung wurden als Luxus verbannt; eine Pferdedecke, die auf der Erde ausgebreitet war, diente ihr zum Lager und eine zweite bedeckte sie, ohne ihr im Winter gehörigen Schutz gegen die Kälte zu gewähren; statt des erwarteten Mittagsmahls wurde ihr oft ein Fasten verordnet und Abends und Morgens ihr überdies die Nahrung so karg zugemessen, daß sie oft den grimmigsten Hunger fühlte. Doch nicht nur ihr Körper sollte abgehärtet, sondern auch ihr Geist sollte es werden. So sperrte ihr Peiniger sie oft bei einem heftigen Gewitter in einem am Ende des großen Gartens belegenen Lusthause – man wohnte in einer der Vorstädte Hamburgs – ein, weil sie sich einmal bei einem überaus heftigen Donnerschlag erschrocken gezeigt hatte. Ein ander Mal mußte sie jeden Abend spät und nachdem es völlig dunkel geworden war, durch den Garten und das am Ende desselben befindliche kleine Gehölz gehen, um eine mit Fleiß von dem Onkel im Lusthause gelassene Sache zu holen, und dies geschah, weil sie an einem Abende ein Geschrei erhoben hatte, indem sie einen Kerl, wahrscheinlich den Liebhaber der Dienstmagd, über die Planke steigen sah. Dies wurde ihr als Furcht ausgelegt, und Furcht durfte Emil II., obschon nur ein schwaches Mädchen, nicht zeigen.

Wieder zu andern Zeiten wurde sie, mit der großen silbernen Uhr des Onkels in der Tasche, allein zur Stadt, in diese große, volkbelebte, ihr völlig unbekannte Stadt, geschickt, um irgend eine Bestellung zu machen, und wehe ihr, wenn sie sich, aus Unkenntniß des Weges verirrt hatte und eine Minute nur später ausblieb, als ihr Peiniger hatte haben wollen! In diesem Falle blieb die Züchtigung nie aus, die, um das Uebermaß ihrer Leiden zu vermehren, auf eine wahrhaft teuflische und alles Gefühl erötden müssende Weise an ihr vollzogen wurde. Der Onkel sah dann auf die ihm wieder zugestellte Uhr, deutete mit dem Finger auf die ihr zur Rückkehr bestimmte Zeit, nahm den starken Haselstock, den besten Gehülfen seiner Erziehungs-Methode, aus dem Winkel, bot Clementinen mit französischer Höflichkeit den Arm und führte sie in das Gehölz hinab, wo er sie so lange schlug, bis sie – nicht mehr schrie und weinte. Sie gelangte endlich wirklich dahin, diese unmenschliche Behandlung zu ertragen, ohne einen Laut von sich zu geben, noch eine Thräne zu vergießen.

Was den ihr ertheilten Unterricht anbetraf, so beschränkte er sich allein auf das Französische, das sie freilich bald genug, unterstützt von einem wirklich außerordentlichen Gedächtnisse, verstehen und sprechen lernte; daß sie diese Sprache ganz so gut wie ihre Muttersprache inne hatte, war die einzige Frucht dieser vier Marter-Jahre, denn so lange mußte das arme Kind in diesen wahrhaft entsetzlichen Verhältnissen ausharren.

Indeß war das Maß ihrer Leiden noch nicht voll. Das Verhältniß zwischen der Tante Minette und dem Onkel L. war endlich so übel geworden, daß die erstere ihm ihren Entschluß ankündigte, ihn verlassen und sich eine andere Zufluchtsstätte suchen zu wollen, und diesen führte sie, nachdem Clementine etwa anderthalb Jahre da gewesen war, aus, ohne die Barmherzigkeit zu haben, für das Kind ihrer Schwester, das ihrer Sorgfalt so gut anvertraut war, als der des Onkels, anderweitig zu sorgen.

Sie reiste ab, und Clementine, die nie Gutes von ihr empfangen, nie einen Beweis der Liebe von ihr erhalten, nie Schutz gegen die Brutalitäten ihres Peinigers bei ihr gefunden hatte, sah sie mit trockenem Auge und ohne die Ahnung scheiden, daß von nun an ihr Loos noch entsetzlicher werden würde.

Eine Dienstmagd blieb als Verwalterin des Hauses zurück; wenn Clementine in spätern Jahren über das Verhältniß des Onkels zu dieser eben so rohen, als häßlichen und schmuzigen Person nachdachte, so mußte sie schließen, daß Unsittlichkeit die Basis desselben war; ihre Seele war aber damals zu rein, zu voll Unschuld, als daß ihr nur eine Ahnung davon hätte kommen können. Bald indeß wurde *Anna* – so hieß diese Person – des Zusammenlebens mit einem Trunkenbolde und der Armuth, die im Hause zu herrschen begann, auch überdrüssig, und verließ L. auch, nachdem sie die besten Sachen, unter dem Vorwande des ihr schuldigen und nicht zu erlangenden Lohnes, hatte fortschleppen lassen.

Zu Anfang wollte der Onkel eine andere dienende Person wieder zu sich in das Haus nehmen, bald aber besann er sich eines Bessern und sagte zu Clementinen:

»Du bist schon groß und stark genug, um mir für die Nahrung, die ich Dir reiche, so wie für den Dir ertheilten Unterricht, einige Dienste zu leisten. Ueberdies bin ich wenig zu Hause, und es wird gut sein, wenn Du früh für Dich selbst und Deine Bedürfnisse sorgen lernst; ich werde also kein Dienstmädchen wieder nehmen, und sehen, wie es mit Dir geht.«

Clementinen war das in dem Augenblick ganz recht, denn sie begriff nicht, welche Lasten dadurch auf sie fallen würden, und sie freute sich, von der rohen Willkür der Anna, die sie mißhandelt hatte, befreit zu werden.

In dieser Zeit trug sich eine Scene zwischen ihr und dem Onkel zu, die, als den Charakter Clementinens bezeichnend, nicht übergangen werden darf.

Die Mutter mochte vielleicht Kunde von den Leiden erhalten haben, denen ihr armes Kind in diesen grausamen Verhältnissen erlag, und hatte deshalb einen Brief voll Klagen und Vorwürfen an L. geschrieben, vielleicht gar damit gedroht, Clementine zurücknehmen zu wollen. Dies lag aber nicht in dem Plane L-s, der jetzt Nutzen von seinem Zöglinge ziehen wollte.

An einem Tage, wo er besonders mild und freundlich gegen Clementine gewesen war, berief er diese zu sich, und sie zwischen seine Knie nehmend und ihre beiden Hände ergreifend, fragte er:– »Nicht wahr, Clementine, wir haben einander recht lieb, und Du, als ein verständiges Kind, siehst ein, daß ich, was ich Dir auch that, nur zu Deinem eigenen Besten gethan habe?«

Clementine, der jede Lüge fremd war, verstummte bei dieser unerwarteten Anrede, und der Onkel fuhr fort:

»Böse, verläumderische Leute haben Deiner Mutter in den Kopf gesetzt, daß Du es nicht gut bei mir habest, daß ich zu strenge gegen Dich sei, Dich mißhandle, und noch viele eben so alberne, als unwahre Dinge; denn wie gut ich es mit Dir meine, das wissen wir Beide am besten. Du wirst mir also den Gefallen thun, Deiner Mutter zu schreiben, daß Du Dich vollkommen glücklich bei mir fühlest, und ich hoffe, daß dem wirklich so ist; nicht wahr, das wirst Du thun, schon um Deine gute Mutter zu beruhigen, die nicht in der Lage ist, selbst für Dich sorgen zu können, und jetzt durch den Gedanken gequält wird, daß es Dir nicht gut bei mir ergehe.«

Clementine hatte während dieser Rede des Onkels bereits ihre eiskalt gewordenen Hände aus den seinigen zurückgezogen und sich einige Schritte von ihm entfernt; dann, als er, auf ihre Antwort wartend, schwieg, sagte sie mit festem Tone:

»Nein, ich werde der Mutter nicht schreiben, daß ich hier glücklich bin!«

»Und weshalb nicht?« fragte der Onkel verwirrt.

»Weil das eine Unwahrheit wäre.«

»Du willst mich aufbringen, Clementine«, sagte der Onkel plötzlich wieder den gewohnten strengen Ton gegen sie annehmend; »Du bist eine Undankbare, die meine Güte, meine Wohlthaten verkennt!«

Clementine schwieg, denn sie hatte diesem Manne, der ihr jetzt doppelt verhaßt und verächtlich war, seit er ihr schmeichelte, um sie zu einer Lüge zu bewegen, nichts mehr zu sagen, und ihr Entschluß, nicht schreiben, die Mutter durch keine Unwahrheit hintergehen zu wollen, war unerschütterlich gefaßt.

Der Onkel stand auf und machte mit großen Schritten mehre Gänge durch das Zimmer, dann blieb er vor Clementinen stehen und sagte mit noch schmeichlerischerem Tone, als zu Anfang:

»Nicht wahr, Du schreibst doch, und was ich Dir dictiren werde?«

Clementine blieb stumm, wie zuvor, und dies sachte seinen Zorn so mächtig an, daß er sich in den furchtbarsten Drohungen gegen sie ergoß; aber auch selbst diese erschütterten Clementinen nicht.

Imponirte diese Standhaftigkeit des Kindes dem bösen Manne, oder was war es sonst? genug, Clementine wurde nicht bestraft und es war zwischen Beiden nicht mehr die Rede von dem Briefe.

Seit Clementine allein in dem Hause des Oheims war, führte sie ein seltsames Leben. Morgens, nachdem der Onkel durch kleine Einkäufe, die aber oft aus Mangel an Geld gänzlich unterblieben, so daß das Kind sich auf ein Stück Brot oder gar auf das Hungern reducirt sah, für ihre Bedürfnisse gesorgt hatte, verschloß er das Haus und steckte den Schlüssel zu sich. Clementine war dann ganz allein, machte des Onkels Bett, bereitete ihr eigenes elendes Lager, kehrte die Stuben aus und setzte sich dann mit einem großen wollenen Strumpfe für den Onkel, an dem sie ein gewisses Stück stricken mußte, in den Garten, so oft es die Witterung nur irgend erlaubte. Hatte sie ihre Zahl vollendet, so griff sie zu einem von den drei Büchern, die ihr zu Gebote standen, und die sie immer und immer wieder las, obgleich sie sie bereits auswendig wußte. Das eine davon, und ihr Liebling, war eine Auswahl von Bürgers Gedichten in Sedez-Format; das andere »*die Zauberin Sidonia,*« ein Trauerspiel, und endlich eine Jugendschrift: »*Leopold und Leopoldine oder die Kinder in der Räuberhöhle.*« Mit diesen Schätzen, die für sie alle andern der Welt aufwogen, war sie nie allein, fühlte sie ihre Verlassenheit, ihr Unglück, die Jugend-Verkümmerung nicht, denen das Schicksal sie unterworfen hatte.

Bürgers Gedichte hatte sie bereits im Hause ihrer Pflegeeltern, die eine auserwählte Bibliothek besaßen, kennen und lieben gelernt, und manche Stunde mit ihnen in der Hand allein im geräumigen Bibliothek-Zimmer gesessen, wo sie sie sich laut und oft unter sanft fließenden Thränen vorlas. Man kann sich vorstellen, wie groß ihre Freude war, als sie diese Sammlung unter einer Menge zum Theil französischer, zum Theil streng wissenschaftlicher Bücher wiederfand, und mit welchem geheimen Entzücken sie darin las.

Bürgers wohlklingende Verse sind ihr für die ganze Folgezeit ihres Lebens, selbst da noch, als ihr Geschmack sich gänzlich verändert hatte, werth und theuer geblieben. Vielleicht aus Dankbarkeit, denn außer dem großen Genuß, den sie ihr gewährten, gaben sie ihr auch das erste Lied ein, das sie dichtete. Sie wurde, seltsam genug, zu diesem durch das dem Englischen des *Pope* nachgebildete Gedicht: »*Heloise an Abälard*« begeistert, indem sie eine Antwort darauf schrieb, nämlich: »*Abälard an Heloise.*« Es wurde an einem schönen Sommer-Morgen, hinten in dem Lusthause, entworfen und in's Reine geschrieben, und es gefiel ihr selbst ganz außerordentlich. Nur *einen* Kummer hatte sie auch dabei: das Papier, auf dem sie es, in Ermangelung eines bessern, abschreiben mußte, war nicht ganz sauber und schon sehr vergilbt; sie hatte es aus einem alten, cassirten Rechnungsbuche des Onkels gerissen, das auf dem Boden lag. Wie groß würde ihre Freude gewesen sein, wenn sie es mit zierlicher Schrift auf schönem Papier hätte schreiben können! Was Form und Inhalt anbetrifft, so ist darüber nichts zu sagen, denn sie hat es späterhin mit vielen andern Erstlingsversuchen der Art den Flammen geopfert, als man sie mit ihren Poesien neckte.

Groß aber war damals, als sie es schuf, ihr Entzücken darüber und sich einer neuen Fähigkeit bewußt, war ihr die Einsamkeit keine Plage, keine Qual mehr. Alles nur aufzutreibende unbeschriebene Papier wurde von ihr benutzt, um darauf die Gefühle ihres Herzens, die Regungen ihrer Seele auszuströmen und zahllose Gedichte entstanden nach und nach. In Prosa versuchte sie sich in dieser ersten Zeit nie: sie verachtete sie gleichsam und hielt nur den für einen Dichter, der Verse machen konnte, wie ihr über Alles geliebter Bürger.

Noch ein anderer Sonnenstrahl, außer diesem, sollte in dieser Zeit ihr verdüstertes Leben erhellen. Ihrer früheren Gewohnheit gemäß, kletterte sie auch jetzt noch gern in die höchsten Bäume hinauf und saß dort im schlanksten Wipfel mit unaussprechlicher Freude, weil sie von da die weiteste Aussicht und die häßliche Garten-Planke weit unter sich hatte, welche ihr diese im Garten selbst beengte. Als sie nun einst in einem nahe neben der Planke stehenden großen Birnbaum saß und strickte, sah sie durch die Steige des Nachbar-Gartens zwei allerliebste Kinder, einen Knaben und ein Mädchen, Hand in Hand daher kommen. Das Nachbar-Haus hatte eine Zeitlang leer gestanden und war erst jetzt, es war um Himmelfahrt, wieder bezogen worden.

Die beiden Kinder plauderten unaufhörlich mit einander und freueten sich über die Blumen, die den Beeten des Gartens bereits zu entsprossen anfingen, und Clementine sah ihnen mit Vergnügen zu, wie sie sich bald bei einem Veilchen, bald bei einem gesprenkelten Margarethen-Blümchen niederbückten, um es zu betrachten und zu bewundern. Sie kamen endlich der Planke ganz nahe, und Clementine hörte, daß sie Französisch mit einander sprachen. Diese Sprache verstand und redete auch sie, und so rief sie den beiden anmuthigen Kindern in derselben aus dem Wipfel ihres Birnbaumes einen guten Tag zu. Die armen Kleinen waren fast erschrocken, als sie eine Stimme gleichsam aus der Luft vernahmen, und diese gar in ihrer Muttersprache sie anredete;

endlich entdeckten sie aber den losen Vogel im Baume und das Gelächter und die Freude waren groß.

Die angenehme Bekanntschaft war gemacht und wurde zur beiderseitigen Zufriedenheit von nun an fortgesetzt. Die armen Kleinen, erst kürzlich mit ihren Eltern aus Frankreich herübergekommen, verstanden kein Wort Deutsch, und man kann sich daher denken, wie groß ihr Vergnügen war, als sie eine Gespielin fanden, die in ihrer Sprache fertig mit ihnen reden konnte; nicht minder groß aber war das Clementinens, die bisher alles jugendlichen Umgangs entbehrend, plötzlich diesem Mangel abgeholfen sah. Es wurden nun von der einen und der andern Seite Versuche gemacht, die häßliche Scheidewand zu übersteigen; allein sie war zu hoch und zu steil, und man mußte davon abstehen, so leid es auch allen Dreien that, nicht auch noch mit einander spielen zu können.

Wie genügsam aber wird man nicht, wenn man Alles entbehrt hat! So war auch Clementine vollkommen glücklich, die beiden Kinder nur sehen und aus ihrem lieben Birnbaum mit ihnen plaudern zu können.

Vielleicht war es auch das Mährchenhafte, das in Clementinens gegenwärtigem Verhältnisse lag, welches es ihr erträglicher macht, als es ihr sonst gewesen sein würde. Ihre Lage war in der That mit der der verwünschten Prinzessinnen der Mährchen, die von einem bösen Zauberer gefangen und eng verwahrt gehalten wurden, zu vergleichen, und ihre lebhafte Phantasie that das Uebrige, das Bild zu vervollständigen. Diese Zeit war vielleicht die productivste ihres Lebens, wenn gleich außer den Gedichten nichts von ihr zu Papier gebracht wurde, schon aus dem einfachen Grunde, weil sie keins hatte; denn das, was sie von Zeit zu Zeit eroberte, mußte sorgfältig zu den Versen aufgehoben werden, die sie quälten, bis sie sie niedergeschrieben hatte.

Diese Armuth an Papier war es vielleicht, die machte, daß sie sich von vorn herein übte, ihre Gedanken gleich so in ihrem Kopfe auszuarbeiten, daß sie sie völlig geordnet und ohne weiter der Correctur zu bedürfen, niederschreiben konnte, was sie selbst, mit nur wenigen Ausnahmen, bei den Gedichten that, die sie verfaßte. Als sie in der Folge zahllose Bücher schrieb, konnte sie nie an die Arbeit gehen, ohne zuvor das ganze Gebäude des vorhabenden Werkes in allen seinen Theilen im Umrisse vollendet und Jedes an seine gehörige Stelle gewiesen zu haben. Diese Umrisse wurden auf einsamen Spaziergängen, beim Nähen oder Stricken oder bei den Garten-Arbeiten, die sie mit großer

Lust vollbrachte, gemacht, und manchmal wunderte sich ihre Umgebung, sie so still und in sich gekehrt, so »*abwesend,*« wie man es nannte, gerade bei solchen Beschäftigungen zu finden, bei denen man sonst gern plaudert. War ein Buch nun auf solche Weise in ihr entstanden und fertig, so brachte sie es mit unglaublicher Schnelligkeit zu Papier und hatte nie nöthig, eine Abschrift zu machen; nur hie und da brachte sie beim nochmaligen Ueberlesen kleine Correcturen an, die aber nur in einzelnen, besseren und gewähltern Wörtern bestanden. Gewiß kam ihr außerordentliches Gedächtniß ihr dabei sehr zu Hülfe; der erste Anstoß wurde ihr aber wohl durch den oben angeführten Papier-Mangel gegeben, der sie damals oft drückte und quälte.

Sie sah nämlich die Möglichkeit vor sich, daß es ihr endlich ganz ausgehen würde, und wo dann mit dem bleiben, was sie innerlich so sehr erfüllte? woher dann Trost und Freude in ihrer einsamen und verlassenen Lage nehmen? Gewiß hätte die Welt nichts daran verloren, wenn ihr aufkeimendes Talent auf solche Weise in seiner fernern Ausbildung gehemmt worden wäre, sie selbst aber Alles.

Nur wer sich je in Clementinens Lage befand, wird im Stande sein, zu begreifen, welch ein Schatz ein Stück Papier, ein noch so schmaler Streifen, für sie war. Sorgfältig las sie die von dem Onkel cassirten und an die Erde geworfenen Papiere allemal auf, um vielleicht noch ein unbeschriebenes Blättchen darunter zu finden, und wie groß war ihre Freude, wenn sie es fand! Den Onkel aber um etwas zu bitten, war ihr aus zwei Gründen unmöglich: einmal, weil sie sich so zu ihm gestellt hatte, daß sie ihn nie um Etwas bat, nicht einmal um Brot, obgleich der Elende es ihr oft selbst daran fehlen ließ; und dann, weil sie ihr Talent vor ihm geheim hielt, als wäre es eine Sünde. Er hatte sie einmal in ihren tief innerlichsten Gefühlen unheilbar verletzt, indem er, ein Gottesläugner, ihre Religiosität verspottete, und seitdem verschloß sich ihr Gemüth vor ihm, wie die Blätter der *Mimosa pudica* vor jeder fremden Berührung.

Groß war daher auch die Sorgfalt, mit der sie ihre kleinen poetischen Versuche vor ihm verbarg, und kaum war ein Winkel ihr versteckt genug, um diesen Schatz aufzunehmen; ich glaube, daß sie tödtlich krank geworden wäre, wenn dieser ihr *Oger* ihn je gefunden und auch damit seinen heillosen Spott getrieben hätte, und das würde sicher nicht unterblieben sein.

Bemerken muß ich noch, daß der Onkel sie schon seit längerer Zeit nicht mehr schlug, wozu der Umstand Veranlassung gegeben haben mochte, daß er sie einst, als er ziemlich trunken war, so sehr verletzte, daß fast ein Wundarzt hätte herbeigeholt werden müssen. Er erschrak sichtbar, als das unglückliche Kind unter seinem Streich, der den Kopf traf, zu Boden sank, und seitdem verschwand der Stock gänzlich; ja, er bemühte sich sogar, Clementine diese Barbarei vergessen zu machen und kündete ihr ein großes Vergnügen an, das er ihr zu bereiten willens sei. Dieses bestand darin, daß er sie mit zur Stadt und in den – Raths-Weinkeller nahm, wo er ihr einen süßen Wein und mit Butter bestrichene Zwiebacke gab. Es war das erste Mal, daß sie Wein genoß, und er wirkte daher höchst unangenehm auf sie, so daß sie, in ihre Einsamkeit zurückgekehrt, nur mit Schauder daran denken konnte, je wieder von diesem Getränke genießen zu müssen, das sie mit einem so unheimlichen Feuer erfüllt hatte. Auch weigerte sie sich in der Folge standhaft, den Oheim wieder an einen Ort zu begleiten, wo es ihr in jeder Hinsicht so wenig gefallen hatte: der dunkle, dumpfe Keller mit seinen Wein-Ausdünstungen, die Umgebung von ihr völlig unbekannten Männern, die entweder schweigend hinter großen Humpen mit Wein saßen oder wovon einige, die bereits zu viel genossen hatten, in eine höchst widrige Lustigkeit ausbrachen, machten einen so üblen Eindruck auf sie, daß sie um keinen Preis dahin zurückgekehrt sein würde.

Auch mit der jedem weiblichen Wesen einigermaßen angeborenen Eitelkeit hatte Clementine auf diesem Wege zum Raths-Weinkeller den ersten Kampf im Leben zu bestehen gehabt. Man kann sich denken, wie es um ihre Kleidung aussah, seit keine erwachsene Person sie mehr überwachte, und so war diese nicht nur beschmuzt und zerrissen, sondern sie war auch dermaßen aus ihren Kleidern herausgewachsen, daß sie ihr wenig über die Knie hinunter gingen. An einen Hut und an Handschuhe – der Onkel nannte diese Dinge, gleich dem guten Grönland, überflüssigen Luxus – war nun gar nicht zu denken, und so mochte die für ihr Alter sehr groß gewachsene Clementine eine seltsame Rolle spielen, als sie mitten im Winter in einem dünnen, ihr viel zu kurzen kattunen Fähnchen und ohne Hut und Handschuh, ohne Oberrock noch Umschlagetuch, durch die Gassen der großen Stadt ging; auch blieben wirklich einige höchst elegant gekleidete Damen stehen, um dieser auffallenden Erscheinung nachzusehen, was von dem armen, tief beschämten Kinde nicht unbemerkt blieb.

Clementine's Lage wurde mit dem anbrechenden Winter überhaupt viel trauriger, denn nicht nur wurde sie durch denselben von ihren beiden lieben französischen Kindern getrennt, die von den Eltern zu Hause gehalten wurden, um sich nicht zu erkälten – sie waren aus dem südlichen Frankreich und daher sehr empfindlich gegen unser rauhes Klima – sondern mußte überdies selbst noch des Trostes entbehren, den ihr die Natur bis dahin gewährt hatte. Auch nicht einmal für Feuerung war gehörig gesorgt, denn wenn der Oheim auch dann und wann eine Kleinigkeit an Brenn-Material einkaufte, so reichte es doch bei weitem nicht hin, das kleine Stübchen beständig zu erwärmen, das jetzt die Welt Clementinens sein mußte. Auch noch ein anderer Umstand machte den Winter schrecklich für sie: der Onkel, welcher immer tiefer in sein Laster hineinsank, befand sich oft Abends in einem Zustande, der es ihm zur Unmöglichkeit machte, früh nach Hause zu kommen, und Clementine durfte ihr Lager nicht eher aufsuchen, als bis er da war; so harrte sie denn oft bis tief in die Nacht hinein auf die Ankunft dieses Unholds, und wenn er da war, mußte sie vor ihm zittern, weil er gewöhnlich ganz berauscht zurückkehrte.

Noch schrecklicher als alles Dieses war es für sie, daß L. seit einiger Zeit ein Betragen gegen sie annahm, das dem ganz entgegengesetzt war, welches er früher gegen sie gezeigt hatte: er wurde zärtlich, rief sie mit Schmeichelworten zu sich und sagte ihr wohl gar in seinem trunkenen Muthe: er erziehe sie, um einmal seine Frau zu werden, wobei er ihr zugleich erzählte, daß er sich schon einmal ein junges Mädchen, das er *Sophie* nannte, zu diesem Zwecke erzogen habe; als die groß geworden, sei sie aber mit einem andern Manne davongegangen; er hoffe jedoch von ihr, daß sie seine Liebe und Sorgfalt anders belohnen werde, als jene treulose Sophie.

Man kann sich denken, mit welchem Entsetzen, ja, mit welchem Abscheu, Clementine solche Worte von den ihr so verhaßten Lippen vernahm; aber eben die Heftigkeit dieser Empfindungen gaben ihr den Muth, ihrem Peiniger mit der größten Entschiedenheit zu erklären, daß sie weit lieber sterben, als seine Frau werden würde. Er lächelte bei solcher Erklärung dann auf eine eigenthümliche, höchst widerwärtige Weise und ließ, zu Clementinens großer Erleichterung, das Gespräch fallen.

Auf solche Weise war Clementine elf und ein halbes Jahr alt geworden, in ihrem Innern aber durch die großen Leiden, denen sie ausgesetzt gewesen war, weit über dieses Alter hinaus gereift. Ein wahrhaft furchtbarer Ernst war über das einst so heitre Kind gekommen, dessen körperliche Gesundheit endlich auch erlag. Schon lange hatte sich alle ihnen sonst eigenthümliche Frische von ihren Wangen verloren und der Körper, einst so stark, so kräftig, fing an, abzumagern; ein eigenthümlicher krankhafter Blick der dunklen Augen, die durch die große Magerkeit des Gesichts noch größer, als zuvor schon geworden waren, verrieth nur zu deutlich, was sie litt.

In diesem Zustande traf sie die arme Mutter an, die nach Hamburg herübergekommen war, um bei zwei früh verwaisten Kindern, im Hause eines reichen Wittwers, Mutterstelle zu vertreten und überdies die Leitung des sehr großen, brillanten Hauswesens zu übernehmen. Es war ihr erlaubt worden, eine ihrer Töchter mitzubringen, und so hatte sie die kleine *Johanna* – das dritte Kind war indeß gestorben – dazu auserwählt, weil sie mit dieser sonst nicht zu bleiben gewußt hätte.

Ein Strom von Thränen entfloß ihren Augen, als sie ihre arme Clementine in einem Zustande erblickte, der für deren Leben fürchten ließ und der ihr überdies deutlich sagte, was diese in der Zeit der Trennung von ihr gelitten hatte. L. selbst, so frech er sonst auch war, zeigte sich einigermaßen verlegen, als er die arme Mutter so vor Schmerz weinen und die Hände ringen sah.

Wohin aber sollte sie mit ihrem Kinde, wenn sie es ihm nahm? Sie war aller Mittel entblößt, um es anständig unterbringen zu können; nichts blieb ihr daher übrig, als auf eine bessere Zukunft zu hoffen und zur Zeit so viel zur Erleichterung des Zustandes Clementinens zu thun, als in ihren Kräften stand. Das that sie denn auch redlich, und so oft sie nur konnte, besuchte sie die Tochter, zu der sie zu jeder Stunde gelangen konnte, obgleich L. das Haus vorn noch immer verschloß, wenn er ausging. Das Lusthaus hinten im Garten hatte nämlich zwei Thüren, wovon eine in den Garten, die andere in ein Nebengäßchen hinausging, und den Schlüssel zu der letztern händigte ihr L. auf ihre Bitte ein.

Wie eine milde Fee erschien sie daher oft Clementinen, wenn diese – es war indeß wieder Sommer geworden – entweder im hohen, schwellenden Grase lag und sich den in ihrer Seele aufgehenden Gedanken und Bildern hingab, oder in ihrem geliebten Birnbaum saß, um sich mit den französischen Kindern zu unterhalten, die seit dem Eintritt der milderen Jahreszeit wieder im Garten spielen durften.

Nie kam die Mutter mit leeren Händen, immer hatte sie etwas ausgesonnen, Clementine entweder zu erfreuen oder zu erquicken, und so war die Erscheinung der Mutter immer eine wahrhaft himmlische für sie.

O, welch ein Entzücken war es auch für das liebebedürftige Herz des Kindes, geliebt zu werden und wieder lieben zu können! Wie waren es nicht blos die Gaben der Mutter, die ihm diese so theuer machten, sondern weit mehr noch die Zärtlichkeit, die diese ihm weihte, die Thräne des Schmerzes, die ihr Auge um dasselbe vergoß! Nie aber klagte Clementine, selbst da nicht, als L—s Lage, durch eigene Verschuldung, so wurde, daß er ihr nicht mehr das Allernothwendigste reichen konnte, und sie oft vom bittersten Hunger gequält wurde; allein die Mutter wußte trotz dem Alles, und so belud sie sich jedesmal, wenn sie kam, mit Lebensmitteln, um ihr armes, immer bleicher werdendes Kind vor dem Verhungern zu beschützen.

Gewiß war es die traurige Lage, worin Clementine sich befand, die die Mutter zu einem Schritte bewog, den jene ihr nie gedankt hat, ja, den sie ihr nie vergeben konnte: es war der, die Hand des Mannes anzunehmen, bei dessen Kindern sie bisher Mutterstelle vertreten hatte.

Die Mutter Clementinens war noch jung und hübsch, als sie in das Haus des Herrn B., eines reichen, angesehenen und äußerst braven Mannes kam, der aber um zwanzig Jahre älter als sie, und dabei überaus häßlich war. Die arme, aber reizende Wittwe gefiel seinen Augen und er bot ihr Herz und Hand an, die sie, gewiß nur in Rücksicht auf Clementinens traurige Lage, annahm.

Clementine ahnete von diesem Verhältnisse nichts, als ihre Mutter ihr an einem Tage verkündete, sie werde sie nun auch zu sich in das Haus des Herrn B. nehmen, und sie solle von nun an gute Tage, wie ihre Schwester Johanna, haben; hätte sie es aber gekannt, so würde sie sie gewiß unter heißen Thränen beschworen haben, sie lieber zu lassen, wo sie war, denn ihr einen andern Vater zu geben, als den, der unter dem grünen Rasen-Hügel auf dem Kirchhofe zu **** schlummerte, und den sie noch immer so zärtlich liebte. Das mochte die Mutter vielleicht fürchten, und so verschwieg sie ihren neuen Brautstand sorgfältig vor Clementine.

An einem schönen Tage im August verließ Clementine endlich das Haus, in dem sie vier Jahre hindurch so unglücklich gewesen, das aber trotz dem für ihre innere Ausbildung so wichtig geworden war; denn ihr Charakter hatte sich unter dem beständigen Druck der Leiden auf eine höchst merkwürdige Weise ausgebildet und ihr Wesen war ernst und tief innerlich geworden. Von allem Aeußern abgezogen; fremd in der sie umgebenden großen und bewegten Welt; unbekannt mit tausend Bedürfnissen, die Andere hatten, mit einem völlig unaufgeklärten Verstande und einem tiefpoetischen Gemüthe, hätte sie zu jener Zeit für den aufmerksamen Beobachter eine eben so auffallende, als interessante Erscheinung sein müssen; auch ist sie, trotz aller Mühe, die man sich späterhin gab, sie für die große Welt und das gewöhnliche Leben zuzustutzen, in beiden stets ein Fremdling geblieben, und hat sich nicht gehörig in ihnen zurecht zu finden gelernt. Nie und unter keinen Umständen konnte das Aeußere je einen solchen Werth, ein solches Gewicht für sie erlangen, daß sie demselben das Innere aufgeopfert hätte; daher spricht die begabteste ihrer Freundinnen ihr, wenn auch nicht Geist und Verstand, doch jegliche *Klugheit* in allen Welt-Sachen ab, und behauptet, sie werde ewig darin ein Kind bleiben.

Wer auf einer Bahn schon so weit fortgeschritten ist, wie Clementine, für den ist auch kaum eine andere Richtung mehr möglich. Für sie hatte es so viele Jahre hindurch, und zwar die bedeutendsten für die Bildung des Menschen, nur noch *innere* Freuden, *innere* Genüsse gegeben, und Alles, was ihr von Außen kam, war nur feindlich und vernichtend auf sie eingestürmt; so hatte sie sich also ihrer innern Welt, dem tief innerlichsten Leben gänzlich zuwenden müssen, und blieb ihm aus Grundsatz zugewandt, nachdem sie seine reinen, hohen Freuden einmal hatte kennen lernen. Es ist noch jetzt eine Eigenthümlichkeit an ihr, daß sie, so wie sie besonders lebhaft geistig angeregt wird, der leiblichen Bedürfnisse gänzlich vergißt, ja, diese sie sogar anekeln, während sie in dem entgegengesetzten Zustande der leiblichen Speise so viel bedarf, wie Andere und, gelangweilt, sogar viel davon zu sich nimmt.

Aus dem Hause ihres Onkels fortgehend, dachte sie nicht daran, irgend Etwas, das ihr angehörte, mitzunehmen, als ihre Poesien und ein theures Andenken von ihrem geliebten verstorbenen Vater. Dies letztere war ein silberner Kinder-Löffel, den er, der Alles konnte, für sie gemacht und mit hübschen darin gegrabenen Sinnsprüchen und Zeichnungen verziert hatte. Das waren also die einzigen Gegenstände, auf die sie Werth setzte, und mit diesem Löffel in der Hand, ihre Papiere in ein Tüchelchen geknüpft, langte sie im Hause des Herrn B. an.

Drei allerliebste Kinder, wovon eins ihre Schwester Johanna, die beiden andern die Töchter des Herrn B. waren, saßen auf der steinernen Bank vor dem Hause, als sie in einem mehr als abentheuerlichen Aufzuge daselbst anlangte. Es fehlte ihr auch jetzt an Hut und Handschuhen und das lange, in starken Locken herabwallende Haar bildete ihre einzige Kopfbedeckung. Sie hatte ein Kleid von klarem Musselin, ein Geschenk der Mutter, über einen Unterrock von braunem Tamies, wie er damals getragen wurde, gezogen, ohne in ihrer Unerfahrenheit in Hinsicht des Putzes daran zu denken, daß es sich überaus schlecht und seltsam machte, unter einem so durchsichtigen Kleide einen dunklen Rock zu tragen; das Unglück hatte überdies gewollt, daß sie, indem sie von dem Birnbaum aus Abschied von ihren lieben französischen Kindern nahm, ein großes Loch recht mitten in das Kleid gerissen hatte; dieses hielt sie nun auf dem Wege zwar so gut als möglich zu; als sich ihr aber beim Eintritt in das B-sche Haus so viele Hände freundlich entgegenstreckten, mußte sie auch die ihrigen hinreichen, und der große Schaden kam, zu ihrer nicht geringen Beschämung, zum Vorschein.

Die Kinder thaten gleich so gut und zutraulich gegen sie, daß ihr ordentlich himmlisch zu Muthe wurde; man führte sie in die Spielzeug-Kammer, und als diese sie wenig zu interessiren schien, auf den Boden, wo man in einer hell von der Sonne beschienenen Kammer eine Menge der allerköstlichsten Blumen in Töpfen erzog.

»Die meinigen sollen Dir mit zugehören«, sagte *Marie,* die älteste Tochter des Herrn B., ein sanftes, liebes Mädchen von gleichem Alter mit Clementinen, aber krank, leidend und überaus schwächlich, als sie sah, daß diese sich sehr daran erfreute. Diese Güte rührte Clementine unendlich, und der Bund der Herzen, der nur mit Mariens Leben enden sollte, war zwischen Beiden geschlossen.

Welche Menge von neuen Gegenständen und Eindrücken stürmten jetzt nicht auf Clementine ein! Sie, die so lange an dem Nothwendigsten Mangel gelitten hatte, sah sich plötzlich inmitten des Reichthums und Wohllebens versetzt; sie, die schon darin Genuß gefunden hatte, nur auf flüchtige Augenblicke von dem Wipfel ihres Birnbaumes herab mit den beiden französischen Kindern zu plaudern, sah sich jetzt von drei lieben Kindern umringt, die ihr die Hände drückten, die sie zärtlich ansahen, die mit ihr spielen wollten und unaufhörlich mit ihr schwatzten; sie, die oft nicht gewußt hatte, womit sie ihre Blöße bedecken sollte, wenn sie das einzige noch einigermaßen erträgliche Kleid unter der Pumpe ausgewaschen und zum Trocknen im Garten über die Büsche gebreitet hatte, befand sich jetzt im Besitze neuer Kleider, eines Huts, mit einem schönen, breiten hellrothen Atlasbande, der ihr ganz besonders gefiel, und eines Ueberflusses der allerfeinsten Wäsche; denn so hatte es die unübertreffliche Güte des Herrn B. gewollt, der für alle diese Bedürfnisse mit der größten Liberalität gesorgt hatte; sie endlich, die vor Wissens-Durst fast verschmachtet war, sollte von den besten Lehrern der Stadt unterrichtet werden!

Dabei konnte es denn freilich an mancher Beschämung für das jetzt fast zwölfjährige Mädchen nicht fehlen, denn in wie vielen Dingen, in denen selbst die jüngsten Kinder des Hauses für ihr Alter schon weit waren, war sie nicht völlig unwissend. Freilich war sie in vielen andern ihren Gespielinnen auch wieder voraus; allein die kamen ihr nicht zu Gute; so schrieb sie eine sehr schöne, schon völlig ausgebildete Handschrift, hatte aber von der Orthographie und Grammatik nicht den entferntesten Begriff, obgleich sie schon sehr viel geschrieben hatte; so sprach und verstand sie fertig das Französische, wußte aber keine einzige Regel; so konnte sie zwar Verse, aber nicht zwei Zeilen ordentlich zusammenhängender Prosa schreiben, und von der Musik, vom Tanzen, von der Erdbeschreibung, Geschichte, Naturgeschichte, Physik u.s.w. wußte sie nicht einmal, was sie zu bedeuten hatten; die Kinder des Herrn B. waren aber von frühester Kindheit an von den besten Lehrern der Stadt auf das Sorgfältigste unterrichtet worden, und beschämten sie so alle Augenblicke gegen ihren Willen durch die an sie gerichtete Fragen, auf die sie nicht zu antworten wußte.

Sie war ehrgeizig, und es galt also, fleißig zu sein und nachzuholen. Das erstere war sie wirklich, sie war es in diesen Jahren bis zu einem Grade, daß man ihr Einhalt thun mußte, weil man Nachtheil für ihre Gesundheit davon fürchtete. Späterhin, wo sie sich die ersten Elemente des Wissens angeeignet hatte, ließ dieser Eifer nach; sie konnte sich zu sehr auf ihr außerordentliches Gedächtniß und ihre seltene Fassungs-Gabe verlassen, als daß sie nöthig gehabt hätte, sich besonders anzustrengen.

In diesen so glücklichen Verhältnissen wartete jedoch noch ein großer Kummer auf sie: die Verlobung der Mutter mit dem Herrn B., die man bis dahin aus Familien-Rücksichten noch geheim gehalten hatte, wurde öffentlich bekannt gemacht, und der Tag der Hochzeit festgestellt, zugleich forderte man von Clementinen, daß sie den ihr durchaus fremden

Mann – sie sah Herrn B., der große Geschäfte hatte, nur sehr wenig und fast nie anders, als Mittags bei Tische – *Vater* nennen solle. Das war ihr durchaus unmöglich; das schien ihr eine Versündigung an dem Theuren zu sein, der sie so über Alles geliebt hatte, und sie zürnte in ihrem Herzen der Mutter, daß sie ihres ersten Gatten vergessen und sich einen zweiten geben konnte.

Vergebens wandte die Mutter Bitten und Vorstellungen an, um »*ihren Eigensinn*« – so nannte sie, was tief innerliches Gefühl war – zu besiegen; vergebens bat Marie, die sonst Alles über sie vermochte, sie unter Thränen, doch ihren guten Vater auch Vater zu nennen: es war ihr nicht möglich, und das Wort erstarb ihr auf den Lippen, so oft sie es auch auszusprechen versuchte. Sie war dem Herrn B., der die Güte selbst war, von Herzen gut; sie hätte ihn um Alles nicht betrüben mögen, allein ihr *Vater* konnte er nicht sein, sie ihn so nicht nennen, und an dem Hochzeits-Tage ihrer Mutter war sie in einem Zustande, der Krämpfe und Convulsionen für sie befürchten ließ.

Sie hatte den Herrn B. die Mutter schon vorher mehre Male küssen und umarmen sehen, ganz wie ihr seliger Vater diese küßte und umarmte, und das, was sie jetzt dabei empfand, grenzte nahe an *Ekel* und entfremdete sie Beiden auf eine unbeschreibliche Weise.

Was man vor der Vermählung nur von ihr *erbeten* hatte, *forderte* man nach derselben, als Bitten nichts fruchten wollten, unter Drohungen von ihr; allein diese wurden eben so vergeblich angewandt, und Herr B. blieb immer Herr B. für sie, obgleich der treffliche Mann sich alle nur erdenkliche Mühe gab, sie für sich zu gewinnen. Sie hätte ihn vielleicht leidenschaftlich geliebt, wie seine Güte für sie und Alle, die mit ihm in Berührung kamen, es verdiente, wenn er nicht ihr Vater hätte sein wollen.

Diese Hartnäckigkeit, denn so nannte man es, erzeugte endlich doch einige Kälte zwischen dem Stiefvater und der Stieftochter, und der erstere wandte seine Neigung weit mehr der jüngern Schwester Clementinens, als dieser zu, und dies glich sich erst wieder aus, als Clementine Gattin und Mutter wurde und der würdige Greis ihre Söhne mit einer wahrhaft rührenden, ächt großväterlichen Zärtlichkeit liebte; da erst vermochte sie ihn aus voller Seele Vater zu nennen.

Das Verhältniß zwischen Clementinen und der ältesten, nur um elf Tage jüngern Tochter des Herrn B. war übrigens das schönste und rührendste von der Welt geworden, und nie haben sich rechte Geschwister zärtlicher geliebt, als diese Beiden, so verschieden sie auch an Leib und Seele waren. Marie war das edelmüthigste, sanfteste und neidloseste Geschöpf, und so beneidete sie es Clementinen keinen Augenblick, daß diese, an Geist und Körper wieder kräftig aufblühend, ihr von Vielen vorgezogen wurde, wahrend sie, wie ein köstlicher Edelstein in seiner Kiesel-Hülle, allen ihren unendlichen Werth nur im Innern tragend, fast unbeachtet blieb. Hieraus erwuchs aber auch für Clementine mancher Schmerz, namentlich auf Bällen, wo die unscheinbare, kränkliche Marie eine sehr traurige und verlassene Rolle spielte, während die rüstige und im Tanzen überaus geübte Schwester von vielen die Königin war. Clementine darf es sich gestehen, daß sie der Schwester-Liebe manches Opfer gebracht und manchen Tanz versagt hat, um nur bei der sonst ganz verlassenen Marie sitzen zu können; und diese wußte das, und o, wie dankte sie es ihr!

Von den Eltern, wovon der Vater fast ganz von seinen Geschäften, die Mutter aber von einem großen und glänzenden Hauswesen in Anspruch genommen wurde, geschah wenig für die Bildung der Kinder, wenn man den Unterricht abrechnet, der ihnen gegeben wurde, und der ausgezeichnet war, und so waren sie sich in dieser Hinsicht selbst überlassen. Eins ersetzte aber dem Andern, was Beiden fehlte: in ihren Seelen lag der brennendste Trieb, sich zu bilden und nebenbei eine hohe Begeisterung für Alles, was gut und schön war. So erstarkte sich Eins an dem Andern, so legte man sich unaufhörlich kleine Prüfungen auf; so schwor man mit Thränen in den Augen der Tugend ewige Treue zu: o, es war gewiß ein schönes Band, das diese beiden begeisterten Kinder mit einander vereinte! Der erste Antrieb zu allem Guten ging freilich immer von Marien aus; allein Clementinens feurige Seele war ganz dazu geschaffen, diese Keime in sich aufzunehmen und sie zu zeitigen. Auch standen die beiden Schwestern in großer Achtung nicht nur bei ihren jugendlichen Bekannten, sondern selbst bei Erwachsenen, obgleich Clementine manche störende, gegen das Gewöhnliche verstoßende Eigenthümlichkeiten, die gewöhnlichen Menschen wohl als Lächerlichkeiten erscheinen mochten, an sich hatte.

So verschmähte sie unter andern jede Art von Putz; so wollte sie nie helle Farben und noch weniger bunte Kleider tragen und mußte einst um ein solches, das die Mutter ihr mit Gewalt aufdringen wollte, mehre Tage Stuben-Arrest erleiden, was sie geduldig that; so kletterte sie noch immer, obgleich sie schon ein großes Mädchen war, in die höchsten Bäume; so sagte sie Jedem, was sie von ihm dachte, gerade in's Angesicht, und hielt diese zudringliche Wahrheitsliebe sogar für Tugend; so corrigirte sie ganz alte Damen, wenn sie Sprachfehler machten, was nicht selten die peinlichsten Scenen für die Uebrigen herbeiführte; so half sie, die keinen Augenblick unthätig sein konnte und Alles thun und lernen wollte, dem Gärtner beim Graben und Pflanzen, dem Maler beim Malen, dem Maurer beim Mauern, dem Hausknechte beim Sägen und Holzhacken, und gewann zwar dadurch eine Menge von Fertigkeiten, die sie nachher fortwährend übte; aber sie hatte auch immer zerrissene oder befleckte Kleider und duldete weder das damals, wie jetzt unerläßliche Schnürleib, noch enge Kleider und Schuhe; kurz, sie setzte die arme Mutter nicht selten in Verzweiflung und zog sich ein Nasenrümpfen von den feinen Demoisellen zu, die sich um keinen Preis so beschäftigt und so beschmuzt haben würden. Hierin vermochte auch Marie nichts über sie; es war ihr einmal unmöglich, steif und eingeschnürt einherzugehen und unbeschäftigt zu sein, und so oft sie auch in dieser Hinsicht gute Vorsätze faßte, so kamen sie doch nie zur Ausführung.

Mit der Mutter, die so gern ein recht gesittetes Mädchen aus ihr gemacht hätte, fand daher ein beständiger Kampf statt, der noch dadurch vermehrt wurde, daß Clementine, die doch so viele Kleider zerriß und verdarb, keine geflickte tragen wollte; »die wären bettelhaft«, meinte sie, und wirklich vergab sie sie heimlich an Arme, wodurch manche Noth und Verlegenheit entstand. Auch die im Garten von ihr errichtete Turn-Anstalt, das Reiten auf dem Pferde des Herrn B., das Baden in dem nahen Teiche, erregten manche schwere Besorgnisse und führten viele unangenehme Auftritte herbei, da die Mutter einmal eine Tochter haben wollte, wie andere Töchter waren, und diese es, ihrer verschiedenartigen Natur und dem Gange ihres Schicksals und ihrer Bildung nach, nicht sein konnte.

Die arme Frau hatte, wie manche Henne, ein Enten-Ei ausgebrütet, und ging nun trostlos am Wasser auf und ab, worauf das Junge behaglich schwamm, während sie vor Angst verging.

Doch nicht blos der Körper Clementinens, sondern auch ihr Geist wurde in beständiger Bewegung und Uebung erhalten. Die besten Bücher wurden mit Entzücken gelesen und für Schiller geschwärmt, seine Trauerspiele unter süß fließenden Thränen, so wie seine Gedichte, auswendig gelernt. Dann kamen die Schlegel an die Reihe, La Motte

Fouqué wurde bewundert und gleichsam verschlungen; mit *Novalis,* den man kaum halb verstand, aber eben deshalb am meisten verehrte und bewunderte, wurde geschwärmt, und endlich gerieth man über den Shakespear, mit dem Clementinen eine neue Welt aufging, und den sie gleich zu würdigen wußte, obgleich ihre Umgebung zu wenig gebildet war, um sie auf den hohen Werth desselben aufmerksam machen zu können; sie las ihn zuerst in der Eschenburgschen Uebersetzung. Den Homer brachte ihr ein Lehrer zu, der ihr auch »*das befreite Jerusalem*« von Torquato Tasso empfahl, so wie die vortrefflichen *Calderonschen* Stücke, die sie denen des Shakespear fast an die Seite setzte.

Unter den Wissenschaften sprachen sie Geschichte, Naturgeschichte und Physik am meisten an, obgleich der Unterricht, der ihr darin ertheilt wurde, höchst mangelhaft war, was sie bald fühlte und so durch eigenes Studium nachhalf. Dies führte unter andern auch zum Lesen alter Chroniken, denen sie bald einen solchen Geschmack abgewann, daß sie alles Andere darüber vergaß; allein diese Lectüre, so nützlich sie ihr auch für das Studium der Geschichte war, hatte doch einen großen Nachtheil für sie, indem sie ihren Styl verdarb. Sie behielt nämlich in ihrem treuen Gedächtnisse alle die veralteten Ausdrücke aus den von ihr gelesenen Chroniken, und wollte sie nun selbst schreiben, so fielen sie ihr wieder ein; sie mußte dann modernere suchen, wodurch ihr Styl eine eigenthümliche Unbeholfenheit bekam, mit der sie lange zu kämpfen hatte.

Das Talent, welches sie für das Zeichnen zeigte, vermochte ihren an Güte unübertrefflichen Stiefvater, sie in eine damals im schönsten Flor stehende Maler-Akademie zu schicken, wo sie den trefflichsten Unterricht empfing und es bald so weit brachte, daß der der Anstalt vorstehende Professor W. meinte, es könne wohl eine gute Malerin aus ihr werden, und sich besonders mit ihr beschäftigte. Er unterrichtete sie nicht nur sehr sorgfältig, sondern gab ihr aus seiner Bibliothek auch Bücher mit, die sie bilden und für die Kunst begeistern konnten; unter diesen befanden sich »*Franz Sternbalds Wanderungen*« und »*die Herzensergießungen eines kunstliebenden Klosterbruders,*« die sie beide sehr anzogen.

Kurz, es strömte ihr Bildung und Belehrung von allen Seiten zu, und zwar vermöge des großen Hebels von Allem: des Geldes, das ihr Stiefvater für sie mit vollen Händen ausgab. Auf andere Weise vermochte man leider nichts für sie zu thun, da beide Eltern zwar klug und welterfahren, aber durchaus nicht gebildet waren. Man nahm aber wahr, daß sie mit außerordentlicher Begierde lernte; man hörte von den Lehrern, daß sie Fähigkeiten besitze, und da man des Geldes nicht zu schonen brauchte, wurden bedeutende Summen an ihren Unterricht verwandt, und sie brauchte blos einen Wunsch in Hinsicht desselben zu äußern, um ihn auf der Stelle erfüllt und die besten Lehrer herbeigezogen zu sehen.

Da sie des Französischen schon vollkommen mächtig war, als sie in ihre neuen Verhältnisse trat, konnten die Lehrer sich nicht mehr mit Vocabeln u.s.w. bei ihr aufhalten; die Sprache wurde also blos theoretisch mit ihr durchgenommen und ein Theil der Stunde zum Lesen der Dichter verwandt. Voltaires »*Henriade*« machte den Anfang; dann nahm man die Stücke von *Racine* und *Corneille* durch; allein seltsam genug, fand sie an allen diesen, damals so gepriesenen und geehrten Dichtern keinen Geschmack; sie verglich sie mit dem von ihr angebeteten Shakspear und sie kamen ihr so ekelhaft gespreizt vor, daß sie sich bald wieder von ihnen abwandte. Indeß hatte auch diese Lectüre einen Nutzen für sie: sie bekam die Sprache so inne, daß sie selbst Versuche darin machen durfte, und zwar poetische; ein Gedicht an eine Rose versetzte ihren Lehrer, einen ehemaligen General-Advocaten, der durch die Revolution nach Deutschland vertrieben worden war, in Ekstase, und er fand nichts daran zu tadeln, als einige orthographische Schnitzer, die er mit wenigen Feder-Zügen verbesserte.

Trotz dem, daß so viel gelernt und selbst geleistet wurde, darf sich Clementine des eigentlichen *Fleißes* nicht berühmen, auch sah man sie nie so angestrengt und anhaltend arbeiten, wie die arme Marie, die Alles mitmachen mußte und bei ihrem unglücklichen siechen Körper und dem minder guten Gedächtnisse die allerschwersten Kämpfe zu bestehen hatte. Wie oft rief sie mit halb erstauntem, halb betrübtem Tone Clementinen, die das Buch zuschlug oder den letzten Federstrich machte, zu: »Bist Du schon fertig?« Und sie war es, sie konnte sich wieder im Garten, unter den Blumen, im goldenen Sonnenschein ergehen, während die arme Marie noch im trüben, dumpfen Zimmer saß und sich mit ihren Aufgaben quälte. Das seltenste Gedächtniß und eine gute Auffassungsgabe machten Clementinen zum Spiel, was für Andere Mühe und Arbeit war.

Dann kam ihr auch noch die, bis zum reiferen Alter beibehaltene Gewohnheit, früh mit der Sonne aufzustehen, zu statten; selbst im

Winter vertrug ihr starker, abgehärteter Körper es, der Kälte Morgens zu trotzen, und sie war selbst dann die Erste im Hause auf. Vermittelst einiger am Abende zuvor zurechtgelegter Holzstücke und eines Feuerzeugs machte sie sich dann selbst Feuer im Ofen an, und hatte bereits einige Stunden in Ruhe und Gemüthlichkeit gearbeitet, wenn die Andern aus den Betten krochen. In diesen Stunden, die ihr im Winter die liebsten des Tages waren, verfaßte sie auch die Unzahl von Gedichten, Trauerspielen u.s.w., die jener Zeit ihr Dasein verdankten, und wovon auch nicht ein Blättchen übrig geblieben ist, weil sie sie einmal alle den Flammen aufopferte, nachdem man diesen sorgfältig bewahrt gehaltenen Schatz entdeckt, und sie damit geneckt hatte.

Das Auffallendste an ihr war gewiß immer die Productivität, die wirklich in's Unglaubliche ging; es wurde ihr Alles Stoff; ein ausgesprochenes Wort, eine wahrgenommene Situation wurden gleich zum Bilde mit fest gezeichneten Umrissen in ihr, und sie ruhte nicht eher, bis sie es in den gehörigen Rahmen gebracht hatte, was mit unglaublicher Schnelle und Leichtigkeit geschah. Dieser Productivität, dieser Regsamkeit des Geistes verdankte sie es späterhin, daß sie in dem unglaublich kurzen Zeitraume von *dreizehn* Jahren 118 Bände schreiben und zum Druck befördern konnte und doch noch Zeit behielt, zu lesen und sich weiter auszubilden. Auch darf man wohl von ihr behaupten, daß sie immer arbeitete, selbst dann, wenn sie müßig zu gehen schien.

Clementine war noch nicht vierzehn Jahr alt, als sie den Mann kennen lernte, der auf ihr künftiges Schicksal den größten Einfluß haben sollte. Der Arzt des Hauses bat nämlich die überaus gastfreien Eltern Clementinens, einen jungen Mann, seinen Landsmann, bei ihnen einführen zu dürfen, der sich zum Behuf seiner Studien in Hamburg aufhielt und für den er einen guten Umgang in angesehenen und gebildeten Häusern wünschte, um seine Jugend vor den Gefahren zu beschützen, womit der Aufenthalt in einer so großen und verderbten Stadt ihn bedrohte; man kam mit der gewohnten Bereitwilligkeit seinen Wünschen nach, und *Friedrich* wurde eingeführt.

Er war ein junger, blühender, sehr hübscher Mensch von noch nicht achtzehn Jahren; allein er hatte, trotz seiner vortheilhaften Gestalt, etwas so Linkisches, Unbeholfenes und Schüchternes in seinem Wesen, daß die sich zur Satyre etwas hinneigende und scharf beobachtende Clementine sich nicht wenig über ihn belustigte und Freude daran fand, den armen jungen Mann durch ihren Muthwillen in manche peinliche

Verlegenheit zu versetzen, was dann die Geschwister nicht wenig belustigte, so daß auch sie willig ihr Scherflein dazu beitrugen, die Noth des Armen zu vermehren.

Der Zufall wollte indessen, daß Friedrich bei einem jener unaussprechlich langweiligen und geistlosen Gesellschaften, die blos dem Magen zu Ehren gegeben wurden, und die leider nicht selten im Hause waren, Clementinens Tisch-Nachbar wurde. Sie saß, da sie die unglückseligste Langeweile fühlte und die Lächerlichkeiten der anwesenden Basen und Vettern schon längst für ihren Muthwillen ausgebeutet hatte, schweigend und sichtbar verstimmt an der Seite des jungen Mannes, der lange stumm wie sie war, aber endlich doch allen seinen Muth zusammen nahm und die Frage an seine Tisch-Nachbarin wagte:

»Sind Sie krank, Mademoiselle Clementine? Sie scheinen nicht aufgelegt zu sein?«

»Ich bin gelangweilt«, versetzte sie, »und wollte, daß diese ewig lange Sitzung ihr Ende erreichte und ich auf mein Zimmer gehen könnte, wo ein gutes Buch mich für das entschädigen würde, was ich hier auszustehen habe.«

»Sie lesen also gern?«

Clementine sah ihn bei dieser Frage, die ihr seltsam vorkam, verwundert an, und antwortete dann nach einer kleinen Pause:

»Sehr gern!«

»So darf ich Ihnen vielleicht auch einmal ein gutes Buch mitbringen?«

»Wenn Sie die Güte haben wollen, ja!«

»Vielleicht wäre es aber ein zu ernsthaftes für Sie?«

»Weshalb meinen Sie das? Ich lese lieber ernsthafte Bücher, als andere.«

»So? das freut mich!«

Die Unterhaltung hatte hier ein Ende, weil die Tafel endlich aufgehoben wurde.

Schon nach wenigen Tagen kam aber Friedrich wieder und brachte das versprochene Buch. Es war der Novalis.

»Das kenne ich längst«, sagte Clementine, es ihm zurückgebend, »und es ist sehr schön.«

Der junge Mann hatte mit seiner Wahl brilliren, vielleicht gar Clementinen damit imponiren wollen, und sah sich jetzt in dieser Erwartung getäuscht; allein von diesem Augenblick an gestaltete sich das Verhältniß zwischen den beiden jungen Leuten ganz anders, wie bisher, und sie konnten sich auf die angenehmste Weise mit einander unterhalten. Friedrich, der beabsichtigte, Theologie zu studiren, brachte das nächste Mal Schleiermachers »*Monologe*« mit und Clementine, für die eine solche Lectüre in dem Augenblick gerade das innigste Bedürfniß war, las sie mit der größten Aufmerksamkeit.

Wie es gewiß Vielen ergeht, die zu denken gewohnt sind, so erging es auch ihr in dieser Periode ihres Lebens: sie war über die religiösen Lehrsätze mit sich in die größte Uneinigkeit und Unklarheit gerathen. Sie erhielt Religions-Unterricht von einem trefflichen, aber auch streng orthodoxen Manne; aber während ihr Herz die sanften Lehren des Christenthums willig in sich aufnahm, lehnte sich ihr Verstand gegen das Dogma auf, und ohne dieses, so sagte ihr Lehrer, gäbe es kein Heil für die Seele.

Der Kampf, der dadurch in ihrem Innern entstand – denn auch sie wollte ja so gern selig werden! – war wahrhaft furchtbar, und sie hatte ihn ganz allein mit sich zu bestehen, sie wagte es nicht einmal, der streng rechtgläubigen und in diesem Glauben so glücklichen Maria ihre Noth zu gestehen, sondern verschloß sie wie eine Sünde, wie einen schimpflichen Schaden an ihrer Seele, streng in sich, und eben dieses brachte sie einem verzweiflungsvollen Zustande nahe. Sie, die nicht glauben *konnte,* was, wie sie wähnte, und wie man ihr unaufhörlich sagte, sie glauben *mußte,* um nicht der ewigen Verdammniß anheim zu fallen, verzweifelte so sehr an sich selbst, daß sie nur noch mit Haß und Abscheu auf sich sah und sich gänzlich verloren gab. Wie oft hat sie nicht auf ächt kindische Weise Gott um ihr künftiges Schicksal befragt, indem sie nämlich einen Ball oder ihr zusammengerolltes Taschentuch in einen Baum schleuderte, und sich dabei sagte: bleibt es hangen, so kannst du, trotz deines Unglaubens, durch die ewige Gnade doch noch selig werden; fällt es aber zu Boden, so bist du auf ewig verdammt; man kann sich denken, wie ungenügend dieser Orakel-Spruch ausfiel, denn der Ball fiel zur Erde zurück und das Taschentuch blieb in den Zweigen hangen, weshalb sie denn auch der erstern Art zu fragen bald gänzlich entsagte.

Seltsam genug, trieb es sie gerade in dieser Zeit, die katholische Kirche oft zu besuchen, was sie verstohlen und ohne Vorwissen irgend Jemandes that. Sie konnte dies thun, wenn sie von der Maler-Akademie kam, wo die Einrichtung getroffen war, daß Diejenigen, welche Lust hatten, länger zu arbeiten, sich nicht an die eigentlichen Lehrstunden zu binden brauchten und länger da bleiben konnten; es fiel daher nicht auf, wenn sie eine Stunde oder anderthalb später nach Hause kam, und da der katholische Gottesdienst mit dieser Zeit zu ihrer Freude zusammentraf, besuchte sie ihn fast regelmäßig.

Der Anblick so vieler wahrhaft gläubigen Menschen beruhigte sie fühlbar, indem sie dadurch die Ueberzeugung gewann, daß sie auch wohl noch wieder blind glauben und somit selig durch die ewige Barmherzigkeit werden würde. Zu gleicher Zeit machte der katholische Gottesdienst auf ihre Phantasie den lebhaftesten und angenehmsten Eindruck, und zuletzt kam sie dahin, zu glauben, daß er allein im Stande sein würde, alle ihre Zweifel zu lösen und sie wieder glücklich zu machen, was sie schon lange nicht mehr gewesen war. Wirklich begab sie sich an einem Tage mit dem festen Entschlusse nach dem Hause des katholischen Geistlichen, das sie glücklich ausgeforscht hatte, ihn zu bitten, sie zu unterrichten und in den Schooß der allein selig machenden Kirche aufzunehmen. Als sie aber vor dem Hause anlangte, hielten mädchenhafte Schüchternheit und allerlei Bedenklichkeiten, die in ihr aufstiegen, sie davon ab, in dasselbe zu treten, und mit diesen kämpfend, ging sie wohl eine halbe Stunde lang vor dem Hause auf und ab, bis ein Bekannter ihr begegnete und sie, um sich vor diesem nicht zu verrathen, den Rückweg nach dem eigenen Hause mit ihm antrat. Diese Begegnung hielt sie für den Wink des Himmels, *nicht* katholisch werden zu sollen, und im Innern war sie wohl froh darüber, da sich immer Etwas in ihr gegen diesen Entschluß gesträubt hatte.

Die verlorene Seelen-Ruhe fand sie endlich durch den biblischen Spruch wieder: »*Jeder wird seines Glaubens selig*;« so durfte sie also hoffen, es auch durch den ihrigen zu werden, und das hofft sie noch jetzt.

Von alle dem, was in dem Herzen und Geiste ihres Kindes vorging, hatten die sonst so sorgsamen und liebevollen Eltern nicht die entfernteste Ahnung. Man sorgte für den Unterricht, für eine gesittete Aufführung, für eine schöne Haltung des Körpers, für die Beobachtung alles Schicklichen mit der löblichsten Sorgfalt und Treue; allein das Wesentliche, das Innere des Kindes, so Bedeutendes auch in demselben vorging, blieb gänzlich unbeachtet und unüberwacht; auch fehlte es dazu, wie schon gesagt, an geistigen Mitteln.

Die Blässe und Niedergeschlagenheit, die man während dieser für Clementine so verhängnißvollen Zeit an ihr wahrnahm, wurde auf rein körperliche Ursachen zurückgeführt, und als, vermuthlich in Folge der großen Seelen-Leiden, denen sie erlag, ein Nervenfieber zum Ausbruch kam, das ihr Leben auf das Ernstlichste bedrohte, hieß es, dieses habe ihr schon lange in den Gliedern gesteckt, und deshalb sei sie so hinfällig und traurig in der letzten Zeit gewesen.

Von dieser Krankheit wieder hergestellt, erhielt sie die erste Ahnung davon, daß Friedrich sie liebe. Marie, die man, ihrer eigenen Kränklichkeit und der Furcht der Ansteckung wegen, fast mit Gewalt davon hatte zurückhalten müssen, die treue Pflegerin der Schwester während dieser Krankheit zu sein, erzählte ihr nämlich, daß dieser junge Mann nicht nur alle Tage gekommen sei, sich nach dem Befinden Clementinens zu erkundigen, sondern daß er vorzugsweise sie aufgesucht habe, in der Hoffnung, genauere Auskunft von ihr zu erhalten, die er dann mit Aengstlichkeit entgegen genommen habe; ja, als er sie an einem Tage, es war der vierzehnte der Krankheit, in Thränen gefunden, weil die Aerzte an der Rettung Clementinens fast verzweifelt waren, habe er mit ihr vereint geweint und im höchsten Schmerze die Hände gerungen, auch dringend von ihr gefordert, daß sie ihn zu der Sterbenden führe, damit er sie nur noch einmal sähe, was sie aber nicht gewagt habe, da es ihr so streng verboten gewesen wäre, das Krankenzimmer zu betreten.

Diese Erzählung gab Clementinen ernstlich zu denken, und der junge Mann erhielt dadurch eine Wichtigkeit für sie, die er nie zuvor gehabt hatte; diese wurde noch dadurch vermehrt, daß Friedrich sich von jener Zeit an keine Mühe mehr gab, die ihn lange schon in's Geheim verzehrende Leidenschaft für Clementine vor den Blicken der Andern zu verbergen, und es so dieser nicht an Neckereien von Seiten der übrigen Geschwister fehlen konnte.

Friedrich kam jetzt alle Tage; er brachte die besten Bücher mit, er las Clementinen seine Ausarbeitungen vor, und erklärte, als diese bei einer Veranlassung halb im Scherze einmal geäußert hatte: sie würde nie einen Prediger heirathen, daß er umsatteln und Jura studiren wolle.

Aus allem diesen ließ sich die Liebe nicht verkennen, die er für Clementine im Herzen trug, und die ihr lange kein Geheimniß mehr war, obgleich sich Friedrich noch nie gegen sie darüber erklärt hatte.

Liebte sie ihn wieder? – Ich glaube diese Frage, sobald sie auf's Gewissen gethan wird, *verneinen* zu müssen, und die Folge wird zeigen, daß sie sich über die Art der Theilnahme, die sie ihm weihte, zu ihrem unaussprechlichen Unglück, selbst täuschte, und er, der ganz Gluth, ganz Leidenschaft war, ihr in der Heftigkeit seiner Gefühle weit mehr Mitleid, denn wahre Neigung einflößte. Zu diesem Mitleid gesellte sich späterhin auch noch die Furcht: ja sie fürchtete diesen jungen Mann, dessen nahe an Wahnsinn grenzende Leidenschaft ihn sogar dazu bewog, einen Selbstmord zu versuchen, als er bei einer Gelegenheit einen Andern bevorzugt glaubte und sich so allen Qualen der Eifersucht preis gegeben sah. Er nahm eine starke Dosis Opium; der Hausarzt von Clementinens Eltern, sein Beschützer, wurde von seinen Hausgenossen herbeigerufen, und wandte die zweckmäßigsten Mittel zu seiner Rettung an, nachdem er sein unglückseliges Geheimniß, so wie die Veranlassung desselben, von ihm erpreßt hatte.

Friedrich genas, behielt aber noch lange eine Schwäche und Hinfälligkeit, die nur dazu dienen konnte, ihn in den Augen Clementinens interessanter denn je zu machen, da sie wußte, was die Veranlassung dazu war.

Ihre Eltern, durch den Hausarzt von der Leidenschaft des jungen Mannes unterrichtet, der es für seine Pflicht gehalten hatte, ihnen diese Mittheilung zu machen, weil er es gewesen war, der Friedrich in die Familie eingeführt, würden mit Ernst und Nachdruck auf die Entfernung des letztern gedrungen haben, wenn diese nicht ohnehin schon nahe bevorstehend gewesen wäre, indem Friedrich seine Vorstudien am Gymnasium beendet hatte und zur Universität abgehen sollte. Viel weniger war es der Umstand, daß der junge Mann wenig eigene Mittel besaß und noch einen langen Weg vor sich hatte, ehe er der Geliebten seines Herzens seine Hand anbieten durfte, als die große Leidenschaftlichkeit desselben, die die Eltern zu dem Wunsche bewegte, eine Verbindung zwischen ihm und Clementinen zu hintertreiben. Allein es war schon zu spät und die Würfel waren bereits gefallen.

Die Eltern Clementinens, Rücksicht auf den eigenthümlichen Gang der Bildung und die ungewöhnliche Richtung ihres Geistes nehmend, hatten überdies seltsame Beschlüsse in Hinsicht ihrer gefaßt, und es sollte etwas Besonderes aus ihr werden.

Die Zeitumstände hatten einen sehr gelehrten Mann, einen berühmten Professor der Physiologie, der ein naher Anverwandter der Mutter war, in das Haus geführt, und dieser setzte seine Studien dort fort. Es konnte nicht fehlen, daß die nach Wissen dürstende Clementine sich nicht an ihn anschloß, zumal da sie eine besondere Vorliebe für die von ihm betriebenen Wissenschaften hatte. Ihre Kunstfertigkeit im Zeichnen, besonders die, nach der Natur aufnehmen zu können, und die gleichsam nur zum Scherze von ihr betriebene Künstelei, mit der Krähenfeder und mit Tusche kleine Stücke auf Art des Kupferstichs zu radiren, machte dem gelehrten Manne die junge Cousine interessant, und es dauerte nicht lange, so entwarf sie ihm für seine Hefte durch Hülfe des Mikroskops die artigsten Blätter.

Dabei lernte sie viel, besonders da er aus Dankbarkeit sich herabließ, sie in manchen Dingen zu unterrichten, die Frauen sonst nicht lernen, und so wurde ihre Vorliebe für seine schöne Wissenschaft fast zur Leidenschaft und sie brachte jeden freien Augenblick im Zimmer des Onkels zu.

Sich darauf stützend, wie überhaupt auf die Lernbegierde und Lernfähigkeit Clementinens, kam der Stiefvater zuerst auf den Einfall, diese solle studiren, und zwar Medicin, vorzüglich aber Accouchement, um für die Frauen eine neue Bahn zu brechen und den Männern einen Theil der medicinischen Praxis zu entreißen, der, wie er glaubte, sich schicklicher in den Händen von Frauen befinden würde. Es fehlte bei diesem abentheuerlichen Plane nicht an den zur Ausführung gehörigen Geldmitteln, noch fand man bei Clementinen selbst ein Hinderniß, und so wurde er, durch Anwerbung der erforderlichen Lehrer, sogleich in's Werk gesetzt. Clementinens Unterricht wurde jetzt von dem der andern Kinder getrennt und erhielt eine streng wissenschaftliche Richtung.

Da, als Alles recht schön im Gange war, erwachte plötzlich, ihr selbst unbewußt wie und auf welche Veranlassung, ein unüberwindlicher Widerwille gegen die neue Bestimmung in ihr, und sie erklärte den erstaunten Eltern mit der ihr eigenthümlichen Offenheit und Festigkeit, sie wolle die neu betretene Bahn nicht weiter fortsetzen, weil sie auf ihr dahin gelangen werde, ein Zwitterwesen, das nicht Mann noch Weib sei, zu werden; und dabei blieb es, trotz aller Gegenvorstellungen.

In die Zeit, wo Clementine noch mit den Eltern über ihre künftige Bestimmung völlig einverstanden war, fiel, als diesen unwillkommene Episode, Friedrichs Liebe, und sie wurde mit Recht als störend betrachtet, obgleich sie es in der That nicht war, da Clementine die Flammen nicht theilte, die den jungen Mann für sie verzehrten.

Dieser ging endlich zur Universität ab, ohne daß es ihm vorher vergönnt gewesen wäre, sich gegen Clementine zu erklären; denn von dem

Selbstmords-Versuche Friedrichs an bewachte man diese mit großer Sorgfalt und ließ die jungen Leute keinen Augenblick allein.

Kaum war jedoch Friedrich an seinem neuen Bestimmungs-Orte, auf der Universität H., angelangt, so schrieb er an Clementine, und sein Brief athmete solche Gluth, daß diese davor erschrack: er forderte ihre Gegenliebe oder den Tod –! Sie wußte, daß er Wort halten würde; seine Liebe, seine Verzweiflung rührten sie; die Furcht, zur Mörderin an einem Manne zu werden, der ihr die Erstlinge seines Herzens weihte, Alles, Alles trug dazu bei, sie zu verwirren, und sich über sich selbst täuschen zu lassen. So log sie sich in eine Liebe hinein, die nicht in ihrem Herzen war – so wurde sie die Verlobte Friedrichs, und zwar ohne Wissen der Eltern, die selbst von diesem Briefwechsel keine Ahnung hatten, da er durch die Hände eines Dritten ging. Nur Marie war, und zwar unter Angst und Zittern, die Vertraute dieses Verhältnisses.

Der Zustand im elterlichen Hause veränderte sich in dieser Zeit auf eine traurige Weise: ein Schiff mit reicher Ladung, das unversichert war, wurde von den Wellen verschlungen; andere Unfälle, denen der Kaufmann so leicht unterworfen ist, kamen hinzu, und B. mußte sein Vermögen oder vielmehr den Rest desselben seinen Gläubigern cediren, ohne jedoch bankerott zu machen. Die Sorge, die Noth traten jetzt plötzlich in ein Haus, in dem bisher der Ueberfluß geherrscht hatte; man sah mit trübem Auge in die Zukunft; die kriegerischen Zeiten ließen die Hoffnung auf baldige Wiederherstellung der frühern Verhältnisse nicht zu, und Alles erschien im trübsten Lichte.

Clementine verlor bei allem Diesen die Fassung nicht; ihr Herz hing wenig oder gar nicht am Wohlleben und die Genüsse, welche der bloße Reichthum gewährt, waren nie welche für sie gewesen; übrigens hatte sie ja auch entbehren gelernt. Rührend für sie war überdies auch noch die Freude, ja, der Jubel, mit dem Friedrich die Nachricht von dem Verluste des Vermögens der Familie aufnahm, und er drang jetzt mit Ernst darauf, daß den Eltern ihre Verbindung erklärt werde, jetzt, wo man nicht mehr sagen könne, er habe sich aus niedern Rücksichten um die Hand eines reichen, angesehenen Mädchens beworben, und als Clementine, trotz seiner Aufforderung, mit der von ihm gewünschten Erklärung zögerte, schrieb er selbst an die Eltern derselben und verlangte ihre Einwilligung zu dem gewünschten Bunde.

Dieser Schritt, in einem solchen Zeitpunkte, gewann ihm Achtung und Zuneigung, gewann ihm, wenn auch immer noch nicht die Liebe, doch die ungemessene Dankbarkeit Clementinens.

Diese, die als das Unheil im Hause ausbrach, etwas über fünfzehn Jahr alt war, war zu stolz, einem Manne noch ferner zur Last sein zu wollen, der jetzt mit der eigenen Existenz zu kämpfen hatte und den sie nicht einmal mit dem Vater-Namen hatte begrüßen können. Für ihre einzige noch übrig gebliebene rechte Schwester, *Johanna*, hatte der Tod gesorgt, der sie in der Blüthe der Jugend dahingerafft, für sich selbst sorgte Clementine, indem sie, ohne die Eltern zuvor davon zu benachrichtigen, sich um die Stelle als Erzieherin in einem sehr reichen Hause bewarb, wo man sie, trotz ihrer großen Jugend, mit Vertrauen aufnahm. Erst als Alles abgeschlossen und verabredet war, zeigte sie den bestürzten Eltern an, daß sie sie verlassen und von nun an für sich selbst sorgen würde, und diesen Entschluß führte sie, trotz aller Gegenrede, mit Festigkeit aus.

Es wurde in ihren neuen Verhältnissen viel von ihr gefordert, und sie konnte Manches leisten; allein was sie leisten konnte, war ihr noch immer nicht genug, und so bemühte sie sich in den von ihren Geschäften freien Stunden, ja selbst während der Nacht, so unablässig um Kenntnisse, daß ihre sonst so starke Gesundheit darunter zu leiden anfing und der Arzt des Hauses, der zufällig *Rahels* geistreicher Freund, der Doctor *D. Veit* war, der auch der ihrige ward, mit Nachdruck darauf drang, daß sie ihren Eifer mäßigen und ihre Studien einschränken sollte; zu gleicher Zeit verordnete er ihr das strengste Regime, verbot ihr gänzlich den Tanz, den sie sehr liebte, und das Tragen eines Schnürleibchens, was überflüssig war, da sie nie eins hatte tragen wollen, zum großen Kummer ihrer Mutter. Ein so strenges Verhalten war um so nothwendiger, da sie außerordentlich wuchs und überdies schon mehre Male heftiges Blutspeien gehabt hatte, was auf eine Anlage zur Schwindsucht hinzudeuten schien; vor dieser blieb sie wohl auch nur durch das strenge Verhalten nach den Vorschriften ihres ärztlichen Freundes, so wie durch ihren überaus glücklichen Wuchs bewahrt; sie war, obschon hoch und schlank gewachsen, doch breit von Brust und stark von Muskeln.

In diesen neuen Verhältnissen war es, wo Clementine eine Bekanntschaft machte, von der sie nicht nur den größten Gewinn für ihr Herz, sondern auch für den fernern Gang ihrer Bildung ziehen sollte.

In einem Hause, das dem nahe verwandt war, in dem sie die Stelle einer Erzieherin zweier hoffnungsvollen Töchter bekleidete, lebte *Rosa Maria*, die Schwester *Varnhagens von Ense*, gleichfalls als Erzieherin. In einem dritten Hause, dem der Großeltern der von Beiden erzogenen Kinder, kam Freitags Abends die ganze Familie zusammen und beide Erzieherinnen fanden sich daselbst mit ein. Schon bevor Clementine Rosa Maria sah, hatte man ihr viel von dieser erzählt und sie auf den überlegenen Geist derselben aufmerksam gemacht, den man zwar anerkannte, von dem man sich aber doch gedrückt fühlte, namentlich in dem Hause, worin Clementine lebte. Sie war daher sehr begierig, die neue Bekanntschaft zu machen und empfing gleich den angenehmsten Eindruck von deren anmuthigen Persönlichkeit, konnte aber doch eine geheime Furcht vor der Ueberlegenheit dieser Fremden nicht in sich unterdrücken und wagte so nicht, ihr nahe zu treten, obgleich sie innerlich vor Begierde brannte, es zu thun.

Ein Zufall brachte beide Frauen näher, und es wurde ein Bund geschlossen, der Beiden nicht nur viele schöne, erhebende Stunden geben, sondern für das ganze Leben Dauer gewinnen sollte.

In der Familie, worin Clementine lebte, und wo man ihr übrigens die ihr zukommende Achtung nicht versagte, ja, wo man sie sogar liebte, hielt man sie für poetisch überspannt und für unklar in ihren Ansichten über Leben und Welt, kurz, von dem Gewöhnlichen im Handeln und in der Gesinnung abweichend, und darin mochte man sich nicht irren. Nun werden ächt prosaische und gewöhnliche Menschen durch solche allemal genirt, die das Leben aus einem höhern Gesichtspunkte betrachten und ihren Handlungen einen, aus der Poesie ihres Gemüths hervorgehenden ungewöhnlichen Anstrich geben, und das war auch hier der Fall. Man erlaubte sich, wiewohl mit großer Mäßigung und mit dem Anscheine wohlwollender Theilnahme, kleine Spöttereien über die poetischere Richtung, die Clementinens Geist genommen hatte, und prophezeihte ihr, »auch sie werde vom Leben mit der Nase noch recht auf die Prosa gestoßen werden«, wenn sich erst das erste Feuer ihrer jugendlichen Begeisterung gelegt haben und sie den wahren, reellen Werth der Dinge erkennen lernen würde, eine Prophezeihung, die nicht in Erfüllung gegangen ist, da Clementine noch zur Stunde viele Dinge aus einem ganz andern Gesichtspunkt betrachtet, als viele Andere, und über den Werth derselben ganz anders denkt.

In Folge einer kleinen Neckerei der oben angeführten Art, die sich Madame O., die Mutter der von Clementinen erzogenen Kinder, über Tische gegen diese erlaubte, erhob sich Rosa Maria und vertheidigte mit eben so viel Geschick als Lebhaftigkeit das arme, tief beschämte und vor Blödigkeit verstummte Kind, das es jetzt zuerst wagte, einen dankbaren Blick auf ihre freundliche Vertheidigerin zu werfen. Dadurch kam man sich näher, und da man sich oft sah, entstand eine Freundschaft, trotz der Verschiedenheit des Alters zwischen Beiden – Rosa Maria war um neun Jahre älter, als Clementine – die von Seiten der letztern fast den Charakter der Leidenschaftlichkeit annahm, ohne jedoch der Freundschaft, die sie für ein sanftes, himmlisch-gutes Wesen, *Caroline,* schon seit Jahren hegte, Eintrag zu thun.

Mit dem ihr eigenthümlichen schnellen und sichern Blick übersah Rosa Maria, wo es ihrer neuen Freundin fehlte, und suchte dem durch die sanfte Erziehung der Liebe, die sie ihr angedeihen ließ, abzuhelfen. Sie war ruhig und besonnen weit über ihre Jahre hinaus, während es in Clementinen stürmte und gährte; da mußte denn oft ein Dämpfer aufgesetzt werden, damit der brausende Most das Gefäß nicht gar sprengte; denn in Clementinen waren Sturm und Drang so heftig, daß sie Gefahr drohten, selbst für ihr Leben.

Nie hätte der Himmel ihr also eine zugleich würdigere und passendere Freundin geben können, als die von Herzen und Gemüth warme, zugleich aber auch so ernste und besonnene Rosa Maria, und wie oft hat sie ihm unter Thränen für das Geschenk einer solchen Freundin gedankt!

Durch Rosa Maria wurde Clementine auch mit deren Bruder, *Karl August Varnhagen,* so wie mit manchen andern bedeutenden Jünglingen bekannt, die jetzt zu trefflichen und berühmten Männern herangereift sind; darunter sind besonders *Justinus Kerner, Chamisso* und *D. Assing* zu nennen, welcher letztere der Gatte Rosa Maria's geworden und noch jetzt Clementinen ein über Alles theurer Freund ist.

Justinus Kerner war damals ein langer, schmaler, bleicher Jüngling, der ein großes Leid mit sich herum trug und schon dadurch Clementinen hätte interessant werden müssen, wenn sie sich nicht auch von seinem Geiste und Talente, von seinem sanften, liebevollen Wesen auf's Lebhafteste angezogen gefühlt hätte. Das Verhältniß zwischen ihm und den Freundinnen wurde so innig, daß sie sich Du und Schwester und

Bruder nannten, ein lieber Gebrauch, der zwischen ihnen noch nicht abgekommen ist.

Varnhagen hatte zu jener Zeit einen kleinen Anflug von Satyre, eine Art von Muthwillen, die ihn einigermaßen gefürchtet machten; er war sich bereits seiner großen geistigen Ueberlegenheit bewußt, und übte sie gern aus; das merkwürdige, von ihm und gleichgesinnten Freunden herausgegebene Buch: »Karls Versuche und Hindernisse«, legt von der damaligen Stimmung und Richtung seines Geistes ein genügendes Zeugniß ab. Späterhin hat sich Alles in ihm in den edelsten Ernst umgewandelt.

Adalbert von Chamisso war eine schöne, ächt ritterliche Erscheinung, die eben sowohl imponirte, als durch das sanfteste, edelste und liebevollste Gemüth zur Liebe zwang. Trotz seines bedeutenden Geistes hatte er einen wahrhaften Kindessinn, eine Seelen-Güte und Seelen-Unschuld, wie man sie wohl selten mehr findet; auch liebte man ihn schwärmerisch, was man jetzt wohl gestehen darf, da das Haar bereits an zu grauen fängt.

Diese bedeutenden Männer zogen natürlich andere, die ihnen ähnlich waren, in den Kreis, und so bildete sich nach und nach ein Dichter-Verein, der sich vorzüglich an die beiden Schlegel anschloß, und den man späterhin wohl die *romantische* Schule nannte. Alle diese Jünglinge, Männer und Jungfrauen waren productiv und es entstanden die artigsten Sachen, die bereits auf künftige große Bedeutendheit schließen ließen, und zu Hoffnungen berechtigten, die in Erfüllung gegangen sind.

Da Alle einen gemeinschaftlichen Kampf gegen die damals in der schrecklichsten Prosa untergegangene Welt zu bestehen hatten, schloß man sich fest an einander an und Einer stand immer für Alle, Alle für Einen; man liebte, man hob, man trug, man beförderte einander; man ließ auch nicht das kleinste poetische Blümchen unbeachtet am Wege stehen und flocht Alles in den schönen, farbigen Kranz, den man zu winden bemüht war, um die abgestandene Prosa der damaligen Zeit damit zu verdecken.

So entstanden Sammlungen wie der »*poetische Almanach*« und der »*Dichterwald*,« in denen die Gleichstrebenden und Gleichgesinnten freundlich zusammen traten, und wo man selbst dem kaum sich zeigenden Talente willig ein Plätzchen einräumte, um ihm Muth zu verleihen, sich frei zu entfalten. In beiden erschienen auch kleine, in der Form noch sehr mangelhafte Gedichte von Clementinen, die ihr, wie die, welche durch die Freunde in das Tübinger »Morgenblatt« befördert wurden, eine unendliche, und eine weit größere Freude gewährten, als alle die zahllosen Bände zusammen, die sie nachher, von einer fast quälenden Productivität getrieben, schrieb und ins Publicum schickte.

Man kann sich vorstellen, welchen Einfluß das nähere oder entferntere Zusammenleben mit Menschen von solcher Bedeutsamkeit auf Clementinens Bildung haben mußte, und wie begierig sie Alles ergriff, was ihr von diesen dargeboten wurde. Bis dahin hatte sie gleichsam nach geistiger Nahrung schmachten und sich allein auf das beschränken müssen, was ihr entweder durch den Unterricht zufloß oder ihr aus dem Innern quoll, und dieses letztere konnte sie nicht einmal mittheilen, da ihre Umgebung sie nicht darin verstanden haben würde. Jetzt strömte plötzlich die größte Fülle der erhebendsten Genüsse auf sie ein, und sie, die bisher immer hatte unter sich blicken müssen, mußte hoch empor schauen und aufwärts streben, um nicht zurück zu bleiben.

Dieses unaussprechliche Glück, das größte, welches ihr im Leben zu Theil geworden ist, verdankte sie ihrer Bekanntschaft mit Rosa Maria, und wird es dieser bis zum letzten Hauche ihres Lebens danken. Doch nicht allein der Geist fand seine volle Befriedigung bei derselben, sondern auch ihr nach Liebe schmachtendes Herz, das die Freundin, wenn sie auch seine unbändige Gluth nicht zu theilen vermochte, doch zu würdigen verstand, und das sie wieder liebte mit jener sanften, geläuterten Liebe, die ihr eigenthümlich ist. Freilich fehlte es auch dieser Freundschaft nicht an Stürmen, die durch Clementinens Heftigkeit heraufbeschworen, aber von Rosa Mariens Besonnenheit immer wieder beschwichtigt wurden, welche letztere es nie verkannte, daß sie aus einer an sich liebenswerthen Quelle, aus einem zu mächtigen Liebesbedürfnisse, ihren Ursprung nahmen, und so nur bemüht war, den gewaltig daher brausenden Strom richtig zu lenken.

Der immer mehr und mehr sich verschlimmernde Gesundheits-Zustand Clementinens und einige andere Gründe bewogen den dieser sehr befreundeten und sich für sie interessirenden Doctor Veit zu dem Ausspruche: daß sie ihre jetzigen Verhältnisse verlassen und vor allen Dingen in ihrem elterlichen Hause der Ruhe pflegen müsse, da theils die sehr leidende Brust durch den zu gebenden Unterricht, theils durch das geräuschvolle und glänzende Leben in den Kreisen, in denen sie sich jetzt bewegte, allzusehr angegriffen würde, und obgleich man sie nur sehr ungern scheiden sah und sie selbst nur ungern von den ihr überaus theuer gewordenen Kindern schied, befolgte sie diese Vorschrift ihres ärztlichen Freundes.

Einige Zeit der vollkommensten Ruhe, die nur durch die nicht von ihr erwiedert werden könnende Neigung eines jungen Künstlers in Etwas getrübt wurde, reichte hin, ihre Gesundheit wieder zu heben, und so sah sie sich schon bald wieder im Stande, eine andere Stelle anzutreten, die ihr in einem Provinzial-Städtchen angetragen wurde. Hier fühlte sie sich aber nicht glücklich, obgleich die Verhältnisse im Hause angenehm waren und man sie mit der größten Auszeichnung behandelte: das geistige Leben stand in diesem Städtchen unter Null, und sie war in dieser Hinsicht verwöhnt worden. Eine andere Stelle bei gebildeten und ihr sehr gewogenen Verwandten wurde ihr angetragen und sie nahm sie an.

Ihr neuer Aufenthalts-Ort war reizend belegen, die Verhältnisse im Hause die angenehmsten; das Leben in der Stadt bot Abwechselungen und bald auch die schönsten geistigen Genüsse durch eine bedeutende Bekanntschaft dar, die sie machte.

Hier aber war es auch, wo sie, noch so jung und wieder zum vollkommenen Genusse ihrer Gesundheit gelangt, in einige Bekanntschaften gerieth, die nicht gut auf sie einwirkten, indem sie die ihr sonst unbekannte Vergnügungssucht in ihr erweckten und machten, daß sie sogar der Eitelkeit Raum gab. Sie fing an, sich mehr als sonst zu putzen; sie hörte es gern, wenn man ihr über ihr Aeußeres Artigkeiten sagte; sie machte Gesellschaften, Bälle und kleine Landparthien mit und ergötzte sich ungemein an dem schlagenden, oft aber auch verletzenden Witz einer jungen, sehr vornehmen Freundin, die sie fast mit ihrer Frivolität angesteckt hätte, weil ihr das geistreiche, belebte Wesen über die Maßen und so sehr gefiel, daß sie die Fehler derselben übersah. Die edlern Beschäftigungen wurden fast gänzlich an die Seite gesetzt und dem Vergnügen zu viel Raum gegeben; kurz, Clementine war auf dem besten Wege, ihrer leichtfertigen, aber durchaus nicht unsittlichen, Umgebung ähnlich zu werden.

Davon errettete sie ein Besuch Rosa Mariens, die mit schnellem Blick das Unheil übersah und ihr die ernstesten Vorstellungen machte, so wie eine neue Bekanntschaft, die sie wieder hob und in die gewohnten Kreise zurück führte. Indeß blieb die Erinnerung an diese jugendlichheitern Tage, da sie unverletzt aus denselben hervorging, für sie stets eine angenehme, und sie gehörten auch wirklich mit zu ihrem Leben, indem sie ihr manche Zustände klar machten, die ihr sonst unenthüllt geblieben wären.

Die Befehle des Verlobten, der von der Universität zurückgekehrt war und sich häuslich einzurichten beabsichtigte, riefen Clementine nach ihrer zweiten Vaterstadt zurück. Eine trübe Ahnung sagte ihr, daß dort kein Glück ihrer waret und sie ging in Erfüllung. Der ernste Kampf mit dem Leben begann hier für sie, und bald darauf auch der mächtigere mit sich selbst und mit der einzigen wahren Liebe, die ihr Herz empfunden hat, und der sie, als Verlobte eines andern Mannes, nicht Raum geben durfte, obgleich die gleiche Flamme Beider Herzen entzündet hatte.

An diesem Unglück ihrer Jugend – denn wie dürfte man es anders nennen? – ging die Ruhe ihres Herzens und die Zufriedenheit mit sich selbst unter; an ihm scheiterte auch das Glück ihrer Ehe; denn Der, dem sie sich theils aus Furcht vor seinem heftigen Charakter und seiner wilden Leidenschaftlichkeit, theils aus einem schlechtverstandenen Pflichtgefühl zu eigen gab, fühlte immer, daß er ihr Herz nicht ausfülle, nicht so von ihr geliebt werde, wie er sie liebte; er fühlte dies, obgleich weder Er, noch sonst irgend Jemand, außer dem wirklichen Gegenstande ihrer Liebe, diese ahnete, selbst nicht einmal die vertrautesten Freundinnen. Clementine besaß Kraft und Selbstbeherrschung genug, ihr Leid still in sich zu verschließen und es ungeklagt durch das Leben zu tragen.

Was Clementinens Gatte in Folge des ihn zerreißenden Gefühls des Nichtgeliebtseins sich auch späterhin gegen diese zu Schulden kommen ließ; in welche Verirrungen er auch versank, *sie* hat kein Recht, ihn anzuklagen und hat es, so schwer er sie auch verletzte, im Gefühl ihres unfreiwilligen Unrechts gegen ihn, nie gethan. Alles war Schicksal, und mußte so ruhig und mit Ergebung hingenommen werden.

Ein früher Tod trennte endlich das Band einer sehr unglücklichen Ehe, in der es Clementinen oft schwer wurde, die äußere Würde zu behaupten; die innere ist, trotz allen Stürmen, nie in Gefahr gerathen.

Seit ihrem fünfzehnten Jahre darauf hingewiesen, durch ihre Kenntnisse und Fähigkeiten für ihre eigene Existenz, später sogar für die ihrer ganzen Familie, zu sorgen, ist die ihr angeborene Thätigkeit ihr sehr zu statten gekommen, um diese, sonst für eine Frau nicht eben leichte, Aufgabe zu losen.

In einem reizenden Hause und schönen Garten lebend, dessen sorgsamste Pflegerin sie ist, und von dem Geräusche der Welt gänzlich zurückgezogen, fließen ihre Tage jetzt still und unter den abwechselndsten Beschäftigungen dahin. Zwei Söhne, die ihr von dreien blieben, sind fast erwachsen und gehen bereits ihrer Bestimmung entgegen. In ihren Bedürfnissen so einfach als möglich, in ihrem Hauswesen geregelt und durch ihre Thätigkeit bürgerlich fest gestellt, gehen ihr die Jahre unglaublich schnell dahin. Sie sieht nur wenige auserwählte Freunde bei sich, verschließt aber ihr Haus und ihr Herz der aufstrebenden Jugend nicht, die sich gern um sie versammelt und gern bei ihr ist, weil sie sich selbst da von ihr verstanden weiß, wo Andere sie nicht verstehen würden.

Ihre Freundinnen hat sie mit in's reifere Alter hinüber genommen und verlebt schöne Stunden der Erinnerung mit ihnen.

In vielen Dingen weicht sie von dem Gewohnten ab und weiß sich darin ihre volle Freiheit und Unabhängigkeit zu bewahren; zu der kleinen falschen Münze der Convenienz, womit man sich im gewöhnlichen Leben so oft bezahlt, hat sie sich im geselligen Verkehr nie bequemen können, weshalb sie sehr oft anstößt. Im Ausgehen ist sie bis zur Unart träge und eine nothwendig zu machende Visite kann sie Wochen vorher ängstigen, was ihr manchen gerechten Vorwurf von den liebevollen Freunden zuzieht, die ihre Gegenwart wünschen. Ihr Haus, ihr Garten, ihre Blumen, Vögel und Bücher sind ihre Welt; gute Bücher ihr auch die liebste Gesellschaft. Im gewissen Sinne ist sie eine Epikuräerin: Wohlgerüche, besonders von schönen Blumen, gehören mit zu ihrer Existenz, und sie zieht daher eine Unzahl der letztern, so im Sommer, als im Winter. Ueberhaupt muß ihre Umgebung so geordnet und anmuthig als möglich sein; ein auf dem Sopha verkehrt liegendes Kissen, eine offenstehende Schrank-Thür oder eine halbgeöffnete Commode würden ihr die Fähigkeit rauben, sich geistig zu beschäftigen; das ist zwar kleinlich, aber ihr so eigenthümlich, wie das Athmen zum Leben.

Im Sommer früh mit der Sonne auf, und sich gleich beschäftigend, kann sie unglaublich viel thun und bewegt sich auf die mannigfachste Weise; selbst anhaltende körperliche Arbeiten sind ihr Bedürfniß und zugleich Erholung. Es trifft sich oft, daß sie Besuchende sie mit dem Grabscheit in der Hand rüstig in ihrem Garten arbeitend antreffen, und noch vor einiger Zeit ereignete sich der komische Vorfall, daß eine reisende Schwester in Apollo, die, wie dies gewöhnlich der Fall ist, das Handwerk bei ihr begrüßte, sie beim Holzsägen antraf und, in ihr ein untergeordnetes, dienendes Subject vermuthend, sie nach der Frau vom Hause befragte.

»Das bin ich selbst«, sagte Clementine heiter, und die Säge hinhängend, die Handschuhe abstreifend, womit sie, auf ihre einst viel bewunderten Hände noch immer etwas eitel, stets arbeitet, führte sie die Erstaunte in ihr Wohnzimmer. In allen kleinen Nöthen des Hauses wendet man sich an sie, die mit mancherlei Geräthschaften umzugehen weiß und sogar die Uhren in Ordnung hält, mit deren Mechanismus sie sich einigermaßen vertraut gemacht hat.

Unter so abwechselnder und steter Beschäftigung ist sie gesund geworden und kräftig geblieben.

Obgleich sie eine so große Menge von Romanen und Erzählungen, wie keine andere Frau, geschrieben hat, ist ihr doch jede Art von Sentimentalität verhaßt und die sogenannte Schönrednerei ihr in tiefster Seele zuwider.

Mit dem Gange der neuern Literatur ist sie vertraut geblieben und dieser mit Freude nach allen Richtungen hin gefolgt. Sie erwartet große Resultate von den neuern Bestrebungen, und ist ganz damit einverstanden, daß auch ihr kleines Kohlgärtchen von dem gewaltig daherbrausenden Strome mit fortgerissen werde.

VIII. Die seltsamste Liebes-Geschichte.

Ich habe noch eine solche auf dem Herzen, und sie steht gewiß der im ersten Bande mitgetheilten an Interesse und Seltsamkeit nicht nach; nur wird sie den Leser nicht so befriedigen wie jene, da ich den Schlüssel zu derselben nicht zu geben vermag, weil ich ihn selbst nicht besitze.

Mein Freund Herrmann **, einer der angesehensten und gebildetsten Männer seiner Vaterstadt, hatte eine angebetete Gattin durch einen sehr frühen Tod verloren, und die Trauer um diesen unersetzlichen Verlust würde ihn vielleicht dazu vermocht haben, fortan unvermählt zu bleiben, wenn seine Verhältnisse ihn nicht gewissermaßen gezwungen hätten, an eine zweite Wahl zu denken. Er mußte ein großes Haus machen, und seine beiden, noch im zartesten Alter stehenden Kinder erheischten Mutter-Pflege und Mutter-Sorgfalt.

Er warf also, nachdem er die gerechte Trauer um die geliebte Verstorbene in Etwas besiegt hatte, seine Augen auf die Töchter der Stadt und wählte lange zwischen denen, die sowohl seinen geistigen, als materiellen Bedürfnissen genügen konnten. Endlich blieb er bei *Emma* stehen, die, von sehr guter Familie, reich, gebildet und talentvoll, auch durch äußere Wohlgestalt und einen sanften, liebenswürdigen Charakter, seine Neigung im vollsten Maße zu verdienen schien und sie endlich fesselte.

Er trat als Bewerber um ihre Hand und ihr Herz auf und wurde, angenehm von Person, reich, angesehen, im höchsten Grade gebildet und in jeder Hinsicht im besten Rufe stehend, nicht nur von der Familie des jungen Mädchens sofort auf die ehrenvollste Weise ausgezeichnet, sondern von diesem selbst so aufgenommen, daß ihm bald kein Zweifel mehr bleiben konnte, daß er der Gegenstand ihrer geheimen Wünsche sei. Die förmliche Bewerbung erfolgte jetzt und die Sache war bald so weit gediehen, daß das junge Paar seine Verlobung öffentlich anzeigte und Gratulations-Visiten von Freunden und Verwandten annahm.

Da Herrmann ein sehr brillant eingerichtetes Haus besaß, konnte man die von allen Seiten gewünschte Verbindung sehr bald ansetzen, und das junge liebenswürdige Paar überließ sich den frohesten Hoffnungen für die vereinte Zukunft.

Mit jedem Tage schien Emma mehr von der Vortrefflichkeit ihres Verlobten überzeugt zu werden; mit jedem Tage mehr erschloß sich der ganze Schatz ihrer Zärtlichkeit demselben; mit jedem Tage schien er durch seinen edlen Charakter ihr Vertrauen mehr zu gewinnen; kurz, es war das glücklichste Paar von der Welt und Jeder weissagte demselben in seiner Vereinigung eine schöne Zukunft.

Da, als nur noch wenige Wochen zwischen dem Hochzeits-Tage lagen und Alles zu diesem schon bereitet war, glaubte Herrmann an seiner Verlobten eine ihm bis dahin fremd gebliebene Traurigkeit und Verstimmung wahrzunehmen und als er sie, da dieser auffallende Zustand sich mit jedem Tage zu verschlimmern schien, mit der zärtlichsten Besorgniß um die Veranlassung desselben befragte, fiel sie ihm, in einen Strom von Thränen ausbrechend, zu Füßen, bedeckte seine Hand mit ihren Küssen und sagte ihm, daß sie ihn über Alles liebe, daß er der Mann ihres Herzens und ihrer Wünsche sei und sie nie einen Andern lieben würde, wie ihn, aber trotz dem seine Gattin nicht werden könne.

Man kann sich die Betroffenheit meines Freundes bei dieser höchst seltsamen und unerwarteten Erklärung denken, und nichts war natürlicher, als daß er sie auf eine körperliche Ursache, auf ein plötzliches Erkranken seiner Verlobten, vielleicht auf ein im Anzuge begriffenes Nerven-Fieber schob. Er suchte daher Emma zu beruhigen; er bat sie, sich in ihren Gefühlen zu mäßigen und Sorge für ihre Gesundheit zu tragen, die ihm sehr zerrüttet scheine. Er wolle gern den Tag der Hochzeit weiter hinaus schieben, um ihren, wie es ihm scheine, zerrütteten Nerven Zeit zu gönnen, sich wieder herzustellen, bevor er sie als Gattin in sein Haus führe; kurz, er wolle Alles thun, was sie und ihr Zustand von ihm erheischen könnten; allein ihre Erklärung, so wie sie sie ihm eben gegeben habe, anzunehmen, fühle er sich nicht geneigt, und er müsse sie, sofern sie auf derselben beharren sollte, um eine genügendere bitten. Vielleicht sei ihr irgend Etwas an seiner Person oder seinem Charakter nicht recht; vielleicht fürchte sie, in Folge neuerer Wahrnehmungen über beide, nicht glücklich in der Ehe mit ihm zu werden, und in diesem Falle wolle er gern seinen Wünschen auf ihren Besitz entsagen; aber einem vielleicht nur augenblicklichen krankhaften Zustande wolle er sich, sein Glück und seine Hoffnungen für die Zukunft nicht aufgeopfert sehen.

Emma hatte auf all das Rührende und Vernünftige, das ihr Verlobter ihr bei dieser seltsamen Veranlassung sagte, nur Thränen zur Antwort, und da er ihre große Aufregung sah und diese durch sein längeres Bleiben zu vermehren fürchtete, verließ er sie mit dem Versprechen, sie unter dem Vorwande einer Reise, die er in Geschäften antreten müsse, in acht Tagen nicht wieder zu sehen; ein solches Vorgeben schien ihm nothwendig, damit ihre Familie nicht durch sein plötzliches Wegbleiben beunruhigt würde. Nach Verlauf dieser Frist wolle er sich wieder bei ihr einstellen und erwarte dann entweder einen gänzlich geänderten Entschluß, oder doch eine ruhigere und genügendere Erklärung von ihr.

Emma dankte ihm für diese Güte und Beide trennten sich. Man kann sich vorstellen, in welchem Zustande mein armer Freund die der Verlobten bewilligte Frist zubrachte; zwar suchte er sich wirklich durch eine kleine Reise zu zerstreuen, allein es ging nicht, und mit hochklopfendem Herzen stand er nach acht Tagen wieder vor Emma, die, äußerlich ruhiger, als an dem Tage ihrer Trennung, ihn bat, ihr in den Garten zu folgen.

Hier wiederholte sie ihm Alles, was sie ihm an jenem verhängnißvollen Tage gesagt hatte, und zwar mit der größten Festigkeit und Bestimmtheit, wobei sie es auch jetzt nicht an Achtungs- und Liebes-Betheuerungen fehlen ließ; allein vergebens drang Herrmann wegen einer nähern Erklärung in sie. Unter heißen Thränen bat und beschwor sie ihn, diese nicht von ihr zu fordern, da sie sie nie geben könne, und zugleich, daß er sie ihres ihm früher gegebenen Versprechens entlassen und die Aufhebung ihrer Verbindung den Ihrigen verkünden möge.

Mein Freund ist ein Mann von zu großem Zartgefühl, als daß er jetzt noch hätte anstehen können, ihren Wünschen zu genügen; doch überließ er es ihr, wie billig, ihrer Familie ein so unerwartetes Ereigniß mitzutheilen und diese mit ihren Gründen bekannt zu machen, wozu er, wie die Sachen standen, sich nicht im Stande fühlte. Im Uebrigen, so versprach er ihr mit dem ihm eigenthümlichen Edelmuthe, wolle er über sich ergehen lassen, was aus diesem Verhältnisse von Seiten des Publicums Nachtheiliges für ihn erwachsen könne, und ihr in Hinsicht der Erklärung freie Hand lassen.

Diese Großmuth rührte sie unendlich, und noch einmal ergoß sich ihre ganze Seele in Liebe gegen ihn; dann trennten sie sich, in der Voraussetzung, sich nie im Leben wieder zu sehen.

Man kann sich vorstellen, wie erschrocken Emma's Familie, die von Allem bisher nicht die mindeste Ahnung gehabt hatte, über die Erklärung derselben war, daß aus der so nahe bevorstehenden Verbindung mit Herrmann nichts werden könne; aber weiter war keine Auskunft von ihr zu erlangen. Ihr Vater, ihre Brüder wandten sich jetzt an den ehemaligen Verlobten ihrer Tochter und Schwester, um Aufklärung von ihm zu erhalten; allein er wies sie an Emma und entdeckte nichts von dem, was zwischen ihnen vorgefallen war.

Das Aufsehen im Publicum, das diese seltsame Sache machte, war um so größer, da Beide hochgestellt und überaus bekannt waren, und jeder erschöpfte sich in Vermuthungen. Bald sollte ein Zwist zwischen den Liebenden statt gefunden, bald Herrmann seiner Verlobten gerechten Anlaß zur Eifersucht gegeben haben; bald sollte sich diese davor gefürchtet haben, Stiefmutter zu werden; endlich gab es auch nicht Wenige, die die Schuld auf Emma schieben und sie früher ein Liebes-Verhältniß gehabt haben lassen wollten, das, von Herrmann jetzt zufällig entdeckt, diesen zur Aufhebung der Verbindung bewogen habe; allein dieser war edelmüthig genug, die Geliebte mit der feurigsten Beredtsamkeit gegen eine solche Beschuldigung zu vertheidigen, ohne jedoch andere Gründe für die Trennung anzugeben, noch angeben zu können.

Als ich, eine Reihe von Jahren nach dieser seltsamen Begebenheit, Herrmann kennen lernte, war er der Gatte einer meiner Freundinnen, die er während meiner Abwesenheit von ** geheirathet hatte, und da er bald mein Freund ward, theilte er mir, die ich durch das Gerücht bereits seit langer Zeit von dem unterrichtet war, was sich mit ihm und Emma zugetragen hatte, seine Verlegenheit über ein neues, seltsames Ereigniß mit, das sich seit einiger Zeit zutrug, und bat mich um meinen Rath in dieser Angelegenheit.

Er empfing nämlich nicht nur häufig Briefe von einer vertrauten Freundin Emma's, worin diese ihm sagte, daß ihre Freundin noch immer untröstlich über seinen Verlust sei, sondern ihm wurden ähnliche von Emma's Hand zu Theil, worin sich ihr Herz in den bittersten und schmerzlichsten Klagen über ihr Unglück und ihre Trennung ergoß. Diese Briefe waren in der schwärmerischesten und leidenschaftlichsten Sprache, zum Theil aber so dunkel abgefaßt, daß man den Sinn derselben oft nur schwer, oft gar nicht verstand; alle aber schlossen damit, daß sie sich nicht beruhigen könne, bevor sie seine Verzeihung für das erlangt, was sie ihm einst gethan hatte, und daß es ihr lebhaftester Wunsch sei, ihn nur noch einmal wieder zu sehen, von seinen eigenen Lippen das Wort der Vergebung zu vernehmen.

Diese Briefe versetzten natürlich einen Mann, der bereits seit einer Reihe von Jahren der Gatte einer Andern war, in nicht geringe Verlegenheit, und, gerührt von dem traurigen Zustande, worin sich augenscheinlich ein einst von ihm so heißgeliebtes Wesen befand, zugleich aber auch durch heilige Pflichten an ein anderes gebunden, wußte er nicht, was er thun sollte. Allein seine jetzige Gattin, der er, so wie mir, alle diese Briefe mittheilte, wußte bald den richtigen Ausweg zu finden und bat ihren Gatten nicht nur, Emma tröstend zu antworten, sondern dieser auch die immer dringender von ihr gewünschte Zusammenkunft zu gewähren.

Beides geschah; doch machte Herrmann es zur Bedingung, daß Emma, nach ihrer ersten Zusammenkunft, sich auch seine jetzige Gattin von ihm vorstellen lasse, die durch ihn von Allem unterrichtet und nicht abgeneigt sei, die Bekanntschaft einer Person zu machen, die ihm einst so nahe gestanden. Nach manchen, von Seiten Emma's herbeigezogenen Schwierigkeiten, willigte sie endlich, um den Preis, Herrmann zuvor allein zu sehen, in Alles.

Ich kann nicht läugnen, daß ich überaus gespannt auf die Resultate dieser Zusammenkunft war, von der wir Alle hofften, daß sie uns endlich ein Räthsel auflösen würde, das uns so lange und so oft schon beschäftigt hatte. Allein diese Hoffnung ging nicht in Erfüllung: Emma war beim Wiedersehen des frühern Geliebten sehr bewegt, sehr aufgeregt gewesen; sie hatte viel geweint, ihm betheuert, daß er ihre einzige Liebe gewesen sei und es bleiben werde; sie hatte ihn um Verzeihung gebeten, daß sie sein Herz früher so mißhandelt habe, allein auf eine weitere Erklärung sich nicht eingelassen, so sehr, obwohl mit der erforderlichen Schonung, Herrmann auch in sie gedrungen war, sich doch endlich deutlicher gegen ihn zu erklären; auf solche Anforderungen waren immer Thränen ihre einzige Antwort gewesen.

Dann führte ihr Herrmann seine jetzige Gattin zu, die der Armen mit jener himmlischen Milde entgegen kam, die sie charakterisirt; allein Emma konnte beim Anblick der Frau, die sie beneiden mußte, die gehörige Fassung nicht behaupten, und zeigte sich kalt und abstoßend gegen Die, welche ihr so voll von Theilnahme und Wohlwollen entgegen kam.

Es wurde der Briefwechsel auch ferner ganz in der frühern leidenschaftlichen Sprache von Seiten Emma's fortgesetzt, und endlich der Wunsch von ihr ausgesprochen, die Kinder sehen zu wollen, denen sie einst Mutter hatte werden sollen, und die sie seit längerer Zeit schon mit den reichsten Geschenken überhäuft hatte, welche man, so wenig angenehm sie auch waren, nicht zurückweisen mochte, um eine Person nicht zu kränken, die so unglücklich war.

Herrmann fand es schicklich, daß die von Emma gewünschte Zusammenkunft nur in seinem Hause statt fände, und lud sie daher zu sich ein; nach langem Zögern und, wie es schien, heftigem Kampfe, entschloß sie sich endlich auch dazu, und bei dieser Gelegenheit war es, wo auch ich sie sah, wie sie selbst es gewünscht hatte, da sie mein befreundetes Verhältniß zur Familie kannte.

Emma war, als ich sie vor mehren Jahren kennen lernte, noch immer unvermählt und vierzig und einige Jahre alt; sie war groß und majestätisch gewachsen, hatte aber einige Anlage, stark zu werden; ihre Haltung war vortrefflich, ihre Kleidung eben so reich, als geschmackvoll. In ihrem Gesichte, das von der regelmäßigsten Bildung war, zeigte sich einige

Röthe; ihre Augen waren groß und vollkommen schön, nur fiel mir ein zuweilen unstäter Blick derselben auf, der sehr gegen die große Ruhe abstach, welche in ihren übrigen Zügen herrschte. Sie sprach wenig, aber mit gewählten Worten; zuweilen aber schweiften ihre Ideen, eben wie ihre Blicke, sichtbar ab, und ihre Unterhaltung verlor den Zusammenhang.

Gegen die Kinder Herrmanns, namentlich gegen die aus erster Ehe geborene liebenswürdige und jetzt bereits erwachsene Tochter, war sie überaus zärtlich und richtete unaufhörlich die Rede an sie, auch ruhten ihre Blicke unablässig auf derselben, wenn sie nicht auf den Vater gerichtet waren. Gegen die jetzige Gattin Herrmanns war sie kalt, fast zurückstoßend, und die liebenswürdige Tochter derselben beachtete sie gar nicht, was auch mir zu Anfang widerfuhr, obgleich sie meine Gegenwart sehnlichst gewünscht hatte. Nur als ich sie daran erinnerte, daß wir in unsern frühern Jahren gemeinschaftlich die Maler-Akademie besucht und dort schöne, genußreiche Stunden verlebt hatten, wurde sie plötzlich wie elektrisirt und freute sich aufrichtig unsers Wiederzusammentreffens.

»Nun, was sagen Sie von Emma?« fragte mich mein Freund, als diese sich entfernt hatte, »und können Sie klug aus ihrem Wesen werden?«

»Ueber ihr jetziges glaube ich im Reinen zu sein, und halte sie für krank, für sehr krank«, war meine Antwort. »Sie scheint an einer weit vorgeschrittenen Hysterie zu leiden und in Folge derselben ist ihr Geist nicht mehr frei; was aber das Räthsel der Vergangenheit anbetrifft, so wird es sich wahrscheinlich nie lösen.«

Bis jetzt ist es dabei geblieben. Emma setzt noch immer das frühere Verhältniß zu der Familie fort; sie, selbst jetzt fast eine Matrone, hat noch immer zärtliche Liebesblicke für den frühern Geliebten, dessen Scheitel sich schon grau färbt, und eine sichtbare Abneigung gegen seine jetzige Gattin und deren ihm von ihr geborenes Kind.

Löse dieses Räthsel, wer es vermag! Ich selbst habe nicht einmal Vermuthungen, da Emma's untadelhafter Wandel alle ihr nachtheiligen beseitigt.

Ende des zweiten und letzten Theils.

Erzählungen der Frühromantik

1799 schreibt Novalis seinen Heinrich von Ofterdingen und schafft mit der blauen Blume, nach der der Jüngling sich sehnt, das Symbol einer der wirkungsmächtigsten Epochen unseres Kulturkreises. Ricarda Huch wird dazu viel später bemerken: »Die blaue Blume ist aber das, was jeder sucht, ohne es selbst zu wissen, nenne man es nun Gott, Ewigkeit oder Liebe.«

Tieck Peter Lebrecht **Günderrode** Geschichte eines Braminen **Novalis** Heinrich von Ofterdingen **Schlegel** Lucinde **Jean Paul** Des Luftschiffers Giannozzo Seebuch **Novalis** Die Lehrlinge zu Sais
ISBN 978-3-8430-1878-4, 416 Seiten, 29,80 €

Erzählungen der Hochromantik

Zwischen 1804 und 1815 ist Heidelberg das intellektuelle Zentrum einer Bewegung, die sich von dort aus in der Welt verbreitet. Individuelles Erleben von Idylle und Harmonie, die Innerlichkeit der Seele sind die zentralen Themen der Hochromantik als Gegenbewegung zur von der Antike inspirierten Klassik und der vernunftgetriebenen Aufklärung.

Chamisso Adelberts Fabel **Jean Paul** Des Feldpredigers Schmelzle Reise nach Flätz **Brentano** Aus der Chronika eines fahrenden Schülers **Motte Fouqué** Undine **Arnim** Isabella von Ägypten **Chamisso** Peter Schlemihls wundersame Geschichte **Hoffmann** Der Sandmann **Hoffmann** Der goldne Topf
ISBN 978-3-8430-1879-1, 408 Seiten, 29,80 €

Erzählungen der Spätromantik

Im nach dem Wiener Kongress neugeordneten Europa entsteht seit 1815 große Literatur der Sehnsucht und der Melancholie. Die Schattenseiten der menschlichen Seele, Leidenschaft und die Hinwendung zum Religiösen sind die Themen der Spätromantik.

Brentano Die drei Nüsse **Brentano** Geschichte vom braven Kasperl und dem schönen Annerl **Hoffmann** Das steinerne Herz **Eichendorff** Das Marmorbild **Arnim** Die Majoratsherren **Hoffmann** Das Fräulein von Scuderi **Tieck** Die Gemälde **Hauff** Phantasien im Bremer Ratskeller **Hauff** Jud Süss **Eichendorff** Viel Lärmen um Nichts **Eichendorff** Die Glücksritter
ISBN 978-3-8430-1880-7, 440 Seiten, 29,80 €